Mia Sheridan
Die geheime Sprache der Liebe

PIPER

Zu diesem Buch

Als Bree Prescott in der verschlafenen Kleinstadt Pelion ein Häuschen am See mietet, hofft sie, hier endlich die Ruhe zu finden, die sie so verzweifelt sucht. Seit ihr Vater vor ihren Augen bei einem Raubüberfall getötet wurde, plagen sie Nacht für Nacht schreckliche Albträume. Sie braucht dringend eine Pause – und einen Neuanfang. Das kleine Örtchen Pelion heißt Bree mit offenen Armen Willkommen, und sie fühlt sich dort tatsächlich bald wie zu Hause. Dann trifft sie eines Tages Archer Hale, der ihr erst hilft, ihre auf dem Boden verteilten Einkäufe aufzusammeln, nur um dann wortlos zu verschwinden. Als Bree von ihrer Nachbarin erfährt, dass Archer vollkommen zurückgezogen in seinem Familienanwesen lebt und seit einem Autounfall in seiner Kindheit taubstumm ist, trifft sie das tief im Herzen, da ihr vor Kurzem verstorbener Vater ebenfalls taubstumm war. Genaueres zu den Umständen des Unglücks weiß die Nachbarin aber nicht. Brees Neugier ist geweckt, und es gelingt ihr, eine zarte Verbindung mit dem verschlossenen jungen Mann zu knüpfen, der schon bald nicht mehr anders kann, als sich ihr zu öffnen.

Mia Sheridan ist eine erfolgreiche »New York Times«-Bestsellerautorin. Sie liebt es, sich Geschichten über Menschen auszudenken, die füreinander bestimmt sind. Mia lebt mit ihrem Ehemann in Cincinnati (Ohio). Sie haben vier Kinder hier auf der Erde und eines im Himmel.

Mia Sheridan

DIE GEHEIME SPRACHE DER LIEBE

Roman

Aus dem Amerikanischen
von Uta Hege

PIPER
München Berlin Zürich

Mehr über unsere Autoren und Bücher:
www.piper.de
Aktuelle Neuigkeiten finden Sie auch auf Facebook, Twitter und YouTube.

MIX
Papier aus verantwortungsvollen Quellen
FSC
www.fsc.org
FSC® C083411

Deutsche Erstausgabe
Februar 2016

Titel der amerikanischen Originalausgabe:
»Archer's Voice«, 2014

Umschlaggestaltung: Mediabureau Di Stefano, Berlin
Umschlagabbildung: Jen Kiaba/Trevillion Images; snowflock/iStockphoto
Satz: Fotosatz Amann, Memmingen
Gesetzt aus der Stempel Schneidler
Druck und Bindung: CPI books GmbH, Leck
Printed in Germany ISBN 978-3-492-30843-4

Meinen Söhnen Jack, Cade und Tyler.

Die Welt braucht möglichst viele anständige Männer, und es macht mich stolz, dass ich sie um drei Vertreter dieser Gattung reicher machen kann.

Brüder bis zum Ende.

Die Legende von Cheiron, dem Zentaur

Die Zentauren waren allgemein als Trunkenbolde, Rüpel, Aufrührer und hemmungslose Lüstlinge bekannt. Cheiron aber war nicht wie die anderen – als »Guter Zentaur« und »Heiler der Verwundeten« hob er sich durch seine Sanftmut, Weisheit und Gerechtigkeit von seinen Artgenossen ab.

Unglücklicherweise wurde er von einem Giftpfeil seines Freundes Herakles getroffen, der gegen die anderen Zentauren in den Kampf gezogen war. Da Cheiron aber nun einmal unsterblich war, fand er keine Erlösung von der schrecklichen Verwundung und brachte danach sein Leben unter grauenhaften Schmerzen zu.

Irgendwann traf Cheiron auf Prometheus, der unter genauso fürchterlicher Pein litt. Die Götter hatten ihn zu immerwährender Qual verdammt und an einen Fels gebunden, wo allmorgendlich ein Adler seine täglich nachwachsende Leber fraß.

Cheiron bot Prometheus an, sein Leben für ihn hinzugeben, um sie beide von ihren unendlichen Qualen zu befreien.

Er sank tot zu seinen Füßen nieder, und zum Lohn für seine Güte und Hilfsbereitschaft machte Zeus Cheiron zum Teil des Sternbilds Schütze, wo man seine Schönheit heute noch bewundern kann.

Cheirons Wunde steht für die transformative Kraft des Leids – dafür, wie aus körperlichem und emotionalem Schmerz moralische und spirituelle Stärke erwachsen kann.

1

Archer – sieben Jahre alt, April

»Nimm meine Hand. Ich halte dich«, flüsterte ich. Der Hubschrauber flog los, und Duke packte entschlossen Snake Eyes' Hand. Ich versuchte, möglichst keinen Lärm zu machen, als ich spielte – meine Mama hatte nämlich wieder mal ein blaues Auge, und ich wollte sie nicht wecken, während sie in ihrem Zimmer lag und schlief. Sie hatte mir gesagt, ich könne mir bei ihr im Bett ein paar Zeichentrickfilme im Fernsehen ansehen, doch nach einer Weile, als sie eingeschlafen war, war ich wieder ins Wohnzimmer gegangen, um mit meinen G.I.-Joe-Spielsachen zu spielen.

Der Hubschrauber setzte zur Landung an, und meine Jungs sprangen von Bord und rannten schnell unter den Stuhl, weil er ein Teil der unterirdischen Festungsanlage war. Mit einem leisen *Wupp, wupp, wupp* hob ich den Hubschrauber wieder vom Boden auf. Ich wünschte mir, ich könnte mit den Fingern schnipsen und statt meines Spielzeugs stünde ein echter Helikopter vor der Tür. Dann könnte ich mit meiner Mama davonfliegen – von *ihm*, den blauen Augen und den Tränen, die sie beinahe jeden Tag vergoss. Es wäre mir total egal, wohin wir fliegen würden, Hauptsache, wir flögen weit, weit weg.

Ich krabbelte zurück in meinen Bunker, und ein paar Minuten später hörte ich, dass irgendwer die Haustür öffnete und wieder schloss und mit schweren Schritten durch den Flur direkt in meine Richtung kam. Ich lugte unter meinem Stuhl hervor, sah ein Paar blank polierter schwarzer Schuhe und den Saum einer Uniformhose.

Ich krabbelte so schnell wie möglich unter meinem Stuhl hervor, und noch während ich »Onkel Connnor!« rief, ging dieser bereits in die Knie, und ich warf mich auf der Seite, wo er nicht die Waffe und die Taschenlampe trug, an seine Brust.

»Hallo, mein kleiner Mann.« Er hielt mich fest. »Wie geht es meinem Helden?«

»Gut. Siehst du die unterirdische Festungsanlage, die ich gebaut habe?« Ich richtete mich wieder auf und zeigte ihm voll Stolz das Handtuch-Decken-Fort unter unserem Tisch, das wirklich cool geworden war.

Lächelnd schaute Onkel Connor sich die Konstruktion an. »Na klar. Das hast du wirklich super hingekriegt. Sieht uneinnehmbar aus.« Sein Lächeln wurde noch ein bisschen breiter, und er zwinkerte mir zu.

Ich grinste stolz. »Willst du mit mir spielen?«

Lächelnd fuhr er mir mit einer Hand durchs Haar. »Nicht jetzt, Kumpel. Später, ja? Wo ist deine Mama?«

Ich machte ein langes Gesicht. »Hm, sie fühlt sich nicht so gut. Sie hat sich hingelegt.« Ich sah in das Gesicht mit den goldbraunen Augen, die mit einem Mal so dunkel und so Furcht einflößend aussahen wie der Himmel kurz vor einem fürchterlichen Sturm. Ich wich ein Stück vor ihm zurück, aber genauso plötzlich waren seine Augen wieder klar, und er zog mich an seine Brust.

»Schon gut, Archer, schon gut.« Er stellte mich zurück auf meine eigenen Füße, hielt mich dann auf Armeslänge von sich und sah mir forschend ins Gesicht.

Ich lächelte ihn an, und er lächelte zurück. »Du lächelst genau wie deine Mama, weißt du das?«

Ich fing an zu strahlen, weil das Lächeln meiner Mama warm und wunderschön war und ich das Gefühl hatte, geliebt zu werden, sobald ich es sah.

»Aber ich sehe aus wie mein Daddy.« Ich blickte vor mir auf den Boden, weil die Leute immer sagten, ich sei ein echter Hale.

Er sah mich an, als wollte er mir widersprechen, meinte aber nur: »Da hast du wirklich Glück, mein Kleiner. Dein Daddy ist schließlich ein teuflisch gut aussehender Bursche.« Er lächelte mich wieder an, doch seine Augen blieben ernst.

Ich schaute Onkel Connor an und wünschte mir, ich sähe aus wie er. Denn meine Mama hatte mir einmal erzählt, in ihrem ganzen Leben hätte sie noch keinen schöneren Mann gesehen als ihn. Doch dabei hatte sie so schuldbewusst gewirkt, als hätte sie das niemals sagen sollen. Sicher weil er nicht mein Daddy war. Und außerdem war er ein Polizist, also ein Held. Wenn ich einmal groß wäre, wollte ich genauso sein wie er.

Dann stand Onkel Connor wieder auf. »Ich schau mal, ob deine Mama wach ist. Spiel du einfach weiter, bis ich wieder runterkomme, ja?«

»Okay.« Ich nickte, und er fuhr mir noch mal mit der Hand durchs Haar. Dann ging er zur Treppe. Ich wartete ein paar Minuten und schlich ihm dann lautlos hinterher. Ich hielt mich am Geländer fest und wich den Stufen, die knarzten, wenn man drauftrat, aus. Ich wusste, wie man sich geräuschlos durch das Haus bewegen konnte, weil das lebenswichtig war.

Am Kopf der Treppe angekommen, blieb ich mit gespitzten Ohren vor dem Zimmer meiner Mama stehen. Die Tür stand zwar nur einen Spaltbreit offen, doch das reichte mir.

»Wirklich, Connor, ich bin okay«, drang Mamas leise Stimme an mein Ohr.

»Du bist ganz sicher nicht okay, Alyssa«, zischte er sie an, und ängstlich hörte ich, wie seine Stimme brach. »Mein Gott. Am liebsten würde ich ihn umbringen. Ich habe endgültig genug davon, Lys. Du hast lange genug die Märtyrerin gespielt. Du denkst vielleicht, du hättest das verdient, aber Archer. Hat. Das. Nicht«, stieß er mit so gepresster Stimme hervor, dass ich wusste, dass er seine Zähne aufeinanderbiss. So wie er es immer machte, wenn mein Daddy in der Nähe war.

Dann hörte ich, dass meine Mama leise weinte, ehe Onkel

Connor weitersprach. Dieses Mal jedoch klang seine Stimme völlig ausdruckslos.

»Willst du wissen, wo er gerade ist? Er hat die Bar verlassen, ist zu Patty Nelson in den Wohnwagen und vögelt sie jetzt kräftig durch. Ich bin eben dort vorbeigefahren und konnte es sogar im Auto hören.«

»Mein Gott, Connor.« Mamas Stimme klang erstickt. »Willst du es noch schlimmer machen ...«

»Nein!«, schrie er sie derart wütend an, dass ich erschreckt zusammenfuhr, und sagte dann noch einmal etwas ruhiger: »Nein. Ich will nur, dass du endlich kapierst, dass es jetzt reicht. *Es reicht.* Falls du denkst, dass du für irgendetwas büßen müsstest, hast du das inzwischen ausreichend getan. Begreifst du nicht? Du hast nie etwas falsch gemacht, aber da ich mich nicht mit dir streiten will, nehmen wir mal an, es wäre so gewesen. Aber dafür hast du bereits einen hohen Preis bezahlt, Lys. Deine angebliche Schuld ist längst beglichen, aber trotzdem zahlen wir alle immer weiter. Himmel, willst du wissen, was für ein Gefühl es für mich war, als ich an dem Wohnwagen vorbeigefahren bin? Am liebsten wäre ich dort reingestürmt und hätte diesen Widerling durch Sonne und durch Mond geprügelt, weil er dich so mies behandelt, weil er dir nicht mal ein Mindestmaß an Respekt entgegenbringt. Obwohl ich mich im Grunde hätte freuen sollen, dass er mit einer anderen vögelt als mit der Frau, die mir so unter die Haut gegangen ist, dass nichts und niemand mich von ihr trennen könnte. Stattdessen haben die Geräusche aus dem Wohnwagen mich einfach krank gemacht. Krank, Lys. Es hat mich mal wieder einfach krank gemacht, dass er dich derart schlecht behandelt, obwohl es bedeuten würde, dass ich selbst dich niemals wieder haben könnte, ginge er urplötzlich besser mit dir um.«

Es wurde still im Schlafzimmer, aber ich wagte nicht, verstohlen durch den Spalt zu sehen. Alles, was ich hörte, waren das leise Schluchzen meiner Mama und ein leises Rascheln.

Dann fuhr Onkel Connor, jetzt mit ruhiger, sanfter Stimme

fort: »Lass uns von hier verschwinden, Baby. Bitte, Lys. Erlaub mir endlich, dich und Archer zu beschützen. Bitte.« Ich hätte das Gefühl in seiner Stimme nicht benennen können, doch ich hielt gespannt den Atem an. Würde Onkel Connor uns tatsächlich von hier wegbringen?

»Und was ist mit Tori?«, fragte meine Mama leise, und es dauerte ein paar Sekunden, bis Onkel Connor antwortete.

»Ich werde ihr sagen, dass ich sie verlasse. Es wird sie nicht überraschen. Schließlich ist die Ehe, die wir beide führen, schon seit Jahren eine Farce. Sie muss verstehen, dass ich so nicht weiterleben kann und will.«

»Aber sie wird es nicht verstehen, Connor«, widersprach ihm meine Mama ängstlich. »Und vor allem wird sie es bestimmt nicht klaglos akzeptieren. Sie wird sich an uns rächen. Denn sie hat mich immer schon gehasst.«

»Wir sind keine Kinder mehr, Alyssa. Das hier ist kein dämlicher Wettkampf, sondern das wahre Leben. Es geht darum, dass wir zwei uns lieben und das Recht haben, uns zusammen ein neues Leben aufzubauen. Du und ich und Archer.«

»Und was soll aus Travis werden?«, fragte meine Mama.

Wieder gab es eine kurze Pause, dann sagte er: »Das werde ich mit Tori klären. Keine Angst.«

Abermals dauerte es einen Augenblick, bis meine Mama wieder sprach. »Dein Job, die Stadt …«

»Alyssa«, meinte Onkel Connor sanft, »das alles ist mir vollkommen egal, weil ohne dich nichts wirklich eine Rolle für mich spielt. Ist dir das immer noch nicht klar? Ich werde meinen Job hier kündigen, das Grundstück verkaufen, und dann bauen wir uns irgendwo ein neues Leben auf. Dann werden wir zusammen glücklich sein. Weit weg von hier – weit weg von diesem Ort. An einem neuen Ort, der uns gehört. Willst du das nicht auch? Sag, dass du das auch willst.«

Plötzlich klang es so, als ob die zwei sich küssten. Die Geräusche hatte ich schon mal gehört, als ich spioniert hatte, so wie jetzt. Ich wusste, das war falsch – Mamas sollten keine

Männer küssen, die nicht mit ihnen verheiratet waren. Aber ich wusste auch, dass Daddys nicht ständig betrunken heimkommen und ihre Frauen schlagen sollten und dass Mamas nicht so zärtlich lächeln sollten, wie es meine Mama immer tat, wenn Onkel Connor zu uns kam. Es war alles fürchterlich verwirrend, und da ich nicht wusste, was das alles zu bedeuten hatte, spionierte ich den beiden in dem Wunsch hinterher, das fürchterliche Durcheinander zu begreifen.

Nach einer langen Zeit flüsterte meine Mama derart leise, dass ich sie fast nicht verstehen konnte: »Ja, Connor, das will ich auch. Bitte bring uns weg. Bring uns weit, weit weg von hier. Wir drei, ich und du und Archer. Lass uns ein kleines bisschen Glück finden. Das wünsche ich mir mehr als alles andere. Ich will mir dir zusammen sein. Ich wollte niemals einen anderen als dich.«

»Lys … Lys … meine Lys.«

Heimlich schlich ich mich wieder nach unten, wich den Holzstufen, die knarzten, aus und machte auf dem Weg zurück zu meiner Festung nicht einmal das leiseste Geräusch.

2

Bree

Ich schwang meinen Rucksack über die Schulter, nahm die kleine Hundetrage vom Beifahrersitz und schlug die Wagentür hinter mir zu. Dann blieb ich reglos stehen, lauschte dem morgendlichen Zirpen der Grillen und genoss die milde Brise, die das Laub der Bäume leise rascheln ließ. Der Himmel über mir war strahlend blau, und durch einen Spalt zwischen den kleinen Häusern fiel mein Blick auf den im Sonnenlicht glitzernden See. Mit zusammengekniffenen Augen sah ich auf das kleine weiße Haus, in dessen Fenster immer noch das kleine Schild mit der Aufschrift *Zu vermieten* hing. Obwohl das Häuschen alt und leicht verwahrlost war, hatte es einen ganz eigenen Charme, der mich sofort angezogen hatte. Ich sah mich bereits abends auf der winzigen Veranda sitzen, während hinter mir über dem See der Mond aufging, die Bäume, die das Haus umgaben, sachte im warmen Wind schwankten und mich der Duft von Pinien und von Seewasser umhüllte. Ich lächelte und hoffte, dass das Innere des Häuschens ebenfalls einen gewissen Charme versprühte und zumindest ansatzweise sauber war.

»Was meinst du, Phoebs?«, fragte ich leise, und mein Hündchen stieß ein zustimmendes Schnauben aus.

»Ja, finde ich auch.«

Eine betagte Limousine parkte neben meinem kleinen VW-Käfer, und ein ebenfalls älterer, fast kahler Mann stieg aus und trat lächelnd auf mich zu.

»Bree Prescott?«

»Genau die bin ich«, lächelte ich und reichte ihm die Hand. »Danke, dass Sie so kurzfristig Zeit für mich gefunden haben, Mr Connick.«

»Bitte nennen Sie mich George.« Er erwiderte mein Lächeln, und gemeinsam gingen wir zum Haus und wirbelten mit jedem unserer Schritte Staub und Piniennadeln auf. »Kein Problem. Ich bin inzwischen pensioniert, habe also jede Menge Zeit.« Wir gingen die drei Stufen hoch auf die Veranda, wo er einen Schlüsselring aus seiner Tasche zog und nach dem passenden Schlüssel suchte.

»Da ist er ja«, sagte er schließlich, schob den Schlüssel in das Schloss und stieß die Haustür auf. Als wir über die Schwelle traten, schlug uns der Geruch von Staub und Moder entgegen.

»Meine Frau versucht, so oft wie möglich herzukommen und ein bisschen Staub zu wischen und die Räume durchzuputzen, aber wie Sie sehen können, täte eine ordentliche Grundreinigung dem Häuschen durchaus gut. Mit ihrer Arthritis kann sich Norma nicht mehr ganz so gut bewegen. Außerdem stand das Häuschen den ganzen Sommer über leer.«

»Kein Problem.« Lächelnd stellte ich den Hundekorb neben die Tür, um mir erst mal die Küche anzusehen. Die würde ich erst mal gründlich schrubben müssen, ehe ich dort etwas kochen könnte. Aber trotzdem war ich hin und weg, weil sie wie der Rest des Häuschens einfach urgemütlich war. Die mit Laken abgedeckten Möbel waren alt, aber durchaus geschmackvoll, der mit breiten Holzdielen belegte Boden wirkte herrlich rustikal, und die Wände waren in Pastelltönen gestrichen, die ich angenehm beruhigend fand.

Die Ausstattung der Küche war nicht unbedingt modern, doch da ich womöglich sowieso nie wieder kochen würde, störte mich das nicht.

»Schlaf- und Badezimmer gehen nach hinten raus …«, setzte Mr Connick an.

»Ich nehme es«, fiel ich dem Mann ins Wort und schüttelte, verblüfft von meiner Spontaneität, den Kopf. »Ich meine, falls das Haus noch zu vermieten ist und Sie es mir vermieten wollen.«

Er sah mich schmunzelnd an. »Tja, nun, sehr gern. Dann hole ich noch schnell den Mietvertrag aus meinem Wagen, und wir gehen ihn zusammen durch. Ich hätte gern eine Kaution, aber falls Ihnen das Schwierigkeiten macht, finden wir ganz sicher einen Weg.«

Ich schüttelte den Kopf. »Kein Problem. Das ist okay für mich.«

»Dann bin ich sofort wieder da«, erklärte er und ging zur Tür.

Während er zu seinem Wagen lief, ging ich den kurzen Flur hinab und sah mir noch das Schlaf- und Badezimmer an. Die beiden Räume waren ziemlich klein, doch das hatte ich nicht anders erwartet, und für mich alleine reichten sie auf alle Fälle aus. Was mich besonders begeisterte, war das große Schlafzimmerfenster, das einen wunderbaren Blick über den See bot. Lächelnd sah ich auf den kleinen Steg hinaus, auf das glasklare, leuchtend blaue Wasser, das im hellen Licht der Morgensonne schimmerte wie ein Juwel, und die beiden weit entfernten kleinen Punkte, die wahrscheinlich Boote waren.

Als ich auf das Wasser blickte, füllten meine Augen sich seltsamerweise mit Tränen – nicht der Trauer, sondern des *Glücks*. Doch sofort verflog dieses Gefühl, und ich verspürte ein Heimweh, das ich mindestens genauso unerklärlich fand.

»Hier bin ich wieder.« Mr Connick zog die Tür hinter sich zu, und ich kehrte ins Wohnzimmer zurück, um den Mietvertrag für die bescheidene Unterkunft zu unterschreiben, die während der nächsten Wochen mein Zuhause sein würde und in der ich vielleicht endlich etwas Ruhe finden würde. Auch wenn das eher unwahrscheinlich war …

Norma Connick hatte alle Reinigungsprodukte dagelassen, und nachdem ich meinen Koffer aus dem Wagen in das Schlafzimmer gebracht hatte, machte ich mich umgehend ans Werk.

Drei Stunden später schob ich eine feuchte Haarsträhne aus meiner Stirn, trat einen Schritt zurück und bewunderte mein Werk. Der Holzboden war blank geschrubbt, die Möbel waren nicht mehr unter Bettlaken versteckt, und nirgends lag auch noch das allerkleinste Körnchen Staub. Dazu hatte ich in einem Schrank im Flur Bettwäsche und Handtücher entdeckt und sofort in die Waschmaschine und dann in den Trockner in dem kleinen, an die Küche angrenzenden Raum gesteckt und schließlich das Bett frisch bezogen. Die Küche und das Bad waren blank geputzt, und durch die offenen Fenster drang der warme Sommerwind, der aus Richtung See blies, herein. Ich würde mich am besten nicht zu sehr an dieses Haus gewöhnen, doch so sauber und so aufgeräumt, wie es inzwischen war, hielte ich es hier wahrscheinlich eine Zeit lang aus.

Ich trug meinen Kulturbeutel ins Bad, stellte den bescheidenen Inhalt in den Spiegelschrank, duschte lang und kalt und wusch dabei all den Schmutz, der sich während des stundenlangen Putzens und der noch längeren Autofahrt auf meinem Körper angesammelt hatte, ab. Die sechzehn Stunden Fahrt aus Cincinnati in Ohio bis hierher hatte ich in zwei gleich lange Stücke aufgeteilt. Dabei hatte ich die erste Nacht in einem kleinen Motel an der Straße zugebracht, war dann in New York gewesen, hatte dort in einem Internetcafé nach einer freien Unterkunft an meinem Ziel gesucht und war danach die ganze letzte Nacht hindurch gefahren.

Mein eigentliches Ziel in Maine war eine Stadt am anderen Seeufer gewesen, die jedoch ein so beliebtes Urlaubsziel vor allem von Familien war, dass ich die Suche dort schließlich aufgegeben hatte und in diesem Städtchen namens Pelion gelandet war.

Ich trocknete mich ab, zog ein frisches T-Shirt und ein Paar sauberer Shorts an, griff nach meinem Handy und rief meine beste Freundin an. Ich hatte Natalie geschrieben, als ich zu Hause losgefahren war, und obwohl sie seither schon mehrmals versucht hatte, mich anzurufen, hatte ich als Antwort jedes Mal nur eine kurze Nachricht geschickt, weswegen ich ihr einfach einen Anruf schuldig war.

»Bree?«, rief Natalie über die lauten Stimmen irgendwelcher anderer Frauen hinweg.

»Hi, Nat. Ist's gerade schlecht?«

»Warte kurz, ich nehme dich mit raus.« Sie legte ihre Hand über den Hörer, sagte irgendwas zu irgendwem und kam dann wieder an den Apparat. »Nein, es passt sehr gut! Ich kann es kaum erwarten, mit dir zu reden! Ich bin mit meiner Mom und meiner Tante Mittag essen, aber sie kommen auch gut ein paar Minuten ohne mich zurecht. Ich habe mir Sorgen um dich gemacht, nachdem du plötzlich einfach weg warst«, fügte sie in vorwurfsvollem Ton hinzu.

Ich seufzte leise. »Ja, ich weiß. Es tut mir leid. Ich bin in Maine.« Das hatte ich ihr bereits geschrieben.

»Himmel, Bree, du warst plötzlich einfach nicht mehr da. Hast du überhaupt Gepäck dabei?«

»Ein bisschen was. Auf jeden Fall genug.«

Sie atmete vernehmlich aus. »Okay. Und wann kommst du zurück?«

»Das weiß ich nicht. Ich dachte, vielleicht bleibe ich erst mal ein bisschen hier. Aber wie dem auch sei – ich habe es dir bisher nicht erzählt, aber ich bin ziemlich knapp bei Kasse, und den größten Teil des Gelds, das ich noch hatte, habe ich gerade für die Kaution für meine neue Bleibe rausgehauen. Ich brauche also dringend einen Job, wenigstens für ein, zwei Monate, damit ich die Rückfahrt überhaupt bezahlen kann.«

Nach einer kurzen Pause meinte Nat: »Ich wusste nicht, dass es so schlimm ist. Aber, Schätzchen, du hast einen Collegeabschluss. Komm zurück und mach etwas daraus. Du brauchst nicht wie ein Vagabund in einer Stadt zu leben, wo du keine Menschenseele kennst. Ich vermisse dich schon jetzt.

Und Avery und Jordan fehlst du auch. Lass dir von deinen Freunden auf dem Weg zurück ins Leben helfen, denn wir lieben dich. Ich kann dir etwas Geld schicken, wenn du dann früher wieder heimkommst.«

»Nein danke, Nat. Ich … brauche diese Zeit, okay? Ich weiß, dass du mich liebst. Das weiß ich wirklich«, antwortete ich ruhig. »Und ich liebe dich auch. Aber das ist einfach etwas, was ich machen muss.«

Wieder legte meine Freundin eine kurze Pause ein. »Ist es wegen Jordan?«

Ich kaute einige Sekunden auf meiner Unterlippe. »Nein, oder auf jeden Fall nicht nur. Ich meine, vielleicht war das der berühmte Tropfen, der das Fass zum Überlaufen gebracht hat, aber nein, ich laufe nicht vor Jordan weg. Aber genau das hatte mir jetzt gerade noch gefehlt. Plötzlich wurde mir zu Hause alles einfach irgendwie … zu viel.«

»Ach, Süße, das wäre es jedem anderen an deiner Stelle sicher auch.«

Als ich nichts sagte, seufzte sie und fragte mich: »Denkst du, dass dir dieser seltsame spontane Ausflug hilft?«

In ihrer Stimme schwang ein Lächeln mit, und leise lachend sagte ich: »In gewisser Hinsicht, ja, in anderer noch nicht.«

»Dann hast du sie also immer noch?«, hakte sie vorsichtig nach.

»Ja«, räumte ich ein. »Aber hier an diesem Ort fühle ich mich wohl. Wirklich«, sagte ich und hoffte, dass ich möglichst fröhlich klang.

Wieder legte meine Freundin eine kurze Pause ein, doch schließlich meinte sie: »Ach, Süße, es liegt doch nicht am Ort.«

»Das habe ich damit auch nicht gemeint. Ich meine einfach, dass ich das Gefühl habe, als ob ich eine Zeit lang gut hier aufgehoben wäre und den ganzen Mist … verflixt, du musst doch sicher langsam wieder los. Deine Mom und deine Tante warten doch wahrscheinlich schon auf dich. Wir können auch ein andermal über diese Sache reden.«

»Meinetwegen«, stimmte sie mir zögernd zu. »Dann fühlst du dich dort also sicher?«

Ich zögerte. Ich fühlte mich, egal an welchem Ort, nie wirklich sicher. Und langsam fragte ich mich, ob ich mich jemals wieder sicher fühlen könnte. Doch schließlich sagte ich: »Oh ja, und obendrein ist es hier einfach wunderschön. Ich wohne hier in einem kleinen Haus direkt am See.« Ich blickte durch das Fenster und sog erneut den wunderbaren Blick aufs Wasser in mich auf.

»Kann ich dich dort mal besuchen?«

»Lass mich erst mal richtig ankommen. Vielleicht, bevor ich zurückkomme?«

»Abgemacht. Auch wenn du mir echt fehlst.«

»Du mir auch. Ich rufe dich bald wieder an, okay?«

»Okay. Bis dann, Süße.«

»Bis dann.«

Ich legte auf, trat näher an das große Fenster meines neuen Schlafzimmers, zog ordentlich den Vorhang zu und krabbelte unter die Decke meines frisch bezogenen Betts. Phoebe rollte sich zu meinen Füßen ein, und in dem Augenblick, in dem mein Kopf das Kissen berührte, schlief ich auch schon ein.

Ich wurde von lautem Vogelzwitschern und dem leisen Plätschern kleiner Wellen, die gegen das Ufer schlugen, aufgeweckt. Müde drehte ich mich nach dem Wecker auf dem Nachttisch um und sah, dass es bereits nach sechs, also schon früher Abend war. Ich streckte mich, setzte mich auf und sah mich in dem fremden Zimmer um.

Dann stand ich auf, und Phoebe folgte mir, als ich ins Badezimmer ging, mir die Zähne putzte und beim Gurgeln einen Blick in den Spiegelschrank über dem Waschbecken warf. Die dunklen Ringe unter meinen Augen waren noch nicht ganz verschwunden, doch zumindest hatten die fünf Stunden Schlaf, die ich bekommen hatte, sie gelindert. Ich kniff mir in die Wangen, um ein wenig Farbe zu bekommen, sah mein

Spiegelbild mit einem breiten, falschen Grinsen an und schüttelte den Kopf. »Es wird alles gut, Bree. Du bist stark, und irgendwann wirst du auch wieder glücklich sein. Hörst du mich? Dieser Ort hat etwas Gutes an sich. Spürst du das?«

Ich legte meinen Kopf ein wenig schräg und starrte mich noch einen Augenblick im Spiegel an. Viele Menschen hielten vor dem Badezimmerspiegel aufmunternde Reden an sich selbst, oder? Das war total normal. Leise schnaubend schüttelte ich abermals den Kopf, wusch mir das Gesicht und drehte mein hellbraunes langes Haar zu einem wirren Knoten auf.

Dann ging ich in die Küche, öffnete die Kühlschranktür und sah auf die paar Lebensmittel, die ich in einer Kühltasche von zu Hause mitgebracht hatte. Es war nicht viel gewesen, was ich daheim im Eisschrank gehabt hatte: ein paar Mikrowellengerichte, Milch, Erdnussbutter, Brot, ein bisschen Obst und eine Packung Hundefutter. Das würde bestimmt für ein paar Tage reichen, ehe ich gezwungen wäre, in den Supermarkt am Ort zu gehen.

Ich machte ein Nudelgericht in der Mikrowelle warm, lehnte mich gegen die Arbeitsplatte und pikste die aufgewärmte Pasta mit der beiliegenden Plastikgabel auf. Dabei sah ich aus dem Küchenfenster und bemerkte eine alte Frau mit kurzem weißem Haar in einem blauen Kleid, die mit einem Korb in ihrer Hand aus dem Nachbarhaus kam und auf mein Häuschen zulief. Als ich sie leise klopfen hörte, warf ich meine halb gegessene Mahlzeit in den Mülleimer und öffnete die Tür.

Die alte Dame lächelte mich freundlich an. »Hallo, meine Liebe, ich heiße Anne Cabbott. Wie es aussieht, sind Sie meine neue Nachbarin. Willkommen hier in unserer Nachbarschaft.«

Ich lächelte zurück und nahm den Korb entgegen, den sie mir hinstreckte. »Bree Prescott. Danke. Das ist aber nett.«

Ich hob einen Zipfel des Geschirrtuchs, das den Korb bedeckte, und der süße Duft von frisch gebackenen Blaubeermuffins stieg mir in die Nase. »Die riechen wirklich köstlich. Haben Sie vielleicht Lust hereinzukommen?«

»Vielen Dank, aber eigentlich hatte ich Sie fragen wollen, ob Sie auf meiner Veranda einen Eistee mit mir trinken möchten. Denn ich habe gerade einen Krug gemacht.«

»Oh.« Ich zögerte, doch schließlich nickte ich. »Ja sicher, warum nicht? Ich ziehe mir nur schnell noch Schuhe an.«

Ich ging wieder ins Haus, stellte die Muffins auf der Arbeitsplatte in der Küche ab, lief weiter in mein Schlafzimmer und schlüpfte dort in meine Flip-Flops.

Als ich wieder an die Haustür kam, stand Anne am Rand der Veranda und sah auf den See hinaus. »Was für ein wunderbarer Abend. Ich versuche, abends immer vor dem Haus zu sitzen und das wunderbare Wetter zu genießen. Denn jetzt wird es nicht mehr lange dauern, bis ich mich beschwere, weil es bitterkalt geworden ist.«

Wir liefen los, und ich blickte sie fragend von der Seite an. »Leben Sie das ganze Jahr über hier?«

Sie nickte knapp. »Die meisten Leute hier auf dieser Seite des Sees leben das ganze Jahr über hier. Die Urlauber haben bisher noch kein Interesse an dieser Stadt. Die Touristenattraktionen sind alle da drüben.« Sie wies mit dem Kopf ans andere Seeufer, das nur als undeutlicher Schatten zu erkennen war. »Und damit sind die meisten Leute hier in Pelion sehr zufrieden. Aber trotzdem wird sich das bald ändern. Denn Victoria Hale, die Frau, der das Land, auf dem Pelion steht, gehört, will eine Reihe Ferienhäuser bauen, um die Touristen anzuziehen.« Seufzend stieg sie hoch zu ihrer Veranda, wo sie sich in einen Korbstuhl sinken ließ und mir den Platz auf der Hollywoodschaukel wies.

Ich lehnte mich gemütlich gegen die Kissen und sah mich um. Mit den bequemen weißen Korbmöbeln, auf denen im Wechsel gelbe oder leuchtend blaue Kissen lagen, und mit den unzähligen Töpfen voll Petunien und wild rankendem Jasmin war die Veranda ein wunderschöner, heimeliger Ort.

»Was halten Sie davon, Touristen hierherzulocken?«, fragte ich, und sie runzelte unmerklich die Stirn.

»Tja, nun, ich mag das Städtchen, wie es ist. Meiner Meinung nach sollen die Touristen ruhig dort drüben bleiben. Die Leute, die bisher bei uns vorbeischauen, reichen mir vollkommen aus. Ich lebe gern in einer kleinen Stadt, in der jeder jeden kennt. Und wenn die neuen Ferienhäuser kommen, müssen all die Häuschen weg, die bisher direkt am Ufer stehen.«

Jetzt runzelte auch ich die Stirn. »Oh, das tut mir leid.« Dann würde schließlich auch sie selbst wegziehen müssen.

Sie aber winkte ab. »Ich komme schon zurecht. Ich mache mir vor allem Sorgen um die Läden in der Stadt, die schließen müssen, weil der Platz dann für die Ferienanlage benötigt wird.«

Ich runzelte immer noch die Stirn, und nachdem wir kurz geschwiegen hatten, sagte ich: »Ich habe selber mal mit meinen Eltern Urlaub auf der anderen Seite des Sees gemacht, als ich ein kleines Mädchen war.«

Sie nahm den Eisteekrug vom Tisch, schenkte uns beiden ein und hielt mir eins der Gläser hin. »Ach ja? Und was führt Sie nach all der Zeit hierher zurück?«

Da ich etwas Zeit gewinnen wollte, nippte ich an meinem Glas. Schließlich sagte ich: »Ich wollte einfach mal kurz raus. Und ich war sehr glücklich während dieses Sommers dort.« Ich zuckte mit den Achseln, und obwohl ich hätte lächeln wollen, spürte ich, so wie jedes Mal, wenn ich von meinen Eltern sprach, einen Kloß im Hals. Trotzdem hoffte ich, dass mein Gesicht auch weiter freundlich war.

Sie sah mich an, trank einen Schluck von ihrem eigenen Eistee und nickte dann verständnisvoll. »Nun, meine Liebe, für mich klingt das nach einem durchaus guten Plan. Und wenn Sie hier schon einmal glücklich waren, werden Sie das sicher noch einmal. Denn ich denke, dass bestimmte Orte einfach richtig für bestimmte Menschen sind.«

Sie schenkte mir ein warmes Lächeln, und ich lächelte zurück. Ich behielt aber für mich, dass ich auch deshalb hergekommen war, weil hier an diesem Ort meine Familie zum letzten Mal glücklich und sorgenfrei gewesen war. Nach der Rückkehr von der Reise hatte man bei meiner Mutter Brustkrebs diagnostiziert, an dem sie innerhalb von einem halben Jahr gestorben war. Danach hatte es nur noch meinen Dad und mich gegeben.

»Wie lange wollen Sie bleiben?«, riss mich Anne aus meinen Gedanken.

»Ich bin mir noch nicht sicher. Denn ich habe keinen echten Plan. Allerdings brauche ich einen Job. Sie wissen nicht zufällig, wo ich in Pelion Arbeit finden kann?«

Sie stellte vorsichtig ihr Glas auf den Tisch. »Das weiß ich sogar ganz genau. Der Imbiss in der Stadt braucht jemanden, der morgens dort bedient. Sie bieten Frühstück und auch Mittagessen an. Ich war erst gestern dort und habe das Schild im Fenster hängen sehen. Die bisherige Bedienung will erst mal zu Hause bleiben, weil sie gerade erst ein Kind bekommen hat. Das Norm's liegt direkt an der Hauptstraße. Sie können es unmöglich übersehen. Ein wirklich netter Laden und durchgehend gut besucht.« Sie zwinkerte mir zu. »Richten Sie dort einfach Grüße von mir aus.«

Ich lächelte sie an. »Vielen Dank. Das mache ich.«

Schweigend nippten wir erneut an unserem Tee, lauschten dem Zirpen der Grillen, dem Surren einer Handvoll Mücken, die um unsere Köpfe tanzten, dem Plätschern des Wassers und den fernen Rufen irgendwelcher Segler auf dem See, die wahrscheinlich auf dem Weg zurück zum Ufer waren.

»Wie herrlich friedlich es hier ist.«

»Ich hoffe, dass Sie mir diese Bemerkung nicht verübeln, aber Sie sehen aus, als könnten Sie das gut gebrauchen«, meinte Anne.

Ich atmete vernehmlich aus, stellte dann aber mit einem leisen Lachen fest: »Sie haben offensichtlich eine gute Menschenkenntnis.«

Ebenfalls mit einem leisen Lachen sagte sie: »Ich konnte Menschen immer schon gut einschätzen. Mein Bill hat stets gesagt, selbst wenn er wollte, könnte er mir einfach nichts verheimlichen, was natürlich unter anderem daran lag, dass wir uns liebten und uns so gut kannten, dass der andere fast so etwas wie ein Teil von einem selber war. Und sich selbst kann man nun mal nichts vormachen. Auch wenn sich manche Leute alle Mühe geben, das zu tun.«

»Tut mir leid. Dann lebt Ihr Mann also nicht mehr?«

»Oh, er ist schon fast zehn Jahre tot. Krebs. Aber trotzdem fehlt er mir noch immer.« Melancholie trübte kurz ihren Blick, doch dann straffte sie die Schultern und wies mit dem Kopf auf mein halb leeres Glas. »Am liebsten trank er seinen Eistee immer mit einem Schlückchen Bourbon. Hat immer gesagt, dass ihn das munter macht. Und ich habe ihm diese Freude immer gern gemacht, weil es nicht wirklich Arbeit für mich war und er dann immer so schön gelächelt hat.«

Ich hatte gerade einen kleinen Schluck von meinem Eistee genommen und musste mir die Hand vorhalten, sonst hätte ich den Tee bestimmt in hohem Bogen ausgespuckt. Doch schließlich gelang es mir zu schlucken, und ich fing an zu lachen. Sie sah mich grinsend an.

»Ich nehme an, dass Männer diesbezüglich wirklich ziemlich simpel sind.«

Sie lächelte. »Das lernen wir Frauen schon ziemlich früh, nicht wahr? Wartet daheim ein junger Mann auf Sie?«

Ich schüttelte den Kopf. »Nein. Ich habe ein paar gute Freunde, aber davon abgesehen wartet niemand dort auf mich.« Während ich dies sagte, traf mich das Bewusstsein meiner Einsamkeit wie ein Fausthieb in den Bauch. Die Erkenntnis war nicht neu, doch erst jetzt, als ich zum ersten Mal darüber sprach, drang sie vollends zu mir durch. Eilig leerte ich mein Glas, bevor mich die Gefühle überwältigen konnten, und stand entschlossen auf.

»Ich sollte langsam gehen. Danke für den Tee und die nette Gesellschaft.«

Lächelnd erhob sich auch Anne von ihrem Platz.

»Sie sind mir jederzeit willkommen, Bree. Falls Sie irgendetwas brauchen, wissen Sie, wo ich zu finden bin.«

»Danke, Anne. Das ist sehr nett. Oh. Ich müsste noch in eine Drogerie. Gibt es eine hier im Ort?«

»Ja. Haskell's. Fahren Sie den Weg zurück, den Sie gekommen sind, dann sehen Sie den Laden auf der linken Seite. Direkt vor der einzigen Ampel, die es hier gibt. Sie können ihn gar nicht verfehlen.«

»Super. Nochmals vielen Dank.« Ich trat von der Veranda, und als ich ihr winkte, nickte sie und winkte gut gelaunt zurück.

Als ich durch den Garten lief, um meine Tasche aus dem Haus zu holen, sah ich, dass dort eine Pusteblume stand. Ich pflückte sie, hob sie vor meinen Mund, schloss die Augen, dachte an Annes Worte, flüsterte unhörbar »Frieden«, blies die Schirmchen fort, sah ihnen hinterher und hoffte, einer dieser Samen trüge dieses eine Wort zu einem Wesen, dass die Fähigkeit besäße, Wünsche zu erfüllen.

3

Bree

Die Abenddämmerung brach an, als ich in die ruhige, beinah altmodische kleine Innenstadt von Pelion fuhr. Die meisten Läden waren offenbar in Einzel- oder Familienbesitz, und hohe Bäume warfen ihre Schatten auf die breiten Gehwege, auf denen ich Familien und Paare durch die milde Abendluft dieses Spätsommertages schlendern sah. Ich liebte diese Tageszeit. Sie hatte etwas Magisches und *Hoffnungsfrohes* an sich, so als wollte sie mir sagen: »Du warst dir nicht sicher, ob es dir gelingen würde, aber wieder hast du einen Tag geschafft, nicht wahr?«

Als ich Haskell's auf der linken Straßenseite entdeckte, stellte ich den Wagen auf dem zu der Drogerie gehörenden Parkplatz ab.

Zwar brauchte ich noch keine Lebensmittel, doch an ein paar andere, grundlegende Dinge hatte ich bei meinem Aufbruch in Ohio nicht gedacht. Nur deshalb war ich an diesem Abend überhaupt noch einmal losgefahren. Denn obwohl ich fünf Stunden geschlafen hatte, war ich eigentlich vollkommen erschöpft und freute mich bereits darauf, mit einem Buch ins Bett zu gehen.

Zehn Minuten später hatte ich Haskell's schon wieder verlassen und lief durch die zunehmende Dunkelheit zu meinem Wagen. Während meines Einkaufs waren die Laternen angegangen und hüllten den Parkplatz in ein warmes, weiches Licht. Ich zog mir gerade die Handtasche höher über die Schulter, nahm die prall gefüllte Einkaufstüte in die andere Hand, als diese plötzlich riss und ihr Inhalt ungehindert auf den Asphalt kullerte.

»Verdammt!« Fluchend bückte ich mich nach dem Zeug, warf Shampoo und Spülung in meine große Handtasche und fuhr erschreckt zusammen, als ich aus dem Augenwinkel jemanden in meiner Nähe stehen bleiben sah. Ich blickte gerade auf, als ein Mann neben mir in die Hocke ging und mir die Packung Aspirin hinhielt, die offenbar direkt vor seine Füße gerollt war. Ich starrte ihn mit großen Augen an. Er war jung mit wirrem, langem, leicht gewelltem braunem Haar, das viel zu lange schon nicht mehr geschnitten worden war, und einem Bart, der eher ungepflegt als absichtlich zerzaust aussah. Er wäre vielleicht durchaus attraktiv gewesen, allerdings war sein Gesicht hinter dem Haar, das ihm bis in die Augen fiel, und seinem viel zu langen Bart nicht wirklich zu erkennen. Er trug verblichene Jeans sowie ein blaues T-Shirt, das sich über die Muskeln seines Oberkörpers spannte. Der Aufdruck auf dem Shirt war so verblichen, dass er sicher schon seit Langem nicht mehr lesbar war.

All diese Dinge nahm ich in dem Moment war, in dem ich meine Hand ausstreckte, um die Schmerzmittel von ihm entgegenzunehmen. In diesem Augenblick trafen sich unsere Blicke und schienen sich ineinander zu verfangen. Seine Augen waren tief, whiskeyfarben mit langen, dunklen Wimpern.

Ich starrte diesen Fremden an und hatte das Gefühl, als ob sich plötzlich etwas zwischen uns bewegte, als ob die Luft, die uns umgab, plötzlich weich und warm und irgendwie mit Händen greifbar wäre. Ich runzelte verwirrt die Stirn, und auch nachdem er selbst schnell wieder zu Boden sah, zog der Anblick seiner Augen mich weiterhin in seinen Bann. Wer war dieser seltsame Fremde, und warum stand ich wie angewurzelt da?

Ich schüttelte leicht den Kopf und kehrte in die Wirklichkeit zurück. »Danke«, sagte ich und nahm das Aspirin aus seiner ausgestreckten Hand. Er gab mir keine Antwort und sah mich auch nicht noch einmal an.

»Verdammt«, entfuhr es mir ein zweites Mal, als ich erneut auf die auf dem Asphalt verstreuten Gegenstände sah. Die Schachtel mit den Tampons war aufgegangen, und eine Reihe der verflixten Dinger lag auf dem Boden. *Oh nein.*

Er hob ein paar der Tampons auf, hielt sie mir hin, und eilig stopfte ich sie in die Tasche und sah wieder auf. Auch er bedachte mich erneut mit einem kurzen Blick, doch sein Gesicht war völlig ausdruckslos, und wieder wandte er sich eilig ab.

Mir stieg das Blut in die Wangen, und ich versuchte, etwas Small Talk mit dem fremden Mann zu machen, während er schon nach den nächsten Tampons griff. Eilig riss ich sie ihm aus den Händen und warf sie zu den anderen in meine Tasche. Ich kämpfte gegen ein nervöses Kichern an.

»Verfluchte Plastiktüten«, brabbelte ich, atmete tief durch und fuhr mit ruhigerer Stimme fort: »Die sind nicht nur schlecht für die Umwelt, sondern obendrein noch nicht mal zuverlässig.«

Jetzt hielt der Mann mir einen Schokoriegel sowie einen weiteren Tampon hin, die ich ebenfalls mit einem innerlichen Stöhnen in der Tiefe meiner Handtasche verschwinden ließ.

»Früher habe ich versucht, brav zu sein, und mir Taschen gekauft, die man mehrmals verwenden kann. Die waren echt hübsch, mit Paisleymuster, bunten Punkten oder irgendwelchen netten Sprüchen drauf.« Kopfschüttelnd hob ich den letzten Tampon von der Erde auf. »Aber dann habe ich sie immer entweder daheim oder im Wagen liegen lassen, also haben sie mir nur sehr selten was genutzt.« Ich schüttelte erneut den Kopf, als mir der Typ die nächsten beiden Schokoriegel reichte.

»Danke«, sagte ich. »Ich glaube, das sind die Letzten.« Ich zeigte auf zwei Schokoriegel, die noch auf der Erde lagen, schaute auf, und wieder stieg mir eine heiße Röte ins Gesicht.

»Die waren gerade im Sonderangebot«, erklärte ich. »Ich

habe ganz bestimmt nicht vor, sie alle auf einmal aufzuessen oder so.« Er blickte mich nicht an, doch um seine Mundwinkel herum nahm ich ein beinah unmerkliches Zucken war. Ich blinzelte, und im nächsten Augenblick war nichts mehr davon zu sehen.

Eilig nahm ich ihm die Schokoriegel aus der Hand und sah ihn aus zusammengekniffenen Augen an. »Ich habe einfach gerne Schokolade im Haus, falls mich die Lust auf etwas Süßes überkommt, wobei das hier ein ganzer Monatsvorrat ist.« Das war glatt gelogen. Denn sicher würde ich die Süßigkeiten innerhalb der nächsten beiden Tage aufessen und bereits auf der Fahrt zurück zu meinem Häuschen damit anfangen.

Wir standen beide wieder auf, und ich hängte mir die prall gefüllte Handtasche über die Schulter. »Tja, nun, danke für die Hilfe, dass Sie mich …und meine … Sachen … meine Schokolade … meine Mandeln … und die Kokosnuss gerettet haben …« Leicht verlegen brach ich ab und blickte ihn mit einem schiefen Grinsen an. »Wissen Sie, es würde mir echt helfen, wenn Sie auch mal etwas sagen würden, weil mir diese Sache doch ein bisschen peinlich ist.« Ich wurde sofort wieder ernst, denn plötzlich wirkte sein Blick verschlossen, die Wärme, die ich in seinen Augen zumindest kurz hatte aufblitzen sehen, wich erschreckender Leere.

Er machte auf dem Absatz kehrt und wandte sich zum Gehen.

»He, warten Sie!«, rief ich ihm hinterher, doch zu meiner Enttäuschung joggte er bereits geschmeidig los.

Ein seltsames Gefühl der Leere und des Verlusts stieg in mir auf, als er die Straße überquerte und verschwand.

Unglücklich stieg ich in meinen Wagen, blieb dort reglos sitzen und dachte über diese seltsame Begegnung nach. Schließlich ließ ich den Motor an und schaltete die Scheibenwischer ein. Da merkte ich, dass etwas daran hing. Ich beugte mich vor und sah genauer hin. Es waren zahlreiche Pusteblumen-Schirmchen, die eine leichte Brise fort von mir und meinem Wagen in die Richtung blies, in die der Mann verschwunden war.

Am nächsten Morgen wachte ich früh auf, zog die Vorhänge zurück und starrte auf den See, der bereits im warmen, goldenen Licht der Sommersonne lag. Ein großer Vogel stieg gemächlich in den blauen Himmel auf, und in der Ferne schaukelte ein Boot auf den fast unmerklichen Wellen.

An diese Aussicht könnte ich mich sicherlich gewöhnen.

Jetzt sprang auch Phoebe vom Bett und nahm zu meinen Füßen Platz. »Was meinst du, Mädchen?«, flüsterte ich leise, und sie riss ihr Maul zu einem Gähnen auf.

Ich atmete tief durch. »Heute Morgen nicht«, versuchte ich mir selber Mut zu machen. »Heute Morgen geht's dir gut.«

Als ich langsam Richtung Dusche ging, entspannte ich mich leicht, und meine Hoffnung nahm mit jedem meiner Schritte zu. Doch kaum hatte ich das Wasser aufgedreht, versank die Welt um mich herum und das Prasseln der Dusche wurde zu Regen, der auf ein Hausdach schlug. Sofort ergriff mich kalte Furcht, und ich erstarrte, als der Donner laut in meinen Ohren hallte und die kalte Mündung einer Waffe über meine nackten Brüste glitt. Ich fuhr zusammen, als der Stahl auf meinen von der Kälte aufgerichteten Nippel traf, während ein dichter Strom von Tränen über meine Wangen rann. In meinem Kopf kreischte es wie ein Zug, der abrupt auf den Metallgleisen zum Stehen kam. *Oh Gott, oh Gott.* Ich hielt den Atem an und wartete in eisigem Entsetzen darauf, dass er abdrückte – wie bereits zuvor im Nebenraum, wo Dad in einer Lache seines eigenen Blutes lag. Doch meine Panik verdrängte schnell jeden Gedanken an meinen Vater. Ich brach in wildes Zittern aus, während der Regen weiter auf das Dach …

Erst, als draußen eine Wagentür ins Schloss geworfen wurde, kehrte ich ins Hier und Jetzt zurück. Durch einen Spalt im Duschvorhang spritzte das Wasser auf den Boden. Mir war derart übel, dass ich zur Toilette stürzte und mich unter lautem

Würgen übergab. Dann ließ ich mich keuchend und noch immer zitternd auf den Boden sinken, weil mir die Kontrolle über meinen Körper wieder einmal vollkommen entglitten war.

Verzweifelt kämpfte ich gegen die aufsteigenden Tränen an, zählte von Hundert rückwärts, atmete tief durch, stand mühsam auf, schnappte mir ein Handtuch und wischte die Wasserpfütze vor der Dusche auf.

Dann zog ich mich aus, trat unter die inzwischen warme Dusche, schloss die Augen und versuchte, vollends in die Gegenwart zurückzukehren.

»Alles ist gut, alles ist gut, alles ist gut«, wiederholte ich mit zitternder Stimme mein Mantra und kämpfte gegen den Schmerz, die Schuldgefühle und das fortgesetzte leichte Zittern meines Körpers an. Es *würde* wieder alles gut werden, das wusste ich aus Erfahrung. Auch wenn ich noch etwas brauchen würde, um mich des Gefühls zu erwehren, wieder *dort* zu sein, an jenem Ort, in jenem Augenblick der grenzenlosen Trauer und der Todesangst. Und die Traurigkeit war seither mein ständiger Begleiter geblieben.

Die Flashbacks kamen jeden Morgen, aber bis zum Abend tankte ich dann immer neue Kraft und Zuversicht. Täglich hoffte ich beim Aufstehen, dass die grässlichen Erinnerungen endlich überwunden wären und ich nicht noch mal die Trauer und den Schmerz dieses grauenhaften Augenblicks durchleben müsste, seit dem nichts mehr so wie früher war.

Ich stieg aus der Dusche, trocknete mich ab, und als ich in den Spiegel blickte, sah ich nicht so schlimm wie an den meisten anderen Morgen aus.

Obwohl die Flashbacks nicht aufgehört hatten, hatte ich so gut wie schon seit einem halben Jahr nicht mehr geschlafen und empfand eine Zufriedenheit, die sicher daher rührte, dass kein anderes Geräusch so friedlich wie das sanfte Plätschern war, mit dem das Wasser sich am sandigen Ufer brach. Vielleicht würde das meine Seele heilen – oder mir wenigstens auch in Zukunft einen ruhigen Schlaf bescheren.

Ich ging ins Schlafzimmer zurück und zog mir Kaki-Shorts und eine ärmellose schwarze Bluse an. Ich hatte kaum noch Geld und brauchte wirklich dringend einen Job. Ich hatte vor, in die Stadt zu dem Imbiss zu fahren, von dem Anne gesprochen hatte, um mich als Bedienung zu bewerben. Da sollte ich möglichst präsentabel aussehen.

Ich föhnte mir die Haare, bürstete sie aus und schminkte mich dezent. Dann zog ich meine Sandalen an und trat in die warme Morgenluft hinaus.

Zehn Minuten später stellte ich den Wagen in der Hauptstraße des Orts ab. Das Norm's sah wie ein ganz normaler Kleinstadt-Imbiss aus. Bereits um acht an einem Montagmorgen war er ziemlich gut besucht, und ich strahlte, als ich sah, dass das Schild, das meine Nachbarin gesehen hatte, immer noch im Fenster hing. *Juhu!*

Ich öffnete die Tür und wurde vom Geruch von Kaffee und gebratenem Speck begrüßt.

Statt an einen von den Tischen setzte ich mich vorne an den Tresen in die Nähe von zwei jungen Frauen in abgeschnittenen Jeans und Tanktops, die anscheinend nicht so wie die meisten anderen Gäste auf dem Weg zur Arbeit auf ein schnelles Frühstück hier vorbeigekommen waren.

Ich setzte mich auf einen Barhocker mit rotem Kunstlederbezug, und eins der beiden Mädchen lächelte mich freundlich an.

»Morgen«, sagte ich und lächelte zurück.

»Morgen«, grüßte sie.

Ich griff nach der Speisekarte, und die Frau hinter dem Tresen blickte über ihre Schulter und erklärte lächelnd: »Komme gleich.« Sie war nicht mehr jung mit kurzem grauem Haar und wirkte leicht gehetzt, als sie mit dem Bestellblock vor der Durchreiche zur Küche stand. Sie war offenbar allein und kam mit den Bestellungen kaum nach. Die meisten morgendlichen Gäste waren auf dem Weg zur Arbeit und wollten deshalb schnell bedient werden.

»Ich habe es nicht eilig«, meinte ich.

Sie brachte eine Reihe von Bestellungen an die diversen Tische, kam zu mir und fragte erschöpft: »Kaffee?«

»Ja, bitte. Wie es aussieht, haben Sie gerade alle Hände voll zu tun. Deshalb nehme ich einfach die Nummer drei so, wie sie in der Speisekarte steht.«

»Gott segne dich, mein Kind«, stellte sie lachend fest. »Sie kennen sich in dem Metier anscheinend aus.«

»Auf jeden Fall.« Lächelnd hielt ich ihr die Speisekarte hin. »Das tue ich, und deshalb ist mir klar, dass dies ein ungünstiger Zeitpunkt ist – aber ich habe das Schild in Ihrem Fenster hängen sehen.«

»Heißt das, Sie wollen den Job? Wann können Sie anfangen?«

»Sobald wie möglich. Ich kann gerne später noch mal wiederkommen, falls Sie sich noch etwas länger mit mir unterhalten wollen …«

»Oh, das wird nicht nötig sein. Sie haben Erfahrung als Bedienung, brauchen einen Job und wir brauchen dringend eine Kellnerin. Ich bin die Frau von Norm, deswegen kann ich einstellen, wen ich will. Und das tue ich hiermit. Kommen Sie wegen des Papierkrams einfach später noch einmal vorbei.« Sie reichte mir die Hand. »Ich bin übrigens Maggie Jansen.«

»Und ich bin Bree Prescott. Vielen, vielen Dank.«

Während ich noch dankbar grinste, lief sie bereits weiter, um die Kaffeetassen anderer Gäste wieder aufzufüllen. »Sie haben mir den Tag versüßt.«

So ein einfaches Bewerbungsgespräch hatte ich noch nie gehabt.

»Neu hier in der Stadt?«

Lächelnd nickte ich der jungen Frau neben mir zu. »Ich bin gestern erst hier angekommen.«

»Na, dann herzlich willkommen. Ich bin Melanie Scholl, und dies ist meine Schwester Liza.« Auch das andere Mädchen reichte mir die Hand, die ich mit einem neuerlichen Lächeln nahm.

»Freut mich.«

Als ich merkte, dass sie unter ihren Tanktops Badesachen trugen, blickte ich sie fragend an. »Macht ihr beiden Urlaub hier?«

Melanie lachte. »Nein. Solange die Touristen da sind, jobben wir am anderen Seeufer als Rettungsschwimmerinnen, und im Winter helfen wir dann wieder in der Pizzeria unserer Eltern aus.«

Nickend hob ich meinen Kaffeebecher an den Mund. Die beiden wirkten ungefähr so alt wie ich und sahen mit ihrem rötlich braunen Haar und ihren großen blauen Augen fast wie Zwillingsschwestern aus.

»Falls du irgendetwas über Pelion wissen willst, wende dich einfach vertrauensvoll an uns«, bot Liza augenzwinkernd an. »Denn es gibt keine schmutzige Geschichte, die wir nicht kennen. Wir können dir auch sagen, welche Jungs in Ordnung sind und um welche du lieber einen möglichst großen Bogen machst. Denn wir haben die Jungs in Pelion und am anderen Ufer inzwischen fast alle durch.«

»Okay, das werde ich mir merken. Ich bin wirklich froh, dass ich euch zwei getroffen habe.« Gerade, als ich wieder einen Schluck aus meinem Becher nehmen wollte, fiel mir etwas ein. »He, ich hätte wirklich eine Frage. Gestern Abend auf dem Parkplatz vor der Drogerie ist mir mein Zeug runtergefallen, und ein junger Mann ist stehen geblieben und hat mir beim Aufsammeln geholfen. Groß, schlank, gut gebaut, aber … keine Ahnung, irgendwie hat er kein Wort mit mir gesprochen … und dann hatte er noch diesen langen Bart …«

»Archer Hale«, erklärte Melanie. »Ich bin schockiert, dass er dir geholfen hat. Denn normalerweise geht er immer allen aus dem Weg.« Nach einer kurzen Pause fügte sie hinzu: »Und normalerweise gehen ihm auch die Leute aus dem Weg.«

»Nun, er hatte sicher einfach keine andere Wahl«, erklärte

ich. »Weil ihm meine Sachen praktisch direkt vor die Füße gekullert sind.«

»Trotzdem ist das ungewöhnlich«, stellte Melanie mit einem Achselzucken fest. »Aber wie dem auch sei – ich glaube, er ist taub. Deshalb redet er auch nicht. Er hatte irgendeinen Unfall, als er noch ein kleiner Junge war. Wir waren damals selbst erst fünf und sechs. Auf dem Highway, ein Stückchen außerhalb der Stadt. Seine Eltern und sein Onkel, der damals der Polizeichef hier in Pelion war, kamen dabei um. Und er selbst hat sein Gehör verloren, glaube ich. Danach hat sein anderer Onkel ihn zu sich ins Haus geholt, am Ende der Briar Road, hat ihn dort selbst unterrichtet, und bis zu seinem Tod vor ein paar Jahren kam Archer niemals auch nur in die Stadt. Inzwischen lebt er ganz allein dort, und obwohl er ab und zu zum Einkaufen nach Pelion kommt, ist er der totale Einzelgänger.«

»Wow.« Ich runzelte die Stirn. »Das ist unglaublich traurig.«

»Ja«, stimmte mir Liza zu. »Vor allem, weil man einen solchen Körper hier nicht alle Tage sieht. Das ist Veranlagung. Wenn er nicht ein solcher Eigenbrötler wäre, hätte ich ihn mir wahrscheinlich längst gekrallt.«

Ihre Schwester rollte mit den Augen, und ich presste die Hand gegen meinen Mund, sonst hätte ich wahrscheinlich meinen Kaffee ausgespuckt.

»Du kleine Schlampe«, meinte Melanie. »Du hast dein Glück bei ihm bisher doch nur noch nicht versucht, weil er dich niemals auch nur eines Blickes würdigt, wenn du ihn irgendwo triffst.«

Liza dachte kurz darüber nach, schüttelte dann aber nachdrücklich den Kopf. »Wahrscheinlich weiß er überhaupt nicht, was ein Mann mit einem solchen Körper alles anstellen kann – was wirklich eine Schande ist.«

Wieder rollte Melanie mit ihren Augen und sah auf die Uhr, die über der Durchreiche zur Küche hing.

»Verflixt, wenn wir uns nicht beeilen, kommen wir zu spät

zum Dienst.« Sie zückte ihren Geldbeutel und winkte Maggie zu. »Ich lasse das Geld einfach hier auf dem Tresen liegen, Mags.«

»Danke, Schätzchen.« Zwei randvolle Teller in den Händen, lief die Kellnerin an ihr vorbei.

Melanie schrieb irgendwas auf eine der Papierservietten und hielt sie mir hier. »Das ist meine Handynummer. Wir wollen bald zu einem Mädelsabend auf die andere Seite des Sees. Vielleicht hast du ja Lust.«

Lächelnd nahm ich die Serviette entgegen. »Oh, okay, tja, nun, vielleicht.« Eilig schrieb ich meine eigene Nummer auf eine Serviette und drückte sie ihr in die Hand. »Vielen Dank. Das ist echt nett von dir.«

Es überraschte mich, wie mich die Unterhaltung mit den beiden jungen Frauen aufgemuntert hatte. Vielleicht sollte ich mich endlich wieder dran erinnern, dass ich vor der schrecklichen Tragödie keine solche Eigenbrötlerin und auch nicht derart langweilig gewesen war. Oft kam es mir so vor, als wäre mein Leben mit jenem grauenhaften Tag zu Ende gegangen. Doch das stimmte nicht – und daran musste ich mich immer wieder selber erinnern.

Natürlich hatten meine Freunde nach Dads Tod versucht, mich immer wieder einmal vor die Tür zu locken, doch ich hatte einfach nicht die Energie für irgendwelche Unternehmungen gehabt.

Vielleicht würde es mir leichter fallen, mit Leuten auszugehen, die nichts von den Ereignissen wussten. Vielleicht hatte ich mich ja genau deswegen auf den Weg gemacht? Als eine Art Flucht? Vielleicht würde ich an einem neuen Ort ja neuen Lebensmut finden? Und dann hätte ich die Kraft, mich dem zu stellen, was von meinem Leben übrig war.

Melanie und Liza liefen eilig los, winkten auf dem Weg nach draußen fröhlich ein paar anderen Gästen zu, und wenig später stellte Maggie einen Teller vor mir auf dem Tresen ab.

Beim Essen dachte ich an das, was sie mir über Archer Hale

berichtet hatten. Sein seltsames Verhalten ergab plötzlich einen Sinn. Weshalb war ich nicht selbst darauf gekommen, dass er vielleicht taubstumm war? Obwohl er offenbar des Lippenlesens mächtig war. Und ich hatte ihn aufs Schimpflichste beleidigt mit der Frage, ob er vielleicht auch mal etwas sagen könnte. Deshalb hatte er so ein finsteres Gesicht gemacht und war schnellstmöglich davonmarschiert.

Ich zuckte innerlich zusammen und biss in meinen Toast. »Super, Bree.«

Wenn ich ihn noch mal sähe, würde ich ihn um Verzeihung bitten. Und ihm deutlich machen, dass ich selbst die Gebärdensprache konnte, falls er Lust hätte, mit mir zu reden. Mein Vater war taub gewesen, ich hatte sie schon als kleines Kind gelernt.

Irgendwas an diesem Archer faszinierte mich – auch wenn ich keine Ahnung hatte, was. Etwas anderes, als dass er taubstumm und ich selbst mit dieser ganz besonderen Behinderung in der Familie aufgewachsen war. Ich grübelte darüber nach, doch mir fiel einfach keine Antwort ein.

Ich aß auf, doch als ich zahlen wollte, winkte Maggie ab. »Unsere Angestellten essen hier umsonst«, erklärte sie. »Kommen Sie wegen des Papierkrams einfach heute Nachmittag ab zwei noch mal vorbei.«

»Okay. Dann sehen wir uns nachher.« Grinsend legte ich das Trinkgeld auf den Tisch und wandte mich zum Gehen.

Nicht schlecht, sagte ich mir. Denn schließlich war ich erst seit einem Tag in dieser Stadt und hatte schon ein Häuschen, einen Job, in meiner Nachbarin Anne Cabbott so etwas wie eine Freundin gefunden, und mit den beiden offensichtlich wirklich netten jungen Frauen war ich vielleicht auf dem besten Weg dahin. Regelrecht beschwingt lief ich zurück zu meinem Wagen.

4

Bree

Früh am nächsten Vormittag fing ich im Imbiss an. Norm, der in der Küche stand und für die Gäste kochte, war ein bärbeißiger Kerl, der außer einem schlecht gelaunten »Morgen« kaum ein Wort mit mir sprach, der aber Maggie anzubeten schien. Im Grunde seines Herzens war er also sicherlich ein Softie, daher machte er mir keine Angst. Und da Maggies Stresslevel schon eine Stunde nach dem Beginn meiner ersten Schicht erheblich abzunehmen schien, hatte ich bei ihm vom ersten Tag an einen dicken Stein im Brett.

Der Imbiss war anscheinend immer gut besucht, die Arbeit allerdings war nicht besonders kompliziert, und die meisten Gäste waren wirklich angenehm. Ich konnte mich also beim besten Willen nicht beschweren, und die ersten beiden Tage in meinem neuen Job vergingen wie im Flug.

Am Mittwoch fuhr ich nach der Arbeit heim, duschte kurz, zog meinen Badeanzug, eine kurze Jeans und ein weißes Tanktop an, nahm Phoebe an die Leine und verließ das Haus, um mir den See und die Gegend ein bisschen anzusehen.

Als Anne, die gerade ihre Rosenbüsche goss, mich freundlich grüßte, blieb ich bei ihrem Grundstück stehen.

»Na, wie haben Sie sich eingelebt?« Sie stellte ihre leere Gießkanne auf den Boden und trat zu mir an den Zaun.

»Bestens. Ich hätte schon längst zu Ihnen rüberkommen wollen, um mich zu bedanken. Gleich am Montagmorgen war ich in dem Imbiss, und sie haben mich tatsächlich auf der Stelle eingestellt.«

»Oh, das freut mich. Maggie ist ein echter Schatz. Und vor Norm dürfen Sie keine Angst haben. Denn wie heißt es so zutreffend? Hunde, die bellen, beißen nicht.«

»Das habe ich ziemlich schnell gemerkt«, stimmte ich ihr lachend zu. »Und ich fühle mich dort wirklich wohl. Jetzt will ich mir endlich mal den See ein bisschen genauer ansehen.«

»O gut. Hier kann man leider nicht so gut spazieren gehen, das haben Sie sicherlich schon selbst gemerkt. Fahren Sie besser einfach die Briar Road hinunter, und folgen Sie dann den Schildern zu dem kleinen Strand.« Sie wies mir kurz den Weg und fügte dann hinzu: »Wenn Sie wollen, können Sie mein Fahrrad nehmen, weil ich selber nicht mehr damit fahre, seitdem ich den Lenker wegen der Arthritis in den Händen nicht mehr richtig halten kann. Aber es ist so gut wie neu und hat sogar einen Korb, in dem ihr Hündchen sitzen kann.« Lächelnd sah sie Phoebe an. »Hallo. Wie heißt du denn?«

»Phoebe« stellte ich die Kleine vor, und Phoebe stieß ein gut gelauntes leises Bellen aus.

»Na, du bist aber wirklich süß.« Anne bückte sich, und Phoebe leckte ihr die Hand.

»Das Fahrrad steht in meinem Gästezimmer. Würden Sie es gern mal sehen?«

»Sind Sie sicher? Obwohl ich natürlich lieber mit dem Rad als mit dem Wagen fahren würde. Es ist ja vermutlich nicht weit bis zum Strand.«

»Ja, natürlich.« Sie bedeutete mir, ihr zu folgen, und marschierte Richtung Haus. »Ich würde mich sehr freuen, wenn Sie es benutzen würden. Ich bin früher immer damit losgefahren, um die wilden Blaubeeren zu pflücken, die es in der Gegend gibt. Legen Sie also am besten einfach ein paar Tüten in den Fahrradkorb, falls Sie während Ihres Ausflugs welche sammeln wollen. Backen Sie?«

»Hm.« Ich folgte ihr ins Haus. »Früher. In der letzten Zeit aber nicht mehr.«

Sie sah mich über ihre Schulter an. »Vielleicht inspirieren

Sie ja die Blaubeeren dazu, sich wieder einmal eine Schürze umzubinden.«

Lächelnd öffnete sie die Haustür, und ich trat hinter ihr ein. Ihr Häuschen war mit den abgenutzten, unter Schondecken versteckten Möbeln, zahllosen gerahmten Fotos sowie jeder Menge Schnickschnack urgemütlich eingerichtet. Und durch den Geruch von trockenem Eukalyptus, der die Luft erfüllte, wurde die Behaglichkeit dieser freundlichen Umgebung noch verstärkt.

»Da ist das gute Stück«, erklärte Anne und schob ein Fahrrad aus dem Gästezimmer. Ich musste einfach grinsen, weil es einer dieser altmodischen Drahtesel mit einem großen Korb vorne am Lenker war.

»Oh mein Gott! Das ist fantastisch! Sind Sie sich ganz sicher, dass Sie es mir borgen wollen?«

»Es würde mich sogar sehr glücklich machen, meine Liebe. Behalten Sie das Rad, solange Sie dafür Verwendung haben, ja?«

Lächelnd rollte ich das Rad auf die Veranda. »Vielen, vielen Dank. Das ist unglaublich nett von Ihnen. Damit machen Sie mir eine Riesenfreude.«

Sie trat neben mich und half mir, es hinunter auf den Weg zu tragen. »Ist mir ein Vergnügen. Denn es macht mich froh zu wissen, dass es jetzt wieder gebraucht wird und dass jemand seine Freude daran hat.«

Lächelnd blickte ich auf das wunderbare Rad, und plötzlich fiel mir etwas ein. »Oh! Darf ich Sie etwas fragen? Ich habe in der Stadt jemanden getroffen, von dem jemand anderes mir erzählt hat, dass er am Ende der Briar Road lebt. Vielleicht kennen Sie ihn ja. Er heißt Archer Hale.«

Anne runzelte die Stirn. »Nun, zumindest weiß ich, wer das ist. Sie kommen auf dem Weg zum Strand direkt an seinem Grundstück vorbei. Sie können es gar nicht verpassen, weil es sonst keine Anwesen in der Ecke gibt.« Mit nachdenklicher Stimme fügte sie hinzu: »Archer Hale … ich kann mich noch daran erinnern, dass er ein unglaublich süßer kleiner Junge war. Er spricht allerdings bereits seit Jahren nicht mehr. Wahrscheinlich, weil er nichts mehr hört.«

»Wissen Sie zufällig, was damals genau geschehen ist?«

Nach kurzem Zögern antwortete Anne: »Es gab einen fürchterlichen Unfall etwas außerhalb der Stadt. Damals kam mein Bill gerade mit seiner schlimmen Diagnose aus dem Krankenhaus. Ich nehme an, deswegen habe ich nicht so genau auf die Details geachtet – auch wenn ich natürlich so wie alle anderen fürchterlich betroffen von der Sache war. Ich weiß nur, dass Archers Eltern und sein Onkel Connor Hale, der der Grundherr und der Polizeichef unseres Städtchens war, an dem Tag gestorben sind und Archer nach dem Tag nicht mehr derselbe war. Lassen Sie mich überlegen ... Ja, genau, sein anderer Onkel, Nathan Hale, nahm sich damals seiner an, aber wenn ich mich nicht irre, starb der Mann vor drei oder vier Jahren an Krebs.« Ihr Blick schweifte vorübergehend in die Ferne ab. »Manche Leute in der Stadt behaupten, dass er nicht ganz richtig tickt. Archer, meine ich. Aber das kann ich nicht beurteilen. Vielleicht behaupten sie das nur, weil auch sein Onkel etwas seltsam war. Meine jüngere Schwester war mit Nathan in der Schule und hat mir erzählt, dass er schon damals blitzgescheit, aber eben auch ein bisschen anders als die anderen war. Und nach seiner Zeit bei der Armee soll er irgendwie noch ... seltsamer gewesen sein.«

Jetzt runzelte auch ich die Stirn. »Und trotzdem hat man zugelassen, dass er einen kleinen Jungen zu sich nimmt?«

»Tja, nun, ich nehme an, er hat sich den Behörden gut verkauft. Und vor allem war er meines Wissens nach der einzige Verwandte, der dem Kind geblieben war.« Sie legte wieder eine nachdenkliche Pause ein. »Ich habe schon seit Jahren nicht mehr über die Brüder Hale gesprochen. Doch sie waren stets für Aufregung gut. Hm. Jetzt, wo ich darüber nachdenke, ist es natürlich wirklich traurig, was aus Archer geworden ist. Doch offenbar ist es in kleinen Städten manchmal einfach so, dass man Leute, die schon immer da waren, nicht mehr wahrzunehmen scheint. Die Menschen haben damals versucht, diese Tragödie hinter sich zu lassen, und der kleine Archer ist dabei offenkundig irgendwie untergegangen. Es ist eine Schande.«

Wieder brach sie ab, hing der Erinnerung an alte Zeiten nach. Ich brach vielleicht besser auf.

»Tja, nun.« Ich lächelte sie an. »Nochmals danke für die Wegbeschreibung und das Fahrrad. Auf dem Rückweg komme ich noch mal vorbei.«

Bei diesen Worten kehrte Anne gedanklich in die Gegenwart zurück. »Das wäre nett. Aber genießen Sie jetzt erst einmal den Tag.«

Lächelnd griff sie wieder nach der Gießkanne, die sie neben der Veranda abgestellt hatte, und ich schob ihr Fahrrad durch das Tor, setzte Phoebe in den Korb, schwang mich auf den Sattel und fuhr, in Gedanken bei den Dingen, die mir Anne über die Brüder Hale und Archer hatte sagen können, langsam Richtung Briar Road. Anscheinend wusste niemand, was genau damals mit ihm geschehen war. Oder hatten sie die Einzelheiten vielleicht einfach nur verdrängt? Ich wusste, wie es war, die eigenen Eltern zu verlieren, auch wenn meine Eltern nicht auf einen Schlag gestorben waren, und ich konnte mir nicht vorstellen, wie er je damit klargekommen war. Man drehte doch völlig durch, wenn das Herz von einem solchen Übermaß an Trauer überflutet wurde, wenn man die Mutter und den Vater gleichzeitig verlor. Schon mir kam es an manchen Tagen vor, als verlöre ich vor lauter Schmerz und Traurigkeit beinahe den Verstand. Doch die Menschen gingen sicher auf verschiedene Art mit solchen Dingen um – weil der Schmerz und auch die Heilung unterschiedlich waren wie die Menschen, die diesen Prozess durchlaufen mussten.

Erst, als ich zu dem Grundstück kam, das der Beschreibung nach seines sein musste, kehrte ich gedanklich in die Gegenwart zurück. Es war von einem hohen Zaun umgeben, und die vielen Bäume verstellten mir die Sicht auf alles, was dahinter lag. Ich reckte meinen Kopf, doch von der Straße aus war nicht zu sehen, wie weit sich dieser Zaun erstreckte, weil er sich im Wald verlor. Das Tor, vor dem ich stand, war fest verschlossen. Ich wusste nicht, warum ich überhaupt anhielt und auf das Surren der Moskitos lauschte, statt weiter zum Strand zu fahren.

Nach mehreren Minuten bellte Phoebe leise, und ich schwang mich entschlossen wieder auf den Sattel.

Ich verbrachte ein paar Stunden am Strand, badete und sonnte mich, während Phoebe auf der Ecke meines Badetuchs schlief. Es war ein heißer Tag, doch dank der Brise, die vom See in Richtung Ufer wehte, und des Schattens, den die Bäume auf den schmalen Sandstrand warfen, war die Temperatur durchaus angenehm. Ein Stückchen weiter waren noch ein paar andere Leute, aber davon abgesehen hatte ich den Strand für mich, was sicher daran lag, dass man auf dieser Seite des Gewässers fast nur Einheimische traf.

Ich lag auf meinem Badetuch, schaute auf die Flecken strahlend blauen Himmels, die zwischen den Baumwipfeln zu sehen waren, lauschte auf das Wasser, das gegen das Ufer schlug, schloss die Augen, um mich etwas auszuruhen, und schlief auf der Stelle ein.

Wieder einmal träumte ich von meinem Dad, der diesmal allerdings nicht sofort starb, sondern in dem Augenblick durch unsere Küchentür gekrochen kam, in dem der andere durch die Hintertür verschwand.

»Du lebst!«, rief ich und richtete mich mühsam auf.

Er blickte mich mit einem sanften Lächeln an und nickte.

»Ja«, erklärte er, und ich riss überrascht die Augen auf, weil er mit seiner Stimme statt mit seinen Händen sprach.

»Du kannst sprechen«, stieß ich aus.

»Ja, natürlich«, sagte er und lachte leise auf. Er bewegte dabei aber seine Lippen nicht.

»Ich will dich wiederhaben, Dad.« In meinen Augen stiegen Tränen auf. »Ich vermisse dich so sehr.«

Die Miene meines Vaters wurde ernst, und obwohl sich keiner von uns beiden irgendwie bewegte, nahm der Abstand zwischen uns beständig zu. »Es tut mir furchtbar leid, dass du uns nicht beide haben kannst, meine kleine Biene«, sprach er mich mit meinem Kosenamen an.

»Euch beide?«, fragte ich verwirrt, doch plötzlich war er nicht mehr da, und ich war vollkommen allein.

Ich fing an zu weinen, und obwohl ich meine Augen fest geschlossen hatte, spürte ich, dass irgendwer auf mich heruntersah.

Erschrocken riss ich meine tränennassen Augen auf, kämpfte mit den Gefühlen, die der Traum heraufbeschworen hatte, und war mir so gut wie sicher, dass in meinem Rücken irgendwer auf leisen Sohlen unbemerkt im Wald verschwand.

Am nächsten Morgen fuhr ich wieder in den Imbiss. Obwohl ich gut geschlafen hatte, war an diesem Tag der Flashback nach dem Aufstehen besonders schlimm gewesen, und die Niedergeschlagenheit hatte mich noch immer fest im Griff.

Entschlossen stürzte ich mich in die Arbeit, nahm Bestellungen entgegen, brachte die gefüllten Teller an die Tische, schenkte Kaffee nach, und als der Strom der Gäste gegen neun langsam verebbte, registrierte ich erleichtert, dass es mir schon wieder deutlich besser ging.

Ich füllte gerade die Gewürzbehälter auf dem Tresen wieder auf, als die Tür aufging und ein junger Polizist den Raum betrat. Er nahm den Hut vom Kopf und fuhr sich mit einer Hand durch sein kurzes, leicht gewelltes braunes Haar und nickte Maggie zu. Sie lächelte ihn an und grüßte fröhlich: »Hallo, Trav.«

Er kam zum Tresen, und unsere Blicke kreuzten sich. Er lächelte, als er sich auf einen Hocker schwang, und enthüllte dabei gerade, strahlend weiße Zähne. »Sie sind bestimmt der Grund dafür, dass Maggie heute früh so gute Laune hat.« Er reichte mir die Hand. »Ich bin Travis Hale.«

Oh, noch ein Hale. Ich lächelte ihn an. »Hi, Travis. Ich bin Bree. Bree Prescott.«

Mühsam brachte er die langen Beine zwischen Barhocker und Tresen unter und sah mich mit einem breiten Grinsen an. »Freut mich, Bree. Was hat Sie in unsere kleine Stadt geführt?«

Ich wählte meine Worte mit Bedacht, damit mich Travis nicht für eine seltsame Nomadin hielt. Obwohl ich das wahrscheinlich war.

»Na ja, nach dem College dachte ich, dass ich die neu gewonnene Freiheit erst einmal genießen und auf Reisen gehen sollte. Und dann bin ich irgendwann in dieser hübschen, kleinen Stadt gelandet.«

»Sie wollen also die Welt entdecken«, stellte er mit einem neuerlichen Grinsen fest. »Da haben Sie vollkommen recht. Ich wünschte mir, ich hätte selbst schon mehr davon gesehen.«

Mit einem Lächeln hielt ich ihm die Speisekarte hin, als plötzlich Maggie neben mir auftauchte, mir die Karte aus den Händen riss und sie zurück unter den Tresen schob. »Travis Hale kennt unsere Speisekarte in- und auswendig«, erklärte sie und zwinkerte mir zu. »Denn schließlich hat er schon mit seiner Mom bei uns gegessen, als er noch in einem Hochstuhl sitzen musste, weil er noch zu klein für die normalen Stühle war. Apropos, wie geht es deiner Mutter?«

»Oh, der geht es gut. Mit ihren zahlreichen gesellschaftlichen Verpflichtungen und vor allem mit den Plänen für die Ferienhäuser hat sie alle Hände voll zu tun.«

Maggie presste kurz die Lippen aufeinander, fing dann aber wieder an zu lächeln und bat Travis: »Na, dann grüß sie mal von mir.«

»Das mache ich.« Noch während er das sagte, wandte er sich abermals mir zu.

»Sie heißen also Hale«, stellte ich fest. »Dann sind Sie doch bestimmt mit Archer Hale verwandt.«

Er runzelte die Stirn und wirkte für einen Augenblick verwirrt. »Archer? Ja, wir sind Cousins. Sie kennen ihn?«

»Oh nein.« Ich schüttelte den Kopf. »Ich bin ihm vor ein paar Tagen zufällig begegnet und fand, dass er etwas …«

»Seltsam war?«

»Nicht seltsam, sondern anders«, korrigierte ich ihn nachdenklich und machte eine vage Geste mit der Hand. »Ich kenne hier bisher nicht viele Leute, und auch wenn ich nicht behaupten würde, dass ich Archer kenne, war er nun mal einer der Ersten, die mir hier über den Weg gelaufen sind …« Eilig griff ich nach der Kaffeekanne, hielt sie fragend in die Luft, und als er nickte, schenkte ich ihm ein.

»Wie sollte man auch einen Menschen richtig kennenlernen können, der nicht spricht«, stellte er mit nachdenklicher Stimme fest. »Ich habe jahrelang mein Glück bei ihm versucht, aber er reagierte einfach nicht auf ganz normale Nettigkeiten. Er lebt in seiner eigenen Welt. Es tut mir leid, dass ausgerechnet er Sie hier in Pelion in Empfang genommen hat. Aber wie dem auch sei – es freut mich, dass Sie hier gelandet sind.« Lächelnd trank er einen Schluck Kaffee.

»Danke«, sagte ich. »Dann sind Sie also bei der Polizei?«, Das war offensichtlich, nur fiel mir so spontan kein anderes Thema ein.

»Jepp.«

»Wenn er so weitermacht, wird er bestimmt noch Polizeichef wie sein Dad«, mischte sich Maggie in die Unterhaltung ein und nahm am Tisch neben dem Tresen, wo wir immer Pause machten, Platz.

Travis zog die Brauen hoch. »Noch ist es nicht so weit.« Doch sein Ton verriet, dass es für ihn daran nicht den geringsten Zweifel gab.

Ich begnügte mich mit einem Lächeln und erwähnte nicht, dass ich von Anne erzählt bekommen hatte, dass sein Vater, Connor Hale, bei dem Unfall damals umgekommen war. Denn er fände es wahrscheinlich etwas seltsam, dass ich mich derart für seine Familie interessierte beziehungsweise für die Tragödie, die ihr widerfahren war.

»Wo wohnen Sie?«, erkundigte er sich.

»Oh, direkt am See«, gab ich zurück. »In der Rockwell Lane.«

»In einem der Häuschen von George Connick?«

»Ja, genau.«

»Ich zeige Ihnen gern ein bisschen die Umgebung, wenn Sie wollen, Bree.« Der Blick aus seinen whiskeyfarbenen Augen wanderte an mir herab.

Lächelnd unterzog auch ich ihn einer Musterung. Er war unleugbar attraktiv. Und baggerte mich ziemlich unverhohlen an. Doch ein Date war bei mir einfach nicht drin.

»Tut mir leid, Travis, mein Leben ist im Augenblick ein bisschen … kompliziert.«

Er sah mich reglos an, und während ich errötete, erklärte er: »Da ist es vielleicht gut, dass ich eher von der einfachen, direkten Sorte bin«, und zwinkerte mir zu.

Ich lachte, dankbar, weil es ihm so mühelos gelungen war, über die unangenehme Situation hinwegzugehen, und wir plauderten noch eine Weile, während ich die Salz- und Pfefferstreuer weiter auffüllte, den Tresen abwischte und er in Ruhe seinen Kaffee trank.

Norm kam aus der Küche, gerade als er aufstand, um zu gehen. »Du flirtest doch wohl nicht mit unserer neuen Servicekraft?«

»Mir bleibt ja keine andere Wahl«, gab Travis gut gelaunt zurück, »weil Maggie dich aus Gründen, die ich sicher nie verstehen werde, schließlich nicht für mich verlassen will.« Travis zwinkerte Norms Gattin zu. »Obwohl ich natürlich weiter hoffe, dass sie eines Tages zu Besinnung kommt.«

Schnaubend legte Norm die Hände auf die Schürze, die vor seinem Bierbauch hing. »Was sollte sie mit einem Kerl wie dir, wenn sie das hier haben kann?«

Grinsend wandte Travis sich zum Gehen und rief Maggie

zu: »Du weißt, wo du mich findest, wenn du irgendwann genug von diesem alten Miesepeter hast.«

Lächelnd fuhr sich Maggie mit der Hand durch ihre kurzen grauen Locken, Norm zog sich knurrend an seinen Herd zurück, und Travis drehte sich noch einmal nach mir um. »Mein Angebot steht weiter, Bree.«

Ich sah ihm lächelnd hinterher, als er das Lokal verließ.

»Pass auf«, warnte mich Maggie. »Dieser Bursche hat mit seinem Charme bisher noch jede rumgekriegt.«

Doch sie lächelte bei diesen Worten, und ich schüttelte den Kopf und blickte lachend durch das Fenster, als der hübsche Travis Hale in seinen Streifenwagen stieg und die Hauptstraße hinunterfuhr.

An dem Abend fuhr ich wieder mit dem Rad die Briar Road hinab, pflückte Blaubeeren am Wegrand und machte mit halb voller Tasche und mit dunkelroten Fingerspitzen wieder kehrt.

Auf der Rückfahrt hielt ich abermals auf der staubigen Straße vor Archers Grundstück an und blickte auf den hohen Zaun – ganz ohne Grund, zumindest konnte ich es mir selbst nicht erklären. Schließlich radelte ich heim.

Nachts träumte ich, ich läge an dem schmalen Strand unten am See. Unter meinem nackten Rücken spürte ich den grobkörnigen Sand und über mir das herrliche Gewicht von einem Mann. Ich empfand dabei nicht die geringste Trauer oder Angst, sondern wollte, dass er da war.

Das Wasser, das meine Beine umfloss, liebkoste mich wie glatte, kühle Seide und beruhigte die vom Sand gerötete und aufgeraute Haut.

Keuchend fuhr ich aus dem Schlaf. Es pulsierte zwischen meinen Beinen, und mein T-Shirt spannte sich fast schmerzhaft über meinen harten Nippeln.

Ich wälzte mich in meinem Bett und schlief erst in den frühen Morgenstunden wieder ein.

5

Bree

Am nächsten Tag hatte ich frei. Als ich die Augen aufschlug und auf meinen Wecker schaute, stellte ich zu meiner Überraschung fest, dass es schon 8:17 Uhr war. So lange hatte ich seit Monaten nicht mehr geschlafen, aber schließlich hatte ich in der Nacht auch kaum ein Auge zugemacht.

Langsam setzte ich mich auf und hievte mühsam meine schweren Beine aus dem Bett. Ich war noch immer nicht richtig wach, als von draußen ein Geräusch an meine Ohren drang. Ein herabfallender Ast oder vielleicht auch die Fehlzündung eines entfernten Bootsmotors – doch sofort nutzte mein Hirn die Chance und ließ mich vor Angst erstarren.

Ich blickte durch das kleine Fenster in der Tür, die zwischen mir und meinem Vater lag, der mich nur aus den Augenwinkeln sah und mir mit seinen Händen immer wieder zu verstehen gab, dass ich mich verstecken sollte, während gleichzeitig der Mann ihn anschrie, dass er endlich seine Hände runternehmen sollte – was mein Vater nicht verstehen konnte, weshalb er mir immer weiter Zeichen gab.

Als der Schuss ertönte, zuckte ich zusammen und schrie auf. Dann warf ich eilig eine Hand vor meinen Mund, um das Geräusch zu unterdrücken, und stolperte panisch rückwärts, bis ich über eine Kiste fiel und dort mit angezogenen Beinen liegen blieb. Ich machte mich so klein wie möglich, und da ich kein Handy bei mir hatte, suchte ich verzweifelt nach einem Versteck, in dem ich mich verkriechen konnte. Als mit einem Mal die Tür aufschwang …

Plötzlich sah ich wieder klar, ich kehrte in die Wirklichkeit zurück und merkte, dass ich meine Bettdecke umklammert hielt. Keuchend atmete ich aus, stand zitternd auf und stürzte gerade noch im rechten Augenblick ins Bad.

Gott, so konnte es doch nicht ewig weitergehen. Das musste endlich aufhören. *Nur nicht weinen, nur nicht weinen, nur nicht weinen,* wiederholte ich, während Phoebe leise winselnd neben meinen Füßen auf dem Boden saß.

Nach ein paar Minuten riss ich mich zusammen. »Alles klar, Mädchen«, erklärte ich und tätschelte der Kleinen aufmunternd den Kopf.

Ich schleppte mich unter die Dusche, und nachdem ich meinen Badeanzug, Shorts sowie ein blaues Tanktop angezogen hatte, war ich wieder halbwegs auf dem Damm. Ich atmete tief ein, kniff meine Augen zu und versuchte, mich zu erden. Es ging wieder.

Nach einem schnellen Frühstück schnappte ich mein Handtuch und mein Buch, zog meine Sandalen an, rief Phoebe und trat in die warme, beinah schwüle Luft hinaus. Sofort schwirrte ein Mückenschwarm um meinen Kopf, und irgendwo quakte ein Frosch.

Ich sog die frische Luft und den Geruch von Piniennadel und Seewasser ein, setzte Phoebe in den Korb, schwang mich aufs Rad und atmete wie befreit auf.

Abermals fuhr ich die Briar Road hinunter an den kleinen Strand, vertiefte mich in einen spannenden Roman, und als ich wieder auf die Uhr sah, waren bereits zwei Stunden vergangen.

Ich stand auf, streckte mich und schaute mit zusammengekniffenen Augen auf das andere Ufer, wo eine Reihe Boote und Leute auf Wasserskiern durch das Wasser pflügten.

Ich hob mein Handtuch auf und sagte mir, was für ein Glück ich gehabt hätte, weil ich auf dieser Seite des Sees gelandet war. Denn der Frieden und die Ruhe hier waren genau das Richtige für mich.

Ich setzte Phoebe wieder in den Korb, schob mein Rad die kleine Anhöhe bis zur Straße hinauf und radelte gemächlich bis zu Archers Zaun. Dort überholte mich ein Postauto und hüllte mich in eine Wolke braunen Staubs. Hustend hielt ich an und wedelte mit einer Hand vor meinem Gesicht herum, bevor ich weiterfuhr.

Nach dreißig Metern aber blieb ich wieder stehen und blickte auf den Zaun. Weil heute die Sonne anders stand, fielen mir zum ersten Mal die hellen, rechteckigen Stellen daran auf. Als hätten einmal irgendwelche Schilder dort gehangen, die dann wieder abgenommen worden waren.

Als ich wieder weiterfahren wollte, sah ich, dass das Tor nicht ganz geschlossen war. Also blieb ich noch mal stehen und starrte auf den schmalen Spalt. Offenbar hatte der Postbote etwas geliefert und vergessen, die hölzerne Tür hinter sich zuzuziehen.

Eilig lehnte ich mein Rad gegen den Zaun, drückte das Tor ein Stückchen weiter auf und lugte vorsichtig durch den Spalt.

Ich sog zischend die Luft ein, als ich den wunderschönen Steinweg sah, der zu dem kleinen, weiß gestrichenen Häuschen führte, das gut dreißig Meter weiter stand. Ich wusste nicht, was ich erwartet hatte, aber so etwas ganz sicher nicht. Alles – auch die leuchtend grüne, frisch gemähte Rasenfläche, die schimmernd zwischen ein paar Bäumen und der Einfahrt lag, und der kleine, sorgfältig durch Holzpaletten abgetrennte Garten linkerhand – wirkte sauber, ordentlich und ausnehmend gepflegt.

Ehe ich Gelegenheit bekam, das Tor wieder zu schließen, sprang Phoebe mit einem Mal aus ihrem Korb und flitzte durch den schmalen Spalt.

»Scheiße! Phoebe!«, stieß ich erschrocken aus.

Ich lugte abermals durch das Tor. Hechelnd stand mein Hündchen mitten in der Einfahrt und sah mich aus großen schwarzen Augen an.

»Böser Hund. Komm sofort wieder her!«

Doch Phoebe machte auf dem Absatz kehrt und trottete davon.

Verdammt! Ich stöhnte, trat dann aber durch das Tor, ließ es einen Spaltbreit offen und rief abermals nach meinem ungezogenen Liebling, der offenbar der Ansicht war, ich könnte ihn an seinem süßen kleinen Hundehintern lecken, weil er einfach immer weiterlief.

Im Näherkommen sah ich eine große, steinerne Terrasse sowie einen überdachten Gang, der um das Haus herumzuführen schien und auf dem eine Reihe großer Kästen voller hübscher Pflanzen stand.

Ich sah mich weiter um, und plötzlich fiel mir auf, dass alle paar Sekunden ein erschreckend lautes, krachendes Geräusch an meine Ohren drang. Hackte da womöglich jemand Holz?

Phoebe trottete ums Haus, aus meinem Blickfeld.

Ich spitzte die Ohren und trat nervös von einem auf den anderen Fuß. Was sollte ich jetzt tun? Ich konnte Phoebe schwerlich einfach hier auf diesem fremden Grundstück lassen. Doch genauso wenig konnte ich zum Tor zurückgehen und nach Archer rufen. Schließlich war er taub.

Ich musste also hinter meinem Hündchen her, obwohl Archer eindeutig zu Hause war und ich keine Ahnung hatte, wie er reagieren würde, wenn er mich urplötzlich auf seinem Grundstück anträfe.

Ich hatte mich noch nie freiwillig in Gefahr begeben – die Gefahr hatte mich trotzdem gefunden. Dennoch hatte ich ganz sicher auch jetzt keine Lust, mich auf ein fremdes Territorium zu begeben. *Dieser blöde, freche Hund.*

Noch während ich versuchte, Mut zu sammeln, um dem Tier zu folgen, dachte ich an Archer Hale. Ich spürte instinktiv, dass ich in seiner Nähe sicher war. Das hatte doch bestimmt was zu bedeuten. Oder hatte dieser schlechte Mensch, der in mein Leben eingedrungen war, es tatsächlich geschafft und für den Rest meines Lebens Zweifel an meinem Instinkt in mir geweckt?

Ich dachte an die Gänsehaut, die ich bekommen hatte, als an jenem Abend jemand vorne durch die Tür getreten war. Ich hatte instinktiv gewusst, dass etwas nicht stimmte, und genauso spürte ich in diesem Augenblick, dass ich vollkommen sicher war.

Entschlossen lief ich los, sog den stechenden Geruch von Harz und frisch gemähtem Gras in meine Lungen ein und rief weiter leise nach Phoebe.

Ich nahm den ordentlich mit Steinen ausgelegten Weg am Haus vorbei und glitt mit meiner Hand über das frisch gestrichene Holz des Geländers. Als ich um die Ecke lugte, sah ich ihn. Da stand er, wandte mir den nackten Rücken zu, hob eine Axt über den Kopf, spannte seine Muskeln an und ließ sie schwungvoll auf das senkrecht stehende Holzscheit sausen, das in zwei gleich großen Stücken in den Staub der Erde fiel.

Er hob die Stücke auf und legte sie auf einen ordentlichen Stapel unter einem Baum, neben dem eine große Plane auf dem Boden lag. Dann drehte er sich wieder nach dem Baumstumpf um, der ihm als Hackklotz diente, und erstarrte.

Reglos sahen wir einander an, wobei mein Mund ein wenig offen stand und seine Augen groß wie Untertassen waren. Irgendwo in unserer Nähe zwitscherte ein Vogel und ein anderer antwortete ihm.

Ich klappte meinen Mund entschlossen wieder zu und lächelte, doch Archer unterzog mich einer kurzen Musterung und sah mir aus zusammengekniffenen Augen wieder ins Gesicht.

Auch ich ließ meinen Blick an ihm herunterwandern. Seine Brust war wohlgeformt, mit seidig weicher Haut über straff gespannten Muskeln, darunter ein echter Eightpack. In natura hatte ich so was noch nie gesehen, aber offensichtlich konnte auch ein Eremit, so schweigsam und verschroben er auch war, mit einem Traumkörper gesegnet sein. *Wie schön für ihn.*

Ich sah auf seine an den Knien abgeschnittene, kakigrüne Hose, auf das … *Seil,* das er als Gürtel benutzte, auf die festen

Arbeitsschuhe, die er an den Füßen hatte, und danach erneut in sein Gesicht.

Er legte seinen Kopf ein wenig schräg, und während wir einander musterten, behielt er seine argwöhnische Miene bei.

Sein Bart war noch genauso ungepflegt wie bei unserer ersten Begegnung. Sein Talent zum Trimmen setzte er anscheinend nur bei seinem Rasen, aber nicht bei seiner eigenen Gesichtsbehaarung ein. Dabei hätte er sie längst schon einmal kräftig stutzen sollen. Sein Bart war derart lang, wahrscheinlich wuchs er schon seit Jahren einfach ungehindert vor sich hin.

Ich räusperte mich leise und trat etwas näher, weil ich wollte, dass er meine Lippen sah.

»Hallo. Tut mir leid. Jetzt bin ich einfach so bei dir hereingeplatzt. Aber ich suche Phoebe, meinen Hund. Sie ist durch das Tor gelaufen, und obwohl ich sie gerufen habe, hat sie nicht auf mich gehört.« Ich sah mich suchend nach der Kleinen um.

Archer strich sich seine überlangen Haare aus den Augen, hob die Axt vom Boden auf, rammte sie entschlossen in den Baumstumpf und drehte sich wieder zu mir um. Ich schluckte schwer.

Plötzlich kam ein kleines, weißes Fellknäuel zwischen den Bäumen hervorgeschossen, rannte auf Archer zu und nahm hechelnd vor ihm Platz.

Er bückte sich, um Phoebe den Kopf zu tätscheln, und sie leckte überschwänglich seine Hand und stieß ein jämmerliches Winseln aus, als die Liebkosung viel zu schnell wieder ein Ende nahm. *Die elende Verräterin.*

»Das ist sie«, meinte ich, obwohl das schließlich offensichtlich war. Er aber starrte mich weiter völlig reglos an.

»Hier wohnst du also«, fuhr ich fort und wies auf den Garten und das Haus. »Echt nett.«

Noch immer starrte er mich an, und lächelnd sagte ich: »Du kannst dich doch bestimmt an mich erinnern. Aus der Stadt. Die Schokoriegel …«

Er behielt auch weiter seine ausdruckslose Miene bei.

Gott, ich musste endlich weg von diesem Kerl. Das Ganze war furchtbar peinlich. Wieder räusperte ich mich und rief nach Phoebe. Doch die blieb einfach dicht vor Archers Füßen sitzen.

Ich blickte zwischen ihm und Phoebe hin und her. Denn jetzt sahen sie mich beide völlig reglos an.

Tja, dann.

Ich wandte mich entschlossen wieder Archer zu. »Verstehst du, was ich sage?«

Damit drang ich offenbar zumindest ansatzweise zu ihm durch. Denn plötzlich spitzte er die Lippen, atmete vernehmlich aus und lief dann, dicht gefolgt von Phoebe, an mir vorbei Richtung Haus.

Ich sah den beiden hinterher, dann gab er mir mit seinen Händen das Signal, ihm zu folgen, und verwundert lief ich los. Im Laufschritt eilte ich den beiden nach, und mein verräterischer Hund blieb weiter dicht an seiner Seite, drehte sich aber gelegentlich mit einem aufgeregten Bellen nach mir um.

Als ich die zwei endlich eingeholt hatte, fragte ich: »Du willst mich doch wohl nicht mit deiner Axt erschlagen oder so?« Und obwohl ich hoffte, dass es wie ein Scherz geklungen hatte, wurde mir im selben Augenblick bewusst, dass niemand auch nur wusste, wo ich gerade war.

Vertrau deinem Instinkt, Bree, redete ich mir selbst zu.

Mit hochgezogenen Brauen zeigte Archer auf die kleine Anhöhe, auf der die Axt im Baumstumpf steckte, und nach einem kurzen Blick in ihre Richtung stieß ich leise aus: »Okay. Du kannst mich schlecht mit deiner Axt erschlagen, wenn du sie nicht mitgenommen hast.«

Den letztendlichen Ausschlag aber gab das unmerkliche Zucken seiner Mundwinkel, das mir schon an dem Abend auf dem Parkplatz aufgefallen war.

Ich atmete tief durch und folgte ihm bis zum Haus.

Er öffnete die Tür, und ich riss überrascht die Augen auf, als ich den großen, steinernen Kamin zwischen den beiden deckenhohen, bis zum Bersten angefüllten Buchregalen sah. Ich wollte wie ein auf Bücher programmierter Roboter vor die Regale treten, aber Archer legte seine Hand auf meinen Arm, gebot mir mit erhobenem Finger, kurz zu warten, und verschwand im Haus.

Schon nach wenigen Sekunden kehrte er mit einem Block und einem Stift zurück, schrieb etwas auf das erste Blatt und hielt es mir dann hin. In ordentlichen Großbuchstaben hatte er notiert:

JA, ICH VERSTEHE DICH.
WILLST DU SONST NOCH WAS?

Ich sah ihm ins Gesicht und öffnete den Mund, klappte ihn dann aber wortlos wieder zu. Die Frage war nicht gerade höflich, aber wollte ich womöglich sonst noch was von ihm? Ich knabberte an meiner Unterlippe, trat von einem auf das andere Bein, und er bedachte mich mit einem argwöhnischen Blick, als wüsste er nicht sicher, ob ich eine Antwort geben oder ihn womöglich beißen wollte, und als mache er sich vorsichtshalber auf die eine und die andere Möglichkeit gefasst.

»Uh, ich hatte einfach ein schlechtes Gewissen wegen dieser Sache auf dem Parkplatz. Ich wusste nicht, dass du nicht … sprichst, und wollte dir nur sagen, dass es keine böse Absicht war, als ich gesagt habe, dass du … tja, nun, ich bin … ich bin hier erst vor Kurzem angekommen und …«

Das lief ja wirklich super. Himmel.

»Möchtest du vielleicht mal mit mir Pizza essen gehen oder so?«

Von meinem eigenen Vorschlag überrascht, riss ich die Augen auf. Doch plötzlich hoffte ich, er stimme zu.

Er sah mich an, als wäre ich ein kniffeliges, mathematisches Problem, runzelte die Stirn und schrieb erneut etwas auf seinen Block, wobei er mir auch weiter in die Augen sah. Dann schaute er das Geschriebene an und zeigte mir das Blatt.

NEIN.

Ich brach in lautes Lachen aus, doch als ich seinen weiter argwöhnischen Blick bemerkte, wurde ich umgehend wieder ernst.

»Nein?«

Ein Ausdruck der Verwirrung huschte über sein Gesicht, doch schließlich wandte er sich wieder seinem Block zu, schrieb etwas auf dasselbe Blatt und hielt es mir dann wieder hin.

NEIN, DANKE.

Ich errötete und atmete vernehmlich aus. »Okay, verstehe. Also, nochmals, dieses blöde Missverständnis auf dem Parkplatz tut mir leid. Genauso, wie dass ich hier heute einfach so hereingeplatzt bin … weil mein Hund …« Entschlossen nahm ich Phoebe auf den Arm.

»Nun, hat mich gefreut, dich kennenzulernen. Oh. Ich habe mich ja noch gar nicht vorgestellt. Ich kenne deinen Namen, aber du meinen nicht. Ich heiße Bree. Bree Prescott. Und den Weg zurück zur Straße finde ich allein.«

Ich wies mit meinem Daumen über meine Schulter, ging ein Stückchen rückwärts, drehte mich dann um und lief zurück in Richtung Tor. Während er in meinem Rücken in die andere Richtung, sicherlich zurück zu seinem Holzstapel und seiner Arbeit, ging.

Ich verließ das Grundstück, zog das Tor aber nicht ganz hinter mir zu, sondern legte meine Hände auf das warme Holz und blieb kurz stehen. *Mann, war das seltsam gewesen. Und peinlich.* Wie war ich nur auf die Idee gekommen, ihn zum Pizzaessen einzuladen? Unglücklich warf ich den Kopf zurück und schlug mir mit der flachen Hand gegen die Stirn. Und eigentlich hatte ich ja vorgehabt, ihn zu fragen, ob er die Gebärdensprache konnte. Aber das war mir vor lauter Peinlichkeit nicht eingefallen. Dafür hatte er ja den blöden Block aus seinem Haus geholt. Erst jetzt wurde mir klar, dass er mir, wenn ich gesprochen hatte, immer in die Augen, aber niemals auf den Mund gesehen …

Ich machte auf dem Absatz kehrt, trat wieder durch das Tor und marschierte, Phoebe immer noch auf dem Arm, zurück hinters Haus.

Abermals hielt er die Axt in seinen Händen, doch obwohl ein Holzstück aufrecht auf dem Hackklotz stand, schlug er nicht zu, sondern sah einfach reglos geradeaus.

Als er mich entdeckte, riss er überrascht die Augen auf, bevor er sie wie schon zuvor argwöhnisch zusammenkniff.

Sobald Phoebe ihn erblickte, fing sie wieder an, freudig zu hecheln, doch ich hielt sie weiter fest.

»Du bist nicht taub«, stellte ich fest. »Du hörst sehr gut.«

Er verharrte zunächst völlig reglos, aber schließlich rammte er die Axt entschlossen wieder in den Baumstumpf, ging an mir vorbei und winkte mich hinter sich her.

Ich folgte ihm, und abermals ging er zum Haus, wo Block und Stift noch immer auf der Veranda lagen.

Er schrieb etwas und hielt den Block dann hoch.

ICH HABE NIE GESAGT, ICH WÄRE TAUB.

Ich sah ihn an und meinte leise. »Nein, das hast du nicht. Aber du kannst nicht sprechen?«

Wieder schrieb er etwas auf.

DOCH, NATÜRLICH KANN ICH DAS. ICH GEBE EINFACH GERNE DAMIT AN, WIE SCHÖN ICH SCHREIBEN KANN.

Ich starrte auf die Worte, runzelte die Stirn und sah ihn fragend an. »Soll das ein Witz sein?«

Er zog die Brauen hoch.

»Okay«, erklärte ich und legte meinen Kopf schräg. »Dein Humor ist echt noch ausbaufähig.«

Wir starrten uns ein paar Sekunden an, doch schließlich schrieb er seufzend auf das Blatt:

WILLST DU SONST NOCH WAS?

Ich blickte zu ihm auf. »Ich kann die Gebärdensprache«, sagte ich. »Die könnte ich dir beibringen, falls du Interesse hast. Dann könntest du zwar nicht mehr damit angeben, wie schön du schreiben kannst, haha, aber dafür könntest du erheblich einfacher kommunizieren.« Ich lächelte und hoffte, dass auch er das vielleicht täte. Falls er wusste, wie das ging …

Stattdessen starrte er mich weiter reglos an, legte dann Block und Stift auf den Boden, richtete sich wieder auf und formulierte mit den Händen: *Vielen Dank, aber die kann ich schon.*

Mit einem Mal hatte ich einen Kloß im Hals. Seit über einem halben Jahr hatte niemand mehr mit mir Gebärdensprache gesprochen, und plötzlich konnte ich die Nähe meines Vater überdeutlich spüren.

»Oh«, entfuhr es mir. »Na klar. Weil du bestimmt mit deinem Onkel so gesprochen hast.«

Wieder legte er die Stirn in Falten, fragte aber nicht, woher ich wusste, dass er hier bei seinem Onkel aufgewachsen war.

Nein.

Ich blinzelte verwirrt und räusperte mich kurz. »Nein?«

Er schüttelte den Kopf. Stille.

Ich atmete hörbar aus. »Nun, ich weiß, dass das wahrscheinlich dämlich klingt, aber ich hatte gehofft, wir könnten vielleicht … Freunde sein.« Ich zuckte mit den Achseln, und als ich verlegen lachte, sah mich Archer wieder aus zusammengekniffenen Augen an.

Ich wartete ein paar Sekunden, aber schließlich musste ich erkennen, dass er nicht die Absicht hatte, irgendwas dazu zu ›sagen‹. Da flüsterte ich mit erstickter Stimme: »Jeder braucht Freunde.«

Jeder braucht Freunde? Also bitte, Bree. Ist dir nicht klar, wie jämmerlich das klingt?

Er sah mich weiter reglos an, und ich stieß einen Seufzer aus, weil ich enttäuscht und gleichzeitig verlegen war. »Okay, du bist dir also selbst genug. Dann werde ich jetzt einfach gehen.«

Travis hatte offenkundig recht damit gehabt, dass dieser Typ für Nettigkeiten nicht empfänglich war.

Als ich mich zum Gehen wandte, starrte Archer mich aus großen whiskeyfarbenen Augen an. Am liebsten hätte ich das viele zottelige Haar aus seiner Stirn gestrichen und ihm den verdammten Bart gestutzt, um endlich sein Gesicht zu sehen. Das sicherlich genauso hübsch wie alles andere an ihm war.

Ich seufzte abermals. »Okay. Tja, nun, dann mache ich mich sicher besser langsam auf dem Weg …«

Halt einfach die Klappe, Bree, und GEH. Dieser Typ will mit dir eindeutig nichts zu schaffen haben.

Ich spürte seinen Blick im Rücken, deshalb zog ich dieses Mal das Tor so fest wie möglich zu. Ich lehnte mich kurz dagegen, kraulte Phoebe geistesabwesend unter dem Kinn und fragte mich, weshalb ich überhaupt noch mal zurückgegangen war.

Was hatte ich noch einmal dort gewollt?

Warum war ich nicht einfach draußen geblieben, nachdem ich Phoebe zurückgeholt hatte?

»Mistvieh«, sagte ich zu Phoebe, streichelte sie aber weiter, und mit einem gut gelaunten Wuff fuhr sie mir mit der Zunge durchs Gesicht.

Lachend küsste ich sie ebenfalls, stieg wieder auf mein Rad, und als ich losfuhr, hörte ich, wie Archers Axt mit einem lauten Krachen in das nächste Holzscheit fuhr.

6

Archer – sieben Jahre alt, Mai

Wo war ich?

Ich hatte das Gefühl, als stiege ich vom Grund eines Schwimmbeckens auf. Allerdings war die Wasseroberfläche meilenweit entfernt. Es rauschte laut in meinen Ohren, und mein Hals tat mir gleichzeitig innen und von außen weh. Wo hatte ich mir derart wehgetan? Ich konnte mich an nichts erinnern. In meinem Kopf waren nur dunkle Schatten.

Wo war ich?

Mama? Ich wollte zu meiner Mama.

Heiße, schwere Tränen strömten über meine Wangen, und ich kniff die Augen zu. Ich versuchte, nicht zu weinen. Denn ich wusste, starke Männer weinten nicht. Starke Männer sollten andere beschützen wie mein Onkel Connor. Aber sogar er hatte geweint. Hatte laut geschluchzt und den Himmel angeschrien, bevor er auf dem Gehweg auf die Knie gefallen war.

Oh nein. Oh nein. Denk nicht daran zurück.

Ich wollte mich bewegen, aber meine Arme, meine Beine und sogar die Finger und die Zehen fühlten sich an, als hätte irgendwer Gewichte daran aufgehängt. Vielleicht bewegte ich mich trotzdem wenigstens ein bisschen, aber sicher war ich nicht.

Ich hörte eine Frauenstimme. »Pst, ich glaube, er wird wach. Lasst ihn langsam wieder zu sich kommen. Lasst es ihn alleine schaffen.«

Mama. Mama. Bitte sei du auch hier. Bitte sei gesund. Bitte lieg nicht mehr am Straßenrand.

Noch mehr warme Tränen strömten über mein Gesicht.

Plötzlich fühlte sich mein Körper an, als pikste irgendwer mir glühend heiße Nadeln in die Haut. Ich wollte schreien, bekam aber meinen Mund nicht auf. Oh Gott, allmählich tat mir einfach alles weh. Als wäre ein Monster, das im Dunkeln unter meinem Bett geschlafen hatte, plötzlich aufgewacht und riefe fürchterliche Schmerzen überall in meinem Körper wach.

Ein paar Minuten atmete ich nur, während ich der Oberfläche langsam immer näher kam, und dann schlug ich die Augen auf, kniff sie aber gleich wieder zusammen, weil das grelle Licht nicht auszuhalten war.

»Dreh das Licht etwas herunter, Meredith«, sagte jemand links von mir.

Ich machte meine Augen wieder auf, gewöhnte mich allmählich an die Helligkeit und sah, dass eine Krankenschwester neben meinem Bett stand und auf mich heruntersah. Sie war nicht mehr ganz jung und hatte kurzes blondes Haar.

Ich öffnete den Mund und wollte »Mama« sagen, brachte aber keinen Ton heraus.

»Ganz ruhig«, sagte die Krankenschwester. »Versuch besser, nicht zu sprechen, Schatz. Du hattest einen Unfall, Archer. Du bist jetzt im Krankenhaus, und wir kümmern uns um dich, okay? Ich bin Jenny, und das da ist Meredith.« Traurig lächelnd wies sie auf die junge Frau, die gerade was von dem Gerät, das neben meinem Bett stand, abzulesen schien.

Ich nickte. Wo war meine Mama? Wieder kullerten mir heiße Tränen über das Gesicht.

»Das machst du gut«, erklärte Jenny. »Lass mich deinen Onkel Nathan holen. Er steht draußen, und er wird sich furchtbar freuen, weil du wach geworden bist.«

Ich lag auf dem Bett und starrte mehrere Minuten lang die Decke an, bevor die Tür geöffnet und wieder geschlossen wurde und mein Onkel Nate auf mich heruntersah.

»Willkommen zurück, kleiner Soldat«, begrüßte er mich rau. Seine Augen waren rot und verquollen, und er sah aus, als hätte er bereits seit Längerem nicht mehr geduscht. Aber schließlich sah mein Onkel Nate auf die eine oder andere Weise immer etwas seltsam aus. Manchmal zog er seine Hemden falsch rum an, und manchmal trug er zwei verschiedene Schuhe. Das fand ich ziemlich lustig. Er hatte mir einmal erzählt, er hätte einfach keine Zeit, um über seine Kleider nachzudenken, weil er in Gedanken stets bei wichtigeren Dingen wäre, was meiner Meinung nach eine sehr gute Antwort war. Außerdem steckte mir Onkel Nate oft Süßigkeiten und Zehn-Dollar-Scheine zu und sagte mir, ich sollte dieses Geld irgendwo aufbewahren, wo es sicher war. Er meinte, später würde ich ihm einmal dankbar dafür sein, und zwinkerte mir zu, ich würde selbst erkennen, wann der rechte Augenblick dafür gekommen war.

Ich öffnete erneut den Mund, aber Jenny und auch Onkel Nate schüttelten die Köpfe, während Jenny einen Block und einen Stift von meinem Nachttisch nahm.

Sie hielt mir beides hin, und ich hob den Block vor mein Gesicht und schrieb ein einziges Wort:

MAMA?

Jenny sah zur Seite, und mein Onkel starrte seine Füße an.

Und genau in dem Moment kehrte meine Erinnerung zurück. Die grauenhaften Bilder und die schlimmen Worte stürmten derart auf mich ein, dass ich den Kopf ins Kissen grub und meine Zähne fest zusammenbiss.

Ich öffnete den Mund und schrie und schrie und schrie, doch um mich herum blieb alles still.

7

Bree

Am Samstag kurz nach Ende meiner Schicht rief irgendwer mit einer unbekannten Nummer auf meinem Handy an.

»Hallo?«

»Bist du es, Bree? Hier ist Melanie. Die letzte Woche neben dir an Maggies Tresen saß.«

»Oh, hallo.« Ich winkte Maggie kurz zum Abschied zu und ging zur Tür. »Ja, natürlich erinnere ich mich.«

Lächelnd winkte Maggie mir zurück.

»Dann ist ja gut. Ich hoffe, dass mein Anruf nicht irgendwie ungelegen kommt, aber ich und Liza wollten fragen, ob du heute Abend vielleicht mit uns ausgehen willst.«

Ich trat in den warmen Sommernachmittag hinaus, und während ich zu meinem Wagen ging, sagte ich mir, dass ich versuchen sollte, endlich wieder eine ganz normale junge Frau zu sein, die ganz normale Junge-Frauen-Dinge tat. »Hm, ich … ja, okay, klingt toll. Natürlich, gern.«

»Super. Wenn du willst, holen wir dich ab. Passt dir neun?«

»Auf jeden Fall.« Ich nannte ihr die Straße, und sie wusste sofort, wo das war. Also sagten wir nur noch kurz Tschüss und legten auf.

Gerade als ich das Auto aufsperren wollte, fiel mir eine Gruppe elf- bis zwölfjähriger Jungen auf der anderen Straßenseite auf. Laut grölend sahen sie zu, wie der größte einem Jungen, der erheblich kleiner war als er, eine Brille trug und einen Stapel Bücher in den Armen hielt, erst krachend auf die Schulter schlug und ihm dann einen so starken Stoß versetzte, dass dieser stolperte und seine Bücher fallen ließ.

Die Jungs lachten noch lauter, wandten sich zum Gehen, und einer rief dem armen Kerl über die Schulter zu: »Lern erst mal richtig laufen, Freak!« Selbst auf die Entfernung konnte ich erkennen, wie dem armen kleinen Kerl die Schamesröte in die Wangen stieg, bevor er in die Hocke ging und nach seinen auf dem Bürgersteig verstreuten Büchern griff.

Diese kleinen Arschlöcher. Gott, ich hatte fiese Menschen immer schon gehasst.

Eilig überquerte ich die Straße, um dem armen Jungen zu helfen.

Als ich ihn erreichte, hob er argwöhnisch den Kopf, und ich nahm das leichte Beben seiner Lippen und die feine Narbe oberhalb der Oberlippe wahr, wo er offensichtlich einmal eine Hasenscharte gehabt hatte.

»Hallo.« Lächelnd hockte ich mich neben ihn und hob ein paar der Bücher für ihn auf. »Alles okay?«

»Ja«, erwiderte er leise, wandte sich aber errötend ab.

»Du bist anscheinend eine echte Leseratte«, sagte ich und zeigte auf den Bücherberg.

Als er schüchtern nickte, sah ich auf das Buch in meiner Hand. »Ah … Harry Potter. Das ist echt gut. Weißt du, warum mir dieses Buch so gut gefällt?«

Er schüttelte den Kopf, sah mir aber endlich ins Gesicht.

»Weil es darin um einen Außenseiter geht, an den niemand geglaubt hat – dieses Kind, das eine Brille trägt und eine Narbe hat, im Schrank unter der Treppe im Haus seiner schrecklichen Verwandten wohnt und am Ende lauter supercoole Sachen macht. Es macht einfach Spaß zu sehen, wie jemand, den niemand auf dem Schirm hatte, plötzlich das Rennen macht, nicht wahr?«

Der kleine Junge riss die Augen auf und nickte nachdrücklich.

Wir standen beide auf, und als ich ihm die Bücher reichte,

die ich aufgehoben hatte, bat ich ihn: »Lies bitte weiter. Denn die Mädchen sind total verrückt nach Jungs, die Bücher lieben.«

Er fing an zu strahlen, und mit einem letzten aufmunternden Lächeln wandte ich mich ab und stellte fest, dass ein paar Häuser weiter Archer Hale im Eingang eines Ladens stand und in unsere Richtung sah – ein angespannter, undurchschaubarer Ausdruck auf seinem Gesicht. Lächelnd nickte ich ihm zu, und plötzlich war da wieder irgendwas Besonderes zwischen uns. Ich blinzelte, und eilig wandte er sich ab, marschierte los, sah noch einmal über seine Schulter, blickte dann aber sofort wieder nach vorn und lief so schnell es ging davon.

Ich stand wie angewurzelt da, während Archer in die eine und der kleine Junge in die andere Richtung davonliefen. Ich stieß einen Seufzer aus, ging wieder auf die andere Straßenseite und schloss meinen Wagen auf.

Auf dem Weg zurück zu meinem Häuschen hielt ich an der Gärtnerei und kaufte ein paar Blumen, Erde und diverse Plastiktöpfe ein.

Zu Hause zog ich Shorts und T-Shirt an, pflanzte meine Blumen in die Töpfe, stellte sie auf die Veranda, brachte meinen kleinen Vorgarten auf Vordermann und fegte die Treppe vor der Tür. Eine Holzstufe war locker, und wahrscheinlich würde sie bald abfallen, doch da ich zwei linke Hände hatte, riefe ich deshalb am besten den Vermieter an.

Schließlich trat ich einen Schritt zurück, bewunderte mein Werk und lächelte zufrieden. Mein Häuschen war einfach reizend.

Ich ging wieder ins Haus, nahm eine ausgedehnte Dusche, entfernte die Erde unter meinen Fingernägeln und rasierte mir die Beine. Dann suchte ich einen Musiksender im Radio, das in der Küche stand, föhnte mir die Haare, drehte sie mit dem Lockenstab zu weichen Wellen auf, schminkte mich und cremte mir die Beine ein, damit sie unter meinem silbriggrauen Strickkleid mit tief ausgeschnittenem Rücken und zu den Sandalen, die ich angezogen hatte, möglichst hübsch aussahen. Meine Aufmachung war lässig, aber durchaus sexy, und ich hoffte, dass sie für heute Abend passend war.

Dieses Strickkleid hatte ich zum letzten Mal auf der Collegeabschlussparty meines Wohnheims angehabt. Ich hatte auf dem Fest viel Bier getrunken, mich mit den anderen Mädchen meines Stockwerks amüsiert und mit einem Jungen, den ich immer süß gefunden, mit dem ich aber bis zu jenem Abend niemals gesprochen hatte, rumgeknutscht. Im Grunde hatte er nicht wirklich gut geküsst, aber in meinem angetrunkenen Zustand hatte mich das nicht weiter gestört.

Ich stellte fest, dass mir das Mädchen fehlte, das ich damals noch gewesen war. Mein altes, unbeschwertes Ich. Ehe die Tragödie über mich hereingebrochen war. Ich war auch damals nicht naiv gewesen. Hatte damals schon gewusst, dass das Leben ungerecht sein konnte und es keine Garantien gab. Doch mein Dad und ich hatten die Krankheit und den Tod meiner Mom gemeinsam überstanden, und das hatte uns stark gemacht.

Niemals wäre ich auf die Idee gekommen, dass ein sinnloser Gewaltakt ihn mir urplötzlich entreißen würde, ohne dass ich auch nur die Gelegenheit bekäme, Lebewohl zu sagen; und dass ich plötzlich ganz allein dastünde, ohne jeden Halt.

Vielleicht hatte ich mir ja zu viel von dieser Fahrt nach Maine erhofft, zu der ich, ohne groß zu überlegen, aufgebrochen war. Doch in Ohio hatte alles mich an meinen Vater, meine Trauer, meine Angst und meine Einsamkeit erinnert, deshalb hatte ich ein halbes Jahr nach jenem grauenhaften Abend ein paar Sachen eingepackt, Phoebe in die Hundetrage gesetzt und war einfach losgefahren, denn in meiner alten Heimat hätte meine Trauer mich erstickt.

Bevor ich allzu tief in meiner Angst und Traurigkeit versank, zwang ich meine Gedanken in die Gegenwart zurück. Schließlich war Wochenende. Und ein normales Mädchen ging samstagabends mit den anderen Mädchen aus und amüsierte sich. Verdiente ich es nicht ebenfalls, endlich wieder einmal etwas Spaß zu haben?

Kurz nach neun kamen Melanie und Liza, und als ich den Wagen vorfahren hörte, trat ich vor das Haus und schloss hinter mir ab.

Ein Song von Justin Timberlake durchbrach die abendliche Stille, als ich die Tür des kleinen Honda öffnete, und mit einem gut gelaunten »Hi, ihr beiden!« stieg ich ein.

Melanie fuhr los, und Liza sah mich über ihre Schulter an. »Du siehst wirklich heiß aus.«

»Vielen Dank. Ihr auch.« Ich lächelte und war erleichtert, weil mein Outfit ähnlich lässig wie die Röcke und die Tanktops, die die beiden trugen, war.

Auf der halbstündigen Fahrt zum anderen Seeufer erzählte ich von meiner Tätigkeit im Norm's und wie es mir in Pelion bisher gefiel, und sie erzählten mir von ihrem Rettungsschwimmerinnen-Job.

Schließlich hielten wir vor einem kleinen Holzhaus am Straßenrand, vor dem ein großer Parkplatz lag. *The Bitter End Lakeside Saloon* stand auf dem Schild über dem Eingang der mit Angeln, Hummerkörben, Bootstouren-Hinweisschildern, Angelkästen und diversen anderen See-Accessoires geschmückten Bar.

Wir zeigten unsere Ausweise, und als wir eintraten, wurden wir vom Geruch von Bier und Popcorn, dem Lärm der Billardkugeln, die laut krachend aneinanderschlugen, und von den Gesprächen an den Tischen und Gelächter eingehüllt. Von innen war die Kneipe viel größer, als sie mir von außen vorgekommen war. Der Laden wirkte gleichermaßen hip wie urgemütlich, und die Wände waren wie die Fassade des Lokals mit Angelzubehör und Hinweisschildern aus dem Ort geschmückt.

Wir setzten uns an einen Tisch direkt neben der Theke, und noch ehe wir die ersten Drinks bekommen hatten, hatte sich bereits eine lange Schlange vor der Eingangstür gebildet.

Die erste Viertelstunde unterhielten wir uns wie schon auf

der Fahrt, und Melanie und Liza sahen sich diskret nach attraktiven, jungen Männern um. Da einer von den Typen Melanie besonders gut gefiel, versuchte sie umgehend, Blickkontakt aufzunehmen. Und es funktionierte tatsächlich. Denn bereits nach wenigen Minuten kam er zu uns an den Tisch

Er fragte, ob sie Lust habe zu tanzen, und als sie ihm folgte, zwinkerte sie mir und Liza zu. Kopfschüttelnd, doch lachend sahen wir ihr hinterher und bestellten bei der Kellnerin das nächste Bier.

Ich amüsierte mich bereits so gut wie schon seit Monaten nicht mehr. Während ich den nächsten Schluck aus meiner Flasche nahm, fiel mein Blick auf einen Mann, der gerade erst hereingekommen war. Er wandte mir den Rücken zu, doch seine breiten Schultern und die langen, muskulösen Beine in den abgewetzten Jeans sahen bereits fantastisch aus. *Wahnsinn.* Seine Größe, seine ganze Gestalt und das gewellte braune Haar zogen meine Blicke einfach magisch an.

Dann drehte er sich um, und unsere Blicke trafen sich. Er hatte gerade über einen Witz von seinem Freund gelacht, doch jetzt riss er die Augen auf und kam mit einem breiten Lächeln geradewegs an unseren Tisch.

Zwei Mädchen, die anscheinend gerade ihn und seinen Kumpel ins Visier genommen hatten, blieben stehen und wandten sich enttäuscht der Gruppe hinter sich zu.

»Bree Prescott.« Er warf einen kurzen Blick auf meinen Ausschnitt, blickte mir dann aber sofort wieder ins Gesicht.

»Travis Hale.« Lächelnd hob ich meine Flasche an den Mund.

Er sah mich grinsend an. »Ich wusste gar nicht, dass du heute Abend hier sein würdest.« Er blickte zu Liza und grüßte nur kurz, wandte sich dann aber gleich wieder an mich. Auch sie nahm einen Schluck von ihrem Bier, grüßte und stand dann auf. »Ich muss mal kurz aufs Klo. Bin sofort wieder da.«

»Soll ich dich begleiten?«, bot ich an, doch eilig nahm Travis meinen Arm.

»Sie kommt bestimmt allein zurecht.«

»Auf jeden Fall«, erklärte sie mit einem vielsagenden Blick auf seine Hand auf meinem Arm. »Bis gleich.«

Sie drehte sich eilig um, und als sie ging, wandte sich Travis abermals an mich. »Hatte ich nicht gesagt, dass *ich* dir die Umgebung zeigen will?«

Ich zuckte lachend mit den Schultern und sah ihn unter meinen Wimpern hervor an.

Wider grinste er, was wirklich toll aussah. Es erinnerte mich an das Grinsen eines Raubtiers, doch das war ja nicht schlimm, oder? Nach den beiden Bier, die ich getrunken hatte, fühlte es sich auf jeden Fall fantastisch an.

Er beugte sich ein wenig zu mir vor. »Also, Bree, wann, glaubst du, dass deine … Reise enden wird?«

Ich dachte kurz darüber nach. »Das weiß ich nicht. Ich habe keinen echten Plan. Wahrscheinlich fahre ich nach einer Weile einfach wieder heim.« Wieder hob ich meine Flasche an den Mund.

»Glaubst du, dass du eine Zeit lang bleiben wirst?«

Ich lächelte, doch plötzlich wurde meine Miene wieder ernst. »Das kommt drauf an.«

»Worauf?«

»Ob ich mich hier sicher fühle«, platzte es aus mir heraus. Das hatte ich nicht sagen wollen, doch die beiden Bier auf leeren Magen wirkten wie ein Wahrheitsserum, und mit einem leisen Seufzer schälte ich das Etikett von meiner Flasche ab.

Denn ich hatte diesem beinah Fremden gegenüber einen Teil von meiner Seele offenbart.

Er sah mich forschend an, setzte dann aber abermals ein breites Grinsen auf. »Das höre ich natürlich gern, denn Sicherheit ist schließlich mein Fachgebiet.«

Ich sah ihm wieder ins Gesicht und musste einfach lachen, als ich seine selbstbewusste Miene sah. »Oh, ich habe das Gefühl, dass Sie vor allem jungen Frauen ausnehmend gefährlich werden können … *Officer* Hale.«

Er setzte sich gespielt verletzt auf Lizas frei gewordenen Platz. »Das trifft mich tief. Weswegen sagst du so etwas?«

Lachend beugte ich mich zu ihm hinüber. »Wenn die beiden Blondinen, die hinter euch hereingekommen sind, mit ihren Augen Gift versprühen könnten, wäre ich bereits seit einer Viertelstunde tot. Und die Rothaarige links von mir lässt dich nicht mehr aus den Augen, seit du durch die Tür getreten bist.« Ich zog spöttisch eine meiner Brauen hoch. »Anscheinend haben alle diese Mädels heute Abend noch was mit dir vor.«

Er würdigte die anderen Frauen nicht eines Blickes, sondern sah mir weiter ins Gesicht. Dabei lehnte er sich auf seinem Stuhl zurück und legte den Arm auf der Rückenlehne meines Stuhles ab. »Für die Pläne anderer Leute kann ich nichts. Vor allem ist es schließlich durchaus möglich, dass ich eigene, andere Pläne habe. Und ich hoffe, dass du nichts dagegen hast, wenn du in meine aktuellen Pläne mit einbezogen wirst«, lächelte er wie ein träger, selbstzufriedener Kater.

Der Typ war wirklich gut. Cool, charmant und selbstbewusst. Aber ich genoss es, endlich wieder mal harmlos mit jemandem zu flirten – und war froh, dass ich nicht vollkommen vergessen hatte, wie das ging.

Ich erwiderte sein Lächeln, trank den nächsten Schluck von meinem Bier, ohne meinen Blick von ihm zu lösen, und bemerkte, dass der Anblick meiner Lippen um den Flaschenhals ihm offenbar durchaus gefiel.

»Spielst du Billard?«, fragte ich kurz darauf, um das Thema zu wechseln.

»Ich tue alles, was du willst«, erklärte er, und ich stand lachend auf.

»Dann wollen wir doch mal sehen, ob du als Billardspieler Eindruck auf mich machen kannst.«

»Auf jeden Fall.« Er nahm entschlossen meine Hand, wir gingen zu den Billardtischen, er bestellte eine neue Runde Bier, und schon nach wenigen Minuten wurde einer der Tische frei.

Irgendwann kamen auch Melanie und Liza und der Typ, der Melanie zum Tanzen aufgefordert hatte, und den Rest des Abends brachten wir mit Billardspielen und fröhlichem Gelächter zu. Travis war ein derart guter Spieler, dass er immer mühelos gewann, wobei er durchaus gern mit seinen Fähigkeiten anzugeben schien.

Liza war schon früh auf Wasser umgestiegen, damit sie uns noch nach Hause fahren konnte, und nach meinem vierten Bier hörte ich auch lieber auf. Denn ich wollte meinen freien Sonntag nicht mit einem Kater im Bett verbringen müssen.

Als die Deckenlampen eingeschaltet wurden, um zu zeigen, dass die Bar bald schließen würde, zog mich Travis eng an seine Brust und sagte: »Meine Güte, Bree, du bist das schönste Mädchen, dem ich je begegnet bin.« Und mit seidig weicher Stimme fragte er mich: »Willst du nächste Woche mit mir essen gehen?«

Die Wirkung des Alkohols ließ langsam nach, und plötzlich rief die unverhohlene Anmache dieses fast Fremden ein gewisses Unbehagen in mir wach.

»Hm…« Ich wand mich, bis Liza plötzlich fragte: »Wollen wir, Bree?«, und Travis ihr einen bösen Blick zuwarf.

»Schließlich muss der Mensch was essen«, wandte er sich abermals an mich und lächelte charmant.

Ich lachte ebenfalls und schrieb ihm zögernd meine Handynummer auf, dabei war das Guthaben auf meiner Prepaid-Karte beinah aufgebraucht. Mein eigentliches Handy hatte ich in Cincinnati liegen lassen, als ich überstürzt zu dieser Reise aufgebrochen war. Ich hatte mir dann unterwegs das Prepaid-Handy zugelegt, was vollkommen genügte. Allerdings musste ich dran denken, meine Karte aufzuladen, ehe ich gar nicht mehr erreichbar war.

Ich wünschte allen eine gute Nacht, und Liza, Melanie und ich verließen das Lokal.

Wir lachten den ganzen Weg bis zum Auto, und als wir wieder in dem kleinen Honda saßen und Liza losfuhr, drehte

Melanie sich grinsend zu mir um. »Alle Achtung, Bree. Mit Travis Hale fängst du sofort in der obersten Dating-Liga unserer Gegend an.«

Ich lachte fröhlich auf. »Ach ja?«

»Tja, nun. Er lässt nichts anbrennen, was ich ihm aber nicht verdenken kann. Denn die Mädels werfen sich ihm reihenweise an den Hals. Aber vielleicht schaffst du es ja, ihn endgültig zu zähmen«, stellte sie mit einem Augenzwinkern fest, und Liza brach in lautes Lachen aus.

»Habt ihr zwei ...«

»Oh nein«, erklärten sie wie aus einem Mund, und Liza fügte noch hinzu: »Wir haben allzu oft erlebt, wie irgendwelche Freundinnen von uns was mit ihm angefangen und sich eingebildet haben, dass daraus was Festes werden kann. Er hat etwas Zerstörerisches an sich. Also kann ich dir nur raten, vorsichtig zu sein.«

Ich lächelte und schwieg – weil mein zweiter Vorname inzwischen Vorsicht war. Doch trotz meines leichten Unbehagens, kurz bevor wir aufgebrochen waren, machte es mich stolz, dass ich zum ersten Mal seit Monaten auf die Avancen eines Mannes eingegangen war. Und mich dabei so prächtig amüsiert hatte wie schon seit einer Ewigkeit nicht mehr.

Wir plauderten noch kurz über die anderen Typen, die die zwei kennengelernt hatten, und noch eh ich's mir versah, hielt Liza schon vor meiner Haustür an.

Ich stieg aus und flüsterte den beiden, um die Nachbarn nicht zu wecken, leise »Tschüss und danke!« zu.

»Wir melden uns wieder bei dir!« Sie winkten zum Abschied und fuhren davon.

Ich wusch mir das Gesicht, putzte die Zähne, ging ins Bett und dachte, *hoffte*, dass ich morgen früh beim Aufwachen genauso fröhlich lächeln würde wie in diesem Augenblick, bevor ich meine Augen schloss.

8

Bree

Ich schlug die Augen auf und rang nach Luft. Und noch ehe ich Gelegenheit bekam, mich aufzurichten, setzte schon die Mutter aller Flashbacks bei mir ein. So stark und so lebendig wie direkt nach der Ermordung meines Dads. Ich sah ihn in seinem Blut am Boden liegen und aus toten Augen Richtung Decke blicken. Ich umklammerte die Bettdecke, und wieder kreischte es in meinem Kopf, bis die Realität mich endlich wieder hatte und die wahre Welt um mich herum zum Vorschein trat.

Einen Augenblick später beugte ich mich über die Toilettenschüssel, und in meinen Augen stiegen heiße Tränen auf. »Warum?«, stöhnte ich voller Selbstmitleid, voll Trauer und voll Schmerz.

Ich rappelte mich mühsam auf und trat unter die Dusche. Ich würde nicht den ganzen Tag im Bett verbringen wie während der Wochen nach der Tat.

Doch meine Fröhlichkeit vom letzten Abend war mit diesem neuen Flashback verschwunden.

Nach dem Duschen zog ich meinen Badeanzug, Shorts und ein Tanktop an. Denn die Ruhe und der Frieden an dem kleinen Sandstrand unten an der Briar Road wären jetzt genau das Richtige für mich. Ja, ich hatte dort von meinem Dad geträumt und ihn nach diesem Traum noch schmerzlicher als sonst vermisst, doch aus irgendeinem Grund hatte dieser Traum auch ein Gefühl der Hoffnung in mir wachgerufen. Vielleicht mochte ich den Ort ja deshalb so.

Ich setzte Phoebe in den Korb und schwang mich auf mein Rad. Der Vormittag war sonnenhell und bereits ziemlich warm. Der August war fast vorbei, und ich hatte keine Ahnung, wann das Wetter hier in dieser Gegend schlechter würde, aber bisher fühlte es sich noch wie Sommer an.

Ich bog in die Briar Road, streckte die Beine zur Seite und ließ mein Fahrrad einfach rollen. Ein paar Sekunden lang ließ ich sogar den Lenker los und lachte fröhlich auf, während das Gefährt wie von allein über die Steinchen auf der Straße hüpfte und Phoebe mehrmals bellte, so als wolle sie mich warnen, vorsichtig zu sein.

»Ich weiß, mein Schatz. Schließlich sitzt kostbare Fracht in meinem Korb. Ich pass schon auf uns auf, Phoebs.«

Als ich den Strand erreichte, legte ich mein Badetuch an den gewohnten Fleck, stellte meine Kühltasche daneben und watete ins kühle Wasser. Phoebe sah mir vom Ufer aus zu. Das Wasser fühlte sich fantastisch an. Ich watete ein Stückchen weiter, bis die sanften Wellen gegen meine Schenkel schlugen, tauchte dann vollständig unter und genoss das Gefühl, wie das Wasser meinen Körper beim Schwimmen kühl liebkoste.

Ich hatte gerade wieder kehrtgemacht, als ich ein lautes Heulen hörte. Offenbar von einem großen Hund, der fürchterliche Schmerzen litt. Sofort fing Phoebe an zu kläffen und lief aufgeregt am Rand des Wassers auf und ab. Ich eilte an den Strand und spitzte meine Ohren. Das Heulen kam von links, aus der Richtung von Archers Grundstück.

Ging sein Land vielleicht direkt bis an den kleinen Strand? Das könnte durchaus sein. Ich lief bis zum Rand des Waldes, schob entschlossen ein paar Zweige auseinander, aber außer Bäumen war dort nichts zu sehen. Vielleicht dreißig Meter entfernt wuchs eine Reihe dichter Brombeerbüsche, und sofort dachte ich an den superleckeren Brombeerauflauf meines Dads zurück. Ach, könnte er doch sehen, dass es hier, direkt vor meinen Augen, jede Menge dieser wunderbaren Früchte gab. Ich wollte ein paar Brombeeren pflücken, aber als eine der

Ranken meinen nackten Bauch erwischte, atmete ich scharf ein und zog mich vorsichtig wieder zurück, weil ich zum Brombeerpflücken einfach falsch gekleidet war. Am besten käme ich einfach noch mal hierher, wenn ich einen langärmligen Pulli und eine lange Hose trug.

Ich ging zurück zu meinem Badetuch, trocknete mich ab und legte mich mit meinem Buch noch ein paar Stunden in die Sonne, ehe es wieder nach Hause ging.

Wie gewöhnlich hielt ich kurz vor Archers Tor und fragte mich erneut, was für Schilder einmal dort gehangen hatten, wo der Zaun ein bisschen heller war.

»Du benimmst dich fast wie eine Stalkerin«, schalt ich mich selbst, und als ich weiterfuhr, drang abermals das schmerzerfüllte Heulen an mein Ohr. Noch immer hätte ich nicht sagen können, was der Grund für dieses Heulen war, und hoffte einfach, dass Archer diese Angelegenheit im Griff hatte.

Daheim zog ich mich um und fuhr dann mit dem Wagen in die Stadt, ging in die öffentliche Bibliothek und suchte mir dort eine Reihe neuer Bücher aus. Unglücklicherweise hatte ich vergessen, meinen E-Book-Reader für die Reise einzupacken, doch im Grunde störte es mich nicht, dass ich mal wieder auf echte Bücher angewiesen war. Denn der Geruch von einem altmodischen Buch und das Gefühl, wenn man es in den Händen hielt, machten schon die Hälfte des Lesevergnügens aus. Ich brauchte nicht mal mehr ein eigenes Kundenkonto für Onlinekäufe, weil ich schließlich nichts mehr runterlud. Und auch, dass ich seit über einem halben Jahr nicht mehr bei Facebook war, machte mir nicht wirklich etwas aus.

Fröhlich schleppte ich den Bücherberg zu meinem Wagen, ging dann weiter in den Supermarkt, schlenderte durch die Regalreihen und füllte meinen Einkaufswagen.

An der Kasse sah ich durch das große Schaufenster, das auf die Straße hinausging, dass es inzwischen dämmerte.

»Hi.« Ich lächelte die junge Frau hinter der Kasse an.

»Hi.« Sie schnalzte laut mit ihrem Kaugummi. »Haben Sie irgendwelche Bonuscoupons?«

»Oh nein.« Ich schüttelte den Kopf. »Ich schneide keine mehr aus der Zeitung aus. Denn immer wenn ich das einmal gemacht habe, gab's dafür entweder zwölf Dosen von irgendeiner Suppe, die ich gar nicht esse, oder Waschpulver, das fürchterlich geklumpt hat, oder …« Ich brach ab, als ich bemerkte, dass die junge Frau mit einer Hand meine Einkäufe über den Scanner zog und mit der anderen auf ihrem Handy schrieb. Auf alle Fälle hörte sie mir eindeutig nicht zu. Okay, dann eben nicht.

»Zweiundsechzig siebenundachtzig.« Wieder schnalzte sie mit ihrem Kaugummi.

Ich öffnete mein Portemonnaie. In dem nur noch sechs Zehn-Dollar-Scheine waren. *Verdammt.*

»Oje.« Ich wurde rot. »Es tut mir leid, ich habe irgendwie nicht aufgepasst. Ich habe nur noch sechzig Dollar. Am besten gebe ich was zurück.«

Sie rollte mit den Augen und stieß einen tiefen Seufzer aus. »Und was?«

»Oh.« Hektisch fing ich an, die schon gepackten Einkaufstaschen zu durchwühlen. »Wie wäre es hiermit? Das Ding brauche ich nicht wirklich.« Ich reichte ihr den neuen Schwamm, der den alten Schwamm in meinem Bad hatte ersetzen sollen.

»Der kostet nur vierundsechzig Cent.«

Ich blinzelte, und irgendjemand in der Schlange hinter mir fing an zu murren. »Oh, hm, dann lassen Sie mich gucken.« Wieder wühlte ich in meinen Tüten. »Oh! Und was ist damit?« Ich hielt ihr eine Packung Einwegrasierer hin, doch gerade, als sie sie entgegennehmen wollte, zog ich meine Hand zurück. »Moment, im Grunde brauche ich sie doch. Weil man schließlich auf sein Aussehen achten muss.« Ich stieß ein nervöses Lachen aus, doch die Kassiererin blieb ernst.

»Hm…« Ich steckte meinen Kopf zum dritten Mal in meine Tüten, und das Murren hinter mir nahm zu.

»Hm, danke«, sagte die Kassiererin, und als ich wieder aufsah, meinte sie verwirrt: »Er hat den Rest bezahlt«, und wies mit dem Kopf nach rechts. Ich folgte ihrem Blick und sah an dem erbosten alten Mann, der direkt hinter mir in der Schlange stand, vorbei auf Archer Hale. Obwohl es alles andere als kalt war, hatte er sich die Kapuze seines Sweatshirts aufgesetzt.

Lächelnd nickte ich ihm zu, und als die Kassiererin sich räusperte, nahm ich ihr schnell die Quittung ab und gab die Kasse frei.

»Vielen lieben Dank, Archer«, sagte ich.

Noch immer schaute er mir reglos ins Gesicht. Die Kassiererin und der alte Mann blickten verwirrt zwischen Archer und mir hin und her.

»Du bekommst das Geld auf jeden Fall von mir zurück.« Wieder setzte ich ein Lächeln auf, doch sein Gesicht blieb völlig ausdruckslos. Ich blickte zur Seite und stellte fest, dass die Leute von den anderen Kassen ebenfalls zu uns herübersahen.

Der alte Mann bezahlte seinen Einkauf, ging an mir vorbei, und Archer stellte einen Sack mit Hundefutter auf das Band.

»Oh!«, entfuhr es mir. »Ich war heute am See, und auf deinem Grundstück hat ein Hund geheult. Es klang, als ob er Schmerzen hätte.«

Archer reichte der Kassiererin das Geld und sah mich an. Wieder schaute ich mich um und nahm erneut die neugierigen Blicke der anderen Kunden wahr, die Archer Hale gar nicht zu registrieren schien.

Seufzend sagte ich in Gebärdensprache: *Diese Leute sind echt neugierig, nicht wahr?*

Er verzog die Mundwinkel. Ich blinzelte. Und sein Gesicht war wieder ernst.

Er nahm den Hundefuttersack und ging an mir vorbei. Eilig drehte ich mich um und schob verlegen meinen Einkaufswagen durch die Tür.

Kopfschüttelnd lief ich auf meinen Wagen zu, warf einen

letzten Blick in Archers Richtung und sah, dass er seinerseits in meine Richtung blickte.

Vor Überraschung klappte mir die Kinnlade herunter, als er mit den Händen *Gute Nacht, Bree* formulierte, mir den Rücken zuwandte und kurz darauf verschwunden war.

Ich lehnte mich an meinen Wagen und sah ihm grinsend hinterher.

9

Archer – vierzehn Jahre alt

Ich ging durch den Wald, und um mir nicht den Knöchel zu verstauchen oder mich in irgendwelchen Ranken zu verfangen, wich ich Löchern, Baumwurzeln und tief hängenden Ästen aus. Ich brauchte nicht mal hinzusehen, um zu wissen, wo sie waren, denn inzwischen hielt ich mich seit sieben Jahren ununterbrochen auf diesem Grundstück auf.

Irena war wie jedes Mal dabei, blieb aber immer wieder einmal stehen, um die Dinge zu erforschen, die für eine Hundenase von Interesse waren. Wenn sie zu weit hinter mir zurückblieb, schnipste ich mit meinen Fingern oder klatschte in die Hände, doch sie war ein alter Hund und reagierte, entweder weil sie schlecht hörte oder schlicht aus Sturheit nur gelegentlich, wenn ich auf diese Weise nach ihr rief.

Ich fand das Netz, das Onkel Nate mit meiner Hilfe vor zwei Tagen aufgehängt hatte, und nahm es wieder ab. Zwar fand ich gut, dass diese Falle offenbar die Stimmen zum Verstummen brachte, die mein Onkel regelmäßig hörte, und war auch froh über die Abwechslung, die mir derartige Projekte boten, doch ich hasste es, wenn sich dort nachts kleine Tiere verfingen, und lief deshalb regelmäßig durch den Wald, um die Fallen, die mein Onkel Nate allein oder mit meiner Hilfe dort errichtet hatte, wieder abzubauen.

Gerade als ich mit der Arbeit fertig war, hörte ich aus Richtung See Stimmen und Gelächter, legte mein Zeug nieder und lief zögernd in die Richtung, aus der die Geräusche kamen.

Ich erblickte sie, sobald ich an den Rand des Waldes kam:

Amber Dalton, die in einem pechschwarzen Bikini aus dem Wasser stieg. Ich stöhnte, ohne dass mir ein Geräusch über die Lippen kam, und spürte, dass sich was in meiner Hose regte. Super ... Das passierte in letzter Zeit fast dauernd, aber irgendwie empfand ich es als seltsam und als furchtbar peinlich, dass es jetzt geschah, als ich Amber sah.

Obwohl es mir nicht leichtgefallen war, hatte ich Onkel Nate vergangenes Jahr auf dieses Thema angesprochen, doch er hatte mir nur ein paar Zeitschriften mit nackten Frauen hingeworfen, war im Wald verschwunden und hatte die nächsten Fallen aufgebaut. Ich hatte durch die Zeitschriften nicht wirklich was gelernt, sie mir aber durchaus gerne angesehen. Vielleicht sogar zu oft. Und dabei hatte ich die Hand in meine Boxershorts geschoben und mich selbst bearbeitet, bis ich vor Erleichterung aufstöhnte. Ich hatte keine Ahnung, ob das richtig oder falsch war, doch es fühlte sich zu gut an, um es nicht zu tun.

Ich war derart auf Amber – auf ihr Lachen und die Art, wie sie die nassen Haare auswrang – konzentriert, dass ich nicht sah, dass *er* ein Stückchen weiter stand. Doch plötzlich stellte eine laute Jungenstimme fest: »Guckt euch mal den ekelhaften Spanner an! Warum bist du so schweigsam? Hast du nichts zu *sagen?*« Und dann murmelte er gerade laut genug, dass es von meinem Platz aus noch zu hören war: »Verdammter Freak.«

Travis. Mein Cousin. Ich hatte ihn zum letzten Mal gesehen, kurz nachdem ich aus dem Krankenhaus zu Onkel Nate gekommen war. Er hatte mich mit Tante Tori, seiner Mom, besucht. Ich wusste, dass sie nur gekommen war, um rauszufinden, ob ich irgendwem erzählen würde, was genau sich an dem Unfalltag ereignet hatte. Doch wie hätte ich das ohne Stimme machen sollen? Und vor allem hätte es mir auch nichts mehr genützt.

Travis hatte beim Quartett gemogelt und sich dann bei seiner Mutter über meine angebliche Schummelei beschwert. Aber ich war viel zu müde und in jeder Hinsicht zu verletzt gewesen, um zu protestieren. Also hatte ich einfach den Kopf zur Wand gedreht und so getan, als ob ich schlafen würde, bis sie irgendwann wieder gegangen waren.

Und jetzt war er mit Amber Dalton hier am Strand. Unter seinem Spott stieg mir die Schamesröte ins Gesicht. Alle wandten sich mir zu, und ich stand vollkommen entblößt und hoffnungslos erniedrigt da. Eilig hob ich meine Hand und deckte meine Narbe zu. Auch wenn ich nicht genau wusste warum. Ich wollte einfach nicht, dass sie diesen Beweis für meine Schuld und meine Versehrtheit sahen – und für meine Hässlichkeit.

Ebenfalls verlegen blickte Amber vor sich auf den Boden, sah dann aber wieder Travis an und sagte: »Also bitte, Trav, sei doch nicht so *gemein*. Er ist behindert. Er kann nicht mal *sprechen*.« Diese letzten Worte flüsterte sie fast, als gäbe sie damit ein Geheimnis preis. Ein paar der anderen sahen mitleidig in meine Richtung und dann eilig wieder fort, die Übrigen jedoch konnten es offensichtlich kaum erwarten, dass die Auseinandersetzung in die nächste Runde ging.

Mit hochrotem Gesicht stand ich wie angewurzelt da. In meinen Ohren fing es an zu rauschen, und mir wurde schwindelig.

Dann schlang Travis Amber die Arme um die Taille, zog sie eng an seine Brust und küsste sie geräuschvoll auf den Mund. Sie schien zu erstarren, und ich konnte sehen, dass ihr unbehaglich war, als Travis sein Gesicht auf ihres presste und dabei an ihr vorbei in meine Richtung sah.

Dieser Blick riss mich aus meiner Starre, und ich wirbelte herum. Doch in meiner Eile fortzukommen, stolperte ich über einen Stein und riss mir bei dem Sturz die Hände und die Wange auf. Travis und die anderen fingen schallend an zu lachen. So schnell es ging, sprang ich auf und verschwand wieder im Wald. Dort war ich vor diesen Typen sicher, doch die Scham, der Zorn und das Gefühl der Trauer, das ich mir nicht ganz erklären konnte, ließen erst nach einer Weile nach.

Ich *war* ein Freak. Ich war nicht ohne Grund so allein. Ich war schuld an der Tragödie und dem schon seit Jahren andauernden Schmerz. *Ich war ein wertloses Stück Dreck.*

Ich stürmte weiter durch den Wald, und als mir die Tränen in die Augen stiegen, schrie ich lautlos auf, schnappte mir einen Stein und warf ihn nach Irena, die mir nicht mehr von der Seite wich, seitdem ich von den anderen am Strand so grausam aufgezogen worden war.

Der Stein traf sie am Hinterbein, und jaulend zuckte sie zusammen, kehrte aber umgehend zu mir zurück.

In den Moment, da der dumme Hund sich nicht einmal durch meine Grausamkeit vertreiben ließ, war es vollends um mich geschehen. Die Tränen strömten ungehindert über mein Gesicht, ich ließ mich auf den Boden fallen, zog Irena eng an meine Brust, streichelte ihr Fell und bat sie in der Hoffnung, dass das Tier Gedanken lesen konnte, immer wieder wortlos um Entschuldigung. Mehr hatte ich der treuen Seele nicht zu bieten. Ich vergrub den Kopf in ihrem Fell und hoffte inständig, sie würde mir verzeihen.

Nach ein paar Minuten ging mein Atem wieder ruhiger, und der Tränenstrom ließ langsam nach. Trotzdem fuhr Irena mir auch weiter mit der Zunge übers Gesicht und stieß jedes Mal, wenn ich im Streicheln innehielt, ein leises Winseln aus.

Als ich plötzlich Piniennadeln unter schweren Schritten knacken hörte, wusste ich, es war mein Onkel Nate. Ich starrte weiter reglos geradeaus, doch er setzte sich neben mich und zog wie ich die Knie an die Brust.

Wir beide saßen einfach da und starrten vor uns hin, und nur Irenas Hecheln oder ein gelegentliches Winseln unterbrach die Stille, die uns dort im Wald umgab.

Schließlich aber drückte Onkel Nate mir aufmunternd die Hand, und die tröstliche Berührung seiner schwieligen, doch warmen Finger tat mir gut.

»Sie haben keine Ahnung, wer du bist, Archer. Und sie haben es auch nicht verdient, es jemals zu erfahren. Lass dich von dem falschen Urteil, dass sie sich über dich gebildet haben, nicht verletzen.«

Offensichtlich hatte Onkel Nate die hämischen Bemerkungen der anderen gehört. Und auch wenn die Dinge, die er sagte, wie so häufig keinen echten Sinn für mich ergaben, spendeten sie mir einen gewissen Trost. Onkel Nate klang immer so, als ob er furchtbar kluge Dinge von sich gäbe, die jedoch nur er allein verstand.

Ich nickte, sah ihn aber immer noch nicht an, und nachdem wir noch ein paar Minuten dort gesessen hatten, standen wir schließlich auf, gingen ins Haus, und er behandelte die Schnittwunde auf meiner Wange. Dann deckten wir den Tisch fürs Abendbrot.

Das Gelächter und Geplansche in der Ferne wurde immer schwächer, und nach einer Weile kehrte wieder vollkommene Stille auf dem Grundstück ein.

10

Bree

Ein paar Tage, nachdem Archer Hale mir auf dem Parkplatz vor dem Supermarkt eine gute Nacht gewünscht hatte, kam ich nach der Arbeit heim und sah, dass Anne vor ihrem Haus auf der Veranda saß. Ich ging hinüber, um sie zu begrüßen, und sie bot mir lächelnd einen Eistee an.

Ich öffnete ihr Gartentor und lief mit einem Lächeln zu ihr. »Das klingt fantastisch. Falls Sie mein Geruch – ein Gemisch aus Eau de Grillpfanne und Fett – nicht stört.«

»Ich glaube, damit komme ich zurecht«, stellte sie lachend fest und sah mich fragend an. »Und, wie ist die Arbeit?«

Ich setzte mich auf ihre Schaukel und seufzte wohlig, als ihr kleiner Ventilator mir die erste kühle Luft des Nachmittags entgegenblies.

»Mir gefällt sie wirklich gut.«

»Das freut mich«, sagte sie und reichte mir ein bis zum Rand mit kaltem Tee gefülltes Glas. Dankbar hob ich es an meinen Mund und lehnte mich bequem zurück.

»Jetzt klinge ich bestimmt wie eine neugierige, alte Schachtel, doch ich habe zufällig gesehen, dass Sie Samstagabend mit den beiden schollschen Mädchen weggefahren sind. Schön, dass Sie schon ein paar Freundinnen gefunden haben«, stellte sie mit einem warmen Lächeln fest.

Ich lächelte zurück und schüttelte den Kopf. »Kein Problem. Fragen Sie ruhig. Wir waren auf der anderen Seeseite im Bitter End und haben dort Travis Hale getroffen.«

»Oh, dann kennen Sie jetzt alle beiden haleschen Jungs.«

»Dann gibt es nicht noch mehr?«, fragte ich sie lachend.

»Nein, in der Generation gibt's nur die zwei, wobei es sicherlich an Travis sein wird, dafür zu sorgen, dass es nach den beiden auch noch weiter derart hübsche halesche Burschen gibt.«

»Warum sagen Sie das?«

»Nun, ich kann mir irgendwie nicht vorstellen, dass Archer je sein Haus verlässt, um mit irgendwelchen Mädchen auszugehen oder gar zu heiraten, obwohl ich eigentlich kaum mehr über ihn weiß, als dass er nicht spricht.«

»Er spricht«, erklärte ich. »Ich habe mich schon mit ihm unterhalten.«

Meine Worte schienen Anne zu überraschen, denn sie meinte: »Ach. Ich habe bisher nie auch nur ein Wort aus seinem Mund gehört.«

Ich schüttelte den Kopf. »Wir haben uns in Gebärdensprache unterhalten. Mein Dad war taub, deshalb spreche ich sie auch.«

»Oh, verstehe. Also, daran habe ich bisher noch nie gedacht.« Sie runzelte die Stirn. »Aber die paar Male, wenn ich Archer in der Stadt gesehen habe, hat es immer so auf mich gewirkt, als ginge er den Menschen mit Absicht aus dem Weg.«

»Mir kommt es vor, als hätte bisher einfach nie jemand versucht, Kontakt zu Archer aufzunehmen. Dabei ist er gar nicht so verkehrt – abgesehen davon, dass er nicht sprechen kann, nicht sonderlich gesellig ist und eine völlig eigene Vorstellung von … Mode hat.« Ich grinste, und Anne grinste ebenfalls.

»Ja, er hat ein ziemlich interessantes Äußeres, nicht wahr? Obwohl man ihn bestimmt nur etwas herzurichten bräuchte, damit er genauso gut aussehen würde wie alle anderen Hales. Schon sein Vater und die beiden Onkels waren beinah übermenschlich attraktive Burschen.« Sie stieß ein mädchenhaftes Lachen aus, und mit einem neuerlichen Grinsen trank ich einen großen Schluck von meinem Tee.

»Und Sie wissen nicht mehr, was am Tag von Archers Unfall vorgefallen ist?«

Sie schüttelte den Kopf. »Nur, was man sich in der Stadt erzählt hat. Denn im Grunde wurde die Tragödie niemals wirklich aufgeklärt. Ich weiß noch, damals haben alle Mädchen dieser Gegend für die haleschen Jungs geschwärmt. Und das haben die natürlich ausgenutzt, wobei Connor noch der Zahmste von den dreien war. Doch soweit ich mich entsinne, war die Einzige, an der sie jemals wirkliches Interesse hatten, Alyssa McRae.«

»Alle *drei*?« Ich riss die Augen auf. Das klang wie aus einem Roman.

»Hm.« Sie blickte in die Ferne. »Ihretwegen haben sich vor allem zwischen Connor und Marcus echte Dramen abgespielt. Die beiden haben immer miteinander konkurriert, egal, ob es um Sport oder um Mädchen ging. Und als Alyssa hierherzog, ging es dabei nur noch um sie. Auch Nathan Hale hat keinen Hehl daraus gemacht, dass er Interesse an ihr hatte, doch ich nehme an, das war den beiden anderen relativ egal. Weil er, das wissen Sie ja schon, immer etwas anders war.«

»Und wer hat sie am Schluss bekommen?«

»Marcus«, klärte Anne mich lächelnd auf. »Auch wenn es eine sogenannte Mussehe gewesen ist. Alyssa war schwanger, sie hat dieses Kind allerdings verloren. Erst Jahre später kam Archer.« Sie schüttelte den Kopf. »Nach der Hochzeit sahen das arme Mädchen und Connor immer furchtbar traurig aus. Mir kam es immer vor, als hätten beide das Gefühl gehabt, dass sie damals die falsche Wahl getroffen hat. Und da Marcus nach der Hochzeit weiter viel zu viel getrunken hat und anderen Frauen hinterhergestiegen ist, war das eigentlich uns allen klar.«

»Und dann wurde Connor Polizeichef?«

»Ja, genau. Er hat ebenfalls geheiratet, wahrscheinlich, weil er dachte, dass das Leben weitergehen muss. Und dann kam Travis auf die Welt.«

»Wow. Und dann kam dieser schlimme Unfall«, stieß ich aus.

»Ja, das alles war sehr traurig. Aber es ist wunderbar, dass Sie mit Archer sprechen können, meine Liebe. Auch wenn mir das zeigt, dass wir in all den Jahren viel zu wenig für den Jungen da gewesen sind.« Mit einem Mal wirkte sie traurig, und wir beide hingen eine Weile unseren eigenen Gedanken nach.

Dann trank ich noch den Rest von meinem Tee und stand entschlossen wieder auf. »Ich sollte langsam duschen und mich umziehen. Ich möchte heute Nachmittag nämlich noch einmal runter an den See.«

»O gut. Es freut mich, dass das Rad Ihnen so gute Dienste leistet. Und genießen Sie den See, so lange es noch möglich ist. Denn das Wetter schlägt bestimmt bald um.«

Ich nickte lächelnd. »Das werde ich. Danke für den Tee, Anne. Und für das Gespräch.«

»Ich danke Ihnen, meine Liebe. Denn Sie haben einer alten Frau den Nachmittag versüßt.«

Grinsend winkte ich ihr zu und kehrte in mein eigenes, kleines Haus zurück.

Eine Stunde später radelte ich abermals die Briar Road hinab, im Korb neben einem Handtuch sowie einer Flasche Wasser meine süße, freche Phoebe.

Vor Archers Haus hielt ich kurz auf der staubigen Straße und bemerkte, dass das Tor wieder nicht ganz geschlossen war, ohne dass das Postauto an mir vorbeigefahren wäre. Hatte also vielleicht Archer selbst das Tor geöffnet?

Ich legte den Kopf schief, trommelte mit einem Finger gegen meine Unterlippe und war mir nicht sicher, ob es völlig daneben wäre, nochmals ungebeten bei ihm einzudringen, oder ob das Tor womöglich extra einen Spalt weit offen stand, damit ich ihn besuchen ging.

War es vollkommener Wahnsinn, so etwas zu denken? Ja, wahrscheinlich.

Trotzdem lehnte ich mein Rad gegen den hohen Zaun, hob Phoebe aus dem Korb und lugte durch das Tor.

Archer hatte mir den Rücken zugewandt und lief in Richtung Haus, doch als er das Quietschen der Scharniere hörte, drehte er sich um, als hätte er damit gerechnet, mich zu sehen.

Zögernd trat ich ein. »Hallo«. Ich stellte Phoebe auf dem Boden ab und fuhr in Gebärdensprache fort: *Ich hoffe, dein offenes Tor bedeutet, dass ich reinkommen darf und nicht schon wieder unbefugt hier eingedrungen bin. Denn das wäre mir entsetzlich peinlich.* Ich hob meine Hände an die Wangen, schnitt eine Grimasse und hielt furchtsam den Atem an.

Während mir die Röte ins Gesicht stieg, sah er mich aus seinen ausdrucksvollen, aus der Nähe fast bernsteinfarbenen Augen an, und plötzlich wurde seine Miene weich.

Über seinen nackten Füßen trug er eine Jeans mit derart vielen Löchern, dass sie sicher beim nächsten Waschen auseinanderfallen würde, und ein eng sitzendes, weißes T-Shirt, aus dem er schon seit geraumer Zeit herausgewachsen war.

Ich wollte dir was zeigen.

Lächelnd atmete ich auf, fragte dann aber verwirrt: *Du wusstest, dass ich kommen würde?*

Archer schüttelte den Kopf. *Ich dachte, dass du vielleicht kommen würdest. Schließlich fährst du öfter hier vorbei. Das zeigen mir die Reifenspuren von deinem Rad.*

Wieder stieg mir eine heiße Röte ins Gesicht. »Oh, hm…«

Willst du es jetzt sehen oder nicht?

Ich sah ihn an und nickte dann. *Okay. Das heißt, Moment noch. Wo ist deine Axt?*

Er zog eine Braue hoch. *Dein Humor ist echt noch ausbaufähig.*

Damit spielte er auf unsere letzte Unterhaltung an, und grinsend meinte ich: *Eins zu null für dich. Was willst du mir denn zeigen?*

Sie sind gleich da drüben.

Sie?, hakte ich nach, während ich schon die Einfahrt neben ihm hinauflief.

Archer nickte, ohne näher auf das Thema einzugehen.

Als ein Vogel dicht über den Rasen flog, rannte Phoebe ihm, so schnell sie ihre Beinchen trugen, hinterher.

Wir betraten die Veranda des Häuschens, auf der gerade genug Platz für einen weißen Schaukelstuhl und eine kleine Kiste war.

Archer schob den Schaukelstuhl ein Stück nach links, und ich riss verblüfft die Augen auf.

Oh mein Gott. Ich holte zischend Luft und machte einen Schritt nach vorn.

Das Geräusch vor ein paar Tagen? Da hat Kitty gerade ihre Jungen auf die Welt gebracht.

Die Hundemama schlief, und dämlich lächelnd sah ich die drei winzig kleinen, braunen Welpen an, die im Milchkoma an ihren Bauch gekuschelt waren. Doch plötzlich ging mir auf, was er gesagt hatte, und stirnrunzelnd sah ich ihn an.

Dein Hund heißt Kitty?

Er schob sich die Haare aus der Stirn und sah mich an. *Mein Onkel hat mir anvertraut, dass die Tiere hier auf unserem Anwesen Spione sind, die für ihn arbeiten. Entsprechend hat er sie genannt. Mit vollem Namen heißt sie Kitty Storms. Ursprünglich wurde sie vom russischen Geheimdienst ausgebildet, aber jetzt arbeitet sie für mich.*

Oje, das klang nicht gut.

Verstehe, sagte ich und bedachte ihn mit einem argwöhnischen Blick. *Und das glaubst du?*

Nun, bisher hat sie hauptsächlich Eichhörnchen und andere kleine Tiere aufgespürt, aber jetzt, er zeigte dorthin, wo sie neben ihren Welpen schlief, *sieht es so aus, als kämen noch verdeckte Treffen mit einer männlichen Zielperson hinzu.*

Etwas wie ein amüsiertes Blitzen leuchtete in seinen Augen auf.

Wieder atmete ich auf und schüttelte den Kopf. *Dann war dein Onkel also leicht …*

… paranoid, aber vollkommen harmlos, meinte er. *Vor allem war er ein wirklich anständiger Kerl.*

Mit schmerzerfüllter Miene drehte er seinen Kopf eilig wieder zu den kleinen Hunden.

Als ich ihn am Arm berührte, zuckte er zusammen, sah mich aber wieder an.

Ich habe gehört, dass er vor ein paar Jahren gestorben ist. Das tut mir leid.

Er sah mich forschend an, nickte unmerklich und wandte sich erneut den Welpen zu.

Ich studierte sein Profil und stellte fest, wie hübsch das Wenige, was ich erkennen konnte, war. Dann hockte ich mich hin, um mir die Welpen aus der Nähe anzusehen, und fragte lächelnd: *Darf man sie schon auf den Arm nehmen¿*

Er nickte knapp.

Sind das Jungen oder Mädchen¿

Zwei Jungen, ein Mädchen.

Sachte hob ich einen von den kleinen, warmen Körpern aus der Box, drückte ihn an meine Brust und vergrub meine Nase in dem weichen Fell. Das Hündchen stieß ein leises Fiepen aus, fing an zu suchen, und ich musste kichern, als die nasse Nase meine Wange traf.

Dann hob ich abermals den Kopf und riss verblüfft die Augen auf, denn nie zuvor hatte ich Archer lächeln sehen. Wie bei unserer allerersten Begegnung trafen sich unsere Blicke und verfingen sich ineinander. Alles in mir begann zu rasen. Verwirrt rieb ich die Wange an dem dicken, samtig weichen Bauch des kleinen Hundes, den ich in den Armen hielt.

Dann legte ich ihn wieder neben seiner Mutter ab und sagte: *Danke, dass ich sie sehen …*

Doch bevor ich meinen Satz beenden konnte, hielt er meine Hände fest und sah mir ins Gesicht. Ich schaute fragend zu ihm auf, bevor mein Blick auf seine wunderschönen, starken und zugleich eleganten Hände fiel.

Sprich du ruhig mit deinem Mund. Schließlich kann ich dich hören.

Ich blinzelte, bevor ich abermals die Hände hob. *Ich würde gern weiter in deiner Sprache mit dir sprechen, wenn du nichts dagegen hast.*

Wieder wurde seine Miene unergründlich, und abrupt erhob er sich von seinem Platz.

Ich muss mich langsam wieder an die Arbeit machen.

Arbeit?

Archer nickte nur. Tja, dann …

Dann sollte ich wahrscheinlich gehen?

Er sah mich weiter reglos an.

Darf ich noch mal wiederkommen? Um mir Kittys Welpen anzusehen?

Er runzelte die Stirn, doch schließlich nickte er erneut und ich schlug dankbar vor: *Wenn es okay ist, dass ich reinkomme, lass einfach das Tor wie heute einen Spalt weit offen stehen, ja?*

Diesmal war sein Nicken beinah nicht zu sehen.

Wir starrten uns noch ein paar Sekunden an, doch schließlich stand ich lächelnd auf, lief zurück zum Tor und rief nach Phoebe, die im Gegensatz zum letzten Mal tatsächlich angelaufen kam. Ich nahm sie auf den Arm und drehte mich noch einmal um.

Er stand noch immer vor dem Haus und sah mir nach. Also winkte ich ihm kurz und zog das Tor dann fest hinter mir zu.

11

Bree

Als ich am nächsten Tag den Weg zu seinem Haus entlanglief, biss ich mir nervös auf die Lippe. Es klang, als schlüge irgendwo hinter dem Haus krachend Stein auf Stein. Als ich um die Ecke bog, erblickte ich Archer, der mit nacktem Oberkörper auf allen vieren die ersten Steine für eine zusätzliche Terrasse legte.

»Hallo«, grüßte ich, und ruckartig riss er den Kopf zurück.

Seine Miene drückte Überraschung und noch etwas anderes aus. Vielleicht Freude? Es war etwas schwierig zu erkennen, was für ein Gesichtsausdruck sich hinter seinem dichten Bart und seinem langen Haar, das ihm in die Stirn und um die Wangen fiel, verbarg.

Nickend wies er mit der Hand auf einen großen Stein und wandte sich dann wieder seinem Werk zu.

Direkt nach Ende der Arbeit war ich um zwei heimgefahren, hatte schnell geduscht und mich dann sofort auf mein Rad geschwungen, um hierherzufahren. Phoebe hatte ich bei Anne gelassen, weil ich mir nicht sicher war, ob man jetzt schon andere Hunde in die Nähe der Welpen lassen durfte oder nicht.

Am Tor zu Archers Grundstück war ein Lächeln über mein Gesicht gehuscht, als ich gesehen hatte, dass es einen Spalt weit offen stand.

Jetzt ging ich zu dem mir gewiesenen Stein, nahm darauf Platz und sah ihm schweigend bei der Arbeit zu.

Offenbar war er ein Hobby-Steinmetz und hatte die lange

Einfahrt und auch die Terrasse vor dem Haus alleine angelegt. Der Mann war für eine Überraschung nach der anderen gut. Unweigerlich bemerkte ich die straff gespannten Muskeln seiner Oberarme, während er die schweren Steine an die ihnen jeweils zugedachten Stellen schob. Kein Wunder, dass er derart gut gebaut war. Schließlich ging er ständig irgendeiner schweren körperlichen Arbeit nach.

»Okay, ich habe eine Liste gemacht.« Ich rutschte auf dem großen Stein herum, bis ich etwas bequemer saß.

Archer zog die Brauen hoch.

Ich benutzte meine Stimme, damit er mich nicht ansehen musste und weiterarbeiten konnte. Doch er richtete sich auf, legte seine Hände, die in festen Arbeitshandschuhen steckten, auf den muskulösen Oberschenkeln ab und wandte sich mir zu. Er trug eine verblichene, kurze Jogginghose, Knieschoner und Arbeitsstiefel, und ich merkte, dass ein dünner Film glänzenden Schweißes seinen nackten, angenehm gebräunten Oberkörper überzog.

Eine Liste? fragte er.

Ich legte mir den Zettel in den Schoß und nickte. *Eine Liste mit Namen. Für die Welpen.*

Archer legte seinen Kopf zur Seite. *Okay.*

Also, sagte ich. *Natürlich musst du meine Vorschläge nicht akzeptieren, weil es schließlich deine Hunde sind, aber ich dachte, dass Iwan Granit, Hawk – der Falke – Strawinski und Oksana Hammer vielleicht passend wären.*

Er sah mich reglos an. Und dann geschah ein Wunder. Zum ersten Mal, seit ich ihn kannte, zog ein breites Grinsen über sein Gesicht.

Ich starrte ihn mit großen Augen an, doch schließlich fragte ich: *Gefallen sie dir?*

Auf jeden Fall.

Ich nickte und fing ebenfalls zu grinsen an. Dann wäre das also geklärt.

Ich blieb noch eine Weile sitzen und genoss den sommerlichen Sonnenschein und seine Nähe, während er mit seinen starken Armen Steine hin und her schob.

Ein paarmal sah er auf und blickte mich mit einem kleinen, scheuen Lächeln an. Wir sprachen kaum noch was, aber die Stille zwischen uns war freundschaftlich und äußerst angenehm.

Schließlich aber stand ich auf und sagte: »Ich muss langsam wieder los, Archer. Denn meine Nachbarin passt heute Nachmittag auf Phoebe auf, hat aber dann noch einen Termin.«

Auch er stand auf, wischte sich die Hände an den Oberschenkeln ab und nickte mir zu.

Danke.

Ich erwiderte sein Nicken, lief zum Tor und radelte, ein gut gelauntes Lächeln auf den Lippen, heim.

Zwei Tage später fuhr ich für zwei Stunden an den kleinen Strand und stellte auf dem Rückweg fest, dass Archers Tor erneut ein Stückchen offen stand. Aufgeregt stieg ich vom Rad, nahm Phoebe auf den Arm und ging in Richtung Haus.

Ich klopfte an die Tür, doch niemand machte auf. Aus Richtung See jedoch drang ausgelassenes Hundebellen an mein Ohr, und eilig lief ich weiter, durch den Wald, bis ich ihn am Strand zusammen mit der frischgebackenen Hundemama sah. Langsam ging ich auf ihn zu, und als er mich entdeckte, setzte er erneut ein scheues Lächeln auf. *Hi.*

Lächelnd stellte ich Phoebe auf dem Boden ab, blinzelte wegen des grellen Sonnenlichts und sagte: *Hey.*

Zusammen liefen wir in angenehmem Schweigen am Seeufer entlang. Je häufiger ich Archer traf, umso wohltuender fand ich seine – ruhige – Nähe, und ich konnte deutlich spüren, dass auch ihm in meiner Gegenwart inzwischen deutlich wohler als zu Anfang war.

Er hob einen Stein vom Boden auf und ließ ihn mehrfach auf dem Wasser hüpfen, ohne dass die ruhige Wasseroberfläche dadurch sichtbar in Bewegung kam. Lachend bat ich ihn: *Zeig mir, wie du das gemacht hast!*

Archer sah auf meine Finger, suchte einen Stein, den er für passend hielt, und drückte ihn mir in die Hand. *Je flacher, umso besser*, sagte er. *Und jetzt wirf ihn wie eine Frisbeescheibe, damit die flache Seite auf die Wasseroberfläche trifft.*

Ich nickte, warf und sah mit angehaltenem Atem zu, wie der Stein zwei Hüpfer machte, ehe er versank. »Juhu!«

Er hob den nächsten kleinen Stein vom Boden auf, warf ihn Richtung See, und er hüpfte … hüpfte … hüpfte … an die zwanzig Mal.

»Angeber«, murmelte ich und blickte in sein grinsendes Gesicht.

Du bist einfach gut in allem, was du tust, nicht wahr? Ich legte den Kopf zur Seite und blinzelte zu ihm hinauf.

Er dachte kurz darüber nach und nickte knapp.

Als ich lachte, zuckte er mit seinen breiten Schultern, und ich fragte: *Und dein Onkel hat dich hier zu Hause unterrichtet und dir all diese Dinge beigebracht?*

Er sah mich an und nickte abermals.

Er muss ein wirklich kluger Mann gewesen sein.

Wieder dachte er kurz nach. *Das war er auch. Vor allem mit Mathe und den Naturwissenschaften kannte er sich wirklich aus. Manchmal ist seine Fantasie mit ihm durchgegangen, doch er hat mir alles, was ich wissen musste, beigebracht.*

Ich nickte wenig überrascht, denn schließlich wusste ich bereits von Anne, dass Nathan Hale bereits als junger Bursche hochintelligent gewesen war.

Nach unserem ersten Treffen habe ich die Leute in der Stadt nach dir gefragt, gab ich etwas verlegen zu.

Archer sah mich an und runzelte die Stirn. *Warum?*

Ich legte meinen Kopf ein wenig schräg und dachte nach. *Schon als ich dir zum ersten Mal begegnet bin, hat mich irgendetwas an dir … angezogen. Deshalb wollte ich dich kennenlernen.*

Archers nachdenklicher Blick ließ mich erröten, aber schließlich hob er einen neuen, flachen Stein vom Boden auf und ließ ihn so oft übers Wasser hüpfen, dass ich ihn schon nicht mehr sehen konnte, ehe er versank.

Ich schüttelte den Kopf. *Ach, wenn sie doch nur wüssten …*

Wenn wer was wüsste?

Die Leute in der Stadt. Einige von ihnen denken, dass du nicht ganz richtig tickst. Ich lachte leise auf. *Das ist doch lächerlich.*

Archer zuckte mit den Achseln, bückte sich nach einem Stock und warf ihn für Kitty in die Luft.

Warum lässt du sie das denken?

Seufzend starrte Archer auf den See hinaus und wandte sich mir erst nach mehreren Sekunden wieder zu.

So ist es einfacher.

Ich sah ihn forschend an und seufzte ebenfalls. *Mir gefällt das nicht.*

So ist es schon seit Jahren, Bree, es ist für mich okay. Es ist für alle Beteiligten okay.

Ich verstand nicht wirklich, was das zu bedeuten hatte, aber seine plötzlich angespannte Haltung machte deutlich, dass er nicht drüber reden wollte, also ließ ich von dem Thema ab.

Er sollte sich in meiner Nähe wieder wohlfühlen, deshalb blickte ich ihn lächelnd an.

Also, gibt es sonst noch etwas, was ich von dir lernen kann?

Er zog eine Braue hoch und sah mir ins Gesicht. Worauf mein Magen sich zusammenzog und eine Schar von Schmetterlingen sich unterhalb meiner Rippen in die Luft erhob.

Was könnte denn ich von dir *lernen?*

Ich klopfte nachdenklich mit einem Finger gegen meine Lippen und erklärte: *Ein, zwei Sachen gibt es da bestimmt.*

Ach ja? Und was? In seinen Augen flammte etwas auf, eilig wandte er sich jedoch ab.

Ich musste schlucken. »Hm.«

Doch ich wollte, dass mich Archer wieder ansah, deswegen fuhr ich in Gebärdensprache fort: *Ich war mal eine wirklich gute Köchin.*

Mist, das hätte ich nicht sagen sollen. Denn ich hatte nicht die Absicht, je wieder für jemanden zu kochen oder jemandem zu zeigen, wie es ging. Aber auf die Schnelle war mir irgendwie nichts anderes eingefallen, und ich hatte unbedingt die plötzliche Verlegenheit, die zwischen mir und Archer aufgekommen war, durchbrechen wollen.

Du willst mir zeigen, wie man kocht?

Ich nickte langsam mit dem Kopf. *Falls das nicht eins der vielen Dinge ist, die du bereits im Schlaf beherrschst.*

Er lächelte, worauf mein Herz ein bisschen schneller schlug, weil sein Lächeln ein bisher sehr seltenes Geschenk war, das ich dankbar annahm, um es tief in meinem Innern zu bewahren.

Das würde mir gefallen, meinte er nach einem Augenblick, und als ich lächelnd nickte, lächelte er abermals zurück.

Wir gingen noch gut eine Stunde mit den Tieren am Strand spazieren und ließen weiter Steine auf dem Wasser springen, bis auch ich drei Hüpfer hinbekam. Als ich später heimfuhr, ging mir auf, dass dies für mich der schönste Tag seit langer, langer Zeit gewesen war.

Am nächsten Tag nahm ich zwei Sandwiches aus dem Imbiss mit, fuhr heim, zog mich nach einer kurzen Dusche um, setzte Phoebe in den Fahrradkorb und fuhr erneut zu Archers Haus. Obwohl immer ich zu seinem Grundstück fuhr, damit wir zwei uns sahen, kam es mir vor, als würde er sich ebenfalls um mich bemühen, indem er mir erlaubte, nachmittags bei ihm vorbeizuschauen.

Also, Archer, fragte ich. *Wenn dein Onkel keine Gebärdensprache konnte, wie hast du dich dann mit ihm verständigt?*

Wir picknickten in seinem Garten, und die dicken, kleinen Welpen, die mit Kitty neben uns auf einer Decke lagen, stolperten mit blinden Augen durch die Gegend, ehe ihre Mama sie mit ihrer Schnauze sanft zurück an ihre Seite schob.

Auch Phoebe lag in unserer Nähe, Kitty und die kleinen Hundebabys aber waren ihr relativ egal.

Archer, der bisher gemütlich neben mir gelegen hatte, richtete sich langsam auf.

Ich habe kaum gesprochen, klärte er mich achselzuckend auf. *Wenn etwas wirklich wichtig war, habe ich es aufgeschrieben. Aber meistens habe ich nur zugehört.*

Ich sah ihn schweigend an und wünschte mir, er hätte sein Gesicht nicht hinter all dem ungepflegten Haar versteckt. *Und woher kannst du dann die Gebärdensprache?*

Die habe ich mir selber beigebracht.

Kopfschüttelnd biss ich ein Stück von meinem Rauchfleischsandwich ab. Archer hatte seines mit drei Bissen vertilgt, aber einen Teil des Rauchfleischs Kitty überlassen, die nach der Geburt und durch das Säugen ihrer Welpen relativ erledigt war. Also warf auch ich der Hundemama etwas hin und legte dann mein Sandwich wieder fort. *Und wie? Aus einem Buch?*

Er nickte. *Ja.*

Hast du einen Computer?

Archer runzelte die Stirn. *Nein.*

Hast du hier etwa keinen Strom?

Er verzog belustigt das Gesicht. *Oh doch, ich habe Strom. Hat den nicht jeder, Bree?*

Ich sagte lieber nicht, dass er wie jemand wirkte, der vielleicht noch nicht mal wusste, dass der Strom jemals erfunden worden war. Stattdessen fragte ich: *Und einen Fernseher?*

Er schüttelte den Kopf. *Nein, ich habe Bücher.*

Er war ganz eindeutig aus der Zeit gefallen, dachte ich. *Und all die Sachen, die du tust – das Anlegen des Gartens und deiner Terrasse –, hast du dir alleine beigebracht?*

Er zuckte mit den Schultern. *Wenn man Zeit hat, kann man alles lernen. Und ich habe Zeit.*

Nickend zupfte ich ein Stückchen Fleisch aus meinem Sandwich, schob es mir in den Mund und kaute nachdenklich darauf herum. *Und woher hast du all die Steine, die du hier verlegst?*

Entweder vom Strand oder aus dem Baumarkt in der Stadt.

Und wie hast du sie hierhergeschafft?

Ich habe sie getragen. Er bedachte mich mit einem Blick, als wäre das die größte Selbstverständlichkeit.

Du fährst also nicht Auto, sondern gehst immer zu Fuß?

Ja, antwortete er achselzuckend und meinte dann: *Aber genug von mir. Erzähl mir was von dir. Was machst du hier in Pelion?*

Er sah mich abwartend aus seinen bernsteinfarbenen Augen an.

Ich bin auf einer Art von Reise, fing ich an, brach aber wieder ab. *Nein, weißt du was? Ich bin weggelaufen,* gab ich zu. *Mein Vater ist gestorben, und dann gab's noch eine Reihe anderer Sachen, die sehr schwierig für mich waren. Deshalb bin ich ausgeflippt und einfach abgehauen.* Ich stieß einen leisen Seufzer aus. *Ja, genau. Ich weiß nicht, warum ich dir das überhaupt erzähle, aber das ist leider die Wahrheit.*

Er schaute mich so lange an, dass mir ein wenig unbehaglich wurde, und verlegen wandte ich mich ab. Als ich aber aus dem Augenwinkel sah, dass er die Hände bewegte, blickte ich ihn wieder an.

Funktioniert es? fragte er.

»Was?«, stieß ich mit rauer Stimme aus.

Das Weglaufen, erklärte er. *Hat es dir geholfen?*

Ich sah ihn aus großen Augen an. *Eigentlich eher nicht.*

Er bedachte mich mit einem nachdenklichen Blick und wandte sich dann ab.

Ich war dankbar, dass er nicht versuchte, etwas Tröstendes zu sagen, weil verständnisvolles Schweigen manchmal besser war als ein Schwall bedeutungsloser Worte.

Ich sah mir den tadellosen Garten und das kleine, aber gepflegte Häuschen an. Ich hätte gern gewusst, wovon Archer hier draußen lebte, aber ich fand diese Frage unhöflich, weil er sicherlich von irgendeiner Rente lebte, die er nach dem Tod seines Onkels oder seiner Eltern ausbezahlt bekam. Gott, wie viele schreckliche Verluste er bereits hatte erleiden müssen. Und jetzt war er ganz auf sich allein gestellt.

Also, Archer, lenkte ich die Unterhaltung in eine andere Richtung. *Was ist mit der Kochstunde, die ich dir geben soll? Hast du diesen Samstag Zeit? Um fünf bei dir?* Fragend zog ich eine Braue hoch, und er sah mich mit einem kleinen Lächeln an.

Falls meine Sekretärin den Termin noch nicht vergeben hat …

Soll das ein Witz sein?

Er zog eine Braue hoch.

Der war erheblich besser als der Letzte.

Archers Lächeln wurde breiter. *Vielen Dank, aber ich habe schließlich auch geübt.*

Als ich lachte, fingen seine Augen an zu blitzen. Dabei fiel sein Blick auf meinen Mund und wieder flatterten die Schmetterlinge wild in meinem Bauch herum. Eilig wandten wir uns beide ab.

Schließlich sammelte ich meine Sachen und mein Hündchen ein, sagte Auf Wiedersehen und wandte mich zum Gehen.

Am Tor blieb ich noch einmal stehen, blickte auf das kleine Haus zurück, und plötzlich kam mir der Gedanke, dass sich Archer ganz alleine eine ganze Sprache angeeignet hatte, die er keinem Menschen gegenüber je hatte benutzen können.

Bis er mir begegnet war.

Am nächsten Tag trug ich gerade ein Reuben-Sandwich mit Pommes frites und ein Schinken-Sandwich mit Kartoffelsalat zu Cal Trembley und Stuart Purcell an Tisch drei, als die Tür aufging und ich sah, dass Travis Hale in seiner Uniform den Raum betrat. Mit einem breiten Lächeln wies er auf die Theke, und ich nickte lächelnd und erklärte leise: »Bin gleich da.«

Ich stellte meine Teller ab, füllte die Wassergläser der beiden Männer auf und trat hinter den Tresen, vor dem Travis saß.

»Hi. Wie geht's?« Lächelnd griff ich nach der Kaffeekanne und zog fragend meine Brauen hoch.

»Ja, bitte«, sagte er, und ich schenkte ihm ein.

»Ich habe mehrmals versucht, dich anzurufen«, fing er an. »Gehst du mir etwa aus dem Weg?«

»Ob ich … ach, verdammt. Ich habe wieder mal kein Guthaben auf meinem Handy. Dann kann man mich auch nicht erreichen. Mist.« Ich schlug mir gegen die Stirn. »Tut mir leid, ich habe so ein Prepaid-Ding, das ich fast nie benutze.«

Er blickte mich fragend an. »Hast du keine Familie zu Hause, mit der du manchmal telefonieren willst?«

Ich schüttelte den Kopf. »Ein paar Freunde, aber mein Dad ist vor sechs Monaten gestorben und … nein, im Grunde gibt es niemanden.«

»Mein Gott, das tut mir leid, Bree.« Er bedachte mich mit einem sorgenvollen Blick, aber ich winkte einfach ab. Denn ich würde bei der Arbeit ganz sicher nicht in Tränen ausbrechen.

»Schon gut. Es geht mir gut.« Meistens. Manchmal. Doch auf alle Fälle besser, als bevor ich zu der Reise aufgebrochen war.

Er sah mich forschend an. »Nun, der Grund, weshalb ich dich angerufen habe, war, dass ich fragen wollte, ob du vielleicht Lust hast, meinen Vorschlag anzunehmen und mit mir essen zu gehen.«

Lächelnd lehnte ich mich mit der Hüfte an den Tresen. »Und nachdem ich nicht ans Telefon gegangen bin, hast du mich jetzt hier aufgespürt?«

Er sah mich grinsend an. »Um dich hier zu finden, braucht man kein Spion zu sein.«

Ich lachte, musste bei diesem Wort allerdings an Archer denken und fühlte mich dabei aus welchem Grund auch immer irgendwie schuldig. Weshalb nur? Ich wusste es nicht. Zwar hatte unsere Freundschaft bereits Fortschritte gemacht, doch in vielen Dingen konnte Archer immer noch furchtbar verschlossen sein – was ich durchaus verstehen konnte und was mich entsetzlich wütend darüber machte, dass die ganze blöde Stadt diesen unglaublich klugen, sanften Mann bereits seit Jahren ignorierte, der, soweit ich wusste, niemals auch nur einer Fliege irgendwas zuleide tat. Das war einfach nicht fair.

»Hallo, Erde an Bree?«, riss Travis mich aus meinen Überlegungen, und eilig lenkte ich den Blick vom Fenster abermals auf ihn.

»Tut mir leid, Travis. Ich war gerade ein bisschen abwesend. Manchmal ist mein Hirn das reinste schwarze Loch.« Ich stieß ein verlegenes Lachen aus. »Aber wie dem auch sei, hm, sicher können wir zusammen essen gehen.«

Er zog die Brauen hoch. »Das klingt ja echt begeistert.«

Lachend schüttelte ich meinen Kopf. »Tut mir leid, ich habe nur … also Essen, richtig?«

»Vielleicht gibt's neben einem Hauptgericht noch eine Vorspeise und ein Dessert«, klärte er mich grinsend auf, und lachend gab ich mich geschlagen.

»Also gut.«

»Freitagabend?«

»Ja, okay.« Ich nickte einem Paar, das gerade Platz genommen hatte, zu, und die beiden lächelten mich an.

»Ich muss jetzt langsam weitermachen. Dann sehen wir uns am Freitag, ja?« Ich schrieb meine Adresse auf ein Blatt meines Bestellblocks und hielt es ihm lächelnd hin.

»Ich hole dich um sieben ab, okay?«

»Perfekt.« Ich lächelte erneut. »Also, bis dann.«

Mit diesen Worten ging ich zu dem Tisch, an dem die neuen Gäste saßen, und genüsslich lehnte Travis sich auf seinem Barhocker zurück, um sich in Ruhe meinen Hintern anzusehen.

12

Bree

Am Freitag fuhr ich gleich nach meiner Schicht nach Hause und bereitete mich auf mein Date mit Travis vor.

Ich nahm eine lange, heiße Dusche, machte mir die Haare, schminkte mich und versuchte, wenigstens ein Minimum an freudiger Erwartung zu empfinden, weil ich endlich wieder mal von einem wirklich attraktiven Burschen ausgeführt wurde.

Was, wenn er mich küsste? Wieder musste ich mit einem Mal an Archer denken und fühlte mich auf seltsame Art schuldig, was, da Archer nur ein Freund war, vollkommen idiotisch war. Zwar war da irgendetwas zwischen uns, doch hätte ich nicht mal sagen können was genau. Es war seltsam und verwirrend, ähnlich einer Reise an ein unbekanntes Ziel. Soweit ich durch den dichten Bart hindurch erkennen konnte, hatte er ein hübsches, freundliches Gesicht, aber fühlte ich mich wirklich zu ihm hingezogen? Ich hielt kurz beim Schminken meiner Augen inne, runzelte die Stirn und musste zugeben, dass auch sein Körper durchaus ansehnlich war – das hieß, nicht ansehnlich, sondern einfach fantastisch. Doch fühlte ich mich zu ihm hingezogen? Konnte man das überhaupt bei einem Menschen, der so völlig anders war als alle Männer, die einem je zuvor gefallen hatten?

Nun, auf jeden Fall hatte er Charme. Immer, wenn ich an sein scheues Lächeln dachte oder daran, dass den warmen, bernsteinfarbenen Augen nie auch nur die kleinste meiner Regungen verborgen blieb, fing mein Magen an zu flattern. Ja, da war was zwischen uns – auch wenn ich keine Ahnung hatte *was*.

Dem Charme seines Cousins hingegen konnte eine Frau vermutlich völlig mühelos verfallen. Ich müsste schon nicht ganz bei Trost sein, um von seiner offensiven Art und seinem Aussehen nicht total entzückt zu sein. Ich war also anscheinend nicht ganz dicht, weil meine Freude auf den Abend sich in Grenzen hielt. Aber vielleicht wäre es gut und richtig, mich zu meinem Glück zu zwingen. Schließlich war ich schon seit über einem halben Jahr nicht mehr mit irgendwelchen Männern ausgegangen.

Ich schminkte mich fertig. Vielleicht sollte ich die Dinge nicht verkomplizieren. Ich hatte einfach nur ein Date mit einem hübschen, netten Kerl.

Es gab nicht den geringsten Grund, nervös zu sein. Denn schließlich war ich keine ahnungslose Jungfrau mehr. Während meiner Zeit am College hatte ich drei halbwegs ernsthafte Beziehungen gehabt und mir in einem der drei Fälle sogar eingebildet, dass es wahre Liebe sei, bis ich herausgefunden hatte, dass der Kerl auch alle anderen Mädchen meines Wohnheims liebte – oder es auf alle Fälle liebte, sich mit ihnen heimlich hinter meinem Rücken auf nicht zwingend jugendfreie Weise zu vergnügen –, und in abgrundtiefem Selbstmitleid versunken war. Der Punkt war: Ich hatte keinen Grund, vor diesem Date nervös zu sein, vor allem, da es mein erstes Date mit Travis war und ich mich nie wieder mit ihm treffen musste, falls es nicht so angenehm verlief wie erhofft.

Um Punkt sieben klopfte er an meine Tür. Er trug eine schicke Anzughose und ein kragenloses Hemd, ich ein enges, schwarzes Wickelkleid, das meine eher bescheidenen Rundungen betonte, dazu schicke, silberne High Heels und offenes, leicht mit meinem Lockenstab gewelltes Haar.

Er hielt mir eine Glasvase voll roter Rosen hin, musterte mich anerkennend und erklärte: »Du siehst fantastisch aus, Bree.«

»Danke.« Lächelnd schnupperte ich an den Blumen, stellte dann die Vase auf den Tisch neben der Tür, nahm seinen Arm und ging mit ihm zu seinem großen, silbergrauen Pick-up.

Höflich hielt er mir die Tür auf, und auf der Fahrt zum Restaurant plauderten wir über meine ersten Wochen in Pelion.

Wir fuhren auf die andere Seeseite zu Cassell's Grill, über das ich schon gehört hatte, es sei das netteste Lokal der ganzen Gegend. Und tatsächlich war es schummrig und romantisch und bot durch die großen Fensterfronten einen wunderbaren Ausblick auf den See.

Der Ober führte uns an unseren Tisch, und als ich sagte, dass das Restaurant sehr hübsch und wunderbar gelegen sei, meinte Travis: »Bald brauchen wir für so was nicht mehr extra um den ganzen See herumzufahren. Weil es dann jede Menge schicker Restaurants in Pelion geben wird.«

Ich blickte von der Speisekarte auf. »Das klingt, als würdest du dich auf die geplanten Veränderungen freuen.«

Er nickte nachdrücklich. »Auf jeden Fall. Denn dadurch wird nicht nur die Stadt modernisiert, sondern es werden auch alle mehr verdienen. Am Ende werden deshalb sicherlich die meisten froh darüber sein.«

Ich nickte stumm, obwohl ich den Gesprächen nach im Imbiss eher den Eindruck hatte, dass die Leute alles andere als begeistert von der Aussicht darauf waren, dass aus ihrem Städtchen eine große, hochmoderne Feriensiedlung werden sollte, wie es hier auf dieser Seeseite schon einer Reihe von Orten widerfahren war.

»Außerdem«, fuhr Travis fort, »wird mir in absehbarer Zeit das Land, auf dem die Stadt gebaut wurde, gehören, deshalb haben ich und meine Mutter schon genau geplant, was einmal daraus werden soll.«

Überrascht blickte ich auf. »Ach.«

Mit einem selbstzufriedenen Nicken nippte er an seinem Wasser und fuhr fort. »Meine Vorfahren waren die Ersten, die damals dorthin gezogen sind. Seither gehört das Land, auf dem die Stadt steht, den Hales und wird stets vom erstgeborenen Sohn an den erstgeborenen Sohn weitervererbt, sobald der fünfundzwanzig wird. Das heißt, im übernächsten Februar fällt das gesamte Land an mich.«

Ich nickte wieder stumm. Ich wusste erst, seit ich in Pelion war, dass manche Städte Eigentum einzelner Personen sein konnten.

»Verstehe«, sagte ich. »Das freut mich für dich. Vor allem finde ich es toll, dass du nicht nur in dieser Hinsicht, sondern auch bei der Berufswahl in die Fußstapfen von deinem Dad getreten bist.«

Über dieses Lob schien Travis sich zu freuen, und während wir genüsslich aßen, plauderten wir fröhlich über dies und das, und ich amüsierte mich ziemlich.

Während des Essens fragte er, wie ich mich abgesehen von dem Abend mit den beiden Mädchen in dem Städtchen amüsierte, und nach kurzem Überlegen offenbarte ich, dass ich mich häufiger mit Archer traf.

Er verschluckte sich an seinem Wasser und hob eilig seine Stoffserviette vor den Mund. »Archer? Du machst Witze, oder?«

»Nein.« Ich runzelte die Stirn. »Wusstest du, dass er die Gebärdensprache kann?«

»Oh nein«, räumte er ein. »Er hat mich nicht mal angesehen, als wir uns zum letzten Mal begegnet sind.«

»Hm, tja nun, er ist nicht unbedingt jemand, der schnell Zutrauen zu anderen Menschen fasst. Aber meiner Meinung nach hat er auch einen durchaus guten Grund, so misstrauisch zu sein. Vielleicht solltet ihr euch alle etwas mehr um ihn bemühen.«

Er sah mich kurz über den Rand seines Weinglases hinweg an und nahm dann einen möglichst großen Schluck. »Vielleicht. Kann sein.«

Dann fragte er nach einer kurzen Pause: »Und was macht ihr zwei genau?«

»Nun«, erklärte ich. »Wir reden ziemlich viel. Ich spreche nämlich ebenfalls die Gebärdensprache, weil mein Vater taub gewesen ist.«

Er wirkte überrascht. »Na, das ist ja ein Zufall. Und was hat dir Archer so alles erzählt?«

Ich zuckte mit den Achseln. »Tja, wir reden über alles Mögliche. Er ist echt nett und klug und … interessant. Ich mag ihn wirklich gern.«

Travis runzelte die Stirn. »Meinetwegen, aber, Bree, sei bitte vorsichtig, wenn du dich mit ihm triffst, okay? Er ist nicht sonderlich … stabil. Das weiß ich aus Erfahrung.« Er bedachte mich mit einem sorgenvollen Blick. »Und ich würde ganz bestimmt nicht wollen, dass er dir irgendetwas tut.«

»Das tut er sicher nicht«, erklärte ich ruhig.

Ich fragte nicht nach seinem und nach Archers Dad, obwohl ich wusste, dass die zwei Rivalen gewesen waren. Denn auch wenn es dafür keinen echten Grund gab, wollte ich diese Geschichte eher von Archer als von Travis hören – vielleicht einfach, weil die Freundschaft zwischen mir und Archer enger war als das, was uns bisher verband.

Außerdem sprach Travis kurzerhand ein anderes, nicht so schweres Thema an, und schließlich zahlte er und führte mich zurück zu seinem Pick-up. In dem er meine Hand ergriff und festhielt, bis er vor der Einfahrt meines kleinen Grundstücks hielt.

Dort brachte er mich an die Tür, und ich spürte ein nervöses Flattern in meinem Magen. Auf der Veranda drehte ich mich zu ihm um, und er umfasste mein Gesicht mit seinen Händen, legte seinen Mund auf meine Lippen, schob entschlossen seine Zunge zwischen meine Zähne, und ich wurde starr. Doch er ließ nicht locker, und als meine Anspannung ein wenig nachließ, glitt er mit den Händen über meine Schultern und den Rücken bis hinunter auf mein Hinterteil und zog mich eng an sich. Ich konnte deutlich spüren, wie erregt er war, und machte mich entschlossen von ihm los. Wir beide keuchten, doch die

Lust in seinem Blick schreckte mich ab. Irgendetwas fühlte sich daran nicht richtig an. Wahrscheinlich lag es nur an mir. Am besten ging ich die Dinge möglichst langsam an. Der letzte Mann, der mich so lüstern angesehen hatte, war der Mörder meines Dads gewesen.

Ich blickte Travis lächelnd an. »Vielen Dank für einen wirklich schönen Abend.«

Er erwiderte mein Lächeln, küsste mir die Stirn und sagte: »Gute Nacht. Ich melde mich bald, Bree.«

Damit kehrte er zurück zu seinem Wagen und ließ den Motor an. Ich betrat mein Haus und schloss die Tür hinter mir ab.

Am nächsten Morgen wurde ich früh wach, schleppte mich nach einem erneuten Flashback in die Küche und kochte mir einen Tee. Offenbar war ein Date mit einem süßen Typen auch kein Heilmittel gegen die Ängste, die mich plagten.

Als mir einfiel, dass ich nachmittags mit Archer kochen würde, wich die durch den verfluchten Flashback ausgelöste Furcht einem Gefühl des Glücks. Ich musste mir allerdings noch überlegen, was wir kochen sollten. Der Gedanke, dass ich wieder kochen würde, rief ein wildes Pochen hinter meinen Rippen wach. Sollte ich das wirklich tun? Denn schließlich hatte ich am Vorabend gemerkt, dass in Bezug auf Männer möglichst kleine Schritte wichtig waren, was vielleicht auch beim Kochen richtig war, aber ich hatte auch nicht vor, ein kompliziertes Mahl zu zaubern. Ich würde Archer einfach zeigen, wie er sich ein simples Abendessen kochen konnte, weiter nichts. Das war perfekt. Es fühlte sich fantastisch an. Und vor allem freute ich mich schon auf das Zusammensein mit ihm.

Ich stand an der Spüle, nippte vorsichtig an meinem heißen Tee und fühlte mich bereits erheblich besser, als direkt nachdem ich aufgestanden war. Obwohl der Flashback schlimm gewesen war, ging es mir inzwischen wieder gut – bis morgen, bis der nächste Flashback mich in aller Hast ins Badezimmer zwingen würde. Müde lehnte ich mich an die Arbeitsplatte, atmete tief durch und kämpfte gegen diesen deprimierenden Gedanken an.

Zum Glück herrschte im Imbiss wieder einmal Hochbetrieb, weshalb die Schicht im Handumdrehen verging. Danach fuhr ich wieder heim, duschte, zog mir eine kurze Hose und ein Tanktop an, setzte mich an meinen Küchentisch und schrieb die Zutaten für die abendliche Mahlzeit auf. Danach schnappte ich mir meine Tasche und meine Schlüssel, zog die Flips-Flops an, und zehn Minuten später stellte ich den Wagen auf dem Parkplatz vor dem Supermarkt ab.

Lächelnd lief ich auf den Eingang zu. Bei meinem letzten Einkauf hatte Archer mir in Gebärdensprache eine gute Nacht gewünscht. Ich war mir vorgekommen wie ein Mensch, der seine Haustür öffnet und den Hauptgewinn aus einem Preisausschreiben überreicht bekommt. Zwei Worte eines stummen Jungen hatten mich so glücklich gemacht wie nichts anderes seit sechs Monaten.

Zum Glück hatte ich dieses Mal genügend Geld dabei, und nach dem Bezahlen fuhr ich gut gelaunt den kurzen Weg zu meinem kleinen Haus zurück.

Männer aßen gern Kartoffeln und vor allem rotes Fleisch. Und da Archer ganz alleine lebte, würde ich ihm zeigen, wie man das perfekte Steak briet, ein einfaches Gratin im Ofen backte und wie man den grünen Bohnen, die es dazu geben würde, durch etwas Parmesan den letzten Schliff verlieh. Zum Nachtisch würde ich ihm etwas Fruchtiges servieren, hatte allerdings kein Obst im Supermarkt besorgt, weil ich mich an die Brombeerbüsche oberhalb des kleinen Strandes erinnert hatte. Ich hätte noch genügend Zeit und würde deshalb ein paar Beeren für eine Brombeerrolle pflücken gehen.

Ich sollte so etwa gegen halb fünf mit allen meinen Sachen losfahren, dann hätte ich fürs Sammeln meiner Früchte eine halbe Stunde Zeit. Ich musste es schließlich ausnutzen, solange es noch Obst zu pflücken gab. Das hatte ich schon immer gern gemacht, denn es war eine angenehme, kurzweilige Tätigkeit mit wunderbarem Resultat.

Ich packte alle Zutaten in Plastikschüsseln um, die ich in meine große Kühlbox stellte, auch wenn die erheblich größer als der Korb an meinem Fahrradlenker war. Also würde ich die Box irgendwie anders festhalten müssen, doch das wäre sicher kein Problem.

Phoebe musste dieses Mal zu Hause bleiben, doch das würde sie auf alle Fälle überleben. Und als Ausgleich würde ich am nächsten Morgen sofort nach dem Frühstück ausgedehnt mit ihr am Seeufer spazieren gehen.

Lächelnd trat ich in die warme, etwas schwüle Luft hinaus. Irgendwie erregte der Gedanke, meinem merkwürdigen, stummen Jungen heute Nachmittag das Kochen beizubringen, mich viel mehr als meine abendliche Knutscherei mit einem wirklich heißen Typ. *Stopp, Moment mal.* Ich blieb neben meinem Fahrrad stehen. *Mein* merkwürdiger, stummer Junge? Also bitte, Bree. Schwing dich einfach auf dein Rad, und dann zeig deinem Freund, wie er eine anständige Mahlzeit für sich zubereiten kann.

Wie gewöhnlich lehnte ich mein Rad am Strand an einen Baum, ging zu dem kleinen Wald, schob die Zweige auseinander, und da sah ich sie – unzählige Büsche voller reifer Beeren. Es wäre wirklich eine Schande, nicht zumindest einen Teil zu pflücken, ehe sie abfielen. Langsam schob ich mich durch das Gebüsch und wich den spitzen Ästen aus, bis ich zu der kleinen Lichtung kam. Ich lief zu den Büschen, pflückte eine weiche, reife Beere, schob sie mir genüsslich in den Mund und klappte stöhnend meine Augen zu, als der süße Saft auf meine Zunge traf. Himmel, war das gut. Mit diesen Beeren würde ich auf alle Fälle einen tollen Brombeerauflauf hinbekommen.

Vorsichtig fing ich mit Pflücken an, legte die Beeren in den kleinen Korb an meinem Arm und summte fröhlich vor mich hin. Im Wald war es beinah kühl, und ich genoss es, wenn ein warmer Sonnenstrahl sich einen Weg durch das Gewirr der Äste bahnte und auf meinen Körper traf.

Schließlich ging ich noch ein wenig tiefer in den Wald in Richtung eines Brombeerbuschs, der voll besonders dicker Beeren hing. Lächelnd streckte ich die Hand nach einer Beere aus, doch plötzlich knickte einer meiner Knöchel um, jemand riss mich ruckartig zurück, sodass ich mit dem Schädel auf den Boden krachte, und im selben Augenblick wurde mein Körper in die Luft katapultiert.

Ich schrie und schrie und schrie, doch er ließ mich nicht los.

Er hatte mich gefunden – hatte mich gesucht und ausfindig gemacht. Und dieses Mal würde ich ihm nicht entkommen. Ich schlug verzweifelt um mich, trat und schrie, doch er verstärkte seinen Griff.

Es passierte wieder.

Gott, oh Gott, oh Gott.

Es passierte tatsächlich ein zweites Mal.

13

Archer

Endlich lag der letzte Stein an seinem Platz, und ich trat einen Schritt zurück, um mir die fertige Terrasse anzusehen. Ich war rundherum zufrieden. Die kreisförmige Anordnung der Steine war ein bisschen kompliziert gewesen, doch am Ende hatte einfache Mathematik dieses Problem gelöst. Ich hatte die genauen Abstände berechnet und in einer Grafik dargestellt, dann den ersten Stein gelegt und anschließend Bindfäden und kleine Holzpflöcke benutzt, um durch das richtige Gefälle sicherzustellen, dass das Regenwasser nicht in Richtung Haus, sondern in Richtung Garten floss. Es sah wirklich gut aus. Morgen würde ich noch Sand vom Strand holen, in die Fugen füllen, die Terrasse mit dem Gartenschlauch abspritzen und dann wäre es geschafft.

Aber jetzt müsste ich erst mal duschen und mich fertig machen. Denn bald käme Bree. *Bree.* Mir wurde warm ums Herz. Ich wusste immer noch nicht ganz genau, warum sie mich besuchen kam. Doch inzwischen hoffte ich, sie wollte wirklich einfach meine Freundin sein. Auch wenn ich das beim besten Willen nicht verstand. Es hatte mit der Gebärdensprache angefangen, die ihr offenbar sehr wichtig war. Ich hätte gern gefragt, warum sie Zeit mit mir verbringen wollte, wusste aber nicht, ob das womöglich gegen irgendwelche Regeln der Höflichkeit verstieß. Mit komplizierten grafischen Darstellungen kam ich mühelos zurecht, doch wenn es um andere Menschen ging, war ich ein hoffnungsloser Fall. Deshalb war es für mich am einfachsten, zu tun, als gäbe es sie nicht.

Es hatte vor so vielen Jahren angefangen, dass ich nicht mehr sicher wusste, ob die anderen mich zuerst wie Luft behandelt hatten oder ob ich vielleicht selbst als Erster das Signal gegeben hatte, dass es besser wäre, wenn man mich in Ruhe ließ. Davon abgesehen war ich heutzutage froh, dass es so war. Und Onkel Nate hatte mich darin noch nach Kräften unterstützt.

Er hatte mit den Fingern die Konturen meiner Narbe nachgezogen und erklärt: »Es ist gut, Archer, dass niemand hier auf Gottes grüner Erde je auf den Gedanken kommen würde, dich zu foltern, weil du zu viel weißt. Sie werden dich in Ruhe lassen, wenn du ihnen deine Narbe zeigst und tust, als würdest du sie nicht verstehen.« Ich hatte seinen Rat befolgt, was allerdings auch nicht besonders schwer gewesen war, weil niemand glauben wollte, dass es vielleicht anders war. Niemand interessierte sich für mich.

Das ging jetzt schon so lange so, dass es sich anfühlte, als gäbe es kein Zurück mehr für mich. Und das war für mich okay gewesen – bis sie plötzlich auf mein Grundstück gestolpert war. Und jetzt hatte ich all diese hirnverbrannten, unwillkommenen Ideen im Kopf. Was, wenn ich sie mal an ihrem Arbeitsplatz besuchen würde? Mich dort einfach an den Tresen setzte, um einen Kaffee zu trinken wie ein ganz normaler Mensch?

Doch wie sollte ich den Kaffee überhaupt bestellen? Einfach auf die Kanne zeigen wie ein dreijähriges Kind, damit sich die anderen Gäste lustig machen könnten über diesen armen, stummen Kerl? Nie im Leben. Denn bereits bei dem Gedanken wogte nackte Panik in mir auf.

Als ich aus der Dusche kam, hörte ich in der Ferne jemanden schreien. Eilig schlüpfte ich in meine Jeans, das T-Shirt zog ich mir über, als ich zur Tür hinausrannte. Schuhe … Schuhe … Ich blieb stehen, aber die Schreie dauerten an. Und es war Bree, die derart schrie. Also lief ich ohne Schuhe aus dem Haus und Richtung Wald.

Ich folgte ihren Schreien in Richtung Seeufer am Ende des Grundstücks. Mein Herz drohte zu explodieren, als ich sie sah. Sie hatte sich in einem Netz verfangen, schlug mit fest zusammengekniffenen Augen um sich und schrie sich die Seele aus dem Leib. Onkel Nate und seine gottverdammten Fallen. Wäre er nicht bereits tot gewesen, hätte ich ihn dafür umgebracht.

Ich rannte auf sie zu und streckte meine Hände nach ihr aus. Sie zuckte zusammen, hielt sich wimmernd beide Hände vors Gesicht und versuchte, sich zu einem kleinen Ball zusammenzurollen. Sie war völlig außer sich und kam mir vor wie ein kleines, verletztes Tier. Vor lauter Zorn, weil ich sie nicht beruhigen konnte, hätte ich am liebsten laut gebrüllt. Denn ich konnte ihr nicht sagen, dass sie keine Angst zu haben brauchte. Konnte ihr noch nicht mal sagen, wer ich war.

Ich öffnete das Netz. Ich wusste, wie die Dinger funktionieren, denn ich hatte schließlich jede Menge dieser Fallen selbst entworfen, während ich mit Nate am See gesessen und er überlegt hatte, wie sich das Grundstück noch ein bisschen besser sichern ließ.

Sie zitterte heftig, wimmerte noch immer leise vor sich hin und versteifte sich, sobald ich sie berührte. Sanft legte ich sie auf den Boden und löste die Seile, die sie gefangen hielten. Dann nahm ich sie auf den Arm und trug sie durch den Wald zurück zu meinem Haus.

Auf halbem Weg schlug sie die Augen auf, starrte mich an, und dicke Tränen strömten über ihr Gesicht. Mein Herz schlug laut in meiner Brust, doch nicht vor Anstrengung, weil ich sie trug, sondern wegen der grenzenlosen Angst, die ich in ihren wunderschönen Zügen sah.

Sie hatte eine dicke, rote Schramme an der Stirn. Kein Wunder, dass sie derart durcheinander war. Anscheinend war sie mit dem Kopf an einen Stein geschlagen, als sie hochgerissen worden war. Ich biss die Zähne aufeinander und schwor mir erneut, dem blöden Nate für seine Paranoia eine reinzuhauen, wenn ich ihn im Jenseits traf.

Als Bree mich endlich zu erkennen schien, sah sie mir forschend ins Gesicht. Doch dann brach sie in herzzerreißendes Schluchzen aus, schlang mir die Arme um den Hals und presste ihren Kopf an meine Brust. Während sie von Weinkrämpfen geschüttelt wurde, trat ich auf die Rasenfläche vor dem Haus, öffnete die Tür mit einem Fuß, trug sie ins Wohnzimmer und setzte mich dort auf die Couch. Bree lag immer noch in meinem Armen, und von ihren vielen Tränen war mein T-Shirt völlig durchgeweicht.

Ich hatte keine Ahnung, was ich machen sollte, also blieb ich einfach sitzen. Nach einer Weile merkte ich, dass ich sie sachte in den Armen wiegte und mein Mund auf ihren Haaren lag. So hatte meine Mom es auch gemacht, wenn mir etwas wehtat oder ich aus irgendwelchen Gründen traurig war.

Nach mehreren Minuten nahm Brees Schluchzen langsam ab, und ihr warmer Atem traf nicht mehr in rauen Stößen, sondern beinah sanft auf meine Brust.

»Ich habe mich nicht gegen ihn gewehrt«, stieß sie mit leiser Stimme aus.

Ich schob sie etwas von mir fort und sah sie fragend an.

»Ich habe mich nicht gegen ihn gewehrt.« Sie schüttelte den Kopf. »Ich hätte mich noch nicht einmal gewehrt, wenn er nicht plötzlich abgehauen wäre.« Unglücklich kniff sie die Augen wieder zu, atmete tief durch, und als sie mich wieder ansah, brach ihr schmerzerfüllter Blick mir fast das Herz.

Sanft legte ich sie neben mir aufs Sofa und schob vorsichtig ein Kissen unter ihren Kopf. Meine Arme waren vollkommen verkrampft, weil ich sie so lange in derselben Position gehalten hatte, aber das war mir egal. Wenn ihr das geholfen hätte, hätte ich sie auch die ganze Nacht hindurch sanft hin und her gewiegt.

Ich saugte ihren Anblick in mich auf. Selbst in ihrem Elend war sie wunderschön. Ihr langes, goldbraunes Haar fiel in losen Wellen um ihr Gesicht, und die Tränen hatten ihren grünen Augen einen feuchten Glanz verliehen.

Gegen wen hast du dich nicht gewehrt?

Gegen den Mann, der mich vergewaltigen wollte, sagte sie in Gebärdensprache, und mein Herzschlag setzte aus. Dann setzte er in viel zu schnellem Tempo wieder ein, und sie fuhr fort: *Der Mann, der meinen Dad ermordet hat.*

Ich hatte keine Ahnung, was ich denken oder fühlen sollte. Und ganz sicher keine Ahnung, was die rechte Antwort darauf war.

Ich habe mich nicht gegen ihn gewehrt, erklärte sie zum dritten Mal. *Nicht, als ich gesehen habe, wie er auf meinen Vater zielt, und nicht, als er danach auf mich selber losgegangen ist. Mein Vater hatte mir gesagt, ich sollte mich verstecken, und das habe ich getan. Ich habe mich nicht gegen diesen Kerl gewehrt.* Bei diesen Worten stieg ihr heiße Schamesröte ins Gesicht. *Vielleicht hätte ich ihn retten können. Er hat meinen Dad getötet und noch nicht einmal, als er zu mir nach hinten kam, habe ich mich gegen ihn gewehrt.*

Ich versuchte, die Bedeutung ihrer Worte zu verstehen, und schließlich sagte ich: *Natürlich hast du dich gewehrt, Bree. Du hast überlebt. Du hast darum gekämpft, zu überleben. Und das hast du auch getan. Genau das hat dein Dad gewollt. Das würdest du doch auch wollen für einen Menschen, den du liebst.*

Sie blinzelte mich an, und als ich sah, dass ihre Miene sich entspannte, atmete ich auf. Auch wenn mir meine eigene Anspannung bis zu dem Augenblick gar nicht bewusst gewesen war.

Wieder strömten ihre Tränen, doch der Schmerz in ihrem Blick nahm etwas ab. Ich zog sie abermals an meine Brust und hielt sie fest. Sie weinte leise vor sich hin, bis irgendwann ihre Atemzüge langsamer und tiefer wurden, weil sie vor Erschöpfung eingeschlafen war. Sachte legte ich sie wieder auf die Couch, holte eine Decke, hüllte sie behutsam in den warmen Wollstoff ein, setzte mich dann wieder zu ihr, starrte aus dem Fenster und verfolgte, wie langsam die Sonne unterging.

Bree und ich waren so verschieden … aber irgendwie auch gleich. Sie plagte sich mit Schuldgefühlen, weil sie fand, sie hätte es versäumt zu kämpfen, als es nötig war, und ich schleppte die Narbe eines Kampfs, den ich nicht hätte kämpfen sollen, mit mir herum. In einem Augenblick der Panik hatten wir verschieden reagiert, waren aber beide auf die eine oder andere Art verletzt. Vielleicht gab es ja kein Richtig oder Falsch, kein Schwarz oder Weiß, sondern nur Tausende von Grautönen, wenn es um Schmerz und unsere Schuldgefühle ging.

14

Bree

Ich wurde wach und öffnete mühsam meine Augen, die stark geschwollen waren. Die Stehlampe, die neben einem der zwei Buchregale in der Ecke stand, tauchte das Zimmer in ein warmes Dämmerlicht. Ich lag auf einer abgewetzten Ledercouch, vor der ein alter Holztisch stand, und durch den offenen Vorhang vor dem Fenster sah ich, dass es draußen dunkel war.

Ich schlug die Decke, unter der ich lag, zurück. Wahrscheinlich hatte Archer mich in diese Decke eingehüllt. Mein Herz zog sich zusammen. *Archer.* Er hatte mich gerettet und dann in sein Haus gebracht.

Ich richtete mich auf, und abgesehen von einer Beule an der Stirn und leichtem Augenbrennen ging es mir erstaunlich gut. Dabei hatte ich mich wie ein wildes Tier gebärdet, nachdem die Falle mich erwischt hatte. Erst als Archer mich daraus befreit hatte, war mir bewusst geworden, was geschehen war. Ich wusste nicht, warum es diese Falle hier auf seinem Grundstück gab, nahm aber an, dass sie das Werk seines Onkels war.

Gott, ich war vollkommen *ausgeflippt*. Wie furchtbar peinlich. Aber irgendwie war ich zugleich erleichtert. Fühlte mich auf irgendeine Art … befreit. Als mir klar geworden war, dass jemand mich in seinen Armen geborgen hielt und ich Archers besorgtem Blick begegnet war, hatten sich die Tränen Bahn gebrochen – weil ich endlich *sicher* war.

Plötzlich hörte ich in meinem Rücken Schritte, drehte mich nach Archer um, um ihm zu danken, riss dann aber überrascht die Augen auf. Heilige Mutter Gottes. Er trug einen Pferdeschwanz, war frisch rasiert und einfach … *wunderschön*.

Mir fiel die Kinnlade herunter.

Nein, nicht wunderschön. Dafür war er zu maskulin. Sein Kinn war etwas kantig, und sein Mund nicht ganz voll, dafür aber sehr breit und von einem wunderbaren hellen Rosaton.

Mit dem zurückgebundenen Haar und ohne Bart konnte ich sehen, dass seine Augen und die Nase sich perfekt in das Gesamtbild des Gesichtes fügten. Warum also hatte er sie je versteckt? Ich hatte schon vermutet, dass das Gesicht unter dem ganzen Wildwuchs sicherlich nett anzusehen wäre. Aber *so was* hatte ich ganz bestimmt nicht erwartet.

Als ich etwas sagen wollte, trat er näher, und im Licht der Lampe konnte ich die Narbe unterhalb seines Kehlkopfs sehen. Der dicke, pinkfarbene Wulst hob sich deutlich von den makellosen Zügen des Gesichtes ab.

»Archer«, hauchte ich und starrte ihn mit großen Augen an.

Er blieb stehen, und seine starre Haltung zeigte mir, wie unsicher er war. Trotzdem musste ich ihn einfach weiter anstarren, denn ich war von seiner Schönheit wie gebannt.

Mein Herz zog sich zusammen. Archer hatte keine Ahnung. Er hatte keine Vorstellung davon, wie ungeheuer attraktiv er war.

Komm her.

Ich wies neben mich aufs Sofa, und als er sich setzte, blickte ich ihn fragend an.

Warum hast du das getan?

Er schaute vor sich auf den Boden, knabberte an seiner Unterlippe, hob dann aber seine Hände hoch und gab zurück: *Ich weiß es nicht.*

Er bedachte mich mit einem nachdenklichen Blick. *Als du in dem Netz gefangen warst, konnte ich nicht sprechen, um dich zu beruhigen. Du kannst mich nicht hören … und ich kann nichts dagegen tun.*

Wieder schaute er zu Boden, und als er mich wieder ansah,

nahm ich die Verletzlichkeit in seinen Zügen wahr. *Aber ich will, dass du mich siehst. Und das kannst du jetzt.*

Abermals zog sich mein Herz zusammen. Dies war seine Art, mir die Verlegenheit zu nehmen, weil ich einen Teil von mir vor ihm entblößt hatte, den niemand anderes jemals hätte sehen sollen. Im Gegenzug entblößte er sich ebenfalls für mich.

Ja, Archer, das kann ich jetzt. Ich danke dir. Am liebsten hätte ich ihn einfach immer weiter angestarrt, doch schließlich atmete ich aus und hob erneut die Hände hoch. *Und auch danke für … vorhin.* Ich schüttelte den Kopf. *Das ist mir furchtbar peinlich. Du hast mich gerettet, als ich völlig neben mir war.* Ich sah ihm ins Gesicht. *Es tut mir …*

Eilig hielt er meine Hände fest, drückte sie in meinen Schoss und fing an zu sprechen. *Nein, mir tut es leid. Mein Onkel hat diese verdammten Fallen überall auf unserem Grundstück verteilt. Ich habe versucht, sie alle wieder abzunehmen, aber diese eine habe ich anscheinend übersehen.* Verlegen wandte er sich ab. *Deswegen ist es meine Schuld.*

Ich schüttelte den Kopf. *Nein, Archer, es war nicht deine Schuld.* Ich schüttelte erneut den Kopf. *Nein. Und vor allem, auch wenn es mir leidtut, dass ich derart ausgerastet bin,* als ich verlegen lachte, sah er mich mit einem sanften Lächeln an, *aber vielleicht habe ich das einfach mal gebraucht. Ich weiß nicht.*

Archer runzelte die Stirn. *Willst du mir davon erzählen?*

Ich lehnte mich zurück und atmete tief durch. Außer mit den Polizisten hatte ich bisher mit keinem Menschen über die Ereignisse gesprochen. Nicht mal meine besten Freunde wussten, was genau geschehen war. Sie wussten nur, dass ich dabei gewesen war, als ein Räuber meinen Dad erschossen hatte, das andere wussten sie nicht. Doch aus irgendeinem Grund traute ich mir plötzlich zu, darüber zu sprechen – weil ich mich sicher fühlte, sicher, hier bei Archer, und weil es mich tröstete, dass das Gespräch in Gebärdensprache möglich war.

Wir wollten an dem Abend gerade schließen, fing ich an. *Der*

Angestellte, der normalerweise vorn in unserem Feinkostladen stand, war schon gegangen, und mein Dad wollte noch schnell die Abrechnung machen. Ich war hinten, um die Brote für den nächsten Tag zu backen. Plötzlich klingelte die Glocke über unserer Eingangstür, aber ich brauchte einen Augenblick, um den Teig von meinen Händen abzuwaschen und sie abzutrocknen. Als ich damit fertig war, ging ich zur Küchentür und konnte durch das kleine Fenster sehen, dass ein Mann mit einer Waffe vor dem Tresen stand.

In meinen Augen stiegen Tränen auf, doch ich fuhr fort. *Mein Vater sah mich aus dem Augenwinkel und gab mir in Gebärdensprache zu verstehen, dass ich mich verstecken soll. Der Mann mit der Pistole hat ihn angeschrien, dass er das Geld aus seiner Kasse haben will. Was mein Dad aber nicht hören konnte. Deshalb hat er auch nicht darauf reagiert.*

Ich atmete tief durch, als Archer mich mit seinen ganz besonderen Blicken maß, denen nie etwas verborgen blieb, und mir auf diese Art die Kraft gab, fortzufahren. *Bevor ich auch nur Zeit hatte, um zu verstehen, was da geschah, drückte der Mann ab.*

Wieder hielt ich inne, als ich diese fürchterliche Szene vor mir sah, schüttelte dann aber leicht den Kopf und kehrte in die Gegenwart und zu Archers mitfühlendem Blick zurück.

Später haben sie mir erzählt, dass die Kugel meinen Dad direkt ins Herz getroffen hatte. Er war auf der Stelle tot. Dicke Tränen kullerten aus meinen Augen. Ich wunderte mich, dass ich überhaupt noch Tränen hatte.

Ich machte einen tiefen Atemzug. *Ich habe versucht, mich in der Küche zu verstecken, aber ich stand unter Schock, deshalb bin ich gestolpert und gestürzt. Das hat er offenbar gehört. Denn er kam mir nach und …* Ich erschauderte, bevor ich weitersprach. *Seine Augen waren riesengroß und blutunterlaufen, und er hat am ganzen Leib gezittert … weil er offensichtlich unter Drogen stand.* Ich biss mir auf die Lippe. *Aber trotzdem hat er mich mit diesem Blick bedacht, und ich wusste, was er machen würde. Ich wusste es genau.*

Wieder holte ich tief Luft und blickte Archer an, der völlig reglos dasaß und mir in die Augen sah.

Ich musste mich ausziehen und dann … fing er an, mit seiner Waffe die Konturen erst meines Gesichts und danach meiner Brüste nachzuzeichnen. Er hat zu mir gesagt, er würde mich mit der Pistole … vergewaltigen. Ich hatte Todesangst.

Ich schloss kurz die Augen und wandte mich von Archer ab. Doch er legte mir die Hand unter das Kinn, zwang mich sanft, ihn wieder anzusehen, und diese Geste war so liebevoll, dass ein ersticktes Schluchzen über meine Lippen drang. Es war, als wollte er mir sagen, dass ich mich nicht schämen müsse und ihm weiter ins Gesicht schauen könne – was ich dann auch tat.

Es wäre um ein Haar dazu gekommen, aber plötzlich hörten wir Sirenen, und da ist er losgerannt. Durch die Hintertür hinaus in das Gewitter. Wieder schloss ich die Augen, schlug sie dann aber wieder auf.

Seitdem hasse ich Gewitter – denn sobald es blitzt und donnert, ist das alles sofort wieder da.

Ich holte zitternd Luft. Denn gerade hatte ich erzählt, was an diesem Abend nach der Ermordung meines Dads geschehen war, und ich hatte es überlebt.

Bree, fing Archer an, wusste aber dann anscheinend nicht, wie er weitermachen sollte, was jedoch auch gar nicht nötig war. Mein Herz wurde schon davon leichter, dass er meinen Namen liebevoll in seinen Händen hielt.

Er sah mir forschend ins Gesicht und fragte: *Bist du deshalb von zu Hause weg? Bist du deshalb hier?*

Ich schüttelte den Kopf. *Nachdem mein Dad ermordet worden war, fand ich heraus, dass er die Beiträge für die Lebensversicherung, die er mal abgeschlossen hatte, nicht gezahlt hatte. Er hatte viele Dinge einfach schleifen lassen, während ich am College war. Deshalb war ich nicht wirklich überrascht. Mein Vater war so gütig, einen freundlicheren Menschen hat es nie gegeben, aber gleichzeitig war er auch furchtbar desorganisiert.*

Ich lachte leise auf, doch Archers Blick machte mir Mut, ihm zu erzählen, was der wahre Grund für meine Flucht aus

Cincinnati war. Denn die Art, wie er mich ansah, das beruhigende Verständnis, das sein Blick verriet, gab mir die Kraft dazu.

Als mir klar wurde, dass ich den Feinkostladen schnellstmöglich würde verkaufen müssen, um die Kosten für die Beerdigung und die offenen Rechnungen der Lieferanten zu bezahlen, war ich wie betäubt. Ich bekam sehr schnell ein Angebot für das Geschäft, aber es hat so wehgetan, diesen Vertrag zu unterschreiben, dass ich kaum noch Luft bekam. Ich schüttelte erneut den Kopf, denn diesen Tag, wenn auch nur in Gedanken, noch mal zu durchleben, hielt ich nicht aus. *Es war, als hätte ich dadurch meinen Dad noch einmal verloren, weil ich in dem Laden praktisch aufgewachsen war.*

Archer drückte mir die Hand, ließ sie wieder los und formulierte mit den Händen *Tut mir leid.*

Ich hatte diese Worte schon so oft gehört, doch als ich ihn jetzt ansah, wurde mir bewusst, dass sie nie zuvor derart bedeutungsvoll gewesen waren.

Haben sie den Mörder deines Vaters festgenommen?

Wieder schüttelte ich meinen Kopf. *Nein. Die Polizei hat mir erklärt, wahrscheinlich sei es ein Junkie auf Entzug gewesen, der sich selbst am nächsten Tag bestimmt noch nicht mal mehr daran habe erinnern können, was geschehen sei.*

Ich brach ab und dachte nach. Aus irgendeinem Grund fühlte sich die Erklärung falsch an. Und auch wenn die Polizisten die Experten waren, fühlte ich mich heute noch von diesem Kerl bedroht.

Archer nickte stirnrunzelnd, und mir kam es so vor, als wäre ein entsetzliches Gewicht von meinen Schultern abgefallen. Mit einem wehmütigen Lächeln meinte ich: *Jetzt habe ich uns unsere Kochstunde versaut.*

Er erwiderte mein Lächeln, und zum ersten Mal bemerkte ich den einen etwas schiefen Schneidezahn, der die beiden makellosen Zahnreihen irgendwie natürlicher erscheinen ließ. Sie wurden dadurch auf perfekte Weise unperfekt, und deshalb liebte ich sein Lächeln wegen dieses einen Zahns noch mehr. Dazu wiesen seine Wangen während dieses Lächelns keine echten Grübchen, aber winzige Fältchen auf, die ich mit ungläubigen Blicken maß, als wären sie zwei Einhörner, die bisher unter seinem dichten Bart vor mir versteckt gewesen waren, denn sie waren einfach *zauberhaft.* Dann fiel mein Blick auf seinen Mund, und als ich Archer schließlich wieder in die Augen sah, wandte er sich eilig ab.

Ich habe dein Fahrrad und die Kühlbox hergebracht, als du geschlafen hast. Die Sachen stehen im Kühlschrank. Sie sollten noch gut sein, schließlich lagen sie die ganze Zeit auf Eis.

Danke, sagte ich. *Dann holen wir die Kochstunde einfach bald nach, okay?* Ich lachte, legte die Hand an meinen schmerzenden Kopf und stöhnte leise auf. *Ich meine, falls du mich noch einmal auf dein Grundstück lässt.*

Er lächelte mich an, doch es dauerte ein paar Minuten, bis er wieder sprach. *Das wäre schön. Und ich verspreche dir: Beim nächsten Mal hängst du nicht wieder irgendwo in einem Baum.*

Ich lachte fröhlich auf. *In Ordnung. Abgemacht?*

Als er grinste, brachte mich die Schönheit dieses Grinsens fast um den Verstand. *In Ordnung, abgemacht.*

Ich strahlte wie ein Honigkuchenpferd. Wer zum Teufel hätte je gedacht, dass ich am Ende dieses Tages lachen würde? Die Person, die vorhin in dem Netz im Baum gehangen hatte und vor diesem wunderschönen, stummen Mann vollkommen ausgerastet war, ganz sicher nicht.

Ich wurde wieder ernst, als ich ihn schlucken sah und als mein Blick auf die glänzende Narbe unter seinem Kehlkopf fiel. Als ich sie berühren wollte, zuckte er zusammen, hielt dann aber völlig still. Während ich ihm in die Augen sah, glitt ich mit den Fingerspitzen sachte über die verletzte Haut.

»Woher stammt die Narbe?«, fragte ich ihn rau.

Wieder schluckte er und sah mir forschend ins Gesicht, als müsse er sich noch entscheiden, ob er eine Antwort geben wolle oder nicht. Doch schließlich meinte er: *Ich wurde angeschossen. Als ich sieben war.*

Ich riss entsetzt die Augen auf und warf eine Hand vor meinen Mund. Doch dann ließ ich sie wieder sinken und stieß krächzend aus: »Angeschossen, Archer? Großer Gott, von wem?«

Von meinem Onkel.

Ich erstarrte. *Deinem Onkel?*, fragte ich verwirrt. *Dem Onkel, der dich damals bei sich aufgenommen hat?*

Nein, von meinem anderen Onkel. An dem Tag, an dem auch meine Eltern umgekommen sind. Da hat er auf mich geschossen.

Ich … verstehe nicht. Warum? Ich wusste, dass mir mein Entsetzen überdeutlich anzusehen war. *Etwa mit Absicht? Weshalb hätte er …*

In diesem Augenblick stand Archer auf, löste seinen Pferdeschwanz, trat vor einen kleinen Tisch neben der Couch und griff nach einer kleinen Tube, die dort lag. Dann kehrte er zu mir zurück, setzte sich wieder neben mich und legte sich die Tube in den Schoß. *Ich trage erst mal etwas Wundsalbe auf deine Kratzer auf, damit sie sich nicht entzünden.*

Womit das Thema erst einmal erledigt war. Ich hätte Archer gern bedrängt, mir alles zu erzählen, aber schließlich wusste ich aus eigener Erfahrung, dass man keinen Menschen dazu zwingen sollte, über irgendwas zu reden, wenn er selbst noch nicht bereit oder dazu in der Lage war.

Ich blickte meine Arme und Beine an. Sie wiesen eine Reihe kleiner sowie ein paar große Kratzer auf, die zwar etwas brannten, aber sonst eher harmlos waren. Trotzdem nickte ich zum Zeichen dafür, dass ich einverstanden war.

Archer öffnete die Tube und trug vorsichtig mit einem Finger eine dünne Salbenschicht auf jeden Kratzer auf.

Er beugte sich dabei dicht über mich, und ich sog den Geruch von Seife und von etwas Maskulinem tief in meine Lungen ein. Er bewegte seine Hand nicht mehr und sah mir in die Augen. Die Zeit blieb stehen, und mein Herz begann wie wild zu schlagen – bis Archer den Bann brach und den Blick wieder von meinen Augen löste, ordentlich den Deckel auf die Tube schraubte und sich abermals von seinem Platz erhob.

Das wird bei der Heilung helfen, meinte er, bevor mein Blick auf seine Füße fiel.

Oh Gott! Was ist mit deinen Füßen?, fragte ich. Sie wiesen unzählige Schnitte auf und sahen rot und leicht geschwollen aus.

Er sah sie an, als ob ihm die Verletzungen bisher noch gar nicht aufgefallen wären. *Ich habe meine Schuhe nicht gefunden, als ich losgelaufen bin, weil du geschrien hast,* erklärte er. *Aber das ist nicht so schlimm.*

Oh Archer, sagte ich. *Das tut mir furchtbar leid. Du solltest sie verbinden. Falls du Mull hast, wickle ich …*

Danke, aber das ist ganz bestimmt nicht nötig. Etwas Salbe reicht vollkommen aus. Dann sind sie morgen früh wieder wie neu.

Ich seufzte, denn die Salbe würde sicher etwas helfen, aber morgen wären diese schlimmen Wunden garantiert noch nicht verheilt. Archer hatte sich die Füße regelrecht zerfetzt. Himmel, er war meinetwegen barfuß über spitze Steine, scharfe Äste und dornige Zweige durch den Wald gehetzt.

Ich stand auf. *Dürfte ich mal dein Bad benutzen?*

Nickend zeigte er auf eine Tür.

Der kleine Raum war aufgeräumt und sauber – Waschbecken und Spiegel waren blank geputzt und ein schwacher Zitrusduft hing in der Luft. Archer war offenbar ein wirklich guter Hausmann.

Auf dem Toilettentisch entdeckte ich zwei Stücke Seife sowie so ziemlich alle Zahnpflegeprodukte, die es in Amerika zu kaufen gab: elektrische Zahnbürste, Zahnseide, Flaschen mit verschiedenen Mundwassern, Zahnstocher und Fluortabletten. Aber schließlich war es alles andere als schlimm, wenn jemand es mit seiner Mundhygiene vielleicht etwas übertrieb.

Ich ging auf die Toilette und danach ins Wohnzimmer zurück.

Wie ich sehe, legst du ziemlich großen Wert auf gute Zähne, stellte ich mit einem Lächeln fest.

Er lächelte zurück und schüttelte den Kopf, wodurch ihm die Haare wieder in die Augen fielen und erneut das prächtige Gesicht versteckten, das er bereits viel zu lange vor der Welt verbarg.

Mein Onkel Nate hat Ärzten und auch Zahnärzten misstraut. Er hat immer gesagt, sie würden einem Sender implantieren, wenn man sie zu nah an seinen Körper lässt. Ich habe einmal zugeguckt, wie er sich einen faulen Backenzahn mit einer Zange selbst gezogen hat. Seither lege ich großen Wert darauf, dass niemals irgendwas an meine Zähne kommt.

Ich schnitt eine Grimasse. *Gott! Das ist ja grauenhaft. Ich meine, dass dein Onkel sich die Zähne selbst gezogen hat. Wogegen gute Zahnpflege sehr löblich ist.* Ich musste einfach lachen, und er lächelte, inzwischen ganz entspannt, zurück.

Hat du Hunger¿, fragte er nach einem Augenblick.

Und wie.

Er nickte. *Leider habe ich nicht viel zu bieten. Aber wenn du willst, könnte ich eine Suppe machen.*

Das klingt super, antwortete ich. *Aber lass mich das machen, ja¿ Schließlich hatte ich dir heute Nachmittag ein tolles Mahl versprochen, und stattdessen bin ich einfach völlig ausgeflippt. Das ist nicht besonders höflich.* Ich biss mir auf die Lippe, breitete entschuldigend die Hände aus und lachte leise auf.

Er sah mich an und lachte. Sein Zwerchfell unter dem T-Shirt bebte, ohne dass auch nur der kleinste Laut zu hören war.

Archer hatte noch nie zuvor so in meiner Gegenwart gelacht, und abermals begeistert von den Fältchen, die sich ihm beim Lachen in die Wangen gruben, sog ich seinen Anblick in mich auf.

Dann gingen wir zusammen in die selbstverständlich saubere, kleine Küche, um dort Hühner-Nudelsuppe aus der Dose warm zu machen, ein paar Brötchen aufzubacken und zu schauen, was für Köstlichkeiten es womöglich sonst noch gab. Ich zog die Tür des Kühlschranks auf und drehte mich dann grinsend wieder zu ihm um.

Erdnussbutter, Wackelpudding, Apfelmus? Wie alt bist du? Sechs?

Er dachte kurz darüber nach und gab dann ernst zurück: *Ich gewisser Hinsicht ja. In anderer nicht.*

Mein Lächeln legte sich. *Oh Gott, Archer, tut mir leid. Ich habe ganz einfach nicht nachgedacht …* Doch bevor ich weitersprechen konnte, nahm er meine Hände, und wir standen mit verschränkten Fingern da und sahen uns reglos an.

Dann ließ er meine Hände wieder los. *Aber für meine Freunde habe ich noch etwas ganz Besonderes im Haus – gedrehte Strohhalme. Damit können wir ganz tolle Blasen in der heißen Schokolade machen.*

Er wies auf den Küchenschrank, ich folgte seinem Blick, sah ihn dann wieder an und nahm sein breites Grinsen wahr.

Soll das ein Witz sein?

Als er einfach weiter grinste, fing ich an zu lachen und erklärte augenzwinkernd: *Der war wirklich gut.*

Archer zeigte mir die Töpfe, und entschlossen stellte ich die Suppe auf den Herd. Genau wie alle anderen Geräte war er ziemlich alt, die Arbeitsplatten aus Beton hingegen waren offenkundig nagelneu. Ich hatte mal im Fernsehen gesehen, wie jemand selber solche Platten angefertigt hatte, doch die waren nicht mal annähernd so schön gewesen wie die Platten hier. Bewundernd glitt ich mit der Hand über die glatten Flächen, denn natürlich hatte Archer sie wie alle anderen Dinge selbst gemacht.

Wir aßen an dem kleinen Küchentisch und spülten dann zusammen ab – die meiste Zeit in angenehmer, vertrauter Stille. Überdeutlich nahm ich wahr, wie dieser große, schlanke Mann dicht an mir vorbei durch seine kleine Küche lief. Ich konnte jeden Muskel unter seinem T-Shirt und die Anspannung der Muskeln seiner Unterarme sehen, als er mit dem Geschirrtuch über die gespülten Teller fuhr, während ich tat, als wische ich die bereits sauberen Arbeitsflächen ab.

Er drehte sich zu mir um, trocknete sich sorgfältig die

Hände am Geschirrtuch ab, und plötzlich fing die Luft um uns herum zu flirren an. Ich musste schwer schlucken und sah, dass es ihm ähnlich ging, als mein Blick erneut auf seine Narbe fiel.

Eilig blickte ich ihm wieder ins Gesicht und sagte: *Vielleicht sollte ich jetzt langsam wieder gehen.*

Er schüttelte den Kopf, legte das Geschirrtuch fort und gab zurück: *Ich kann dich nicht im Dunkeln ganz allein nach Hause radeln lassen, aber heute Abend kann ich nicht so weit laufen.* Er wies auf seine Füße, die noch immer rot und leicht geschwollen waren. *Morgen früh bin ich bestimmt wieder so fit, dass ich dich zu Fuß begleiten kann.*

Ich sagte: »Hm«, und fuhr dann mit den Händen fort. *Okay, dann schlafe ich auf deiner Couch.*

Er schüttelte erneut den Kopf. *Oh nein, du schläfst in meinem Bett.*

Ich riss die Augen auf, und unglücklich kniff Archer seine Augen zu. *Ich meine, dass ich auf dem Sofa schlafen werde und du heute Nacht mein Bett benutzen kannst.* Zwei rote Flecken leuchteten auf seinen Wangen, und mein Herz schlug einen Purzelbaum.

»Das kann ich unmöglich annehmen«, stieß ich mit rauer Stimme aus.

Oh doch, erklärte er und ging an mir vorbei.

Ich folgte ihm und blieb dann in der Tür des Schlafzimmers stehen, in dem es nur ein Bett, eine Kommode sowie einen kleinen Stuhl in einer Ecke, aber keine Fotos oder sonstigen Schnickschnack gab.

Ich habe das Bettzeug erst vor zwei Tagen gewaschen. Es ist … sauber. Er wandte sich ab, und wieder leuchteten rote Flecken über seinen Wangenknochen.

Okay. Ich nickte knapp. *Danke, Archer. Vielen Dank. Für alles.*

Er erwiderte mein Nicken, sah mir ins Gesicht, und als unsere Schultern sich berührten, als er sich zum Gehen wandte, spürte ich, dass er zusammenfuhr. Doch dann zog er die Tür hinter sich zu, und ich sah mich noch mal im Zimmer um. Ich stellte fest, dass auf seiner Kommode doch ein Foto lag. Neugierig nahm ich es in die Hand und sah eine wunderhübsche junge Frau, deren lange, braune Haare über ihre Schultern fielen, während sie mit einem breiten Lachen zum Fotografen sah. Sie wirkte unbekümmert, glücklich und verliebt. Und hatte haargenau dasselbe Lächeln wie ihr Sohn. Alyssa, dachte ich, drehte das Foto um und blickte auf die Widmung, die dort stand. »Meiner wunderschönen Lys. In ewiger Liebe, C.«

Connor. Archers Onkel. Der auf ihn geschossen hatte, als er noch ein Kind gewesen war. Trotzdem galt er hier in Pelion immer noch als Held – das hieß, die Leute schienen nicht zu wissen, dass er damals auf den eigenen Neffen losgegangen war.

»Aber wie ist das möglich?«, fragte ich die hübsche Frau auf dem Bild. Doch ihre großen, braunen Augen sahen mich auch weiter stumm lächelnd an und gaben das Geheimnis jenes Unfalltags nicht preis.

Nachdenklich legte ich das Bild zurück an seinen Platz, zog mich bis auf meine Unterwäsche aus und krabbelte in Archers Bett. Das nach Seife und nach seinem sauberen, maskulinen Körper roch.

Ich stellte ihn mir vor, wie er im Wohnzimmer auf dem sicher viel zu kurzen Sofa lag, sog seinen Duft in meine Lungen ein, dachte an seine glatte, nackte Brust und daran, dass ich heute Wand an Wand mit diesem merkwürdigen, über alle Maße attraktiven Burschen schlief.

Auf diese Art und Weise über Archer nachzudenken, fühlte sich irgendwie gefährlich an – ich wusste nicht, ob das eine gute Idee war. Und plötzlich wurde mir bewusst, dass schon seit unserem ersten Treffen irgendwas zwischen uns war. Nur hatte ich dieses Gefühl nicht deuten können, weil ich einem Mann wie ihm niemals zuvor begegnet war. Und er verwirrte mich noch immer – meinen Körper allerdings weniger, der wusste genau, was er wollte. Meine Hormone gingen mit mir durch, und das Blut in meinen Adern kochte bei der Vorstellung von uns zusammen hier in diesem Bett, während er aus seinen wunderschönen, heute whiskeyfarbenen Augen voller Leidenschaft auf mich heruntersah.

Stöhnend drehte ich mich auf die Seite, schob das Kopfkissen zurecht und kniff die Augen zu. Und obwohl ich schon am frühen Abend ein paar Stunden Schlaf bekommen hatte, schlief ich schon nach kurzer Zeit friedlich ein und wurde erst bei Sonnenaufgang wieder wach.

Ich richtete mich auf, streckte die Arme und sah mich in dem sonnenhellen Zimmer um. Dann zog ich meine Shorts sowie mein Tanktop an und spähte in den Flur.

Da Archer nirgendwo zu sehen war, lief ich schnell ins Bad, ging auf die Toilette, putzte mir die Zähne mit dem Finger, gurgelte mit einem seiner Mundwasser, wusch mein Gesicht und überprüfte kurz im Spiegel, ob ich halbwegs präsentabel war. Meine Augen waren noch immer leicht verquollen, aber andere Spuren meines Ausrasters vom Vorabend gab es nicht.

Ich lehnte mich gegen das Waschbecken und fuhr mir mit den Händen durch das Haar.

Ich hoffte nur, der morgendliche Flashback setzte ein, so lange ich alleine hier im Badezimmer war. Denn wahrscheinlich hielt mich Archer sowieso bereits für halb verrückt. Und wenn er jetzt auch noch einen dieser Anfälle erlebte, dächte er bestimmt, ich wäre vollends durchgedreht.

Ich blieb ein paar Minuten stehen, kniff meine Augen zu und wünschte mir, das Zittern finge endlich an und wäre möglichst schnell wieder vorbei. Doch nichts geschah.

Entschlossen drehte ich das Wasser auf und stellte mir dann vor, es wäre Regen, der genau wie an dem Abend auf mich niederging. Doch immer noch passierte nichts.

Trotzdem unterdrückte ich die Hoffnung, denn ich hatte in der letzten Zeit schon häufiger gedacht, die Flashbacks wären vorbei, bevor es wieder losgegangen war.

Abermals kniff ich die Augen zu und dachte an die Reaktion von Archer, als ich ihm verschämt gestanden hatte, dass ich tatenlos den Mord an meinem Dad mit angesehen hatte und im Anschluss dem Befehl des Mörders, mir die Kleider auszuziehen, unterwürfig nachgekommen war. Sein Blick hatte nicht Ekel, sondern ehrliches *Verständnis* ausgedrückt. Die Erinnerung daran ließ mich wieder wie befreit aufatmen.

Vor allem hätte ich niemals gedacht, dass so viele Tränen in mir waren, wie ich am Vorabend vergossen hatte. Ein regelrechtes Meer von Tränen … weil ich meinen Dad und dadurch meinen besten Freund und danach *mich selbst* verloren hatte und einfach davongelaufen war …

Stirnrunzelnd schlug ich die Augen wieder auf. Hatte ich genau die Dinge, die am Vorabend passiert waren, vielleicht gebraucht? Hatten mich die Flashbacks deshalb ein ums andere Mal in die Vergangenheit zurückkatapultiert? Hatten sie mich zwingen wollen, das zu akzeptieren, wovor ich weggelaufen war? Das könnte durchaus sein. Doch das war nicht alles. Denn ich hatte mich erst sicher und mit meinem Schmerz und meiner Trauer angenommen fühlen müssen, um mich selbst aus diesem täglichen Elend zu befreien. Ich hatte jemanden gebraucht, der mich verstand und tröstend in den Armen hielt, als ich in Tränen ausgebrochen war. Ich hatte Archer gebraucht.

Ich riss die Tür des Badezimmers auf und lief durchs Haus, doch er war nicht da. Also lief ich vor die Tür und rief dort mehrmals seinen Namen, bis er endlich auftauchte.

Er kam aus Richtung See, blieb vor mir stehen und sah mich fragend an. *Ich dachte, du stehst später auf.*

Ich grinste, blickte in sein herrliches Gesicht und fing an zu lachen. Noch immer war es neu für mich, ihn vollständig oder fast vollständig zu sehen. Er brauchte dringend einen Haarschnitt.

Ich hatte heute Morgen keinen Flashback, klärte ich ihn eilig auf.

Er runzelte verständnislos die Stirn.

Ich schüttelte den Kopf und stieß ein Lachen aus. *Ich kann es gar nicht glauben … denn, ich meine, bisher kamen diese Flashbacks immer, kurz nachdem ich aufgestanden bin. Es gab im letzten halben Jahr nicht einen Tag, an dem sie nicht gekommen sind.*

Meine Augen füllten sich mit Tränen, und als Archer klar wurde, wovon ich sprach, leuchtete Mitgefühl in seinem Gesicht auf.

Ich muss los, weil Phoebe raus muss und etwas zu fressen braucht. Ich wischte meine Tränen fort, sah Archer wieder an, und ein Gefühl des Glücks durchströmte mich. Er hatte mir ein so unglaubliches Geschenk gemacht, dass mir vor Freude richtiggehend schwindlig war. Ich wollte unbedingt den Tag mit ihm verbringen, und mir war egal, dass immer ich es war, die um ein Treffen bat.

Kann ich nachher wiederkommen?, platzte es erwartungsvoll aus mir heraus.

Er sah mich an und nickte dann.

»Okay.« Ich atmete erleichtert auf, trat auf ihn zu, und Archer starrte mich mit großen Augen an, wich aber nicht vor mir zurück. Glücklich schlang ich ihm die Arme um den Hals und schmiegte mich an seine Brust. Und auch wenn er mich nicht ebenfalls umarmte, ließ er es auf jeden Fall geschehen.

Dann trat ich wieder einen Schritt zurück und lächelte ihn an. *Bis dann.*

Okay.

Okay. Ich strahlte, doch obwohl ich sehen konnte, dass er selber gern gelächelt hätte, nickte er nur knapp.

Glücklich lief ich bis zum Tor, schnappte mir mein an den Zaun gelehntes Rad, schob es auf die Straße und fuhr los.

Ich warf den Kopf zurück, blickte zum Himmel auf und fühlte mich so glücklich, so lebendig und so *frei* wie schon seit langer Zeit nicht mehr.

15

Bree

Als ich heimkam, ließ ich erst mal Phoebe vor die Tür. Ich fühlte mich so glücklich und so leicht, als hätte ich die Ketten, die mich seit sechs Monaten an meinen Schmerz gebunden hatten, endlich abgeworfen. Ich stand im hellen Sonnenschein, und während ich auf Phoebe wartete, stieg ein Gefühl des Friedens in mir auf. Ich würde meinen Dad niemals vergessen. Bis ans Ende meines Lebens würde er bei allen Dingen, die ich täte, bei mir sein. Auch wenn ich die Trauer und die Schuldgefühle endlich abgeworfen hatte, blieb die enge Bindung, die ich zu ihm hatte, weiterhin bestehen. Mein Vater hatte mich geliebt und würde wollen, dass ich glücklich war. Ich hätte vor Erleichterung am liebsten laut geschluchzt. Stattdessen rief ich Phoebe und ging zurück ins Haus.

Nachdem ich sie gefüttert hatte, setzte ich mich an den Küchentisch und trank eine Tasse Tee. Dabei dachte ich die ganze Zeit an meinen Dad, rief mir unsere besonderen Momente und seine kleinen Macken in Erinnerung und konnte ihn dabei ganz deutlich vor mir sehen. Ich konzentrierte mich auf das, was ich gehabt hatte, was anderen nie auch nur für einen Augenblick vergönnt gewesen war. Einundzwanzig Jahre lang hatte ich meinen Dad fast ganz für mich gehabt. Ich war gesegnet, und ich hatte wirklich großes Glück gehabt. Lächelnd stand ich wieder auf und stellte meine leere Tasse in der Spüle ab.

Gut gelaunt ging ich ins Bad, drehte die Dusche auf und zog mich aus. Meine Kratzer sahen schon viel besser aus. Anscheinend hatte die von Archer aufgetragene Salbe gut gewirkt.

Archer …

Ich stieß einen Seufzer aus, denn er rief ziemlich verwirrende Gefühle in mir wach. Mir wurde warm ums Herz, sobald ich an ihn dachte.

Gern hätte ich gewusst, was damals tatsächlich geschehen war, am liebsten hätte ich alles über ihn gewusst. Doch ich spürte instinktiv, dass ich ihn nicht bedrängen durfte, mir zu sagen, weshalb er vom Polizeichef, seinem *Onkel*, angeschossen worden war. Gott, wie kam ein Mensch mit so etwas zurecht? Und was zum Teufel war *passiert*, bevor es zu dem Schuss gekommen war?

Eine halbe Stunde später stand ich in Shorts und T-Shirt vor dem Spiegel, föhnte mir die Haare und band sie zu einem Pferdeschwanz.

Ich ging ins Schlafzimmer, um mir die Flip-Flops anzuziehen, wobei mein Blick auf die Kommode fiel, auf der mein Handy lag. Ich nahm es in die Hand, hörte zwei Nachrichten, die Travis mir auf Band gesprochen hatte, ab, und legte es dann achtlos wieder fort. Ich würde ihn zurückrufen, aber nicht jetzt sofort.

Ich nahm Phoebe auf den Arm, um wieder in die Briar Road zu fahren, aber gerade, als ich gehen wollte, fiel mir noch etwas ein, und ich ging noch mal zurück ins Haus. Ein paar Minuten später fuhr ich gut gelaunt auf meinem Rad zurück zu meinem Freund.

»Hi.« Ich lächelte, als Archer an die Haustür kam. Mein Fahrrad hatte ich durch das nicht ganz geschlossene Tor geschoben und von innen an den Zaun gelehnt, während Phoebe auf der Suche nach den anderen Hunden losgelaufen war.

Ebenfalls mit einem Lächeln trat er einen Schritt zurück, um mich eintreten zu lassen. Im Haus wandte ich mich dann aber wieder ihm zu und atmete tief durch. *Danke, dass ich so schnell wiederkommen durfte, Archer.*

Ich biss mir auf die Lippe, dachte nach und fuhr etwas verlegen fort. *Ich hoffe, dass dich das nicht stört … aber nach dem letzten Abend möchte ich heute nirgends lieber sein als hier bei dir.*

Ich neigte meinen Kopf zur Seite und sah ihn an. *Danke.*

Erfreut blickte er mir ins Gesicht, nickte, und ich musterte ihn lächelnd.

Er trug ein enges, dunkelblaues T-Shirt und die abgewetzte Jeans, die sicher bald von selber auseinanderfallen würde, hatte aber keine Schuhe an. Seine nackten Füße waren nicht mehr geschwollen, die Schnittwunden und Kratzer aber sahen noch immer ziemlich schmerzhaft aus. Ich verzog mein Gesicht, und er folgte meinem Blick.

Sie sind in Ordnung, Bree.

Ich war nicht wirklich überzeugt, nickte aber trotzdem.

Er lächelte.

Erneut legte ich meinen Kopf ein wenig schräg. *Hör zu, ich habe etwas mitgebracht, aber bevor ich dir das zeige, sollst du wissen, dass ich vollkommen verstehe, falls du einfach Nein sagst, weil dir der Gedanke nicht gefällt.*

Er zog eine Braue hoch. *Das klingt ziemlich bedrohlich.*

Nein. Ich lachte leise auf. *Es ist nur … ach, was soll's. Am besten zeige ich es dir,* erklärte ich, während ich eine Haarschneideschere aus der Tasche zog.

Er bedachte sie mit einem argwöhnischen Blick.

Ich dachte, dass ich dir die Haare schneiden könnte, aber wenn du das nicht willst, ist das total okay. Ich sage nicht, dass sie geschnitten werden müssen, aber nun, das müssen sie. Ich kann dir aber auch einfach die Spitzen schneiden, falls du keine kurzen Haare haben willst.

Diesmal sah sein Lächeln leicht verlegen aus. Er legte eine Hand in seinen Nacken, ließ sie wieder sinken, sah mich an und meinte: *Gern.*

Ich grinste. *Heißt das, dass du einverstanden bist? Okay! Ich meine, ich bin keine Fachfrau, aber einen simplen Schnitt bekomme ich hin. Ich habe meinem Dad öfter die Haare geschnitten.*

Schneid ab, so viel zu möchtest, Bree.

Nein, wie möchtest du sie haben? Sag mir einfach, wie du aussehen willst.

Dieses Mal blieb seine Miene ernst, der Ausdruck seiner Augen allerdings war warm, und er musste schlucken, während er erklärte: *Ich will, dass es dir gefällt. Mach also einfach, was du willst.*

Ich zögerte, weil ich es schrecklich fände, wenn er das Gefühl hätte, etwas zu tun, was er im Grunde gar nicht wollte.

Bist du sicher?

Absolut.

Damit ging er in die Küche und zog einen von den Stühlen in den Flur, wo sich die Haare am einfachsten zusammenfegen lassen würden.

Ich selbst holte ein Handtuch sowie einen Kamm aus seinem Bad, trat hinter den Stuhl und legte ihm das Handtuch um.

Dann machte ich mich konzentriert ans Werk. Er hatte mir gesagt, ich könne machen, was ich wolle, also würde es ein Kurzhaarschnitt. Ich wollte sein Gesicht sehen und hatte den Eindruck, dass er es absichtlich hinter seinem Haar verbarg. War es meine Aufgabe, ihm diese Möglichkeit zu nehmen? Nein. Aber ich hatte die Erlaubnis, es zu tun. Und wenn es ihm nicht passte, würde es problemlos wieder nachwachsen.

Statt mit dem Kamm fuhr ich zunächst mit meinen Fingern durch sein dunkles, seidig weiches Haar. Die Berührung dieser dicken, leicht gewellten Strähnen fühlte sich intim und sinnlich an, und mein Puls fing an zu rasen, während ich um ihn herumging, und sie erst im Nacken und dann vorne schnitt. Jedes Mal, wenn meine Finger dabei über seine Kopfhaut glitten, spürte ich einen leichten Schauder, der durch seinen Körper rann – genau wie mir, wenn mir neben dem Duft von Seife und von Shampoo sein ganz eigener männlicher Geruch entgegenschlug.

Als ich vor ihn trat und ihm die Haare aus der Stirn strich, sah er mir ins Gesicht und kniff die Augen zu. Fast als ob er

Schmerzen leiden würde, worauf sich mein Herz zusammenzog. Hatte nach dem Tode seiner Mutter je ein Mensch ihn voller Zärtlichkeit berührt?

Ich setzte meine Arbeit fort, beugte mich dicht über ihn, um die Haare über seinen Ohren abzuschneiden, und als ihm der Atem stockte, lenkte ich den Blick zurück auf sein Gesicht. Seine Pupillen waren geweitet und die Lippen leicht geöffnet, und bei diesem Anblick wurden meine Nippel unter dem T-Shirt hart. Archer sah an mir herab, und als sein Blick auf meine Brüste fiel, riss er die Augen auf, wandte sich verlegen ab, ballte seine Fäuste und auf seinen Wangenknochen leuchteten die mir bereits bekannten roten Flecken auf.

Wieder beugte ich mich über ihn, schnippelte die nächsten Haare ab, und als meine Brust direkt vor seinen Augen lag, hörte ich sein leises Keuchen, das die Stille zwischen uns durchbrach. Ich richtete mich wieder auf und nahm die Schwellung wahr, die beinah den Schritt seiner Jeans sprengte.

Eilig trat ich wieder hinter ihn, glich dort noch ein paar ungleichmäßig lange Strähnen aus und atmete möglichst langsam ein und aus. Meine Augen waren glasig. Ich hoffte nur, dass ich beim Schneiden keinen Fehler machte – ich konnte mich kaum konzentrieren und spürte, wie ich zwischen meinen Schenkeln ganz feucht wurde. Meine Knie waren weich, sodass ich kaum mehr stehen konnte – wegen seiner Nähe, wegen des Gefühls, sobald ich ihn berührte, und weil ich erkannte, dass er ebenfalls vollkommen aus dem Gleichgewicht war. Himmel, ich schnitt Archer nur die Haare, aber nie zuvor im Leben war ich derart heiß gewesen, und ich konnte deutlich spüren, dass es ihm genauso ging.

Als ich wieder vor ihn trat, nahm ich sein leichtes Zittern wahr.

»So«, flüsterte ich. »Es ist geschafft. Und ich finde, dass es wirklich gut aussieht.« Ich musste schlucken, als ich vor ihm auf die Knie ging, um mir den Haarschnitt aus der Nähe anzusehen.

Eilig legte ich die Schere auf die Arbeitsplatte hinter mir, wandte mich ihm wieder zu, kam auf Knien noch näher zu ihm und nahm das Rauschen meines Bluts in meinen Ohren und zwischen meinen Beinen wahr. Ich hob meinen Blick zu ihm und starrte seinen Mund an, Archer ging es ebenso. Gott, ich wollte ihn so dringend küssen, dass es fast schon wehtat.

Archer sah auf mich herab, und als er schluckte und sein Adamsapfel sich bewegte, zog er automatisch auch die Narbe mit. Wieder ballte er die Fäuste auf den Schenkeln, und ich konnte sehen, wie unsicher er war.

Dann sprang er abrupt von seinem Stuhl, und eilig rappelte auch ich mich wieder auf.

Du musst jetzt gehen, sagte er.

Gehen?, fragte ich. *Warum, Archer? Es tut mir leid, habe ich …*

Er verneinte, und ich nahm das wilde Pochen seiner Halsschlagader wahr. *Nein. Ich … habe einfach noch zu tun. Du solltest gehen.*

Er keuchte wie nach einem Marathon. Niemals hatte ihn die schwere körperliche Arbeit derart atemlos gemacht.

Er sah mich flehend an.

»Okay«, flüsterte ich und wurde rot. »Okay.«

Ich griff nach meiner Schere, ging ins Wohnzimmer, und als ich sie in meine Tasche packte, sah ich Archer noch mal an.

Bist du sicher, dass ich nicht …

Ja, bitte, ja.

Mein Blick wanderte nach unten, und ich musste schlucken, als ich abermals die dicke Schwellung sah. Ich hatte keine Ahnung, was ich denken sollte. War ihm peinlich, dass er so erregt war? Oder störte ihn, dass ich es war, die diese Reaktion bei ihm hervorgerufen hatte? Wollte er einfach nur mit mir befreundet sein? Ich war verletzt und hoffnungslos verwirrt.

»Okay.« Ich ging an ihm vorbei zur Tür und fuhr zusammen, als er meinen Arm ergriff.

Es tut mir leid. Ich bin dir wirklich dankbar für den neuen Haarschnitt.

Wieder fiel mir auf, wie wunderschön er war. Frisch rasiert, mit kurzem Haar, roten Flecken auf den Wangen und glasigen Augen, deren Bernsteinton noch heller war als sonst.

Ich nickte knapp und ging zur Tür. Phoebe saß auf der Veranda, und ich nahm sie eilig auf den Arm und eilte zu meinem Rad.

16

Bree

Langsam fuhr ich heim. Als ich in meine Straße bog, wurde mir klar, dass ich nicht hätte sagen können, wie ich bis dorthin gekommen war. Ich war wie in Trance gefahren, ohne die Umgebung wahrzunehmen, ganz auf meine schreckliche Verwirrtheit und auf meinen Herzschmerz konzentriert.

Als mein kleines Haus in Sicht kam, sah ich, dass ein großer Pick-up vor meiner Einfahrt und eine Person vor meiner Haustür stand. Was zum Kuckuck …?

Als ich näher kam, erkannte ich, dass der Besucher Travis war. Ich stieg vom Rad, lehnte es an den Zaun, hob Phoebe aus dem Korb und trat mit einem leicht verwirrten Lächeln auf ihn zu.

»Hallo, Fremde«, grüßte er.

Ich lachte leise auf. »Tut mir leid, Travis. Ich will ganz sicher keine Fremde sein und habe deine Nachrichten auch abgehört. Nur hatte ich in letzter Zeit einfach zu viel zu tun.«

Er fuhr sich mit der Hand durchs Haar und setzte ein verlegenes Lächeln auf. »Ich versuche ganz bestimmt nicht, dich zu stalken. Aber es ist einfach so – der Abend in dem Restaurant hat mir sehr gut gefallen, und in ein paar Wochen findet unsere Polizei- und Feuerwehrparade statt. Danach findet zu Ehren meines Vaters jedes Mal ein Essen statt – das ist eine ziemlich große Sache hier in unserer Stadt … und ich hatte gehofft, dass du mich auf das Fest begleiten willst.« Er lächelte erneut. »Natürlich hoffe ich, dass du auch vorher noch mal etwas mit mir unternimmst, aber ich wollte einfach sichergehen, dass du rechtzeitig von dem Termin erfährst, weil er mir wirklich wichtig ist.«

Ich biss mir auf die Lippen, denn ich hatte keine Ahnung, was ich machen sollte. Mir fiel ein, dass sein Vater der Mann war, der auf ein Kind geschossen hatte, auf ein Kind, das obendrein sein eigener Neffe war. Wie könnte ich einen solchen Menschen jemals ehren? Ich wollte Travis nicht verletzen, denn ich mochte ihn. Doch Archer mochte ich noch mehr. Oh Gott. So war's. Ich hatte Archer wirklich richtig gern. Doch Archer hatte mich aus seinem Haus geworfen, während Travis sich darum bemühte, mich zu sehen – selbst wenn er mit mir ein Fest besuchen wollte, das zu Ehren eines Mannes abgehalten wurde, der aus meiner Sicht bar jeder Ehre war. Ich sollte besser mal ins Haus gehen und dort in Ruhe über alles nachdenken.

Vor allem aber wollte ich allein sein, deshalb setzte ich ein Lächeln auf und fragte: »Darf ich es mir überlegen, Travis? Tut mir leid … die Dinge sind im Augenblick ein bisschen kompliziert … Ich …«

Ein Ausdruck von Zorn oder Enttäuschung huschte über sein Gesicht, doch sofort setzte er ein neuerliches Lächeln auf und meinte: »Klar. Dann sag einfach in ein, zwei Tagen Ja. Ich rufe dich dann noch mal an, okay?«

Ich stieß ein leises Lachen aus. »Okay, ruf mich in ein paar Tagen noch mal an.«

Offenbar besänftigt grinste er und beugte sich zu mir herab, doch eilig drehte ich den Kopf weg, damit sein Mund auf meine Wange traf. Er runzelte die Stirn, enthielt sich aber eines Kommentars.

»Bis bald«, sagte ich sanft, und mit einem kurzen Nicken kehrte er zurück zu seinem Pick-up. Mit seinen breiten Schultern und dem muskulösen Rücken war er wirklich attraktiv. Trotzdem sprang der Funke irgendwie nicht auf mich über, und mit einem leisen Seufzer schloss ich meine Haustür auf.

Ich ging ins Schlafzimmer, um mich nur kurz auszuruhen,

doch als ich wieder zu mir kam, bemerkte ich, dass es schon dunkel war. Ich blickte auf den Wecker. 22:18 Uhr. Sollte ich den größten Teil des Nachmittags und Abends tatsächlich verschlafen haben? Offensichtlich. Aber schließlich hatte ich in Archers Bett, durch nichts als eine dünne Wand von ihm getrennt, auch kaum ein Auge zugemacht.

Als ich an ihn dachte, fragte ich mich stöhnend, was er jetzt wohl gerade machte und ob er womöglich sauer auf mich war. Hoffentlich hatte ich durch mein dämliches Verhalten nicht alles zwischen uns kaputt gemacht.

Als ich seufzend aufstand, kam Phoebe angetrottet und sah mich aus dunklen Augen an.

»Hallo, meine Kleine«, grüßte ich sie sanft. »Du musst bestimmt mal raus, nicht wahr?«

An der Haustür zog ich meine Flip-Flops an und stellte fest, dass Travis' Rosenstrauß auf meinem Flurtisch vollkommen vertrocknet war. Ich sollte ihn wohl besser in den Müll werfen.

Ich öffnete die Tür und sah, dass etwas auf dem Fußabstreifer lag. Verwirrt hob ich es auf, atmete geräuschvoll ein und fing dann an zu grinsen. Nie zuvor hatte mir jemand eine Handvoll Schokoriegel geschenkt – zusammengebunden zu einem Strauß mit einem Stück Bindfaden in einer neckischen Schleife.

Freudestrahlend drehte ich das Gebinde hin und her. War dies eine Bitte um Verzeihung? Eine … freundschaftliche Geste? Was genau?

Ich stöhnte. Dieser Mann!

Dann fing ich an zu lachen, drückte mir die Schokoriegel an die Brust und grinste dämlich vor mich hin.

Dieser unbeholfene Junge. Dieser süße, stumme Archer Hale.

Am nächsten Tag um sechs erschien ich bestens gelaunt zur Arbeit. Die Flashbacks hatten mich erneut verschont. Als ich am Vorabend ins Bett gegangen war, hatte ich ein bisschen Angst gehabt, sie würden vielleicht zurückkommen. Doch wie es aussah, hatte ich es tatsächlich geschafft. Ich fühlte mich deswegen wie ein völlig neuer Mensch – leicht, voller Hoffnung und wie befreit.

Als die Frühstücksgäste langsam gingen, meinte Norm: »Ich mache hinten eine kurze Pause, Maggie. Ruf mich, wenn jemand was will.« Er kam aus der Küche, legte seine Gummihandschuhe zur Seite und ging in den kleinen Pausenraum.

Maggie schüttelte den Kopf, und ich fragte besorgt: »Geht es ihm nicht gut?«

»Dieser sture Esel. Er fühlt sich schon länger nicht ganz wohl, will aber keinen Koch bezahlen. Vor allem weil er denkt, dass niemand die Gerichte so gut hinbekommt wie er.« Sie schüttelte erneut den Kopf.

Ich runzelte die Stirn, hielt im Abwischen des Tresens inne und sah Maggie an. »Falls ihr jemals Hilfe in der Küche braucht – meine Familie hatte einen Feinkostladen, und ich habe dort gekocht. Ich könnte mich hier sicher durchwursteln … ich meine, na, du weißt schon, falls ihr mal jemanden braucht.«

Maggie sah mich forschend an. »Danke, Schätzchen, das ist nett. Ich behalte es im Hinterkopf.«

Nickend wandte ich mich wieder meiner Arbeit zu, und gerade, als ich fertig war, trat eine Frau von vielleicht Mitte vierzig durch die Tür. Der beigefarbene Hosenanzug, den sie trug, war sicher ein Designerstück, und obwohl ich höchstens eine Handvoll teurer Markennamen kannte, wusste ich, dass die ineinander verschränkten Cs auf ihrer Handtasche für Coco Chanel standen.

Sie hatte sich das seidig weiche, blonde Haar zu einem Nackenknoten aufgesteckt und kunstvoll ein paar Strähnen rund um ihr Gesicht drapiert, war tadellos, wenn auch vielleicht etwas zu stark geschminkt, und ihre Haut hatte eindeutig ein Chirurg so straff gespannt.

»Aber hallo, Mrs Hale.« Maggie stürzte auf sie zu, als wäre sie die Königin von England oder so.

»Maggie«, grüßte sie zurück, kam aber schnurstracks auf den Tresen zumarschiert.

Die Wolke von Parfüm, die sie umgab, kitzelte mich derart in der Nase, dass ich niesen musste. Eilig hielt ich mir den Oberarm vor das Gesicht, ließ ihn wieder sinken und bat lächelnd um Entschuldigung.

Die Frau verzog so angewidert das Gesicht, als hätte ich sie gerade absichtlich mit einer todbringenden Krankheit angesteckt. Meine Güte, sicher wäre ein »Gesundheit« nicht zu viel verlangt gewesen, oder? Wow, sie sandte wirklich positive Schwingungen in meine Richtung aus.

»Ich werde warten, während Sie sich Ihre Hände waschen.«

»Uh, ja, klar. Sie können sich ja währenddessen schon mal überlegen, was Sie gerne hätten.«

»Nichts.«

Okay …

Ich nickte, lief nach hinten, wusch mir schnell die Hände und lief schnellstmöglich zurück nach vorn. Doch plötzlich überlegte ich, warum ich mir von dieser unhöflichen Frau überhaupt etwas befehlen ließ.

»Was kann ich für Sie tun?« Um nicht gleich wieder zu niesen, behielt ich den größtmöglichen Abstand zu ihr ein. Denn ich schien allergisch gegen diese Frau zu sein.

»Ich bin Victoria Hale. Sie haben sicher schon von mir gehört.«

»Tut mir leid, habe ich nicht«, flunkerte ich und freute mich, als sie verärgert das Gesicht verzog. Was für ein blödes Weib.

Aber sie hatte sich sofort wieder im Griff. »Nun, dann bin ich doppelt froh, dass ich vorbeigekommen bin. Ich bin Travis' Mutter, und wenn ich es richtig mitbekommen habe, gehen Sie hin und wieder mit ihm aus.«

»Äh, ich …«

Was zum Teufel wollte sie von mir?

»Wir waren einmal zusammen essen.« Und dabei würde es auch bleiben, doch das würde ich ihr ganz bestimmt nicht sagen. Denn diese Frau war einfach unverschämt.

»Das habe ich gehört. Ich nehme an, dass das in Ordnung ist. Schließlich bestimmt Travis selbst, mit welchen Frauen er … sich treffen will. Ich finde es hingegen nicht in Ordnung, dass Sie offensichtlich auch mit Archer Hale befreundet sind.«

Mir klappte die Kinnlade herunter, und ich starrte sie mit großen Augen an. Woher zum Teufel wusste sie davon?

Ich verschränkte meine Arme vor der Brust und reckte das Kinn. »Tatsächlich ist er mehr als nur ein Freund.«

Okay, das stimmte nur bedingt – zumindest aus der Sicht von Archer –, doch ich wollte ihre Miene sehen, wenn sie erfuhr, dass mehr zwischen uns beiden lief, weil ich deutlich spürte, dass sie ihrem Neffen alles andere als gewogen war. Ich wusste nicht, warum sie ihn nicht mochte, doch das war mir auch egal. Und die beste Möglichkeit, ihr gegenüber für ihn einzutreten, war aus meiner Sicht im Augenblick, ihr zu erklären, dass ich mit ihm zusammen war.

Sie lachte schließlich zornig auf. »Das kommt mir irgendwie bekannt vor. Schließlich hat schon mal ein kleines Mädchen mehr als einen Hale auf einmal bei den Kronjuwelen gehabt.«

Sie sah mich aus zusammengekniffenen Augen an. »Hat Ihnen übrigens schon irgendwer erzählt, dass der Junge zu Gewalt neigt?«

Wieder klappte mir die Kinnlade herunter, aber dann fragte ich lachend: »Zu Gewalt? Da irren Sie sich …«

Sie winkte ab. »Fragen Sie ihn einfach, junge Frau. Wie ich höre, können Sie die Gebärdensprache und haben sie Archer beigebracht. Fragen Sie ihn, ob er mich vor ein paar Jahren einmal angegriffen hat.« Sie nickte selbstzufrieden mit dem Kopf.

Ich starrte sie nur an. Denn weshalb hätte ich ihr sagen sollen, dass ihr Neffe sich die Gebärdensprache ganz alleine angeeignet hatte? Bereits ehe ich nach Pelion gekommen war.

»Halten Sie sich von ihm fern«, empfahl Sie mir. »Denn es kommt bestimmt nichts Gutes dabei raus, wenn Sie ihn weiter sehen. Und da Sie selbst bereits das Opfer von Gewalt geworden sind, schlagen Sie meine Warnung sicher nicht so einfach in den Wind. Denn niemand kann vorhersehen, wann er ausflippt und Sie auf die eine oder andere Art verletzt. Hören Sie auf meine Worte. Denn das hat er früher schon getan. Und jetzt wünsche ich Ihnen noch einen guten Tag.«

Sie machte auf dem Absatz kehrt und nickte Maggie, die am Pausentisch saß und tat, als hätte sie nicht zugehört, auf ihrem Weg zum Ausgang zu.

Ich war von den Socken. Diese Frau hatte sich eingehend mit mir befasst. Aber *warum*? Dieses verdammte, arrogante Weib!

Nachdem die Tür ins Schloss gefallen war, kam Maggie angestürzt und starrte mich aus großen Augen an. »Was zur Hölle war das denn?«

Ich runzelte die Stirn. »Ich habe keinen blassen Schimmer. Was in aller Welt bildet sich dieses Weib ein?«

Maggie seufzte. »Tori Hale hat sich schon immer für was Besseres gehalten, und es wurde ganz bestimmt nicht besser dadurch, dass sie Connors Frau geworden ist. Sie ist hochnäsig und ziemlich schwierig, aber was soll man zu einem Menschen sagen, dem die ganze Stadt gehört und der wahrscheinlich reicher ist als Gott?«

»Dass sie sich von ihrem Geld eine freundlichere Persönlichkeit kaufen soll?«, schlug ich sarkastisch vor.

»Da kann ich dir schwerlich widersprechen«, stimmte Maggie mir mit einem leisen Lachen zu, fuhr dann aber mit einem gleichmütigen Achselzucken fort: »Meistens hält sie sich ja sowieso in ihren tollen Klubs auf der anderen Seeseite auf. Ich habe also kaum etwas mit ihr zu tun. Mit ihren Plänen für die Stadt macht sie sich allerdings natürlich keine Freunde.«

Ich blickte Maggie fragend an. »Werdet du und Norm davon betroffen sein?«

Sie schüttelte den Kopf. »Das wissen wir noch nicht. Die endgültigen Pläne haben wir bisher noch nicht gesehen. Wir wissen bisher nur, dass es direkt am See eine neue Ferienanlage geben soll.«

»Hm.« Ich blickte durch das Fenster dorthin, wo Victoria Hale vor einem Augenblick um die Ecke verschwunden war.

»Und was habe ich da von dir und Archer Hale gehört?«, riss Maggie mich aus meinen Überlegungen.

Ich atmete tief durch, wandte mich ihr wieder zu und lehnte mich am Tresen an. »Das war vielleicht ein wenig übertrieben, aber ich besuche ihn inzwischen häufiger auf seinem Grundstück und verbringe gerne meine Zeit mit ihm. Ich mag ihn wirklich.«

»Ich dachte immer, dass er geistig irgendwie zurückgeblieben ist.«

Ich schüttelte den Kopf. »Oh nein. Er ist unglaublich klug und amüsant und echt süß. Er ist wirklich ein wunderbarer Mensch.«

Ich wurde rot, als Maggie mich mit einem neugierigen Blick bedachte, und verwundert meinte sie: »Du hast ihn wirklich gern. Wer hätte das gedacht?«

»Ich«, erklärte ich. »Weil man ihn einfach gerne haben muss. Aber wie dem auch sei, was hat Victoria Hale damit gemeint, als sie behauptet hat, er neige zu Gewalt?«

Maggie zuckte mit den Schultern. »Keine Ahnung. Ich für meinen Teil habe nichts dergleichen erlebt. Wie gesagt, ich dachte immer, dass er leicht zurückgeblieben ist – wobei vielleicht tatsächlich stimmt, was sie behauptet hat. Denn vielleicht hat er diese Neigung ja geerbt. Sein Vater war ein widerlicher Trunkenbold. Seine arme Frau hat stets versucht, ihre blauen Flecken zu verstecken, doch wir alle wussten …«

Wieder lehnte ich mich an den Tresen an. »Hat zumindest irgendjemand ihr geholfen?«, fragte ich voll Mitgefühl mit Archers toter Mom.

Maggie nickte. »Connor Hale, Marcus' Bruder, hat fast

jeden Tag nach ihr gesehen. Und nach allem, was ich weiß, kam es zwischen den beiden deshalb häufiger zu Streit.« Sie schüttelte erneut den Kopf.

Ich biss mir auf die Lippe, während ich mich wieder fragte, was vor all der Zeit tatsächlich zwischen diesen beiden Brüdern vorgefallen war.

»Ich sehe besser mal nach Norm. Nicht, dass er tot umgefallen ist. Das wäre schlecht für das Geschäft.«

Leise lachend machte ich mich wieder an die Arbeit, doch meine Gedanken kreisten weiter um die Brüder, die junge Frau, in die sie beide gleichzeitig verliebt gewesen waren, und die bösartige Witwe. Ich fragte mich, wie diese Puzzleteile wohl zusammenpassten und wo Archers Platz in diesem Puzzle war.

17

Bree

Als ich am Nachmittag das Norm's verließ, bemerkte ich, dass es inzwischen deutlich kühler war. Aber schließlich war inzwischen der September angebrochen, und man spürte, dass der Herbst im Anzug war. Die ersten Blätter wurden langsam bunt, und in naher Zukunft wären sicher Jeans und Pullis angesagt. Ich hielt neben meinem Wagen inne. Hieß das, dass ich bleiben würde? Ich war erst seit weniger als einem Monat hier in Pelion, aber trotzdem kam das Städtchen mir schon wie ein Zuhause vor. Ich würde langsam mal überlegen müssen, wie es weitergehen sollte. Aber die Entscheidung hatte sicher noch ein wenig Zeit.

Ich öffnete die Wagentür. Da klopfte mir plötzlich jemand sachte auf die Schulter. Ich zuckte zusammen, wirbelte herum und … starrte in ein bernsteinfarbenes Augenpaar. Für einen kurzen Augenblick war ich verwirrt, als ich das wunderschöne Gesicht unter den dunklen, kurz geschnittenen Haaren sah. *Archer.* Lachend griff ich mir ans Herz und atmete erleichtert auf.

Tut mir leid. Er lächelte mich an, und wieder lachte ich.

Schon gut. Ich habe dich einfach nicht kommen hören. Doch dann sah ich ihn fragend an. *Was machst du hier?*

Er stopfte seine Hände in die Hosentaschen, starrte vor sich auf den Boden, zog die Hände wieder aus den Taschen und sah mich aus zusammengekniffenen Augen an. *Ich bin deinetwegen hier. Ist das okay?*

Mein Magen machte einen Purzelbaum.

Das ist auf jeden Fall okay, bestätigte ich lächelnd. *Ich habe deinen Strauß vor meiner Tür gefunden. Der war wirklich toll.*

Er nickte, sah aber noch immer etwas ängstlich aus. *Das gestern tut mir leid.*

Er raufte sich das kurze Haar. *Du solltest wissen, dass ich …*

Ich ergriff eilig seine Hand, um ihn am Weitersprechen zu hindern. *Ich könnte dir die Kochstunde ja heute Abend geben. Dabei könnten wir in Ruhe über alles reden. Wäre das okay?*

Er sah mich forschend an, nickte, steckte seine Hände wieder in die Hosentaschen und blickte nervös nach links und rechts.

In Ordnung, super… gut. Dann fahre ich jetzt schnell nach Hause, springe kurz unter die Dusche und komme danach zu dir.

Wieder nickte er.

Steig ein, bat ich und wies auf mein Gefährt. *Dann fahre ich dich heim.*

Er blickte meinen Wagen an, als hätte er noch nie in seinem Leben ein Auto gesehen, und schüttelte den Kopf. *Nein, ich gehe wie sonst auch zu Fuß.*

Ich runzelte verwirrt die Stirn. *Also bitte, Archer. Weshalb willst du laufen, wenn ich dich auch fahren kann?*

Doch er wandte sich bereits zum Gehen. *Bis gleich.*

Ich blickte ihm verwundert hinterher. Aber schließlich konnte Archer machen, was er wollte, dachte ich. Plötzlich fielen mir all die anderen Leute auf, die neugierig in meine Richtung sahen und nicht einmal versuchten, ihre Neugier zu verstecken. Himmel, manchmal konnten Kleinstädte echt ätzend sein. Hier schien es keinerlei Privatsphäre zu geben.

Ich stieg in meinen Wagen und fuhr heim.

Nach meiner Rückkehr in mein Häuschen duschte ich, zog meine gelben Leinenshorts und mein weißes Lieblings-Tanktop an, föhnte mir die Haare, band sie zu einem losen Pferdeschwanz und drapierte ein paar Strähnen rund um mein Gesicht. Ich nahm mir extra etwas Zeit, um mich für Archer hübsch zu machen, und bei dem Gedanken, dass ich gleich wieder mit ihm zusammen sein würde, flatterte ein Dutzend Schmetterlinge aufgeregt in meinem Bauch herum.

Zwanzig Minuten später schob ich ein weiteres Mal mein Fahrrad durch Archers offenes Tor, lehnte es gegen den Zaun und hob mein Hündchen aus dem Korb.

Wie gewöhnlich rannte Phoebe sofort los, um sich Kitty und den Welpen anzuschließen, die ihrer Mama inzwischen überallhin folgten, wenn sie irgendwelchen feindlichen Agenten auf dem Grundstück auf den Fersen war. Lächelnd blickte ich ihr hinterher. Schade, dass ich Onkel Nate nicht mehr gekannt hatte. Schließlich war er ein echtes Original gewesen.

Lächelnd kam mir Archer vor dem Haus entgegen, und mit einem breiten Grinsen lief ich auf ihn zu. Ich würde noch ein bisschen brauchen, um mich an sein neues Aussehen zu gewöhnen. Gott, er sah einfach fantastisch aus. Zugegeben, seine Kleider waren für einen Mann von über zwanzig etwas selt… Moment mal, wie alt war er überhaupt?

Ein paar Meter vor ihm blieb ich stehen. *Wie alt bist du?*

Er wirkte leicht verwirrt, schien dann kurz nachzurechnen und erklärte: *Dreiundzwanzig.*

Warum hat dich diese Frage so verwirrt?

Er schüttelte den Kopf. *Mein Onkel hielt nichts von Geburtstagsfeiern, deswegen vergesse ich manchmal das Jahr. Aber ich weiß, dass mein Geburtstag am zweiten Dezember ist.*

Ich hatte keine Ahnung, was ich sagen sollte. Hatte wirklich über all die Jahre niemand Archer jemals zum Geburtstag gratuliert? Im Grunde war das eine Kleinigkeit, doch mir tat die Erkenntnis in der Seele weh.

Eilig trat ich auf ihn zu. *Das tut mir leid, Archer.*

Doch er tat meine Reaktion mit einem gleichmütigen Achselzucken ab. *Kommst du mit rein?*

Ich nickte stumm und folgte ihm ins Haus.

»Übrigens – du weißt nicht zufällig, warum meine Verandastufe plötzlich nicht mehr locker ist?« Nach meiner Rückkehr von der Arbeit hatte ich bemerkt, dass sie von irgendwem befestigt worden war. Doch da ich George Connick wegen des Problems noch gar nicht angerufen hatte, hatte er ganz sicher nichts davon gewusst – wohingegen Archer erst am Vorabend bei meinem Haus gewesen war.

Das war gefährlich, sagte er. *Also war ich vorhin dort und habe sie schnell repariert.*

»Danke. Das war wirklich nett von dir.« Himmel, dieser Typ war so süß, dass es mich schier umbrachte.

Doch er tat meinen Dank einfach mit einem kurzen Kopfnicken ab.

Im Wohnzimmer ergriff er meine Hand, führte mich zum Sofa, und wir nahmen beide Platz. Ich wandte mich ihm zu und konnte einfach nicht verstehen, wie ein so großer, attraktiver Mann, der einen Körper hatte, für den andere Männer täglich stundenlang ins Fitnessstudio gingen, mir so unsicher und schüchtern gegenübersitzen konnte. Mein Herz fing an zu rasen, und ich bekam Hitzewallungen, sobald ich nur in seine Nähe kam.

Ihm war anscheinend etwas unbehaglich, aber schließlich holte er tief Luft und setzte zögernd an. *Wegen gestern … Ich …*

Archer, unterbrach ich ihn, *du musst mir nichts erklären. Denn ich glaube, ich verstehe …*

Nein, das tust du nicht, fiel er mir seinerseits ins Wort und fuhr sich mit den Händen durchs Haar. *Bree, ich habe …* Er stieß einen Seufzer aus und fuhr mit leisem Zähneknirschen fort. *Ich habe keinerlei Erfahrung mit …*

Er sah mir in die Augen, und ich nahm ein Ziehen zwischen meinen Schenkeln wahr. Ich konnte nichts dagegen tun. Mein Körper reagierte einfach wie von selbst auf ihn.

Darf ich dich was fragen? Wieder malten sich auf seinen Wangenknochen leuchtend rote Flecken ab. Gott, wie wunderschön er war.

Alles, was du willst.

Hättest du mich gestern … küssen … oder sonst auf irgendeine Art berühren wollen? Er sah mich ängstlich an, als ginge es um Leben oder Tod.

Ich zögerte nicht einen Augenblick. *Ja.*

Ich hatte schon des Öfteren mit irgendwelchen Jungs gespielt, hatte erst geflirtet und danach das Rührmichnichtan gespielt, aber Archer gegenüber würde ich so etwas niemals tun. Ihm gegenüber würde ich stets völlig ehrlich sein. Ich würde diesem wunderschönen, unglaublich sensiblen Mann niemals mit Absicht wehtun, denn er trug bereits mehr als genug Verletzungen mit sich herum.

Er atmete erleichtert auf. *Ich hätte dich ebenfalls berühren und küssen wollen. Aber ich wusste einfach nicht … ob du dann nicht total entsetzt gewesen wärst …*

Lächelnd sah ich ihn unter gesenkten Lidern hervor an. *Archer.*

Ich nahm seine Hand und legte sie auf meine Brust. »Spürst du das?«, flüsterte ich. »Mein Herz schlägt deinetwegen derart schnell. Ich wünsche mir so sehr, dass du mich küsst, dass ich kaum noch atmen kann.«

Er riss die Augen auf, seine Pupillen wurden so groß, dass seine Augen dunkelbraun aussahen. Ich hätte fast mit Händen greifen können, was in diesem Moment zwischen uns geschah. Er lenkte seinen Blick auf meinen Mund und dann zurück auf meine Augen, aber ich blieb völlig reglos sitzen, da ich spürte, dass ich ihm die Führung überlassen musste, weil das wichtig für ihn war. Also saß ich ruhig an meinem Platz, lenkte meinerseits den Blick auf seinen Mund, und als er sich die Lippen leckte, stoben zwischen meinen Schenkeln heiße Funken auf. Ich presste meine Beine fest zusammen, weil der Schmerz nicht anders zu ertragen war.

Küss mich, küss mich, flehte ich ihn in Gedanken an und hätte beinah vor Erleichterung gestöhnt, als er mir endlich näher kam.

Seine Lippen waren leicht geöffnet, und das unverhohlene Begehren, das sich in das unsichere Flackern seiner Augen mischte, war so wunderschön, dass ich es nie vergessen würde. Bis ans Lebensende würde ich beglückt an diesen Augenblick und an die reine Schönheit, die auf seinen Zügen lag, zurückdenken, denn so würde es nie wieder sein. Nach diesem ersten Kuss – das wusste ich genau – würde alles anders sein. Deshalb prägte ich mir den Moment für alle Zeiten ein.

Und dann berührten seine Lippen endlich meinen Mund, und ich stieß ein atemloses Stöhnen aus. Er öffnete die Augen, hielt kurz inne, seine bereits riesigen Pupillen wurden noch ein wenig größer und entschlossen klappte er die Augen wieder zu.

Als sein Mund erneut meine Lippen berührte, schloss ich ebenfalls die Augen und sog das Gefühl seiner weichen Lippen, die erst vorsichtig und zögerlich, doch schließlich selbstbewusster über meine Lippen glitten, in mich auf.

Nach ein paar Sekunden rückte er ein wenig näher, glitt mit seiner Zunge über meine Lippen, und sofort öffnete ich sie einladend. Zögernd schob er mir seine Zunge in den Mund, wo meine ihr entgegenkam. Er kam dicht an mich heran, und sein Atem drang dabei in meinen Mund, als hauchte er mir neues Leben ein, was er ja irgendwie auch tat, ja, schon die ganze Zeit getan hatte.

Dann presste er mich sanft gegen die Rücklehne der Couch, beugte sich über mich, und unsere Zungen begannen einen langsamen, sinnlichen Tanz.

Nie zuvor in meinem Leben hatte etwas sich so richtig angefühlt. Ich hätte weinen mögen vor Erleichterung und Freude darüber, wie sehr ich diesen Mann begehrte, dem ich mich so eng verbunden fühlte, seit ich ihm zum ersten Mal begegnet war.

Nach mehreren Minuten machte er sich von mir los, und sah mir atemlos ins Gesicht. Ich lächelte, doch statt mein Lächeln zu erwidern, küsste er mich abermals und fuhr mir mit den Händen durch das Haar. Das fühlte sich so gut an, dass ich wieder leise stöhnte und mich ihm entgegenbog, bis mein Unterleib auf seine Härte traf. Ich bewegte mich unter ihm, bis sein Schwanz dort lag, wo ich ihn brauchte, und die Hitze seiner Erektion durch den dünnen Stoff unserer Hosen drang. Wieder hauchte mir Archer mit einem stummen Stöhnen seinen Atem in den Mund. Dann löste er sich von meinen Lippen, drängte sachte gegen meinen Unterleib und sah mich fragend an. Seine Sanftheit und Besorgnis, ob es ihm gelänge, meine Wünsche zu erfüllen, rührten an mein Herz, und lächelnd flüsterte ich: »Ja, oh ja.«

Er küsste mich erneut, wobei er seine Härte sanft zwischen meinen Beinen kreisen ließ. Ich fragte mich, ob er wohl wusste, dass die Dinge, die ihm Freude machten, mich im selben Maß beglückten, und gab ihm durch leises Keuchen und durch Kreisen meiner Hüfte zu verstehen, dass ich mit seinem Vorgehen mehr als einverstanden war. Automatisch passte er seine Bewegungen an meine Reaktionen an, und die Erkenntnis, dass wir beide vollkommen in Einklang waren, steigerte meine Erregung noch. Ich nahm ein wildes Pochen zwischen meinen Schenkeln wahr und dachte undeutlich, dass dieser ganz besondere Paartanz eine Frage stummer Kommunikation und des Instinktes war.

Wir bewegten uns weiter, meine harten Nippel rieben sich an seiner Brust, und zwischen meinen Beinen stoben neue Funken auf. Wieder blies mir Archer seinen Atem in den Mund, mein ganzer Leib spannte sich an, und während ich erschaudernd kam, warf ich den Kopf zurück und schrie vor Freude auf.

Auch er erschauderte, bevor er keuchend über mir zusammenbrach. Und als ich die Augen aufschlug, sah er mich verwundert und zugleich betroffen an und richtete sich eilig auf.

Sollte das passieren? Nur vom Küssen, meine ich?

Ich nickte lachend mit dem Kopf. *Ja. Ich meine, ja, manchmal kommt so etwas auch beim Küssen vor.*

Auch ich setzte mich auf, küsste Archer zärtlich auf den Mund, und plötzlich sah er mich mit einem breiten Grinsen an.

Oh Gott, mein Herz. Mein armes Herz hielt es nicht aus, wenn er so grinste – weil es von der Schönheit dieses Anblicks völlig überwältigt war.

Ich lachte, als ich seine selbstzufriedene Miene sah. Ich würde ihm ganz sicher nicht verraten, dass es keinen echten Grund gab, sich etwas darauf einzubilden, wenn man in seiner Jeans kam, denn schließlich war auch ich in meinem ganzen Leben niemals so erregt gewesen wie vor wenigen Minuten hier auf dieser Couch. Also hatte Archer allen Grund zur Selbstzufriedenheit.

Wieder lachte ich vor lauter Glück und gab ihm einen sanften Kuss.

Lass uns unsere Kochstunde noch mal verschieben. Denn ich habe Lust, dich zu verwöhnen, und bereite einfach ein tolles Essen für dich zu. Ist das okay?

Er bedachte mich mit einem warmen, liebevollen Blick aus seinen wunderschönen Augen, überlegte kurz und nickte einfach. *Ja.*

Ich verschaffte mir in der Küche schnell einen Überblick und machte mich ans Werk. Ich hatte schon seit über einem halben Jahr nicht mehr gekocht, doch ich war glücklich und zufrieden und summte beim Hacken und beim Schnippeln sogar fröhlich vor mich hin.

Archer kam aus dem Bad, kippte Kartoffelchips in eine kleine Schüssel, öffnete die Kühlschranktür, nahm eine Packung Zwiebeldipp heraus und stellte beides auf den Tisch.

Vorspeise, erklärte er und sah mich lächelnd an.

Wie extravagant. Lachend suchte ich in der Schüssel nach umgeklappten Chips, weil ich die am liebsten aß. Sie waren ein bisschen knackiger und boten sich perfekt als kleine Löffel an. Grinsend tauchte ich einen in den Dip, schob ihn mir in den Mund und fuhr mit meiner Arbeit fort.

Wir sprachen kaum, während ich kochte, aber Archer schien es zu genügen, sich mit seinen schmalen Hüften an die

Arbeitsplatte anzulehnen und mir bei der Arbeit zuzusehen. Ab und zu sah ich ihn an, wie er mit vor der Brust verschränkten Armen und einem zufriedenen Lächeln im Gesicht dort stand.

Mehrmals zog er mich an seine Brust, küsste mich und wirkte jedes Mal verblüfft, weil ich ihn nicht zurückwies. Dann lächelte ich und schob mir einfach einen weiteren umgeklappten Chip mit Zwiebeltunke in den Mund.

Schließlich deckte ich den kleinen Tisch, und als ich das Essen auftrug, nahm er meine Hand und sah mich dankbar an. Er wirkte beinah wie ein kleiner Junge, der nicht wusste, wie er formulieren sollte, was er wirklich meinte. Also sagte er noch einmal *Danke*, und ich wusste ganz genau, was in diesem kleinen Wort enthalten war. Schließlich wurde er seit vielen Jahren zum ersten Mal von jemand anderem umsorgt.

Er schob sich den ersten Bissen in den Mund, lehnte sich auf seinem Stuhl zurück und bekam denselben träumerischen Blick wie nach unserem ersten Kuss.

Ich grinste. *Schmeckt's¿*

Immer noch kauend nickte er. *Du hattest recht. Du bist wirklich eine gute Köchin.*

Danke. Früher habe ich im Laden meines Dads gekocht. Wir haben uns sämtliche Rezepte selber ausgedacht und sie dann zusammen ausprobiert.

Ich sah an ihm vorbei. Manchmal hatte mir mein Dad beim Backen etwas Mehl von seinen Händen ins Gesicht geschnipst und so getan, als ob es ein Versehen gewesen wäre. Doch zum ersten Mal erfüllte die Erinnerung an ihn mich nicht mehr mit Schmerz, sondern rief ein Gefühl der Wärme in mir wach.

Alles in Ordnung¿, fragte Archer mich besorgt, und lächelnd ergriff ich seine Hand.

Alles bestens.

Plötzlich fing es draußen an zu regnen, und ich runzelte die Stirn. Ich sah aus dem Augenwinkel, dass Archer etwas sagen wollte, und lenkte den Blick zurück auf ihn.

Es soll heute Abend kein Gewitter geben, meinte er. Er wusste offensichtlich, was mir durch den Kopf gegangen war.

Ich atmete erleichtert auf und lächelte ihn an.

Er bedachte mich mit einem durchdringenden Blick, nahm meine Hand und drückte sie.

Trotzdem stand ich auf, ging zur Haustür und rief Phoebe, die bereits auf der Veranda saß. Ich holte sie ins Haus, und sie machte es sich auf dem Läufer vor der Couch bequem.

Ich selbst ging wieder in die Küche, setzte mich auf meinen Stuhl, und schweigend fuhren wir mit dem Essen fort.

Danach putzten wir gemeinsam die Küche und spülten ab. Während ich mit dem Geschirrtuch über einen Teller fuhr, sah ich ihn an. »Heute ist im Imbiss etwas Seltsames passiert.«

Die Hände tief ins Spülwasser getaucht, sah er mich an und forderte mich mit einem Nicken auf weiterzuerzählen.

Entschlossen stellte ich den trockenen Teller in den Schrank und fing in Gebärdensprache an. *Heute kam eine Frau vorbei und …* Ich machte eine Pause. *Nun, sie hat mir nicht direkt gedroht. Es war eher eine Warnung, schätze ich. Auf jeden Fall hat sie zu mir gesagt, dass ich mich nicht mehr mit dir treffen soll.*

Archer runzelte die Stirn und legte seinen Kopf schief. Er wirkte argwöhnisch, als wüsste er bereits, von wem ich sprach. *Victoria Hale?*

Er biss die Zähne aufeinander, starrte in das Seifenwasser in der Spüle, griff dann plötzlich nach der Pfanne und warf sie mit einem derart lauten Knall in das leere zweite Spülbecken, dass ich zusammenfuhr.

Dann fuhr er sich mit seinen nassen Händen durch das Haar, und ich nahm das wilde Zucken seiner Wangenmuskeln wahr.

Als ich ihn vorsichtig am Arm berührte, sah er mich nicht an, doch seine Anspannung nahm etwas ab.

Ich zog die Hand zurück und betrachtete seine starre Haltung und die angespannte Miene. Ich hatte Archer noch nie wütend erlebt. Ich kannte ihn argwöhnisch, unsicher oder schüchtern, doch zornig … Ich wusste nicht, was ich tun sollte.

Er atmete tief durch, blickte an mir vorbei und war in Gedanken plötzlich meilenweit entfernt.

Wirst du mir von ihr erzählen, Archer?

Endlich schaute er mich wieder an, seine Augen wurden wieder klar, er holte Luft und nickte knapp.

Wir trockneten uns kurz die Hände ab, kehrten ins Wohnzimmer zurück und setzten uns dort auf die Couch. Das schmutzige Geschirr lief uns nicht weg, und erst mal mussten wir die seltsame Geschichte zwischen ihm und seiner Tante klären.

Abwartend sah ich ihn an, und schließlich meinte er: *Als mein Onkel Nate im Sterben lag, war er manchmal ungewöhnlich … klar.*

Wieder sah er an mir vorbei ins Leere, zwang sich dann aber in die Gegenwart zurück und suchte meinen Blick.

Es war fast, als ob der Krebs etwas von dem gefressen hätte, was ihn … geistig von den anderen unterschieden hat. Denn so normal, wie er während der letzten Wochen manchmal war, hatte ich ihn nie zuvor erlebt. Hin und wieder hat er mir in diesen Phasen alle möglichen Geständnisse gemacht. Dinge, die er getan hatte, dass er in meine Mom verliebt gewesen war … Ein Ausdruck des Schmerzes huschte über sein Gesicht, doch schließlich fuhr er fort. *Eines Tages, als ich in sein Zimmer kam, hat er fürchterlich geweint, mich an seine Brust gezogen und mir ein ums andere Mal gesagt, es täte ihm entsetzlich leid. Als ich fragte, was, hat er erzählt, als ich im Krankenhaus gelegen hätte, kurz nachdem auf mich geschossen worden war,* unbewusst griff er sich an die Narbe, rieb den roten Wulst und hob die Hand dann wieder an, *hätten die Ärzte ihm erklärt, dass man meinen Kehlkopf vielleicht reparieren könnte, allerdings nur innerhalb einer begrenzten Zeit.* Wieder brach er ab, biss sich auf die Zähne und sah plötzlich regelrecht verbittert aus. *Aber dann hat er gesagt, er hätte mit Victoria darüber gesprochen, und sie hätte ihn auf die Idee gebracht, dass es für mich das Beste wäre, wenn ich nie mehr sprechen könnte. Denn dann könnte mir auch niemand Fragen stellen, und deshalb geriete ich auch niemals in Gefahr. Sie hat seine Paranoia ausgenutzt, damit er den Eingriff verhindert, und auf diese Art dafür gesorgt, dass ich nie wieder sprechen kann.*

Ich rang entsetzt nach Luft. *Warum? Weshalb hätte sie so etwas tun sollen? Was sollte sie dagegen gehabt haben, dass du wieder sprechen kannst?*

Kopfschüttelnd wandte er sich ab. »*Weil ich Dinge weiß, die niemand je erfahren soll. Oder vielleicht einfach nur, weil sie mich hasst. Vielleicht war es auch beides. Ich kann es nicht sagen. Doch im Grunde ist es auch egal.*«

Er schüttelte erneut den Kopf, und ich runzelte verwirrt die Stirn. *Aber sie weiß doch sicher, dass du schreiben kannst, dass du dich anderen mitteilen kannst. Was sollst du niemand verraten?*

Archer atmete tief ein. *Das spielt keine Rolle, Bree. Denn ich würde sowieso niemals darüber reden. Das macht es irgendwie noch schlimmer. Denn sie hat mich ganz umsonst der Möglichkeit beraubt, ein ganz normaler Mensch mit einem ganz normalen Leben so wie alle anderen zu sein. Ihr verdammtes Geheimnis hätte ich, auch wenn ich hätte sprechen können, niemandem enthüllt.*

»Archer.« Ich nahm seine Hände, legte sie wie vorher schon auf meine Brust und sah ihn an. »Du bist ein ganz normaler Mensch und kannst ein ganz normales Leben so wie alle anderen haben. Wer hat dir gesagt, dass das nicht möglich ist?« Mir brach das Herz, weil dieser liebenswerte, kluge, sanfte Mann so wenig von sich hielt.

Doch Archer schüttelte den Kopf. Eine Antwort geben konnte er mir nicht, denn ich drückte seine Hände immer noch an meine Brust.

Ich fragte nicht nach dem Geheimnis, das sich gegen diese Frau verwenden ließ. Er hatte jahrelang allein und völlig isoliert gelebt und würde sich mir anvertrauen, wenn er so weit war. Durch das Kochen und unsere Vertrautheit konnte ich die ersten vorsichtigen Schritte in diese Richtung tun. Denn wir beide mussten erst mal wieder lernen, uns auf jemanden einzulassen.

Eine letzte Frage aber hatte ich dann doch. Ich ließ seine Händen los und wollte von ihm wissen: *Warum hat sie vorhin im Norm's behauptet, dass du zu Gewalt neigst und man sich vor dir in Acht nehmen soll?*

Das war vollkommen lächerlich. Denn einen so sanften Mann wie Archer gab es sicherlich kein zweites Mal.

Nach dem Tod von meinem Onkel hatte sie mich manchmal in der Stadt gesehen, und eines Tages tauchte sie hier auf. Ich weiß nicht, was sie hier wollte, und es ist mir auch egal. Aber ich war einfach wütend und verletzt. Deshalb habe ich sie rausgeworfen, und vor lauter Schreck ist sie auf ihren Arsch geplumpst.

Er schien sich dafür zu schämen, auch wenn das meiner Meinung nach bestimmt nicht nötig war.

Ich spitzte nachdenklich die Lippen. *Ich verstehe, Archer. Diese blöde Tussi hätte noch viel Schlimmeres verdient gehabt. Es tut mir leid.*

Er sah mich forschend an, und plötzlich hellte sein Gesicht sich auf. *Du hast nicht auf sie gehört. Du hast mich erst nach ihr gefragt, nachdem wir uns … geküsst haben.*

Ich nickte und erklärte schlicht: *Ich kenne dich.*

Mit nachdenklicher Stimme fragte er: *Du hast eher mir als ihr geglaubt?*

Ja, natürlich, sagte ich. Mein Herzschlag setzte aus, als er mich plötzlich anlächelte. Mir wurde schrecklich heiß, und ich hätte um ein Haar gestöhnt. Dieses Lächeln gehörte mir, und ich war sicher, dass niemand anderes Archer Hale in den vergangenen Jahren hatte dazu bringen können, ihn mit diesem Lächeln anzusehen. Ich wünschte mir, dass dieses Lächeln auch in Zukunft einzig mir gehören würde, und sah ihn mit einem breiten Grinsen an.

Wollen wir uns noch mal küssen?

Mir entfuhr ein leises Lachen, weil ihm das Verlangen überdeutlich anzusehen war.

Was? Er runzelte verwirrt die Stirn.

Nichts, gab ich zurück. *Komm her.*

Wir knutschten eine Ewigkeit auf seiner Couch. Zärtlicher und sanfter als beim ersten Mal, denn unser heftigstes Verlangen hatten wir bereits gestillt. Diesmal lernten wir den Mund des anderen genauer kennen, prägten uns Geschmack, Konturen und Beschaffenheit für alle Zeiten ein und genossen einfach die Vertrautheit, die Berührung unserer Lippen, unseren Atem, der sich vermischte.

Schließlich schlugen wir die Augen wieder auf, Archer schob mir eine Strähne meines Haars hinter das Ohr, und all die Dinge, die er nicht mit seiner Stimme sagen konnte, drückte er mit seinen Blicken aus. Ohne dass auch nur ein Wort gesprochen wurde, teilten wir einander all die Sachen, die uns wichtig waren, mit.

Als der leichte Regen aufgehört hatte, brachte Archer mich heim. Er schob mein Rad, während Phoebe brav in ihrem Körbchen saß.

Nach einer Weile nahm er meine Hand, sah mich schüchtern von der Seite an und lächelte, als er mich lächeln sah.

Vor lauter Freude schwoll mir das Herz in der Brust, und vor der Tür gab Archer mir einen derart süßen, sanften Kuss, dass ich seinen weichen Mund noch auf meinen Lippen spürte, als er längst verschwunden war.

18

Bree

Am nächsten Tag riss mich das Schrillen meines Handys aus dem Schlaf.

Ich blickte auf die Uhr. Halb fünf? Was war da denn los?

Müde ging ich ans Telefon. »Hallo?«

»Bist du es, Schätzchen?«, fragte Maggie, und mit einem Mal war ich hellwach.

»Hi, Mags, was ist passiert?«

»Du hattest mir doch angeboten, in der Küche auszuhelfen. Norm hat sich die ganze Nacht hindurch – entschuldige die Ausdrucksweise – regelrecht die Seele aus dem Leib gekotzt, weshalb er heute unmöglich kochen kann. Falls du es nicht machen willst, ist das natürlich auch okay. Aber dann bleibt der Imbiss heute dicht.«

Ich wusste, dass die zwei es sich nicht leisten könnten, ihr Lokal auch nur für ein oder zwei Tage zuzumachen. Denn ich hatte zufällig gehört, wie Maggie mal darüber gejammert hatte, dass sie jetzt für ihre Rente schuften mussten, weil sie nichts hatten zur Seite legen können, als ihre Kinder in der Ausbildung gewesen waren. »Natürlich helfe ich euch aus.«

Sie atmete erleichtert auf. »Super. Tausend Dank, Schätzchen. Dann sehen wir uns gleich dort?«

»Ja, klar. Und wünsch Norm gute Besserung von mir.«

»Das mache ich. Und nochmals vielen Dank.«

Ich legte auf. Zum ersten Mal seit über einem halben Jahr würde ich für andere Leute kochen. Doch statt ängstlich war ich einfach etwas aufgeregt, weil ich nicht wusste, ob es mir gelingen würde, alles, was die Leute haben wollten, so schnell zuzubereiten, dass es keine unnötigen Wartezeiten gab. Vielleicht hatte ich auch keine Angst, weil ich meine erste Feuerprobe schon am Vorabend bestanden hatte oder weil es mir inzwischen einfach generell deutlich besser ging. Auf jeden Fall hatte ich keine Zeit, um hier den ganzen Tag herumzusitzen und darüber nachzudenken. Denn ich musste sofort los und alles in der Küche vorbereiten, um bei Öffnung des Lokals bereit zu sein.

Ich sprang unter die Dusche, stieg in meine Arbeitskleidung, föhnte mir die Haare, steckte sie in meinem Nacken fest, ließ Phoebe vor die Tür, füllte ihren Napf und stürzte los.

Als ich zehn Minuten später in den Imbiss kam, hängte Maggie gerade ihre Jacke auf. Anscheinend war sie ebenfalls gerade erst gekommen.

»Ich werde dir helfen, schon mal alles herzurichten«, bot sie an. »Obwohl es eigentlich relativ einfach ist. Spiegelei, Omelette, Speck und Pfannkuchen. Viel komplizierter wird es nicht.«

Ich nickte. »Kein Problem, Maggie. Sag den Gästen einfach, dass heute mein erster Tag bei euch in der Küche ist. Dann haben sie hoffentlich ein bisschen Verständnis, falls es etwas länger dauert, bis ihr Essen fertig ist.«

Ich lächelte sie an, und sie lächelte zurück.

»Das mache ich.«

Als Erstes füllten wir die Zutaten für die Omeletts aus dem Kühlschrank in die Stahlbehälter auf der Arbeitsplatte neben dem Grill, dann schlug Maggie ein paar Dutzend Eier auf, füllte die verquirlte Masse in verschiedene, Schälchen, damit ich sie direkt in die Pfanne gießen könnte, und nach einer halben Stunde hatten wir die Dinge, die ich brauchen würde, griffbereit um mich herum verteilt.

Maggie setzte Kaffee auf, drehte das »Geöffnet«-Schild, damit es Richtung Straße wies, und ein paar Minuten später tauchten schon die ersten Gäste auf.

Den ganzen Morgen über machte ich Omeletts, briet Speck

oder Kartoffelpuffer oder backte Pfannkuchen aus dem von Norm am Vortag angerührten Teig. Ab und zu geriet ich bei der Arbeit etwas in Verzug, doch dafür, dass ich zum ersten Mal hier in dieser Küche stand und für derart viele Leute kochte, machte ich die Sache meiner Meinung nach recht gut. Und auch Maggie war anscheinend sehr zufrieden, denn sie lächelte und zwinkerte mir mehrmals fröhlich durch die Durchreiche zur Küche zu.

»Du machst deine Sache super«, meinte sie. Derart ermutigt wandelte ich, als es etwas ruhiger wurde, einige Gerichte nach Rezepten meines Vaters etwas ab. Ich peppte die Omeletts mit etwas Knoblauch, das Rührei mit einem Spritzer Sahne und die Pfannkuchen mit etwas Buttermilch statt Wasser auf.

Bevor die Mittagsgäste kamen, räumte ich die Küche auf und bereitete den Kartoffel-Speck-Salat und den Nudel-Paprika-Salat aus unserem Feinkostladen zu. Ich lächelte dabei, weil diese Arbeit mich nicht traurig machte, sondern einfach die Erinnerung an meinen Dad lebendig hielt.

Das Mittagessen lief noch besser als das Frühstück, denn inzwischen kannte ich mich in der Küche aus, und auch mit den Geräten kam ich mühelos zurecht.

Maggie empfahl allen Gästen meine zwei »besonderen« Salate, und bereits nach einer Stunde waren beide Schüsseln leer.

»Die Leute waren total begeistert, Schätzchen«, stellte Maggie lächelnd fest. »Meinst du, dass du die Salate morgen noch mal machen kannst?«

»Na klar«, stimmte ich grinsend zu.

Als Maggie um drei den Imbiss schloss, waren wir beide vollkommen erledigt, klatschten uns aber lachend ab. Ich war müde, aber total glücklich und zufrieden.

»Brauchst du mich morgen noch einmal?«

»Ich hoffe, nicht. Ich hoffe, dass es Norm inzwischen wieder besser geht. Ich sag Bescheid, okay?«

Sie zwinkerte mir zu, bedachte mich dann allerdings mit

einem nachdenklichen Blick. »Du hast deine Sache wirklich toll gemacht. Hast du vielleicht Lust, regelmäßig ein paar deiner leckeren Salate beizusteuern, selbst wenn Norm die Küche wieder übernimmt?«

»Sehr gern.«

Ich lächelte auch noch, als ich zu meinem Wagen lief.

Als ich die die Tür öffnete, hielt plötzlich ein Streifenwagen neben mir, in dem ich Travis sitzen sah. Er stieg aus und kam mit einem nicht ganz echten Lächeln auf mich zu.

»Hi, Bree.«

»Hi, Travis.«

»Ist das wahr?«

Mein Lächeln legte sich. »Ist was wahr?«, fragte ich, obwohl ich ziemlich sicher wusste, was der Grund für seine schlechte Laune war.

»Dass du und Archer mehr als nur befreundet seid?« Er lehnte sich gegen meinen Wagen, verschränkte die Arme vor der Brust und sah mich reglos an.

Seufzend starrte ich auf meine Füße, schaute ihn dann aber wieder an. »Ja, Travis, das stimmt.«

Mir war ein wenig unbehaglich, denn vor Kurzem hatte ich ihn ja ebenfalls geküsst. »Wir, hm, wir sind zusammen.«

»Du und Archer seid zusammen?« Er stieß ein verwirrtes Lachen aus. »Wie das?«

Wütend richtete ich mich zu meiner ganzen Größe auf. »Wie das? Ganz einfach. Er ist klug und nett und … warum rechtfertige ich mich überhaupt vor dir? Hör zu, Travis, es ist ganz einfach so … ich habe ihn sehr gern und habe sicher nicht versucht, dich an der Nase rumzuführen, als ich mit dir ausgegangen bin. Aber zu dem Zeitpunkt war ich mir nicht wirklich sicher, was da zwischen mir und Archer lief. Aber jetzt bin ich es. Und deshalb hoffe ich, dass du verstehst, wenn ich dir sage, dass ich jetzt mit niemand anderem mehr ausgehen will. Weil es für mich nur Archer gibt.«

Seine Augen blitzten zornig auf, doch er hatte sich genauso

schnell wieder in der Gewalt und stellte achselzuckend fest: »Glücklich bin ich darüber natürlich nicht. Denn ich interessiere mich für dich, weshalb das ziemlich ätzend ist. Aber ich kann dir wohl kaum böse sein, wenn du eine Möglichkeit der Kommunikation mit ihm gefunden hast. Denn schließlich hat der Kleine es bisher nicht leicht gehabt, und ich bin nicht so egoistisch, nicht zu sehen, dass auch er ein bisschen Glück verdient. Also wünsche ich euch beiden alles Gute, Bree. Wirklich.«

Die Bemerkung von dem »Kleinen« war nicht wirklich nett und obendrein noch falsch. Schließlich war Archer etwas älter als er. Trotzdem ging ich über diesen Satz hinweg und sah Travis lächelnd an. »Danke, Travis. Das bedeutet mir sehr viel. Freunde?«

Travis stöhnte auf »Aua. Das tut weh.« Doch diesmal sah sein Lächeln, wenn auch vielleicht etwas schmerzlich, so doch ehrlich aus. »Aber ja, in Ordnung, Freunde.«

Ich atmete erleichtert auf. »Da bin ich wirklich froh.«

Wir lächelten uns an, und plötzlich fügte er in nachdenklichem Ton hinzu: »Hör zu, Bree, diese ganze Sache hat mir klar gemacht, dass ich ein echtes Arschloch war. Ich hätte mich viel mehr um ihn bemühen sollen. Ich habe es mir offenbar zu leicht gemacht und mir gesagt, dass er, weil er nicht spricht, auch keine Freunde haben will. Vielleicht habe ich mich einfach nicht genug um ihn bemüht.«

Ich nickte bestätigend. »Er will nur wie ein ganz normaler Mensch behandelt werden, Travis. Aber das tut in Pelion niemand. Die Leute hier behandeln ihn wie Luft.«

Ich runzelte die Stirn, und Travis sah mich forschend an.

»Ich wusste gleich, dass du ein guter Mensch bist, Bree. Am besten fahre ich die Tage mal bei ihm vorbei.«

»Das wäre super, Travis«, stimmte ich ihm grinsend zu. »Da würde er sich bestimmt freuen.«

»Okay.« Er lächelte. »Und jetzt werde ich meinen Frust mit einem Stück von Maggies Kirschkuchen bekämpfen.«

»Tut mir leid, der Imbiss hat schon zu.«

Er lächelte erneut, als ich gespielt bedauernd das Gesicht verzog.

»Ja, aber Maggie ist noch da, und wenn sie mein Gesicht sieht, wird sie mir ganz sicher noch ein Stück servieren.« Er zwinkerte mir zu. »Mach dir noch einen schönen Tag, okay?«

»Du dir auch, Travis.« Damit stieg ich in meinen Wagen, fuhr nach Hause und sang auf der ganzen Fahrt die Lieder aus dem Radio mit.

Eine Stunde später hatte ich geduscht, trug eine eng sitzende Jeans und ein hellblaues T-Shirt und fuhr mir noch einmal mit den Händen durch mein offenes langes Haar.

Zehn Minuten darauf hatten Phoebe und ich Archers Anwesen erreicht. Ich öffnete das einen Spalt weit auf stehende Tor, schob mein Rad hindurch und lehnte es gegen den Zaun. Dann hob ich Phoebe aus dem Korb, damit sie ihre Freunde suchen gehen konnte.

Während ich den Weg zu seinem Haus hinunterlief, kam Archer um die Ecke – in zerrissenen Jeans und Arbeitsstiefeln und sonst nichts. Anscheinend hatte er mal wieder irgendein Projekt, denn auf seiner Brust glänzte ein dünner Schweißfilm, und er fuhr sich mit dem Arm über die schweißbedeckte Stirn.

Wieder einmal ließ der Anblick seines wunderschönen Körpers mir den Atem stocken, und ich hoffte, möglichst bald auch die Stellen, die bisher immer verhüllt gewesen waren, einmal zu sehen.

Grinsend lief er etwas schneller, und mit wild flatterndem Magen ging ich eilig auf ihn zu.

Das letzte Stück des Weges rannte ich, warf mich ihm an die Brust und fröhlich schwenkte Archer mich im Kreis. Vor Glück fingen wir beide an zu lachen – ich aus vollem Hals und Archer stumm. Ich beugte mich nach unten, küsste ihn begierig auf den Mund und verlor mich in dem herrlichen Geschmack von Zimt und etwas anderem, das typisch Archer war. Dann küsste ich auch seine Stirn und seine Wangen, die etwas salzig, aber einfach köstlich schmeckten, und der Blick, mit dem er mich bedachte – so voller Bewunderung und Glück –, gab mir das Gefühl, etwas Besonderes zu sein. Wieder zog mein Magen sich zusammen, und mir schmolz das Herz. Ich fuhr mit meinem Daumen über seinen Wangenknochen und blickte von meiner Position hoch in der Luft auf ihn herab. »Du hast mir fürchterlich gefehlt.«

Er lächelte mich an, und seinen Augen sagten alles, was mir seine Hände nicht verraten konnten, während er mich in den Armen hielt.

Wir küssten uns erneut, doch irgendwann machte ich mich nach Luft schnappend von ihm los.

»Du hast das mit dem Küssen wirklich schnell gelernt.« Ich zwinkerte ihm zu, und als er lautlos lachte, spürte ich die Vibration in seiner Brust.

Dann stellte er mich wieder auf die Füße und erklärte: *Du siehst heute ganz besonders glücklich aus.*

Ich nickte, und wir gingen ins Haus, in die Küche, wo er uns zwei Gläser Wasser holte, während ich erzählte, wie mein Tag im Norm's gewesen war.

Er trank, während ich erzählte, und schien sich mit mir zu freuen. Aber schließlich war er auch einfach ein liebenswerter Mensch. Bei jedem Schluck, den Archer trank, dehnte sich die Narbe über seinem Kehlkopf etwas aus. Ich hörte auf zu reden, beugte mich nach vorn und küsste seinen Hals in der Erinnerung an das, was er mir über Victoria Hale, das bösartige Weib, berichtet hatte. Was für eine Teufelin musste sie sein, um einem anderen Menschen etwas Derartiges anzutun, um dafür zu sorgen, dass ein kleiner Junge bis ans Lebensende niemals wieder würde sprechen können und sein Leben isoliert von anderen verbrachte, weil er sich für minderwertig hielt?

Ich neigte ganz bestimmt nicht zu Gewalt, doch dieser elendigen Hexe könnte ich problemlos alle Knochen brechen, ohne meine Tat je zu bereuen.

Ich schlang Archer meine Arme um die Taille, legte meinen Kopf an seine Brust und lauschte seinem Herzschlag. Ich presste mein Gesicht an seinen warmen Leib, schnupperte an ihm, sog seinen Duft in meine Lungen ein, glitt mit der Zunge über seine Haut und spürte seine Erektion an meinem Bauch. Glücklich schmiegte ich mich enger an ihn, und er erschauderte. Mit den Fingern fuhr er durch mein Haar, und stöhnend flatterte ich mit den Augenlidern. Als ich diese hob, um zu ihm aufzusehen, bedachte Archer mich mit diesem verwunderten, beinah ehrfürchtigen Blick, der mein Herz vor Freude schneller schlagen ließ. Mehrere Sekunden lang sahen wir uns einfach an, doch schließlich legte er den Mund erneut auf meine Lippen, drang mit seiner warmen Zunge in mich ein und glitt verführerisch über die meine.

Zwischen meinen Schenkeln stoben heiße Funken, und begehrlich presste ich mich gegen seine Härte, weil ich dachte, dass das Pochen zwischen meinen Beinen nur auf diese Weise zu ertragen war. Doch ich hatte mich geirrt. Dadurch wurde es noch schlimmer.

»Archer …«, keuchte ich.

Sofort ließ er mich los, und seine Miene drückte Ängstlichkeit, doch gleichzeitig Begierde aus. *Ich weiß, dass du es magst, wenn ich dir mit den Händen durch die Haare fahre. Zeig mir, wie ich dich sonst noch berühren soll. Bring mir bei, was dir gefällt.*

Während seine Hände diese Sätze formten, stockte mir der Atem, und ich wurde noch feuchter. Doch so erotisch diese Frage war – ich war auch etwas unsicher, denn darum hatte mich noch kein Mann gebeten, und ich wusste nicht, wie genau ich darauf reagieren sollte. Ich schluckte schwer.

Ohne seinen Blick von mir zu lösen, schob mich Archer ins Wohnzimmer und drückte mich dort zärtlich auf die Couch. Ich biss mir auf die Lippe und sah blinzelnd zu ihm auf. So wie er vor mir stand – mit sichtbar ausgebeultem Schritt –, erschien er mir fast wie die Erfüllung meines schönsten Traums. Nur hatte meine Fantasie nicht ausgereicht, denn einen so lüsternen und gleichermaßen ehrfürchtigen Blick in einem derart prächtigen Gesicht hatte ich mir bisher nicht einmal in meinen kühnsten Träumen ausgemalt. So schöne, bernsteinfarbene Augen und so dichte, dunkle Wimpernkränze waren mir nie in den Sinn gekommen. Aber schließlich hatte ich ja auch nicht wissen können, dass es irgendwo auf diesem vollkommen verrückten Planeten, auf dem Milliarden Menschen lebten, einen Mann wie Archer gab, der wie für mich geschaffen war.

In diesem Augenblick wusste ich es: Langsam, aber sicher verliebte ich mich in den wunderbaren, stummen Mann, der vor mir stand – falls ich nicht schon seit dem ersten Tag in ihn verliebt gewesen war.

Er setzte sich neben mich, küsste mich sanft und fuhr mir wieder mit den Händen durch das Haar, bis ich vor Wonne stöhnte. Selbst wenn Archer während des gesamten Abends nur mit seinen Fingerspitzen über meinen Kopf gefahren wäre, hätte mir das vielleicht schon gereicht. Okay, das hätte es wahrscheinlich nicht. Aber es fühlte sich fantastisch an.

Ich blickte lächelnd zu ihm auf, und er sah mich fragend an.

»Mein Hals«, flüsterte ich. »Ich mag es, wenn man meinen Hals küsst.«

Sofort neigte er den Kopf und glitt mit seinen Lippen über meine Haut. Seufzend warf ich meinen Kopf zurück und fuhr jetzt meinerseits mit sanften Fingern durch sein weiches, dichtes Haar.

Er saugte leicht an meiner Haut, bedeckte sie mit federleichten Küssen, und ich machte ihm durch leises Stöhnen deutlich, welche der Liebkosungen am schönsten für mich waren. Typisch Archer machte er auch diesmal seine Sache ausgezeichnet – er lernte schnell und völlig mühelos, wie er mich dazu bringen konnte, dass ich mich begehrlich unter seinen Lippen wand.

Mit meiner Erregung nahm auch meine Kühnheit zu, weshalb ich seinen Kopf in Richtung meiner Brüste schob. Umgehend richtete Archer sich auf, umfasste sie und wog sie in seinen Händen.

Er sah mir voller Lust ins Gesicht, wandte sich dann aber sofort wieder meinem Körper zu und zog mir mein T-Shirt über den Kopf. Dann blickte er auf mich herab, wie ich in meinem schlichten, weißen Spitzenbüstenhalter auf dem Sofa lag, und atmete tief ein.

Eilig öffnete ich den BH, ließ ihn achtlos auf den Boden fallen, und mit großen Augen starrte Archer meine nackten Brüste an. Doch statt Unbehagen riefen Archers ehrfürchtiger Blick und seine unverhohlene Lust ein Gefühl der Freude in mir wach.

Du bist das Schönste, was ich je gesehen habe.

Lächelnd sah ich zu ihm auf.

»Du darfst mich dort gerne küssen, Archer«, flüsterte ich leise, denn wenn er nicht gleich mit seinem warmen, feuchten Mund an meinen Nippeln saugte, brächte das Verlangen mich wahrscheinlich um.

Abermals riss er die Augen auf, beugte sich aber sofort über mich, als hätte er genau das machen wollen und aus Höflichkeit darauf gewartet, bis er die Genehmigung dazu bekam.

Ich rang nach Luft und stöhnte, als er mit der Zunge über meine Nippel glitt. Das Blut rauschte in meinen Adern, und begehrlich reckte ich ihm meinen Unterleib entgegen, weil das Pochen zwischen meinen Beinen kaum mehr zu ertragen war.

Archer leckte weiter meine Nippel, bis ich vor Ekstase und Verlangen leise schrie.

»Archer«, keuchte ich, »ich kann nicht mehr. Bitte hör auf.«

Er fuhr erschrocken auf und runzelte die Stirn. *Ist das nicht gut?*

Ich stieß ein gequältes Lachen aus. »Es ist *zu* gut«, erklärte ich und biss mir auf die Lippe.

Archer sah mich an und nickte knapp. *Du brauchst Erleichterung,* stellt er fest. *Zeig mir, wie ich es dir mit der Hand machen kann.*

Ich blinzelte ihn an. »Okay.«

Ich merkte, dass ich weiter meine Stimme benutzte, obwohl jetzt genügend Platz zwischen uns war, hob meine Hände an und fragte ihn in Gebärdensprache: *Kannst du mir die Jeans ausziehen¿*

Sofort machte Archer sich daran, Knopf und Reißverschluss zu öffnen, stand dann auf und streifte mir die Hose ab. Noch immer spannte seine eigene Jeans sich sichtbar über seiner Schwellung an. Er brauchte sicher ebenfalls Erleichterung, und mehr als alles andere wollte ich ihn in mir spüren, doch ich war für ihn die erste Frau, und deshalb gingen wir die Sache besser langsam an. Schließlich hatten wir es nicht eilig.

Wieder setzte er sich neben mich und sah mich fragend an. Ich nahm seine Hand und schob sie sanft in meinen bereits feuchten Slip.

Er tastete sich zögernd vor, und als seine Finger meine Schamlippen erreichten und dort meine Nässe spürten, legte ich stöhnend meinen Kopf zurück und ließ mein linkes Bein gegen die Sofalehne fallen, damit er besser an mich rankam. Seine Finger auf und in mir fühlten sich einfach fantastisch an.

Nach einem Augenblick zog er mir auch noch das Höschen aus und lehnte dann mein Bein sanft wieder gegen die Sofalehne. Dann zog er mit dem Finger meine stark geschwollenen Lippen nach und begann, mich eingehend zu erkunden. Ich lag vollkommen nackt vor ihm, verspürte aber trotzdem keine Scheu. Als sein Finger meine Klitoris berührte, rang ich erstickt nach Luft, bog mich ihm abermals entgegen, und mit großen Augen ließ er seinen Finger sanft über die Knospe gleiten, während ich den Kopf von einer Seite auf die andere warf. Mein Blut fing an zu kochen, und ich flehte: »Schneller, Archer, bitte.«

Er beschleunigte sein Tempo und passte den Rhythmus seines Fingers, der um meine Klitoris kreiste, an den Rhythmus meines Stöhnens an. Er machte mich so heiß, dass ich bereits nach wenigen Augenblicken unter wildem Zucken kam. Ich reckte mich ihm entgegen und rief seinen Namen, ehe ich auf der Couch zusammenbrach.

Als ich meine Augen wieder aufschlug, starrte er mich an. Sein Mund war leicht geöffnet, und sein herrliches Gesicht drückte abermals Ehrfurcht und glühende Begierde aus. Er küsste mich erneut und biss mir spielerisch in die Lippen. Ich spürte, wie er lächelte, und lächelte unter seinem Kuss zurück. Doch als ich mich bewegte, sog er plötzlich scharf die Luft ein, und mir wurde klar, dass er selbst noch immer Höllenqualen litt.

Wortlos drückte jetzt ich ihn gegen die Rückenlehne der Couch, und er verfolgte reglos, was ich tat. Ich stand auf, zog mein Höschen wieder an, um nicht zu stolpern, weil es um meine Knöcheln hing, kniete mich dann vor ihn, knöpfte seine Hose auf und sah ihn fragend an.

Er hatte offensichtlich keine Ahnung, was ich im Schilde führte. Oh mein Gott. Er war völlig isoliert auf diesem Grundstück aufgewachsen. Ob wohl sein Onkel jemals über Sex mit ihm gesprochen hatte? Wusste er, was im Bett – oder auf einem Sofa – zwischen Mann und Frau geschah?

Ich zog seine Hose nach unten und befreite seinen Schwanz, worauf mir die Kinnlade herunterfiel. Denn er war wirklich gut bestückt! Genau wie alles andere an ihm war auch sein Glied sehr groß und wunderschön. Und schmerzlich hart, der Kopf lila und geschwollen.

Ich sah ihm wieder ins Gesicht und merkte, dass er unsicher geworden war.

Du bist wunderschön, erklärte ich, und seine Anspannung nahm wieder ab.

Dann beugte ich mich vor, leckte sanft um seine Eichel herum, und er holte zischend Luft. Zufrieden sah ich zu ihm auf, und beim Anblick seiner riesigen Pupillen beugte ich mich wieder über ihn und glitt mit der Zunge einmal längs über sein Glied, bevor ich sie ein zweites Mal um dessen Spitze kreisen ließ.

Er fing lautlos an zu keuchen und holte so tief wie möglich Luft.

Ich ballte meine Faust um seinen Schwanz und nahm ihn in den Mund. Ich bewegte mich auf und ab, und als ich mich zurücklehnte, um mich zu vergewissern, dass mein Vorgehen ihm gefiel, reckte er sich mir von selbst entgegen und bat mich mit seinen Augen fortzufahren.

Leise lächelnd machte ich mich abermals ans Werk, und er vergrub die Hände wieder tief in meinem Haar, als ich mit meinen Lippen über seine Härte glitt.

Nicht einmal eine Minute später schwoll er sogar noch weiter an, fing noch lauter an zu keuchen, rammte mir sein bestes Stück noch tiefer in den Mund, erstarrte dann und seine dickflüssige, salzige Essenz spritzte mir direkt in den Hals. Ich schluckte sie begierig, leckte seinen Schwanz sorgfältig ab, richtete mich auf und sah ihm wieder ins Gesicht.

Inzwischen raufte er sich seine eigenen Haare und bedachte mich mit einem Blick, als hätte er gerade den Heiligen Gral entdeckt.

Mit einem selbstzufriedenen Lächeln fragte ich: *Und, war das gut?*

Er nickte einfach stumm und bedachte mich erneut mit einem ehrfürchtigen Blick. Also stand ich auf, setzte mich auf seinen Schoß und küsste ihn zufrieden auf den Mund.

Wir knutschten mehrere Minuten, dann lehnte Archer sich zurück.

Wirst du das noch mal machen?

Ich lachte leise auf. *Ja. Das heißt, vielleicht nicht jetzt sofort, aber natürlich. Ja, das werde ich.*

Ich gab ihm einen letzten Kuss, stand auf, sammelte meine Kleider zusammen, und Archer zog seine Hose hoch und schloss den Reißverschluss seiner Jeans. Inzwischen kannte ich fast alles an ihm, freute mich aber bereits darauf, ihn endlich einmal völlig nackt zu sehen, Haut an Haut mit ihm im Bett zu liegen, während er sich tief in mir bewegte. Und obwohl ich erst vor wenigen Minuten laut schreiend gekommen war, wurde mir bei dem Gedanken wieder ganz heiß.

Ich setzte mich erneut auf seinen Schoß, küsste zärtlich seinen Hals und kostete mit der Zungenspitze seine salzige Haut. Er hatte bei der Gartenarbeit geschwitzt, schmeckte aber trotzdem einfach köstlich, und ich atmete tief ein, als er mir seine Arme um den Rücken legte und mich fester an sich zog. Ich fühlte mich in seinen Armen sicher und beschützt und platzte fast vor Glück.

Nach einem Augenblick hob ich den Kopf und fragte: *Archer, hat dein Onkel jemals mit dir über … Sex gesprochen?*

Errötend hoffte ich, dass diese Frage ihm nicht peinlich wäre. Denn es war ein wenig seltsam, auf dem Schoß des attraktivsten Dreiundzwanzigjährigen zu sitzen, dem ich je begegnet war, und ihn zu fragen, ob er wusste, was beim Sex geschah. Allerdings machte ich mir nicht wirklich Sorgen um ihn – er war ein wirklich guter Schüler und lernte sehr schnell. Wie man Kinder machte, wusste er bestimmt, denn sicher hatte er bei seinem Onkel auch Biologie gehabt. Doch wusste er auch etwas über all die Dinge, die zwischen zwei Menschen, die sich liebten, möglich waren?

Archer zuckte mit den Schultern. *Nein. So hat sein Hirn nicht funktioniert. Er hat ständig in Gedanken irgendein Problem gewälzt – oder überlegt, wie er das Grundstück schützen kann. Mit dreizehn habe ich ihn mal danach gefragt, aber er hat mir einfach ein paar Zeitschriften gegeben.* Leicht verlegen wandte er sich ab. *In denen waren ein paar Artikel, aufgrund derer ich mir halbwegs denken konnte, was dabei passiert.* Stirnrunzelnd sah er mich wieder an. *Stört es dich, dass ich noch nie …*

Ehe er den Satz beenden konnte, schüttelte ich nachdrücklich den Kopf. *Nein, Archer, das stört mich nicht. Du bist der attraktivste Mann, der mir in meinem ganzen Leben begegnet ist. Schon an dem Tag, als du mir auf dem Parkplatz vor dem Supermarkt beim Einsammeln meiner Einkäufe geholfen hast, habe ich mich zu dir hin-*

gezogen gefühlt. Selbst mit deinem zotteligen Bart und deinem langen Haar. Ich grinste, und er lächelte zurück.

Ich finde, wir passen ziemlich gut zusammen, oder¿, neckte ich ihn und presste ihm den Mund auf seinen Hals. Er nickte lächelnd und küsste mich begierig auf den Mund.

Wir knutschten noch ein bisschen, hielten uns im Arm, und ich atmete seinen wunderbaren Geruch ein. Ich hätte noch den ganzen Tag so weitermachen können, als mir plötzlich wieder einfiel, was nach meiner Schicht im Norm's geschehen war.

Übrigens habe ich heute Travis in der Stadt getroffen, und er wollte wissen, ob wir tatsächlich zusammen sind.

Archer runzelte die Stirn.

Mein eines Date mit Travis erwähnte ich nicht. Es hatte schließlich nichts bedeutet, und da ich auch nie etwas für ihn empfunden hatte, hatte ich keine Veranlassung dazu.

Wie dem auch sei, er hat gesagt, inzwischen würde es ihm leidtun, dass ihr keinerlei Beziehung zueinander habt, Archer zog verwundert eine Braue hoch, *und dass er dich die Tage mal besuchen kommen will.*

Archer wirkte skeptisch.

Was¿, fragte ich ihn. *Magst du ihn etwa nicht¿*

Ich glitt von seinem Schoß, weil wir uns leichter mit den Händen unterhalten konnten, während ich ihm gegenübersaß. Inzwischen konnten wir sehr gut in Gebärdensprache miteinander sprechen. Archer hatte große Fortschritte gemacht und viel von mir gelernt. Dass ich besser war, lag nur daran, dass ich mit dieser Sprache aufgewachsen war. Ich hatte sie mein Leben lang benutzt, doch er hatte sie nur aus einem Buch gelernt und bisher niemals wirklich angewandt. Noch vor vierzehn Tagen hatte er sehr viele Worte buchstabieren müssen – aber das war längst nicht mehr der Fall. Wir benutzten Kürzel für bestimmte Worte und kürzten Sätze ab, weshalb die Kommunikation bereits viel schneller als noch vor zwei Wochen ging.

Nein, nicht wirklich, gab er zu. *Er macht anderen gern das Leben schwer.* Er biss die Zähne aufeinander, als er sich an irgendetwas zu erinnern schien. *Ich habe ihn schon seit Jahren nicht mehr gesehen – außer wenn er mal in seinem Streifenwagen an mir vorbeifährt.*

Ich bedachte ihn mit einem nachdenklichen Blick. *Nun, womöglich hat er sich geändert. Auf mich wirkt er wie ein durchaus netter Kerl. Vielleicht könntest du ihm also eine Chance geben, wenn er dich besuchen kommt? Wäre es nicht nett, einen Verwandten hier in Pelion zu haben, zu dem du tatsächlich eine Beziehung hast?*

Ich hatte selbst keine Familie mehr, doch wenn es noch jemanden gäbe, würde ich wahrscheinlich alles tun, um irgendeine Form von Nähe herzustellen. Und auch Archer sollte sich aus meiner Sicht darum bemühen. Denn ich hasste den Gedanken daran, dass er die ganze Zeit allein hier draußen war. Ich wünschte ihm, dass er eine Familie und Freunde hatte … dass er glücklich und ein Teil einer Gemeinschaft war.

Er wirkte weiter skeptisch, aber als er meine hoffnungsvolle Miene sah, signalisierte er: *Du willst also, dass ich ihm eine Chance gebe?*

Ja.

Er sah mich reglos an, doch schließlich nickte er. *Okay, dann werde ich das tun.*

Ich legte meine Hand an sein Gesicht und gab ihm einen sanften Kuss. »Vielen Dank. Ich weiß, dass das nicht einfach für dich ist.«

Nickend zog er mich an seine Brust und hielt mich fest.

19

Archer

Ich war glücklicher als je zuvor in meinem Leben und arbeitete Tag für Tag auf meinem Grundstück, während Kittys Welpen mir auf dem Fuße folgten, Sachen umwarfen und irgendwelchen anderen Unsinn machten, der für kleine Hunde typisch war. Und Nachmittag für Nachmittag schwoll mir das Herz vor Freude an, sobald das Quietschen meines Tors verriet, dass Bree gekommen war.

Dann unterhielten wir uns immer erst einmal, und sie erzählte mir von ihrem Tag. Norm und Maggie hatten sie gebeten, die Speisekarte ein bisschen aufzumöbeln, und sie hatte sich schon jede Menge neuer, eigener Rezepte ausgedacht. Ihre Augen fingen an zu leuchten, wenn sie davon sprach, und als sie erzählte, dass selbst Norm, wenn auch mit leisem Knurren und eher widerstrebend zugegeben hatte, dass ihre Salatrezepte einfach besser waren als seine, sah sie stolz und glücklich aus. Sie meinte, dass sie bald auch ein paar neue Hauptgerichte auf die Karte setzen wollten, zwinkerte mir fröhlich zu, und mein Herz zog sich zusammen, weil mir ein so schönes Mädchen gegenübersaß.

Manchmal befürchtete ich, ich starrte sie vielleicht zu häufig an, und wenn sie mich dabei erwischte, wandte ich mich eilig ab. Doch am liebsten hätte ich sie ständig angesehen, denn sie war für mich die schönste Frau der Welt.

Ich liebte die feinen, goldenen Strähnen, die ihr braunes Haar im Sonnenlicht bekam.

Ich liebte ihre etwas schrägen Augen.

Ich liebte ihre vollen, pinkfarbenen Lippen, die wie eine Rosenknospe aussahen und nach deren weicher Pfirsichsüße ich inzwischen richtiggehend süchtig war.

Ich liebte ihr Gesicht, das geformt war wie ein Herz und anfing zu leuchten, wenn sie glücklich war. Ihr Lächeln war einfach bezaubernd, wunderschön und völlig echt, und sobald sie mir ein solches Lächeln schenkte, setzte kurzfristig mein Herzschlag aus.

Auch ihren Körper liebte ich und die Stellen weißer Haut dort, wo sie selbst am Strand stets ihren Badeanzug trug. Ich rückte meinen Schwanz in meiner Jeans zurecht, verdrängte die Erinnerung und wandte mich entschlossen wieder meiner Arbeit zu.

Ich hatte die Zementtreppe mit ein paar Steinen eingefasst, zwischen die ich jetzt ein wenig Mörtel strich. Die Steine hatte ich einfach am Seeufer gesammelt, aber da sie gut zu meiner neuen Steinterrasse passten, fügte sich durch sie die bisher eher schlichte Treppe besser ins Gesamtbild ein.

Plötzlich hörte ich das Quietschen des Tors und runzelte verwirrt die Stirn. Wer zum Teufel war das? Es war gerade mal zwölf Uhr, und Bree wäre bis zwei im Norm's.

Ich stand auf, umrundete das Haus und sah, das Travis, vollständig in Uniform, langsam den Weg entlangkam. Er sah sich um, als hätte er zum ersten Mal den Fuß auf dieses Anwesen gesetzt. Aber schließlich hatte er das Grundstück auch zum letzten Mal als Kind betreten, und da hatte es noch völlig anders ausgesehen.

Als er mich entdeckte, riss er überrascht die Augen auf. Wir gingen aufeinander zu und trafen uns direkt vor dem Haus.

»Hallo, Archer.«

Ich wischte mir die Hände sorgfältig an einem Lappen ab und wartete darauf, dass er mir sagen würde, was der Grund für sein Erscheinen war.

»Das Grundstück sieht echt gut aus.«

Ich nickte kurz, denn Travis hatte recht.

»Da hast du dich ganz schön ins Zeug gelegt.«

Als ich wieder einfach nickte, stieß er einen Seufzer aus.

»Hör zu, Mann, Bree hat mir erzählt, dass sie viel Zeit mir dir verbringt, und ich«, er fuhr sich mit der Hand durchs Haar und dachte nach, »tja, nun, ich nehme an, ich wollte einfach mal vorbeikommen und Hallo sagen. Und dir sagen, dass es mir echt leidtut, dass ich nicht schon eher gekommen bin.«

Ich sah ihn forschend an. Denn Travis hatte mich schon öfter hinters Licht geführt. Er hatte früher schon getan, als wäre er mein Freund, und mir dann jedes Mal das sprichwörtliche Messer in den Rücken gerammt. Bereits vor dem Unfall, als wir beide klein gewesen waren. Doch auch wenn ich ihm nicht wirklich traute, nahm ich an, dass Menschen sich verändern konnten, und das alles war inzwischen ewig lang her. Ich würde es also noch mal mit ihm versuchen. Bree zuliebe. Einzig Bree zuliebe. Denn sie würde sich darüber freuen. Und ich würde alles tun, damit sie glücklich war.

Ich deutete ein Lächeln an, lud ihn mit einer Handbewegung ein, mir ins Haus zu folgen, und er nickte knapp.

»Ja, natürlich, sicher«, meinte er.

Ich öffnete die Tür, ließ ihm den Vortritt und wies auf die Küche, wo ich erst mal ein Glas Leitungswasser trank.

Danach wies ich auf das Glas und dann auf ihn und zog die Brauen hoch.

»Nein, danke«, lehnte Travis ab. »Ich habe nicht viel Zeit, denn ich muss gleich wieder zum Dienst. Ich wollte dich nur fragen, ob du vielleicht Lust auf einen Männerabend hast. Wird keine große Sache, wir wollen heute Abend einfach ein paar Bierchen trinken und uns amüsieren.«

Ich runzelte die Stirn, wies auf meine Narbe, deutete ein falsches Lachen an, und er verzog entgeistert das Gesicht.

»Heißt das, dass du nicht lachen kannst?«, stieß er verlegen aus. So hatte ich ihn bisher nicht erlebt. Vielleicht hatte er ja wirklich was dazugelernt.

»Warte, doch, natürlich kannst du lachen. Weil man schließlich auch geräuschlos lachen kann. Und hättest du nicht Lust, dich zu amüsieren? Endlich mal hier rauszukommen? Einfach mal ein normaler Typ zu sein?«

Ich wäre liebend gern ein ganz normaler Mensch oder wünschte mir auf jeden Fall, für Bree so was wie ein normaler Mensch zu sein. Das hatte ich bisher noch nie gewollt. Ich hatte mich im Gegenteil die ganze Zeit bemüht, so unnormal wie möglich zu erscheinen, damit niemand mir zu nahekam. Aber inzwischen war da Bree, die mehr verdient hatte als einen stummen Eremiten, der sein Leben lang auf seinem Grundstück herumhockte. Ich war ganz sicher nicht ihr erster Freund. Und ihre bisherigen Freunde hatten sie bestimmt in Restaurants und Kneipen ausgeführt. Ich hatte keine Ahnung, wie man so etwas machte. Also müsste ich mir zeigen lassen, wie das ging.

Ich nickte und formte mit dem Mund: *Okay.*

Er wirkte ziemlich überrascht, riss dann aber den Mund zu einem breiten Grinsen auf. »Sehr gut. Dann hole ich dich nachher ab. Sagen wir um neun?«

Ich zuckte mit den Achseln. Das erschien mir etwas spät, aber woher wollte ich wissen, wann so ein Männerabend begann?

Lächelnd reichte Travis mir die Hand. »Okay, dann sehen wir uns heute Abend. Und jetzt muss ich langsam wieder los.« Er wandte sich zum Gehen, zog die Haustür hinter sich zu, und ich lehnte mich an die Arbeitsplatte und verschränkte nachdenklich die Arme vor der Brust. Die Sache war mir irgendwie nicht ganz geheuer. Aber vielleicht war ich ja auch einfach nur nervös, weil ich noch nie mit irgendwelchen Kumpels ausgegangen war.

Ich ging ins Bad, duschte lange und beschloss, die ganze Sache einfach positiv zu sehen.

Als Travis kurz nach neun erschien, stand ich von meinem Platz auf der Veranda auf und lief entschlossen los. Sein großer, silbergrauer Pick-up stand mit laufendem Motor am Straßenrand.

Ich atmete tief durch, weil meine letzte Autofahrt – ich nehme an, die Fahrt im Krankenwagen zählte nicht – der Grund für meine Stummheit war.

Mit fest zusammengebissenen Zähnen stieg ich ein und verdrängte die Erinnerung an jenen Tag.

Wir fuhren los, und Travis sah mich an. »Aber hallo, Mann, so toll, wie du dich hergerichtet hast, siehst du vielleicht sogar noch besser aus als ich«, stellte er mit einem falschen Lachen fest.

Bree hatte einen Freudentanz vollführt, weil ich mit Travis und ein paar von seinen Freunden ausgehen wollte, und begeistert ein aus ihrer Sicht passendes Outfit für mich ausgesucht, wobei die Auswahl recht begrenzt gewesen war.

»Archer«, hatte sie gefragt, »wann hast du dir zum letzten Mal etwas zum Anziehen gekauft?«

Das hat immer Onkel Nate für mich gemacht, hatte ich schulterzuckend eingeräumt. *Zum letzten Mal, als ich achtzehn war, bevor er krank geworden ist.*

Sie hatte mich ruhig angesehen und dann gesagt: »Ich nehme an, dass du damals noch längst nicht so … entwickelt warst.«

Ich hatte gleichmütig genickt, und Bree hatte geseufzt und weiter irgendwelches abgetragene Zeug aus meinem Kleiderschrank gezerrt. Eine meiner Jeans sah ihrer Meinung nach so aus, als hätte ich sie absichtlich im Used-Look gekauft, und eins von meinen Hemden, das ich schon fast vergessen hatte, passte ausgezeichnet. Mein Onkel Nate hatte es damals aus Versehen zwei Nummern zu groß gekauft.

Da Bree mit meinem Aussehen offenbar zufrieden war, war ich es auch. Trotzdem würde ich vielleicht bald in die Stadt gehen und mir ein paar neue Sachen kaufen, wenn sich Bree darüber freute, wenn ich anständig gekleidet war.

Travis schaltete das Radio ein, und eine Zeit lang hörten wir einfach Musik. Als ich merkte, dass wir Pelion verließen, tippte ich ihn an, wies auf die Straße und zog fragend meine Schultern hoch.

»Wir fahren auf die andere Seite des Sees in einen Klub. Den *Aufreißer«*, erklärte er und blickte mich mit hochgezogenen Brauen von der Seite an.

Er sah wieder auf die Straße, lenkte seinen Blick dann aber doch noch mal zurück auf mich und sah mich fragend an. »Kann ich offen mit dir reden? Von Mann zu Mann?«

Jetzt zog ich meinerseits die Brauen hoch. Ich wusste nicht genau, wovon er sprach, doch seine Worte riefen ein gewisses Unbehagen in mir wach.

»Hattest du schon Sex mit Bree?«

Ich starrte weiter geradeaus, denn obwohl ich durchaus ein, zwei Fragen zu dem Thema hatte, traute ich ihm einfach nicht. So lange er mir nicht das Gegenteil bewiesen hätte, ginge ich auch weiter davon aus, dass Travis alles andere als vertrauenswürdig war.

»Okay, verstehe, du willst nicht darüber reden.« Er verstummte, fügte dann aber hinzu: »Kann ich zumindest davon ausgehen, dass ihr es bisher bei irgendwelchen Vorstufen belassen habt?«

Ich zuckte mit den Achseln, nickte aber mit dem Kopf. Denn wahrscheinlich wäre es in Ordnung, ihm zu sagen, was bisher noch *nicht* gelaufen war.

Im Dämmerlicht des Wagens blitzten seine weißen Zähne auf, und ein dunkler Schatten huschte über sein Gesicht. Für einen Augenblick kam er mir vor wie einer von den bösen Clowns, die man an Halloween in den Geschäften sah. Ich blinzelte, und sofort sah er wieder einfach nur wie Travis aus.

»Aber ich schätze, dass du gern aufs Ganze gehen würdest, oder?«

Obwohl ich meine Augen argwöhnisch zusammenkniff, nickte ich erneut. Denn natürlich wollte ich aufs Ganze gehen.

Wer würde das wohl nicht bei einer derart süßen, schönen Frau?

Wieder lächelte mich Travis an. »In Ordnung. Aber weißt du, wie die Dinge laufen, wenn ein Mann mit einer hübschen, jungen Frau wie Bree zusammen ist? Wahrscheinlich hat sie schon etwas Erfahrung und wird wollen, dass du weißt, was du tun musst, wenn ihr aufs Ganze geht. Deshalb fahren wir in diesen Klub: weil es dort Frauen gibt, mit denen du die Sache … üben kannst. Verstehst du, was ich damit sagen will?«

Mein Herz fing an zu hämmern. Aber statt ihm zu erklären, dass ich keine Ahnung hatte, was er damit sagen wollte, starrte ich ihn weiter aus zusammengekniffenen Augen an. Sein Vorschlag gefiel mir keineswegs. Doch noch weniger gefiel mir der Gedanke, dass Bree schon mit anderen intim gewesen war. Das Blut gefror mir in den Adern, und am liebsten hätte ich meinem Cousin als Überbringer dieser Botschaft einen Kinnhaken verpasst. Bisher hatte ich den Gedanken daran, dass ich vermutlich nicht der Erste für sie sein würde, weitestgehend verdrängt, denn sie hatte gesagt, es würde sie nicht stören, dass ich völlig unerfahren war. Aber hatte sie mir vielleicht einfach etwas vorgemacht? In meinem Inneren stiegen Zweifel auf, und machten mir das Schlucken schwer.

Travis schien sich wirklich auszukennen, denn wie ein Gedankenleser griff er meine Ängste auf: »Die Mädchen sagen immer, dass es sie nicht stört, wenn man noch unerfahren ist, aber glaub mir: Sie wird es durchaus zu schätzen wissen, wenn du dich im Bett nicht wie ein Vollidiot benimmst. Du willst dich doch bestimmt nicht hoffnungslos blamieren, indem du an ihr rumfummelst, ohne zu wissen, was du tust.«

Eilig wandte ich mich ab. Ich wollte Travis sagen, dass er umkehren und mich wieder nach Hause bringen solle, denn so hatte ich mir diesen Abend ganz bestimmt nicht vorgestellt.

»He, jetzt guck doch nicht so angefressen, Mann. Glaub mir, das machen alle Männer so, selbst wenn sie keine Singles sind. Mein Freund Jason zum Beispiel ist schon seit fast zehn

Jahren verheiratet, hat aber weiter regelmäßig seinen Spaß in den Hinterzimmern dieses Klubs. Und seine Frau tut so, als ob sie es nicht mitbekommen würde, weil sie schließlich selber von seiner Erfahrung profitiert. Verstehst du, was ich damit sagen will?«

Ich starrte weiter aus dem Fenster, aber plötzlich dachte ich an Onkel Nate, der manchmal ausgegangen und mit lippenstiftverschmiertem Hemdkragen zurückgekommen war. Er hatte keine Freundin oder Ehefrau gehabt, also hatte er anscheinend Frauen wie jene in diesem Klub besucht. Er war ein anständiger Mann gewesen, und ich wünschte mir, er wäre noch am Leben, damit ich ihn fragen könnte, ob die Dinge, die mir Travis vorschlug, tatsächlich in Ordnung waren.

Ich war nicht dumm, doch viele Dinge wusste ich ganz einfach nicht. Obwohl ich ständig irgendwelche klugen Bücher las, waren mir das wahre Leben und die Art, wie Menschen miteinander umgingen und aufeinander reagierten, einfach fremd, und deshalb kam ich mir oft unzulänglich vor.

Schließlich bogen wir auf einen großen Parkplatz neben einem Haus mit verdunkelten Fenstern ein. Ein riesengroßes, pinkfarbenes Neonschild über der Tür verkündete, dass wir beim *Aufreißer* angekommen waren.

Wieder wandte Travis sich mir zu. »Hör zu, tu nichts, bei dem du dich nicht wohlfühlst. Aber wenn dir eine Frau gefällt, geh einfach mit, okay? Bree würde das zu schätzen wissen. Das ist das, was wir Männer tun.«

Seufzend stieg ich aus. Ich würde Travis in den Klub begleiten. Denn zumindest Bree würde sich freuen, dass ich wirklich an dem Männerabend teilnahm, der ihr offenbar so wichtig war.

Am Eingang fragte uns ein hünenhafter Kerl mit kahl rasiertem Kopf und einem T-Shirt mit der Aufschrift »Personal« nach unseren Ausweisen. Na toll. Ich hatte keinen Ausweis dabei. Doch bevor ich mich zum Gehen wenden konnte, packte Travis mich am Arm, zückte seine Dienstmarke, sprach mit dem Muskelprotz, und plötzlich winkte der uns einfach durch.

Wir gingen in den Klub, aus dem uns ohrenbetäubende Musik entgegenschlug, und blinzelnd sah ich mich im Dämmerlicht des Raumes um. Links und rechts von einem breiten Laufsteg waren kleine Tische aufgestellt, und ich riss überrascht die Augen auf, als ich eine halb nackte Frau an einer goldenen Stange tanzen sah. Noch während ich sie anstarrte, nahm Travis mich erneut am Arm und zog mich bis zu einem Tisch, an dem ich zwei junge Männer vor halb leeren Gläsern sitzen sah.

»Hi, ihr Arschlöcher.« Er drehte einen der noch freien Stühle um, nahm rittlings darauf Platz, nickte mir zu, und ich setzte mich ebenfalls.

»Jason, Brad, mein Cousin Archer«, stellte er uns gegenseitig vor.

»Hey, Mann. Freut mich, dass du mitgekommen bist.« Jason reichte mir die Hand, und ich erkannte, dass mich Travis nicht angelogen hatte. Er trug wirklich einen Ehering am Finger.

»Hi.« Brad lächelte mich freundlich an und schüttelte mir ebenfalls die Hand.

Eine Serviererin in Minirock und Badeanzug kam an unseren Tisch und fragte, was wir trinken wollten.

Travis blickte auf ihr Namensschild, und als er lächelnd »Hallo, Brenda« sagte, fing sie an zu kichern und sah auch uns andere genauer an.

»Na, das ist mal ein Tisch voll wirklich hübscher Jungs«, stellte sie grinsend fest, und ich lächelte sie höflich an.

»Was kann ich euch bringen?«

Travis beugte sich ein wenig vor. »Vier Tequila und vier Bier.«

Lächelnd wandte sich das Mädchen wieder ab, und während Travis sich mit Brad und Jason unterhielt, verfolgte ich die Show. Als das Mädchen mit gespreizten Beinen an der goldenen Tanzstange herunterglitt, wurde ich hart und rutschte etwas näher an den Tisch, damit die anderen es nicht sahen. Trotzdem lachte Travis mich wissend an.

Dann kam das Mädchen mit den Drinks, und als ihr Travis ein paar Scheine reichte, beugte sie sich etwas vor und schob sie zwischen ihre großen Brüste in den Ausschnitt ihres Badeanzugs. Ich musste schlucken und hatte keine Ahnung, was ich von der ganzen Sache halten sollte, die mir alles andere als geheuer war.

Travis hielt sein Schnapsglas in die Luft und rief: »Auf Archer! Darauf, dass der Abend unvergesslich für ihn wird!«

Die anderen beiden prosteten mir lachend zu, und Jason rief: »Hört, hört!«

Sie leerten ihre Schnapsgläser in einem Zug und lutschten dann die mitgelieferten Zitronenscheiben. Also trank auch ich mein Glas aus. Mir stiegen die Tränen in die Augen, denn die scharfe Flüssigkeit verbrannte mir den Hals. Eilig saugte ich meine Zitronenscheibe aus, wie die anderen es getan hatten, und atmete erleichtert auf. Die Säure half mir.

»Gut so!« Travis schlug mir auf die Schulter, griff nach seinem Bier und prostete mir zu. Ich erwiderte die Geste, nahm den ersten vorsichtigen Schluck und verzog erneut leicht angewidert das Gesicht.

Onkel Nate hatte stets Alkohol im Haus gehabt, und weil es ihm so gut zu schmecken schien, hatte ich das Zeug vor ein paar Jahren auch selber mal probiert. Doch ich hatte schon den ersten Schluck in hohem Bogen wieder ausgespuckt, denn meiner Meinung nach hatte der Schnaps wie Franzbranntwein geschmeckt.

Ich hatte nicht verstanden, weshalb mein Onkel ihn so gerne trank, und ich selbst hatte nach diesem einen Schluck nie wieder eine Flasche angerührt – vielleicht auch oder vor allem, weil mein Dad ein Alkoholiker gewesen war und ich noch wusste, wie er immer schwankend heimgekommen war. Er hatte sich dann kaum noch auf den Beinen halten können. Um auf meine Mutter loszugehen, hatte er aber noch genügend Kraft gehabt.

Um nicht mehr daran zu denken, wandte ich mich abermals der Bühne zu. Inzwischen tanzte dort ein anderes Mädchen, das mit seiner zierlichen Figur und seinen langen, braunen Haaren Bree ein bisschen ähnlich sah. Sie ließ die Hüften kreisen, während sie eins ihrer Beine um die Stange schlang und daran heruntergIitt. Dann lehnte sie sich zurück und ließ ihr Haar nach hinten fallen.

Eilig trank ich einen möglichst großen Schluck von meinem Bier.

Es war alles zu viel. Ich war vollkommen überwältigt von den Dingen, die ich sah, der dröhnenden Musik, dem Gegröle und den lärmenden Gesprächen überall um mich herum, und davon, dass mein Körper auf die Reize reagierte, denen ich hier gegen meinen Willen ausgeliefert war.

Doch das Bier schien mir zu helfen, weil es mein Gehirn so weit vernebelte, dass ich die Überflutung meiner Sinne irgendwie ertrug und meine Verwirrung ignorieren konnte.

Am Schluss der Darbietung steckten die Männer, die direkt am Laufsteg saßen, Scheine in den Slip der jungen Frau. Einer schwenkte eine Zwanzig-Dollar-Note, bis die Kleine auf ihn zugekrochen kam, griff ihr zwischen die Beine und schob sie ihr direkt in den Schritt.

Peinlich berührt wandte ich mich ab.

Ich hatte endgültig genug. Mir fehlte der Bezugsrahmen für das, was hier in diesem Laden vor sich ging, und ich kam mir deshalb minderwertig vor. Ich hasste dieses Gefühl. Genau deshalb blieb ich auf meinem Grundstück und mied den Kontakt mit der Außenwelt. Auf einen weiteren Grund für das Gefühl, dümmer als die anderen zu sein, konnte ich gut verzichten.

Ich wandte mich an Travis und wies auf die Tür. Aber als ich aufstehen wollte, drückte mein Cousin mich wenig sanft auf meinen Stuhl zurück.

Ich sah ihn aus zusammengekniffenen Augen böse an. Er würde mich bestimmt nicht gegen meinen Willen länger hier in dieser Absteige festhalten. Wenn nötig, konnte ich per Anhalter zurückfahren.

»Jetzt hör mir mal gut zu«, fing er mit leiser Stimme an. Denn offenbar sollten die beiden anderen nicht hören, was er sagte. »Bildest du dir etwa allen Ernstes ein, dass Bree nicht nebenher auch noch ein bisschen Spaß mit anderen hat? Wenn das so wäre, wüsste ich wohl kaum, dass ihre Lippen herrlich nach Pfirsichen schmecken.«

Ich riss die Augen auf, als hätte er mir einen Schlag verpasst. Er hatte Bree geküsst?

Travis seufzte. »Ich versuche nur zu helfen, Archer. Bree glaubt nicht, dass du ihr geben kannst, was sie sich wünscht, deshalb holt sie sich woanders, was sie braucht.« Er zog die Brauen hoch, um mir zu zeigen, dass er selbst die richtige Adresse dafür war. »Und so, wie es aussieht, hat sie vielleicht recht. Nur deshalb sind wir heute Abend hier.«

Ich lehnte mich zurück und blickte stirnrunzelnd auf das brünette Mädchen, das inzwischen auf der Bühne war.

Küsste Bree tatsächlich andere Männer? Küsste Bree tatsächlich meinen eigenen Cousin? Mir wurde ganz heiß vor Zorn. Aber vielleicht konnte ich es ihr ja nicht verdenken. Vielleicht hatte ich sie einfach völlig falsch verstanden und die Dinge, die wir miteinander taten, sagten ihr im Grunde gar nicht wirklich zu. Ich hatte nicht die mindeste Erfahrung, und wahrscheinlich langweilte sie sich entsetzlich, wenn sie sich aus Mitleid von mir küssen ließ.

Die Bedienung brachte neues Bier, und eilig streckte ich die Hand nach meiner neuen, vollen Flasche aus.

Ich war unglücklich und wütend, aber auch betrunken und von dem Geschehen auf der Bühne angeturnt. Ich wollte heim zu Bree. Sie küssen und sie schmecken und sie überall berühren … doch ich wollte wissen, was ich tat. Ich wollte mich nicht länger wie die unbedarfte Jungfrau fühlen, die ich war.

Das Mädchen auf der Bühne streichelte sanft seine eigenen Brüste, rieb sich an der Stange, und ich schob mich noch ein wenig näher an den Tisch. Ich hatte einen Riesenständer. Jetzt konnte ich unmöglich gehen.

Die anderen unterhielten sich und lachten laut, ich aber blendete die Stimmen aus und nahm den nächsten Schluck von meinem Bier. Das mit einem Mal richtig lecker war.

Plötzlich erschien eine junge, blonde Tänzerin an unserem Tisch und beugte sich über Jason. Er stand lachend auf und verschwand mit ihr durch eine Tür. Ich blickte Travis an, und grinsend zog er seine Brauen hoch und rief so laut, dass ich ihn trotz des allgemeinen Lärms verstand: »Gleich wirst du noch größere Augen machen, Archer. Wart's nur ab.«

Damit blickte er an mir vorbei, und einen Moment später trat die nächste junge Frau an unseren Tisch. Irgendwie kam sie mir bekannt vor.

»Amber Dalton, Archer«, rief mir Travis in Erinnerung. »Sie arbeitet inzwischen hier.«

Amber Dalton. Ja genau. Mein Jugendschwarm. Vor ihr hatte er mich am Strand erniedrigt, als ich vierzehn Jahre alt gewesen war. Bestimmt lag es am Alkohol, dass ich ihr gegenüber nicht verlegen war. Ich sah sie einfach weiter an. Mit ihrem schulterlangen, schwarzen Haar und ihren großen, braunen Augen war sie noch genauso hübsch wie in dem Sommer vor neun Jahren.

»Archer Hale?« Sie riss die Augen auf. »Mein Gott, wer hätte das gedacht?« Sie unterzog mich einer eingehenden Musterung. »Aus dir ist ja ein echter Prachtbursche geworden.« Als sie lächelte, stieg ein Gefühl der Freude in mir auf, als mache ihre Anerkennung meiner äußeren Erscheinung die Geschehnisse von damals wieder wett.

»Amber«, mischte sich jetzt Travis ein, »ich glaube, Archer ist bereit für die Privatstunde, die du ihm heute geben willst.« Er zwinkerte ihr zu.

Plötzlich war ich wieder klar und schüttelte den Kopf. Ich

versuchte, ihr die Hand zu reichen, um ihr dadurch zu verstehen zu geben, dass es schön war, sie zu sehen, doch sie setzte sich auf meinen Schoß und hüllte mich in eine süßliche Vanillewolke ein.

Unglücklich ließ ich die Hände baumeln und saß völlig reglos da.

»Mit Vergnügen«, raunte sie mir zu und rutschte auf meinem Schwanz herum, der noch immer ziemlich hart war.

Das fühlte sich zwar seltsam, aber durchaus gut an, und da ich nicht wusste, was ich machen sollte, atmete ich erst einmal so tief wie möglich ein.

Amber schmiegte sich an meine Brust und flüsterte mir zu: »Verdammt, du siehst einfach fantastisch aus.« Sie fuhr mit einem Finger über meine Brust. »Du weißt, dass du mir damals schon gefallen hast, nicht wahr? In dem Sommer, als du mich unten am See beobachtet hast. Ich hätte mir gewünscht, dass du mal dazugekommen wärst … aber das bist du nie …«

Ich sah dabei zu, wie ihr Finger über meine Brust in Richtung meines Hosenbunds und dann wieder nach oben glitt. Ich wurde sofort wieder hart.

»Los, ihr beiden. Amüsiert euch«, forderte uns Travis lachend auf.

Sofort sprang Amber auf und zerrte mich von meinem Stuhl. Leicht schwankend wegen des verdammten Alkohols lief ich schnell hinter ihr her, damit niemand meinen Zustand sah.

Wir gingen durch dieselbe Tür, durch die schon Jason mit der anderen jungen Frau verschwunden war, und einen langen, ziemlich dunklen Gang hinab, bis Amber mich durch eine Tür zu unserer Linken zog, die sie hinter uns schloss.

Dann drückte sie mich sanft auf einen Stuhl, der mitten in dem kleinen Zimmer stand, schaltete die Stereoanlage ein, und plötzlich hörte ich Musik, die deutlich angenehmer war als vorn im Klub. Sie war nicht übertrieben laut, und ich atmete erleichtert auf.

Nun kam Amber wieder auf mich zu, und auch wenn es mir

schwerfiel, blickte ich ihr ins Gesicht. Ich spürte das Pulsieren des Bluts in meinen Adern und fühlte mich zugleich wie betäubt.

Wieder schwang sie sich auf meinen Schoß, und beinah hätte ich geniest, als der Duft ihres Parfüms mir in die Nase stieg. Sie schloss die Augen, wiegte sich im Rhythmus der Musik und lehnte sich dabei ein Stück zurück, damit ich sie ausgehend betrachten konnte. Obwohl sie hübsch war, war sie nicht so hübsch wie Bree. Das Licht in diesem Zimmer war ein bisschen heller als im Klub, und ich erkannte, dass sie viel zu dick geschminkt war und zugleich etwas verlebt aussah – anders als vor neun Jahren am Strand.

Sie richtete sich wieder auf, zog den Ausschnitt ihres Oberteils herunter und legte meine Hände auf die vollen Brüste, die daraus hervorgequollen waren. Mein Glied fing an zu pochen, und als meine Finger sanft um ihre Nippel kreisten, warf sie stöhnend ihren Kopf zurück. Dann drückte ich leicht ihre Brüste und erkannte, dass diese sich völlig anders anfühlten als die von Bree. Sie waren deutlich größer und nicht weich, sondern fast übertrieben fest mit straff gespannter, hell glänzender Haut.

Amber schlug die Augen wieder auf, sah mich an und leckte sich die Lippen.

»Weißt du«, sagte sie und öffnete die ersten beiden Knöpfe meines Hemds. »Eigentlich sollen wir hier nur tanzen, aber Travis hat gesagt, ich soll dir alles geben, was du willst.« Sie legte ihre Hand auf meine Jeans und rieb daran herum. Meine Augen fielen zu, und ich stieß ein raues Keuchen aus.

»Meine Güte, bist du gut bestückt.« Sie glitt mit ihren Lippen über meinen Hals, saugte sanft an meiner Haut, und ich zuckte zusammen, als sie an mir knabberte und sich dann stöhnend an mir rieb. »Mm. Ich kann es kaum erwarten, diesen großen, dicken Schwanz zu reiten. Wie willst du es haben, schnell und wild oder langsam und genüsslich? Hm?«, säuselte sie. »Lass es uns herausfinden, okay?«

Mein Körper reagierte auf die Worte, die sie sprach, doch tief in meinem Innern wusste ich, dass es nicht richtig war. Ich kannte dieses Mädchen nicht einmal. Sollte ich tatsächlich mit ihm schlafen und dann heimfahren zu Bree, dem Mädchen, das mir wirklich wichtig war? Machte Jason das tatsächlich so mit seiner Frau? Bree sollte mich als einen echten, normalen Mann wahrnehmen. Sie sollte Travis nicht küssen wollen – aber das hier kam mir … Gott, nach all dem Alkohol, den ich getrunken hatte, und so lange Amber mich durch meine Jeans hindurch massierte, konnte ich keinen klaren Gedanken fassen. Ich war vollkommen verwirrt und musste fort aus diesem Raum. Ich sollte das hier am besten einfach möglichst schnell beenden und heimgehen. Und morgen früh gleich nach dem Aufstehen würde ich zu Bree gehen.

Kurze Zeit später stolperte ich aus dem Raum und suchte Travis, der, ein rothaariges Mädchen auf dem Schoß, noch immer an dem Tisch neben der Bühne saß. Als ich ihm auf die Schulter klopfte, drehte er sich lächelnd zu mir um, schob die junge Frau von seinem Schoß und fragte: »Wollen wir wieder, Kumpel?«

Ich nickte stirnrunzelnd. Ich wollte nur noch raus aus diesem Klub, zurück zu Bree.

Ich dachte deprimiert an das zurück, was eben in dem Raum geschehen war, obwohl das hier in diesem Etablissement offentsichtlich an der Tagesordnung war. Und ich hatte jede Menge Eheringe hier gesehen. Anscheinend akzeptierten Ehefrauen, dass es solche Dinge gab. Ich war wohl tatsächlich ein Freak, weil ich von diesem Treiben derart angewidert war. Ich fühlte mich vollkommen leer, unglücklich und – zutiefst beschämt.

Endlich fuhren wir zurück. Travis sagte während der gesamten Fahrt nicht einen Ton, sondern lächelte versonnen vor sich hin. Ich selber lehnte, schläfrig vom Tequila und vom Bier, den Kopf ans Fenster, schloss die Augen und dachte an Bree.

Wenig später rüttelte Travis mich wach, und ich zwängte meine Augen wieder auf. Müde stieg ich aus dem Wagen, doch bevor ich die Tür zuschlagen konnte, zwinkerte mir Travis zu und sagte: »Lass uns das bald mal wiederholen, Kumpel.«

Ohne eine Miene zu verziehen, wandte ich dem Kerl den Rücken zu und merkte, dass ich vor Brees Häuschen stand.

Eilig drehte ich mich um, um wieder in den Pickup zu steigen, doch im selben Augenblick fuhr Travis los, und ich musste eilig einen Satz zur Seite machen, sonst hätte er mich einfach umgemäht.

20

Bree

Ich lag im Bett und blickte lächelnd durch das Fenster auf den dunklen See. Da Archer seinen Männerabend hatte, hatte ich mit Melanie und Liza einen neuerlichen Mädelsabend ausgemacht.

Wir waren in der Billardhalle in der Stadt gewesen, hatten ein paar Bier getrunken, Kleinstadtklatschgeschichten ausgetauscht und uns nach Kräften amüsiert. Offenbar gab es ein Mädchen in der Stadt, das gleichzeitig mit drei verheirateten Männern schlief, weshalb die Ehefrauen in Pelion völlig aus dem Häuschen waren, obwohl aus meiner Sicht die Hauptschuld nicht die junge Frau, sondern die Männer traf, die den ehelichen Treueschwur gebrochen hatten. Aber wahrscheinlich tat es einfach nicht so weh, sich einzureden, dass diese verlogenen Schweinehunde in den Bann eines verführerischen Teufelsweibs geraten waren.

Wir hatten uns auch lange über Archer unterhalten, und ich hatte ihnen alles über ihn erzählt, was für sie ein Schock, zugleich aber entsetzlich aufregend gewesen war.

»Meine Güte, Bree, das hätten wir niemals gedacht! Aber im Grunde bist du auch die Einzige, der das gelingen konnte«, hatte Melanie gesagt. »Sicher war es Schicksal, dass du ausgerechnet hier gelandet bist. Du kannst die Gebärdensprache, und zum ersten Mal hat er jemanden, mit dem er reden kann.«

Ich hatte verträumt gelächelt. Denn so fühlte es sich tatsächlich an. Das Schicksal hatte sich endlich einmal von seiner *anderen, wunderschönen* Seite gezeigt.

Um kurz nach elf war ich wieder daheim gewesen, hatte kurz geduscht, ein paar Seiten gelesen, und danach das Licht ausgemacht und mich gefragt, ob Archers Männerabend wohl genauso unterhaltsam war.

Ich war unglaublich stolz auf ihn, weil er mit Travis ausgegangen war. Er hatte furchtbar misstrauisch und unsicher gewirkt, und mir war klar, dass er im Grunde einzig mir zuliebe mitgefahren war. Doch auch so war es ein großer Schritt für ihn, denn er hatte sein Grundstück in den letzten sechzehn Jahren höchstens ab und zu verlassen, um in Pelion einkaufen zu gehen.

Ich hoffte nur, dass er wenigstens ein bisschen Spaß bei seinem allerersten Kneipen- oder Restaurantbesuch hatte.

Plötzlich hörte ich, wie draußen eine Wagentür zugeworfen wurde und ein großer Pick-up den Weg hinunterschoss. Was zum Teufel war da los?

Phoebe, die am Fußende des Betts lag, hob den Kopf und stieß ein leises Bellen aus.

Mein Herz fing an zu rasen, doch ich atmete tief durch. Denn wenn *er* es wirklich wäre und mir etwas antun wollte, hätte er ganz sicher keinen solchen Lärm gemacht.

»Du bist einfach paranoid«, schalt ich mich selbst, schlich aber trotzdem auf den Zehenspitzen in mein Wohnzimmer und zog den Vorhang vor dem Fenster einen Spaltbreit auf.

Eine große Gestalt wankte an meinem Fenster vorbei vom Haus weg. Was zum … Archer?

Ja, natürlich war er das.

Eilig rannte ich zur Tür und riss sie auf. »Archer?«

Langsam drehte er sich um, kam aber nicht zurück, und ich sah ihn mit einem leicht verwirrten Lächeln an.

»Was machst du hier? Komm her, ich bin im Schlafanzug.«

Er schwankte leicht, blieb aber weiter stehen.

Er sah – ich blickte mit zusammengekniffenen Augen in die Dunkelheit – betrunken und verlegen aus. Mein Gott, hatte sein Cousin ihn etwa abgefüllt? Na toll.

Gesenkten Hauptes kam er auf mich zugelaufen, zog mich eng an seine Brust, vergrub sein Gesicht an meinem Hals und atmete tief ein.

Ich erstarrte. Denn er roch – oder er stank – nach dem Parfüm einer anderen Frau, irgendeinem billigen Vanillezeug.

Mein Herzschlag setzte aus. Was zur Hölle war passiert?

»Archer«, sagte ich und schob ihn sachte von mir fort.

Verlegen trat er einen Schritt zurück und machte eine Kopfbewegung, wie um sich die Haare vors Gesicht zu schütteln, was mit seinen kurzen Haaren aber nicht mehr möglich war. Also strich er sich mit einer Hand über den Kopf und bedachte mich mit einem unglücklichen Blick.

Der Männerabend hat mir nicht gefallen, meinte er, wobei seine Bewegungen ein bisschen fahrig waren. *Stripklubs sind anscheinend nichts für mich.*

»Stripklubs?«, stieß ich keuchend aus, und dann entdeckte ich den riesengroßen Knutschfleck und den leuchtenden pinkfarbenen Lippenstift an seinem Hals.

Oh Gott. Ich wurde starr vor Schreck. »Du warst bei einer anderen Frau?«

Mein Herz zog sich zusammen, während ich die Hände schlaff herunterbaumeln ließ.

Er starrte mich nur an. Der gequälte Blick aus seinen ausdrucksvollen, bernsteinfarbenen Augen verriet, dass er kurz erwog, mich zu belügen, ehe er sich eines Besseren besann und sich geschlagen gab.

Er nickte traurig, und ich brauchte einen Augenblick, bevor ich meine Stimme wiederfand.

»Auf einer Bühne?«, fragte ich ihn in der Hoffnung, dass das alles nur ein Dumme-Jungen-Streich der anderen gewesen war.

Er runzelte die Stirn, errötete und hob die Hände hoch. *Nein, in einem Hinterzimmer.*

»Einem Hinterzimmer?«, stieß ich mit erstickter Stimme aus.

Er nickte, und wir starrten uns erneut an.

»Du warst also mit einer anderen Frau im Hinterzimmer eines Stripklubs?«

Ich konnte spüren, dass ich erbleichte, während er gequält auf seine Füße sah.

Ich versuchte, sein Geständnis zu verdauen, sah ihn dann aber aus tränenfeuchten Augen an und fragte rau: »Warum?«

Archer stopfte seine Hände in die Hosentaschen und bedachte mich mit einem unglücklichen Blick.

Was sollte mir das sagen? Ihm musste doch klar sein, dass es mich nicht kaltließ, dass er bei einer anderen Frau gewesen war. Hatte er so wenig Ahnung von der Welt, von Beziehungen und Liebe? Nein, das konnte ganz einfach nicht sein.

Er zog seine Hände wieder aus den Taschen, und seine Kiefermuskeln zuckten, als er sagte: *Travis hat erzählt, du hättest ihn geküsst.*

Ich runzelte verblüfft die Stirn, gab dann aber in ruhigem Ton zurück: »Ich habe ihn *einmal* geküsst, als du und ich nur Freunde waren. Aber nachdem aus unserer Freundschaft mehr geworden war, habe ich mich für dich entschieden.«

Mich durchfuhren Zorn, Verletztheit und das schreckliche Gefühl, etwas verloren zu haben, während er wie ein getretener Welpe immer noch leicht schwankend vor mir stand. Aber hatte nicht *er mir* an diesem Abend einen Tritt verpasst?

Ich stand kurz davor, in Tränen auszubrechen, deshalb räusperte ich mich und stieß mit rauer Stimme aus: »Du bist betrunken. Also werde ich dich heimfahren, damit du erst mal deinen Rausch ausschlafen kannst.« Inzwischen war ich wie betäubt.

Er packte meinen Arm, doch als ich erst auf seine Hand und dann in seine unglücklichen Augen sah, ließ er mich sofort wieder los.

Es tut mir leid.

Ich nickte abgehackt, nahm meine dünne Jacke von dem Haken an der Tür und trat vors Haus.

Archer zog die Tür hinter uns zu, lief hinter mir her zu meinem Wagen, und ich fuhr ihn schweigend bis zu seinem Grundstück in der Briar Road, wo Archer sich mir zuwandte und mich flehend ansah.

»Geh einfach, Archer«, bat ich ihn. Ich musste heim und mich in meinem Bett zusammenrollen. In meinem Kopf und meinem Herzen ging alles durcheinander.

Archer starrte mich ein paar Sekunden an, wandte sich dann ab, stieg aus und drückte sanft die Tür ins Schloss.

Ich wendete und sah dabei im Rückspiegel, dass er, die Hände in den Hosentaschen, auf der Straße stand und reglos zusah, wie ich wieder fuhr.

Ein paar Minuten später zog ich wie betäubt meine Jacke wieder aus, kroch in mein Bett und zog unglücklich die Decke über meinen Kopf. Erst dann brach ich in Schluchzen aus. Er war bei einer anderen Frau gewesen. Er hatte sein erstes Mal nicht wie erhofft mit mir, sondern mit einer kleinen Stripperin im Hinterzimmer einer Bar erlebt.

Und ich war daran nicht ganz unschuldig.

Nach nur zwei Stunden Schlaf zwang ich mich aus dem Bett, schleppte mich ins Bad und machte mich fertig.

Mein Herz war schwer vor Traurigkeit, und nicht einmal die Arbeit lenkte mich von meinem Elend ab. Denn egal, was ich auch tat, meine Gedanken wanderten ein ums andere Mal zu Archer.

Während ich die Zuckerbehälter auf den Tischen füllte, ging mir durch den Kopf, dass er nur auf mein Drängen überhaupt seinen geschützten Raum verlassen hatte, um etwas geselliger zu sein. Wenn das mal nicht Ironie des Schicksals war.

Um nicht laut zu lachen oder mich heulend unter einem der Tische zu verkriechen, holte ich tief Luft und zählte weiter Süßstoffpäckchen ab.

Zum Teil war das Ganze meine eigene Schuld. Ich hätte ihn nicht dazu drängen sollen, etwas zu tun, zu dem er nicht bereit gewesen war. Nur hatte ich gedacht, er wäre vielleicht nie wirklich bereit und deshalb täte ihm ein kleiner Schubs von einem Menschen, der ihn liebte, gut. Denn schließlich konnte Archer nicht bis an sein Lebensende immer nur auf seinem Grundstück leben und von dort aus höchstens ab und zu mal in den Supermarkt, die Gärtnerei oder den Baumarkt gehen.

Aber vielleicht hätte ich ihm helfen sollen, sich in die Welt hinauszuwagen, statt auf Travis' Angebot, sich seiner anzunehmen, einzugehen.

Travis. Welche Rolle spielte er in dieser ganzen Angelegenheit? Ich hatte das Gefühl, dass er nicht völlig unbeteiligt an dem Drama war. Anstatt ihm zu helfen, endlich mal aus seinem schützenden Kokon herauszukommen und sich zu entfalten, hatte Travis ihn anscheinend in die Falle gelockt. Zumindest hatte er die Dinge nicht verhindert, die in diesem Klub geschehen waren. Ein scheuer, reservierter Mann wie Archer hätte sich niemals von allein an eine andere Frau herangemacht.

Ich stellte ihn mir vor, wie er auf einer halb entblößten Frau in irgendeinem dunklen Hinterzimmer lag, kniff unglücklich die Augen zu und atmete tief durch. Ich war vorher schon von anderen betrogen worden, und ich würde es auch diesmal überstehen. Vor allem fühlte es sich diesmal anders an, so als hätte Archer mich gar nicht betrügen wollen … Aber halt! Ich würde keine Entschuldigung für die Entscheidung suchen, die von ihm allein getroffen worden war. Oh Gott, ich war total verwirrt und fürchterlich verletzt.

Ich machte noch ein paar Salate, sagte Norm und Maggie Tschüss und ging.

Da ich noch ein paar Lebensmittel brauchte, hielt ich auf dem Heimweg am Supermarkt, und während ich mit meinen Einkäufen zurück zu meinem Wagen lief, hörte ich, wie jemand leise meinen Namen rief.

Eine Frau mit kurzem, braunem Haar und Brille schob entschlossen ihren Einkaufswagen auf mich zu.

Ich blieb mit meinem eigenen Wagen stehen und grüßte sie freundlich: »Hi.«

»Hallo.« Sie blickte mich mit einem warmen Lächeln an. »Mein Name ist Amanda Wright. Sie wundern sich bestimmt, woher ich Ihren Namen weiß. Anne und ich spielen zusammen Karten.« Sie stieß ein leises Lachen aus.

»Oh, okay. Ich bin Annes Nachbarin.«

Sie nickte. »Ja, ich weiß. Sie hat uns an unserem letzten Spieleabend alles über Sie erzählt und Sie uns so gut beschrieben, dass ich sofort wusste, wer Sie sind, als ich Sie eben sah.«

»Ah, schön, eine Ihrer Freundinnen zu treffen. Anne war schon am ersten Tag unglaublich nett zu mir.«

»Das glaube ich. Denn sie ist eine wirklich reizende Person.« Nach einer kurzen Pause fügte sie hinzu: »Wahrscheinlich geht es mich nichts an, aber sie hat uns erzählt, dass Sie mit Archer Hale befreundet sind.«

Seit meiner letzten Plauderei mit Anne hatten sich die Dinge leicht verändert, doch ich sagte einfach: »Ja.«

Amanda atmete erleichtert auf. »Ich war die beste Freundin seiner Mom.«

Ich riss verblüfft die Augen auf. »Sie kannten seine Mutter?«

»Ja. Und deshalb hat es mir immer entsetzlich leidgetan, dass ich nach ihrem Tod nicht mehr für Archer getan habe.« Sie schüttelte unglücklich den Kopf. »Ein paarmal habe ich versucht, ihn bei seinem Onkel zu besuchen, aber Nate hatte all diese verrückten Schilder aufgehängt, auf denen er vor Bomben und vor Fallen und so warnte … deshalb habe ich mich nie wirklich getraut.«

Mit nachdenklicher Stimme fuhr sie fort: »Und dann hörte ich in der Stadt, dass Archer bei dem Unfall irgendwelche Hirnschäden davongetragen hätte, und ich sagte mir, dass die Familie sicherlich am besten weiß, wie mit ihm in dieser Situation umzugehen ist.«

Sie blickte mich verlegen an. »Jetzt, wo ich darüber spreche, merke ich, wie lächerlich das klingt.«

»Mrs Wright …«, setzte ich an.

»Bitte nennen Sie mich doch Amanda.«

»Also gut, Amanda, ich möchte bestimmt nicht neugierig erscheinen, aber wissen Sie, wie es zu diesem Unfall kam? Archer möchte nicht darüber reden und, nun ja …«

Amanda legte ihre Hand auf meinen Arm. »Sie mögen ihn«, stellte sie lächelnd fest und blickte mich aus tränenfeuchten Augen an.

»Das tue ich.« Ich nickte zustimmend, und plötzlich wurde mir bewusst, wie wichtig Archer mir noch immer war und dass ich ihm auch weiter helfen wollte, ein Leben zu führen, das über ihn selbst, die Hunde und die Arbeiten an seinem Grundstück und am Haus hinausging.

Amanda dachte nach. »Ich weiß nur das, was damals in der Zeitung stand. Wir haben hier in Pelion keine eigene Zeitung, deshalb hat ein Journalist von außerhalb einen eher spärlichen Bericht verfasst. Davon abgesehen spricht niemand jemals über diese Angelegenheit. Wenn Sie mich fragen, liegt das an Tori Hale. Ganz Pelion kuscht vor ihr, weil sie, wenn sich jemand mit ihr anlegt, einfach Geschäfte schließen und den Leuten ihre Arbeit nehmen kann. Das hat sie schon des Öfteren getan, deswegen muckt hier niemand auf. Aber wissen Sie was? Aus meiner Sicht hat sie auf alle Fälle irgendwas mit den Geschehnissen an jenem Tag zu tun. Sie hatte noch nie ein Problem damit, das Leben anderer Leute zu zerstören, wenn es ihren eigenen Zwecken dient.«

Ich atmete vernehmlich ein. »Victoria Hale? Vor ein paar Tagen hat sie mich an meinem Arbeitsplatz besucht und mir deutlich zu verstehen gegeben, dass ich Archer nicht mehr treffen soll.«

Amanda nickte und wirkte kurz, als würde sie mit sich ringen. Dann sagte sie: »Darüber rede ich sonst nie, aber Victoria Hale war außer sich vor Eifersucht auf Archers Mom. Sie hat die Menschen immer schon manipuliert, um ihre Ziele zu erreichen. Und das ist ihr bei Alyssa auch gelungen.« Traurig schüttelte sie den Kopf. »Alyssa hatte immer fürchterliche Minderwertigkeitskomplexe, dachte immer, dass sie es nicht wert ist, dass sie jemand liebt. Sie kam aus einem Waisenhaus und hatte keinen Menschen, bis sie irgendwann hierher nach Pelion kam …« Sie unterbrach sich kurz und hing ihren Erinnerungen nach. »Sie war eine herzensgute Frau, der liebste Mensch auf Erden, und die haleschen Jungs haben sich gleich alle drei in sie verguckt«, erzählte sie mit einem kleinen Lächeln.

»Und sie hat sich für Marcus Hale entschieden, hat mir Anne erzählt.«

Ich lächelte, Amanda aber runzelte die Stirn und schüttelte den Kopf.

»Nein, sie hat sich nicht für ihn entschieden, sondern hatte keine andere Wahl. Wir waren zusammen auf der Party, auf der Marcus sie geschwängert hat. Auch Victoria war dort, und obwohl ich ihr das nie werde beweisen können, weiß ich ganz genau, dass sie Alyssa etwas in den Drink getan hat und dass Marcus sie dann vergewaltigt hat. Wir alle wussten, dass Alyssa Connor liebte, und auf diese Weise hat Marcus seinem Bruder eine reingewürgt. Natürlich wollte er sie dabei nicht schwängern, doch genau das ist passiert, weshalb es dann zu dieser Hochzeit kam, die Alyssa und auch Connor regelrecht das Herz gebrochen hat. Aber natürlich gab Alyssa sich die Schuld an ihrer Vergewaltigung und sah die Hochzeit mit einem Mann, den sie nicht liebte, als die gerechte Strafe an. Sie hat in ihrem Leben oft falsche Entscheidungen getroffen, einfach, weil sie sich für minderwertig hielt.«

Mit nachdenklicher Stimme fügte Mrs Wright hinzu: »Ich habe immer schon gesagt, dass Tori Hale die ganz besondere Gabe hat, andere dazu zu bringen, ihrem Willen zu folgen. Sie macht sich nie die Hände schmutzig, aber trotzdem ist sie die, die überall die Fäden zieht.«

Wieder schüttelte sie unglücklich den Kopf und schien den Tränen nahe, doch sie riss sich zusammen, griff sich an die

Brust und lachte leise auf. »Ich stehe hier und tratsche über die Vergangenheit, während sicher längst das Eis in Ihrem Einkaufswagen schmilzt. Bitte entschuldigen Sie. Ich wollte mich im Grunde nur kurz vorstellen und Sie bitten, Archer Grüße von mir auszurichten und zu sagen, dass mir seine Mama sehr viel bedeutet hat.«

Ich nickte, und bei dem Gedanken an die Dinge, die sie mir über Archers Mom und Dad berichtet hatte, wogte ein Gefühl der Trauer in mir auf.

»Ich habe einen kleinen Kleiderladen in der Stadt, das Mandy's«, fuhr Amanda lächelnd fort. »Ein wirklich origineller Name, finden Sie nicht auch? Kommen Sie doch mal vorbei. Falls Sie etwas finden, kriegen Sie's zum Freundschaftspreis.«

Ich lächelte sie an. »Das ist wirklich nett von Ihnen. Ich komme gerne darauf zurück.«

»Gut. War schön, Sie kennenzulernen, Bree.«

»Die Freude ist ganz meinerseits«, antwortete ich und sah ihr hinterher, als sie zu ihrem Wagen ging.

Dann lud ich meine Tüten ein, fuhr aber nicht gleich los, sondern dachte an das süße Mädchen, das nach Pelion gekommen war, an die Brüder, die verrückt nach ihr gewesen waren, daran, dass der Bruder, den sie gar nicht hatte haben wollen, sie auf so abscheuliche Art und Weise dazu bewogen hatte, seine Frau zu werden, daran, dass die Sache furchtbar tragisch ausgegangen war, an den kleinen Jungen, den das süße Mädchen ganz allein zurückgelassen hatte, und daran, dass ich mich nach diesem Jungen sehnte, der jetzt vielleicht für immer für mich verloren war.

Die nächsten Tage brachte ich bei der Arbeit und danach in meinem Häuschen zu. Ich las sehr viel und hoffte, dass die Zeit auf diese Weise möglichst schnell verging, denn ich vermisste ihn und hatte das Bedürfnis, ihn zu trösten – was wahrscheinlich etwas seltsam war, denn schließlich hatte er im Hinterzimmer eines Stripklubs Sex mit einer Tänzerin gehabt, obwohl der meines Wissens nach dort nicht zu den klassischen Dienstleistungen gehörte. Aber woher sollte ich schon wissen, was genau in solchen Etablissements geschah?

Was ich sicher wusste, war, dass Archer alles andere als glücklich über das Geschehen war. Weshalb also hatte er es überhaupt getan? Ich versuchte, mich in seine Lage zu versetzen und mir vorzustellen, wie der Besuch in diesem Stripklub für ihn gewesen war. Doch bereits der Gedanke daran tat mir weh.

Am Freitag kam ich aus dem Imbiss und sah Travis auf der anderen Straßenseite stehen. Er trug Zivil, unterhielt sich gut gelaunt mit einem alten Mann, und plötzlich sah ich rot. Schließlich hatte Travis Archer in das Striplokal geschleift. Das hieß, er hatte sicher alles ganz genau geplant.

Ich stürzte los, und beinah hätte mich ein Auto angefahren. Als der Fahrer wütend hupte, blickte Travis über seine Schulter, doch bevor er lächeln konnte, sah er mein wütendes Gesicht, sagte schnell etwas zu dem alten Mann und kam eilig auf mich zu.

Sobald ich vor ihm stand, schlug ich ihm kraftvoll ins Gesicht, worauf er kurz die Augen schloss, die Hand an seine Wange legte, langsam seinen Kiefer hin und her bewegte und mich fragte: »Was zum Teufel sollte das?«

»Du bist ein widerliches Arschloch, Travis Hale. Was zur Hölle hast du dir dabei gedacht, mit Archer in einen Stripklub zu gehen? Ich dachte, dass ich dir vertrauen kann. Ich dachte, dass du dich jetzt endlich einmal um ihm kümmerst, nachdem du ihn jahrelang allein gelassen hast.«

»Dass ich mich um ihn kümmere?« Er lachte leise auf. »Ist er etwa ein kleines Kind?«

»Natürlich nicht«, schrie ich ihn an. »Aber du weißt ganz genau, dass er noch nie abends aus war! Du hättest ihn …«

»Ich bitte dich. Du willst doch wohl nicht wirklich einen Kerl, um den sich ständig jemand *kümmern* muss. Du willst doch sicher lieber einen echten Mann.«

Inzwischen war ich außer mir vor Zorn und hätte ihm am liebsten eine zweite Ohrfeige verpasst. »Tu ja nicht so, als wäre er zu dumm, um Dinge zu verstehen, die ihm bisher fremd gewesen sind. Du hättest einfach …«

»Was? Den ganzen Abend Händchen mit ihm halten sollen, damit er keine andere Frau flachlegt?« Er fuhr sich durchs Haar und schnaubte. »Meine Güte, Bree, ich habe sicher nicht gewollt, dass Archer dich derart verletzt. Ich habe lediglich versucht, ihm was zu bieten und ihm das Gefühl zu geben, dass er auch ein ganzer Kerl ist, der dir nicht in allen Dingen völlig unterlegen ist. Okay, der Plan ging offenbar nach hinten los – das ist mir klar geworden, als er verschwand, um eins der Mädchen flachzulegen, das ihm schon gefallen hat, als wir noch Teenies waren.«

»Halt endlich deinen Mund!«, fuhr ich ihn an und brach dann mitten auf der Straße, ausgerechnet vor den Augen dieses Kerls, in Tränen aus.

»Ach, Bree«, fuhr er mit schmeichelnder Stimme fort. »Er ist einfach nicht der Richtige für dich. Er ist zu … weltfremd und zu … anders, um dir nicht noch öfter furchtbar wehzutun. Es tut mir leid, dass du das auf die harte Tour herausgefunden hast.«

Ich schüttelte den Kopf. »Du verdrehst die ganze Sache.«

»Aber, Bree, wenn's doch so ist …« Er zog mich sanft an seine Brust. »Es tut mir leid. Es tut mir wirklich furchtbar leid.«

Ich stieß ihn fort und lief zurück zu meinem Wagen, um so schnell wie möglich heimzufahren. Meine Verletztheit und mein Zorn – auf Travis, Archer und mich selbst – brachten mich fast um den Verstand.

»Bree«, rief Travis, doch ich drehte mich nicht noch mal zu ihm um.

»Ich bin für dich da, falls du mich brauchst.«

Inzwischen starrten uns die Leute an. Doch nach dem Schauspiel, das wir zwei – oder eher: das ich – geboten hatte, waren ihre neugierigen Blicke durchaus zu verstehen.

Eilig stieg ich ein, fuhr wie in Trance zurück nach Hause, schleppte mich ins Wohnzimmer und warf mich dort wie erschlagen auf die Couch.

Fröhlich sprang mir Phoebe auf den Schoß, wackelte mit ihrem Schwanz und fuhr mir mit der Zunge übers Gesicht. Trotz der miesen Laune, die ich hatte, drückte ich sie lachend an die Brust. »Hallo, mein süßer Schatz.«

Sie sprang wieder von mir herunter, lief zur Tür und stieß ein leises Bellen aus. Sie war es gewohnt, täglich in meinen Fahrradkorb zu hüpfen, Archer zu besuchen und mit ihren Freunden ausgelassen auf dem großen Anwesen herumzutollen, und vermisste sie bestimmt genauso sehr wie ich.

»Mir fehlt er auch«, gab ich mit rauer Stimme zu, auch wenn ich keine Ahnung hatte, wie sich das Problem beheben ließ.

Ein paar Minuten später ging ich duschen, und als ich im Schlafzimmer aus meinen Kleidern stieg, fielen die ersten Regentropfen auf das Dach.

21

Bree

Um zwanzig Uhr goss es in Strömen, in der Ferne grollte der Donner, und am Himmel leuchteten die ersten, grellen Blitze auf.

Ich kauerte in meinem Schlafzimmer und drückte Phoebe fest an meine Brust. Denn wieder stiegen die Gefühle *jenes* Abends in mir auf. Inzwischen kam ich halbwegs gut damit zurecht, doch mir war klar, ich würde mich bei Blitz und Donner auch in Zukunft immer mutterseelenallein und hilflos fühlen.

Für den Fall, dass der Strom ausfallen sollte, hatte ich in meinem Schlafzimmer mehrere Kerzen aufgestellt. Normalerweise fand ich Kerzenlicht beruhigend und romantisch, heute Abend aber kamen mir die Schatten, die die Flammen an die Wände warfen, unheimlich und irgendwie bedrohlich vor.

Plötzlich klopfte es an meiner Tür. Ich zuckte zusammen, und Phoebe spitzte die Ohren und stieß ein leises Bellen aus. Wer zum Teufel war das?

Wegen des Gewitters dachte ich bereits die ganze Zeit an *ihn*, deshalb klopfte mein Herz schneller, als ich aufstand und mich, dicht gefolgt von Phoebe, in den Flur schlich.

Ich trat ans Fenster, lugte vorsichtig durch einen Spalt im Vorhang und sah Archer auf der stockdunklen Veranda. Er lehnte sich zurück und sah mich an. Mein Herzschlag beschleunigte sich noch mehr, als ich seine durchgeweichten Jeans, das tropfende, weiße T-Shirt und die nasse, offene

Sweatshirt-Jacke sah. Oh Gott, er war bei diesem Unwetter zu Fuß hierhergelaufen.

Nach kurzem Zögern rannte ich zur Tür und riss sie auf. Noch immer goss es wie aus Eimern, und das kleine Haus erbebte unter einem neuerlichen Donnerschlag. Abermals zuckte ich leicht zusammen, und sofort trat Archer mit besorgter Miene auf mich zu.

Was machst du hier?, fragte ich ihn.

Du magst keine Gewitter, antwortete er, und ich riss verwirrt die Augen auf.

Du bist eine Meile durch den Regen bis hierhergelaufen, nur weil ich keine Gewitter mag?

Stirnrunzelnd wandte er sich ab. Doch schließlich blickte er mich wieder an und sagte einfach: *Ja.*

Er bedachte mich mit einem schmerzerfüllten Blick. *Ich weiß, bestimmt bin ich der Letzte, den du gerade sehen willst, aber ich dachte, wenn ich einfach hier vor deiner Haustür sitze, bist du nicht allein und hast keine Angst.*

Oh Gott. Unweigerlich brach ich in Tränen aus.

Er tat den nächsten zögerlichen Schritt in meine Richtung, sah mich fragend an, und als ich nickte, zog er mich an seine Brust.

Ich schlang ihm die Arme um den Hals, vergrub mein Gesicht an seiner Schulter und sog seinen reinen, regennassen Duft in meine Lungen ein. Ich weinte lautlos vor mich hin, während er mich in den Armen hielt, mir sanft über den Rücken strich und sich die Nässe seiner Kleider auf mein Schlafshirt übertrug. Während dieser paar Minuten war ich blind und taub für Donner, Blitze und den Regen, der noch immer prasselnd auf die Erde schlug. Während dieser paar Minuten gab es nur noch ihn und mich, sonst nichts.

Ich war mir nicht sicher, was ich denken sollte. Ich wusste nur, dass es sich richtig anfühlte, dass er gekommen war. Denn er war immer noch mein bester Freund, mein süßer, stummer Junge, und ich hatte ihn so sehr vermisst, dass es körperlich wehgetan hatte. Er hatte mich verletzt, aber ich klammerte mich an ihm fest, als hinge mein Leben davon ab.

Schließlich aber lehnte ich mich leicht zurück und sah ihm ins Gesicht. Er blickte mich so sanft und zärtlich an, dass sich mein Herz zusammenzog.

Trotzdem sagte ich: *Du hast mir wehgetan,* und trat einen Schritt zurück.

Lass es mich wiedergutmachen, bat er. *Bitte, Bree. Ich will es wiedergutmachen. Was kann ich tun?*

Ich ließ die Schultern hängen und hob hilflos meine Hände. *Du hattest Sex mit einer anderen Frau, Archer.*

Er schüttelte den Kopf. *Ich hatte keinen Sex mit ihr. Ich war nur mit ihr … in diesem Raum.*

Ich runzelte die Stirn und riss den Kopf zurück. *Was? Ich dachte, du … Moment mal, was genau habt ihr in diesem Raum gemacht?*

Ich wusste nicht, was er mir sagen würde, doch ich war schon erleichtert, dass er mit dieser Frau nicht bis zum Äußersten gegangen war.

Seufzend fuhr er sich mit einer Hand über das nasse Haar. *Ich … das ist …* Er seufzte abermals. *Sie hat mich in eins der Hinterzimmer des Lokals geführt, mich auf den Hals geküsst und mir ihre nackten Brüste gezeigt. Und als sie meine Hand auf ihre Brust gezogen hat, hat mein Körper darauf … reagiert.* Er klappte kurz die Augen zu, schlug sie dann aber wieder auf.

Sie hat mir erzählt, das Travis sie dafür bezahlt hat, dass sie mit mir schläft. Aber das fühlte sich nicht richtig an, deshalb bin ich gegangen. Das war's, und es tut mir furchtbar leid. Ich weiß, dass das nicht richtig war. Ich wollte das nicht. Ich meine … ich … oh Gott …

Ich atmete erleichtert auf, als er verschämt zu Boden sah, lachte leise auf und schüttelte den Kopf. Da legte Archer seine kalte Hand unter mein Kinn, zwang mich sanft, ihm ins Gesicht zu schauen, und sah mich fragend an.

Du warst in einem Stripklub. Das Mädchen hat sich für dich ausgezogen und ist dabei eindeutig zu weit gegangen, aber du hast Nein gesagt und es dann einfach stehen lassen, Archer. Ich sah ihm forschend ins Gesicht. *Warum hast du Nein gesagt?*

Er zögerte, doch schließlich meinte er: *Ich will mit keiner anderen als mit dir zusammen sein. Ich habe dieses Mädchen nicht gewollt. Ich will nur dich, Bree. Dich.*

Als wir in der offenen Haustür standen und einander in die Augen sahen, fielen mir sein Zittern, seine blauen Lippen und die große Wasserlache, die sich rund um ihn gebildet hatte, auf.

Eilig zog ich ihn ins Haus. »Oh mein Gott, du bist ja halb erfroren. Am besten wärmen wir dich erst mal auf.«

Ich führte ihn ins Bad, drehte die Dusche auf, und sofort erfüllte eine Wolke heißen Dampfs den kleinen Raum. Dann zog ich ihm die Jacke und das T-Shirt aus. Archer ließ es geschehen und half mir, wo es nötig war. Er stieg aus seinen Schuhen, und eilig kniete ich mich vor ihm auf den Boden, streifte ihm die nassen Socken von den Füßen, stand dann wieder auf und blickte dabei auf seinen nackten Bauch und seine Brust.

Plötzlich war es in dem kleinen Badezimmer viel zu heiß. Ich biss mir auf die Lippe und sah schnell in sein herrliches Gesicht.

Geh du erst mal unter die Dusche, bat ich, als er mir nur noch in Jeans gegenüberstand. *Ich ziehe mir in der Zeit trockene Sachen an.* Denn auch mein Schlafshirt war klitschnass.

Als er nickte, drehte ich mich um, verließ das Bad, drückte die Tür hinter mir zu und lehnte mich mit einem leisen Stöhnen an die Wand.

»So etwas kann auch nur dir passieren, Bree«, murmelte ich leise vor mich hin. »Niemand außer dir hätte sich je in einen stummen Einzelgänger verliebt, der seit Jahren keinerlei Kontakt zu anderen Menschen hat.« Doch dann fing ich an zu grinsen. Denn zumindest hatte dieser stumme Einzelgänger einen mehr als innigen Kontakt zu *mir*.

Eilig tauschte ich mein nasses Shirt gegen ein frisches –

möglichst hübsches – Schlafshirt aus. Dann ging ich in die Küche, stellte dort den Wasserkessel auf den Herd und blickte durch das Fenster in den Regen hinaus, bis der Kessel pfiff.

Ein paar Minuten später wurde nebenan die Dusche abgedreht, und als sich kurz danach die Badezimmertür öffnete, rief ich leise: »Ich bin in der Küche.«

Archer trat, mit nichts als einem Handtuch um die schmalen Hüften, durch die Tür und fuhr sich leicht verlegen mit den Fingern durch das feuchte Haar.

Ich musste schlucken, als mein Blick auf seine wunderschöne muskulöse, nackte Brust und die sichtbare Beule unter seinem Handtuch fiel.

»Ich habe Tee für uns gekocht«, erklärte ich. »Falls du deine Sachen in den Trockner stecken willst – er steht in dem kleinen Raum neben dem Bad.«

Archer kam zurück, als ich das Teegeschirr ins Wohnzimmer neben der Küche trug. Er nahm mir einen Becher ab. Wir setzten uns zusammen auf die Couch und tranken erst einmal in aller Ruhe unseren Tee.

Doch schließlich stellte Archer seinen Becher auf dem Couchtisch ab und wandte sich mir zu. *Darf ich dir etwas sagen?*

»Ja, natürlich«, sagte ich, legte meinen Kopf schief und nahm einen Schluck von meinem Tee.

Er atmete tief durch und fing dann zögernd an: *Ich habe in den letzten Tagen sehr viel nachgedacht und … ich habe versucht, der Mann zu sein, den du dir wünschst, aber … das ist alles andere als leicht für mich.* Er schüttelte den Kopf. *Mir hat es in diesem Stripklub gar nicht gefallen – der Lärm, die vielen Leute und vor allem, dass ich nicht reden konnte.* Er brach ab und sah mir ins Gesicht. *Ich will dich glücklich machen, mehr als alles andere, aber …* Er fuhr sich mit einer Hand durchs Haar.

Ich stellte meinen Becher neben seinen auf den Tisch und rutschte möglichst dicht an ihn heran. *Ich habe dir anscheinend das Gefühl gegeben, dass ich dich als eine Art Projekt betrachte, dass du mir nicht reichst, so wie du bist.* Ich sah zu Boden, schaute ihm dann aber wieder ins Gesicht. *Das tut mir schrecklich leid.*

Er nahm meine Hände, drückte sie und ließ sie wieder los. *Nein, du hast nichts falsch gemacht. Du wolltest einfach … meinen Horizont erweitern. Aber das geht erst, wenn auch ich selber so weit bin. Und ich habe keine Ahnung, wann das sein wird. Vielleicht dauert das noch ewig, Bree.*

In meinen Augen stiegen Tränen auf, doch ich sagte: *Okay*, stieß dann ein leises Lachen aus, schwang mich ihm rittlings auf den Schoß und zog ihn eng an meine Brust. Ich wäre erst mal nicht bereit, ihn wieder loszulassen, deshalb sprach ich nicht mit meinen Händen, sondern raunte ihm mit leiser Stimme zu: »Aber eins muss klar sein …« Archer wartete gespannt, und schließlich lehnte ich mich leicht zurück und sagte: »Zukünftig bin ich die Einzige, die für dich strippt.«

Seine Augen fingen an zu leuchten, und beim Anblick seines wunderschönen Grinsens setzte kurzfristig mein Herzschlag aus. Ich grinste ebenfalls, beugte mich vor und drückte meine Lippen fest auf seinen Mund.

In diesem Moment donnerte es laut, und das Zimmer wurde vom darauffolgenden Blitz in pulsierende Helligkeit getaucht. Eilig schmiegte ich mich möglichst eng an Archer und schob meine Zunge tief in seinen warmen Mund. Er schmeckte nach dem Zimt aus seiner Zahnpasta und nach dem Honig aus dem Tee. Unsere beiden Zungen glitten umeinander, und aus meiner Kehle stieg ein dumpfes Stöhnen auf.

Er umfasste mein Gesicht mit seinen Händen, bog meinen Kopf zurück und erforschte meinen Mund so langsam und so gründlich, bis ich mich laut stöhnend an ihm rieb.

Archer war oft unsicher und scheu, doch wenn er sich mit Dingen beschäftigte, die zu lernen er sich Zeit genommen hatte, war er souverän und selbstbewusst, was ihm wahrscheinlich selbst bisher noch gar nicht aufgefallen war.

Ich löste mich von seinen Lippen, rang erstickt nach Luft und warf erneut den Kopf zurück, um ihm meinen Hals darzubieten. Knabbernd bahnte er sich einen Weg daran herab, während ich ihm mit den Fingerspitzen durch die kurzen Haare fuhr.

Dann umfasste er mit beiden Händen meine Brüste und massierte meine Nippel durch den dünnen Baumwollstoff meines Shirts hindurch. Ich seufzte wohlig auf und vergrub meine Hände tiefer in seinem Haar.

Durch meinen inzwischen feuchten Slip und das Frotteehandtuch, das er trug, hindurch spürte ich seine verführerische Härte.

Entschlossen schob ich eine meiner Hände zwischen uns und glitt mit meinen Fingern sanft über seinen straffen Bauch. Er atmete tief ein und spannte seine Muskeln unter der Berührung spürbar an. Langsam ließ ich meine Hand noch tiefer gleiten, streichelte ihn durch das Handtuch, während er mich unter schweren Lidern hervor ansah. Oh Gott, wie schön er war. Ich spürte die feuchte Wärme und das wilde Pochen zwischen meinen Schenkeln, das förmlich danach schrie, gelindert zu werden.

»Ich will dich, Archer«, raunte ich ihm zu, und sofort schob er seine Arme unter mich, stand auf und trug mich über den Flur in Richtung meines Betts.

Lachend schlang ich ihm die Arme um den Hals. »Ich schätze, das heißt ja.«

Er lächelte mich an, nur ein wenig angespannt und kaum nervös.

Im Schlafzimmer legte er mich sanft aufs Bett, blieb stehen, und das Blut rauschte in meinen Ohren, als ich die Zärtlichkeit und Leidenschaft in seinen Zügen sah.

Er schaltete die Deckenlampe aus, und der Raum wurde in träumerisches Kerzenlicht getaucht. Es war völlig anders als vor einer halben Stunde. Denn da hatte ich allein auf diesem Bett gelegen und beim Anblick der tanzenden Schatten an den Wänden Todesangst gehabt.

Archer wandte sich mir wieder zu, ließ das Handtuch fallen, und ich erhaschte einen ersten, kurzen Blick auf seinen nackten Leib im Ganzen, bevor er vorsichtig ein Knie auf die Matratze legte und sich langsam auf mich schob.

Grundgütiger. Er sollte am besten so schnell es ging ein Trainingsvideo herausbringen, auf dem man ihn beim Fliesenlegen, Holzhacken sowie auf irgendwelchen Märschen in den Lebensmittelladen oder Baumarkt sah.

Wir küssten uns minutenlang, und als ich meinen Mund von seinen Lippen löste, um nach Luft zu ringen, küsste er mich auf den Hals und saugte sanft daran. Ich warf meinen Kopf zurück und presste meine Hüften gegen seinen Unterleib.

Er holte zischend Luft, hob kurz den Kopf und sah mir ins Gesicht. Dann stützte er sich auf den Unterarmen ab, weshalb er nicht mehr sprechen konnte, und auch ich blieb stumm, denn sein Gesicht verriet mir alles, was ich wissen wollte. Nämlich, dass er nirgendwo anders sein wollte als hier bei mir, um das zu tun, was er jetzt gerade tat. Und als ich seine vor Begehren dunklen Augen und die Zärtlichkeit in seinem Gesicht sah, wurde mir klar, dass auch ich selber nirgendwo anders sein wollte als in diesem Raum mit diesem wunderbaren Mann.

Ich streckte meine Arme aus, und langsam griff er nach dem Saum meines Schlafshirts, zog es mir über den Kopf und ließ es achtlos auf den Boden fallen.

Er stand wieder auf und sah mir ins Gesicht, bevor er meinen Slip mit seinen Zeigefingern meine Beine herabzog. Ich lenkte meinen Blick von seinen Augen auf sein steifes Glied, und das Pochen zwischen meinen Schenkeln nahm noch zu.

Doch er stand einfach da und sah mich reglos an.

Ich rutschte verlegen auf dem Bett hin und her. Ich hatte es noch nie ertragen, still irgendwo zu liegen, während jemand seinen Blick an meinem nackten Körper herunterwandern ließ, doch als er plötzlich meinte: *Du bist einfach wunderschön,* und ich das leichte Zittern seiner Finger sah, wurde ich völlig ruhig.

»Genau wie du«, gab ich zurück, als er sich wieder auf mich schob und ich die straff gespannten Muskeln seiner Unterarme sah. Er stützte sich mit seinen Händen links und rechts von meinem Körper ab und drückte seine Lippen abermals auf meinen Mund.

Langsam glitt ich mit den Händen über seine Arme bis hinauf zu seinen breiten Schultern, weiter über seinen muskulösen Rücken bis hinab zu seinem Hintern und zog ihn dicht auf mich herab.

Er verzog den Mund zu einem Lächeln, löste ihn von meinen Lippen und drückte ihn sanft auf meinen Hals.

»Gefällt es dir, wenn ich dir an den Hintern fasse?«, fragte ich ihn grinsend, und als ich sein neuerliches Lächeln spürte, vergrub ich die Hände fest in seinen straffen Pobacken und presste seinen heißen, harten Schwanz so eng an meinen Bauch, dass meine Haut in Flammen aufzugehen schien und ich vor Verlangen zitterte. Er neigte den Kopf zu meinen Brüsten, legte seine warmen Lippen fest um einen meiner Nippel und ließ die Zunge um die harte Knospe kreisen.

»Oh, Archer«, stieß ich keuchend aus. »Bitte hör nicht auf.«

Während er an einem Nippel saugte, spielten seine Finger mit dem anderen, und als er die Seiten tauschte, bog ich mich ihm entgegen, denn ich hielt das Pochen zwischen meinen Beinen keinen Augenblick mehr aus. Meine geschwollene Klit wollte erlöst werden. Er schob eine Hand zwischen meine Beine, tauchte einen Finger in die Nässe und ließ ihn dann langsam über der Erhebung kreisen. Ja! Genau so hatte ich es ihm gezeigt! Ich rang nach Luft, ließ mit einem neuerlichen Stöhnen meine Hüften kreisen und bog mich weiter flehend seiner Hand entgegen. Die Erlösung war zum Greifen nah, und tief in meinem Inneren stoben die ersten Funken auf.

»Oh Gott, oh Gott, oh Gott.« Ich warf den Kopf zurück, die Spitze seines Glieds drückte in meinen Bauch, und ich kam so heftig und schnell, dass ich mich keuchend auf dem Laken wand.

Ich schlug die Augen wieder auf, und der ehrfürchtige, liebevolle Blick, mit dem er mich bedachte, erfüllte mich mit einem heißen Glücksgefühl. Ich liebte diesen Blick so sehr, dass es schon beinah wehtat.

»Ich hätte dich so gern in mir gehabt«, gestand ich rau.

Er sah mir weiter ins Gesicht, schob sich ein Stück an mir herab und führte seinen Schwanz mit seiner Hand in Richtung meiner Öffnung. Er musste sichtlich schlucken, als ich meine Knie anzog und die Beine spreizte, damit er den Eingang leichter fand.

Wir sahen uns an, und wieder spürte ich die seltsame Verbindung zwischen uns, die mir bereits bei unserem ersten Treffen aufgefallen und die in der Zwischenzeit noch inniger geworden war.

Ich stützte mich auf meinen Ellenbogen ab, und wir sahen zu, wie Archer langsam in mich eindrang, mich dehnte und sich sachte immer weiterschob. Als er eine Pause machte, blickte ich in sein Gesicht und war vom Ausdruck reiner, unverfälschter Freude, den ich darauf sah, wie gebannt – *weil ich der Grund für diese Freude war.* Tief in meinem Innern spürte ich das Pochen seines Glieds, und plötzlich schob er sich mit einem letzten Stoß so tief es ging in mich hinein. Ich ließ mich stöhnend zurückfallen, und langsam, wie in Zeitlupe, bewegte er sich auf und ab. Ich war vollkommen verzaubert von den zahlreichen Empfindungen, die bei seinen Stößen über sein Gesicht huschten – Ehrfurcht, Hunger, das Bemühen, sich zu beherrschen, und am Ende resignierte Freude, ehe er die Augen schloss und mich kraftvoller und härter nahm. Keuchend rammte er sich tief in mich hinein, und als ich ihm die Beine um den Rücken schlang, riss er zwar kurz die Augen auf, vergrub dann aber sein Gesicht an meinem Hals, schob sich ein letztes Mal so tief es ging in mich hinein, erschauderte und ließ die Hüften kreisen, um das Gefühl voll auszukosten, ehe er sich, um mich nicht mit seinem Körper zu erdrücken, halb auf die Matratze sinken ließ.

Wir blieben noch minutenlang so liegen, und bei jedem seiner rauen Atemstöße dicht an meinem Hals huschte ein Lächeln über mein Gesicht.

Schließlich fuhr ich mit den Fingernägeln über seinen Hintern, kniff ihn sanft und spürte, dass er grinste. Doch noch immer lag er völlig reglos halb auf und halb neben mir.

»Hallo?«, fragte ich ihn leise. »Lebst du noch?«

Noch immer grinsend schüttelte er nachdrücklich den Kopf.

Erst als ich leise lachte, sah er auf, schenkte mir ein warmes Lächeln, nahm mein Gesicht in seine Hände, küsste mich und setzte sich dann auf.

Widerstrebend richtete auch ich mich auf, um mich kurz sauber zu machen. Ich legte eine Hand an seine Wange, gab ihm einen letzten, sanften Kuss, stand auf und sah ihn auf dem Weg ins Badezimmer über meine Schulter an. Er war anscheinend fasziniert von meinem nackten Hinterteil, und eilig lief ich weiter, wusch mich schnell und kehrte in mein Schlafzimmer zurück, wo Archer, plötzlich wieder unsicher, noch immer auf dem Rand des Betts saß.

»Das ist jetzt die Stelle, an der du mit mir kuscheln musst«, klärte ich ihn grinsend auf. Er lächelte und schlug meine Bettdecke zurück. Dann legten wir uns wieder hin, er zog mich eng an seine Brust und deckte uns gemeinsam zu. Wir blickten in Richtung Fenster, und ich merkte, dass der Regen zwar ein wenig nachgelassen hatte, das Gewitter aber noch nicht ganz vorüber war.

Die Vorhänge waren offen, denn direkt hinter dem Grundstück lag der See, und niemand könnte uns von dort aus sehen. In der Ferne grollte noch immer der Donner, und ein paar Sekunden später sah ich einen Blitz über den Himmel zucken, doch das Unwetter bewegte sich inzwischen von uns fort.

Wohlig seufzend schmiegte ich mich eng an Archer, und so blieben wir liegen, bis ich mich ihm zuwandte und flüsterte: »Du hast mir in den letzten Tagen fürchterlich gefehlt.«

Nickend rollte er sich auf den Rücken und erklärte: *Du mir auch. Ich wäre beinahe durchgedreht.*

Ich küsste seine Brust, legte meinen Kopf auf seinem Oberkörper ab, und während ich dem gleichmäßigen Pochen seines Herzens lauschte, spielte Archer sanft mit meinem Haar, bevor er weitersprach. *Willst du wissen, was mir bei unserer ersten Begegnung abgesehen von deiner Schönheit an dir aufgefallen ist?*

Ich hob meinen Kopf, schaute fragend zu ihm auf, und er bedachte mich mit einem warmen Blick aus seinen wunderschönen, bernsteinfarbenen Augen und fuhr lächelnd fort.

Dass dir all die Schokoriegel furchtbar peinlich waren und dass du deshalb sogar rot geworden bist. Er küsste meine Stirn. *Nie zuvor in meinem Leben hat sich irgendwer vor mir geschämt.* Für mich *geschämt haben sich schon viele,* vor mir *aber noch nie. Das gab mir das Gefühl, ein ganz normaler Mensch und nicht völlig unwichtig zu sein.*

Ich musste schlucken. »Oh, Archer, du *bist* ein ganz normaler Mensch. Du bist der beste Mensch, der mir in meinem ganzen Leben je begegnet ist«, flüsterte ich und legte meinen Kopf wieder auf seine Brust.

Wieder nahm mich Archer in den Arm, und lange lagen wir vollkommen reglos Haut an Haut und Herz an Herz in meinem warmen Bett.

Schließlich bohrte ich ihm meine Nase in die Haut und atmete seinen sauberen, männlichen Duft ein. Danach drückte ich ihm lächelnd meine Lippen auf die Brust, und als er plötzlich eine Hand auf meinen Hintern legte, lachte ich vor Freude und vor Überraschung auf. Als ich ihn grinsen sah, stellte ich fest. »Na, das ist offenbar dein Ding.«

Und was ist dein Ding?, fragte er, rollte sich noch immer grinsend wieder über mich und stützte sich, um seine Hände frei zu haben, auf den Ellenbogen ab.

Meine eigenen Hände waren unter ihm gefangen, deshalb sagte ich: »Ich bin mir nicht ganz sicher – aber sicher findest du es bald heraus.« Ich blickte lächelnd zu ihm auf, und er zog unternehmungslustig eine Braue hoch.

Ich streichelte ihn sanft, und unter der Berührung wurde er umgehend wieder hart. »Also, war es so, wie du gehofft hast?«, fragte ich ihn grinsend, und er sog hörbar die Luft ein, als ich den Finger sanft um seine Eichel kreisen ließ.

Dann aber nickte er und zeigte mit den Händen: *Sogar noch viel besser.*

Plötzlich aber runzelte er leicht die Stirn, und als ich fragte: »Was ist los?«, erklärte er etwas nervös: *Ich sollte vielleicht erst einmal Kondome kaufen gehen.*

Ich starrte ihn mit großen Augen an. Wahrscheinlich hätte ich die Sprache auf das Thema bringen sollen, denn schließlich hatte ihn sein Onkel nicht mal richtig aufgeklärt.

Sie verhüten eine Schwangerschaft mit achtundneunzigprozentiger Wahrscheinlichkeit, erklärte er. *Wenn stimmt, was auf der Packung steht.*

Ich musste einfach grinsen. Er zog eine Braue hoch und blickte mich weiter lächelnd an.

Lachst du mich etwa aus?

Ich legte meine Hand an sein Gesicht und wurde ernst. »Das würde ich nie tun.« Ich schüttelte den Kopf. »Aber da ich die Pille nehme, ist das alles kein Problem.«

Die Pille?

»Damit kann ich nicht schwanger werden.«

Als er mich reglos ansah, fuhr ich fort. »Ich habe das Rezept einfach verlängern lassen, weil dann meine Tage schwächer sind.«

Nickend küsste er mich auf den Mund, die Lider und die Nasenspitze, und mein Herz zog sich zusammen, weil sein Lächeln warm und voller Liebe war.

Dann schob er mir die Haare aus der Stirn und sah mich an, als präge er sich sämtliche Details meines Gesichts für alle Zeiten ein.

»Wovon träumst du, Archer?«, fragte ich ihn flüsternd, weil ich auch die Seiten von ihm kennenlernen wollte, die er sonst vor aller Welt verbarg.

Er sah mich an, setzte sich auf, zog mich rittlings auf seinen Schoß, und lächelnd legte ich ihm meine Arme um den Hals, lehnte mich aber leicht zurück, damit er Raum zum Sprechen hatte, und er hob erneut die Hände in die Luft.

Ich wusste bisher nicht genug, um von dir zu träumen, Bree, aber trotzdem bist du wahr geworden. Wie in aller Welt ist das passiert? Er rieb seine Nase sanft an meiner Nasenspitze, zog dann aber seinen Kopf wieder zurück. *Wer hat genau gewusst, wovon ich träume, ohne dass es mir bewusst gewesen ist?*

Ich hatte einen Kloß im Hals, küsste Archer aber lächelnd auf den Mund und gab zurück: »Mir geht es genauso. Du bist die Erfüllung aller meiner Träume, Archer. Und zwar haargenau so, wie du bist.«

Er sah mir wieder ins Gesicht, zog mich an seine Brust und kostete mit seiner Zunge jeden Winkel meines Munds.

Als ich seine neuerliche Härte spürte, stützte ich mich kurz auf meinen Knien ab, führte ihn zu meiner Öffnung und ließ mich wieder sinken, bis er ganz in mir verschwunden war. Er atmete tief durch und legte mir die Hände locker um die Taille, während ich mich sachte auf ihm wiegte. Immer, wenn ich dabei mit meiner Klit auf seinen Bauch traf, stoben Funken des Verlangens in mir auf. Keuchend warf ich meinen Kopf zurück und bewegte mich dann so hart und schnell wie möglich auf und ab.

Archer, der meine Brüste direkt auf Augenhöhe hatte, nahm einen meiner Nippel in den Mund und umkreiste ihn mit seiner Zunge. Hitze stieg in mir auf. So schnell ich konnte, ritt ich dem erneuten Höhepunkt entgegen, während Archers Atem stoßweise auf meine Brüste traf, und die Art, wie er an meinen harten Knospen leckte und saugte, mich vor Lust vergehen ließ.

Ich zog mich fest um ihn zusammen, schrie Archers Namen und erschauderte vor Glück.

Als ich meine Augen wieder aufschlug, sah ich, dass seine halb geschlossenen Augen dunkel vor Verlangen waren. Ich klammerte mich an ihm fest, als er die Führung übernahm, und stöhnte, denn er rammte sich mit aller Kraft in mich hinein und löste dadurch eine Reihe kleiner Nachbeben in meinem Innern aus.

Er schwoll noch stärker an, öffnete den Mund und schloss die Augen, als er keuchend kam.

Wie wunderschön er war. Sein Anblick raubte mir den Atem. Erneut schlang ich ihm die Arme um den Hals und zog ihn eng an meine Brust.

So blieben wir ein paar Minuten sitzen, bis ich mich mit einem Seufzer des Bedauerns von ihm löste und mich neben ihm auf die Matratze fallen ließ.

Er blickte mich mit einem warmen Lächeln an, legte sich dann neben mich und fragte: *Gibt es irgendeinen Grund, aus dem wir dieses Bett im nächsten Vierteljahr verlassen müssen?*

Lachend blickte ich ihn an und gab zurück: *Ne, nicht wirklich. Abgesehen davon, dass ich dann meinen Job verliere, meine Miete nicht mehr zahlen kann und dieses Bett dann auf der Straße stehen wird.*

Er lachte stumm, und einen Augenblick lang wünschte ich, ich könnte dieses Lachen hören, denn sicher wäre es ein dunkles, kehliges und einfach herrliches Geräusch. Doch genauso schnell tat ich diesen Gedanken wieder ab. Denn ich wollte ihn genauso, wie er war. Ich würde ihn nie lachen hören, doch das war okay. Denn ich hatte sein Herz, seine Gedanken und ihn selbst. Das war mehr als genug. Im Grunde war das alles, was einen Menschen ausmachte.

Ich umarmte ihn ein letztes Mal, machte mich widerstrebend von ihm los und bat: *Komm mit mir unter die Dusche, ja?*

Lächelnd folgte Archer mir ins Bad, ich steckte mir die Haare auf, stellte die Dusche an und zog ihn mit mir ins warme Nass.

Dort seiften wir uns gegenseitig ein, und als er liebevoll, fast ehrfürchtig, sogar die Stellen zwischen meinen Zehen wusch, machte ich mich kichernd von ihm los. *Das kitzelt!*

Grinsend richtete sich Archer wieder auf, drückte seine Lippen fest auf meinen Mund, und ich nahm ihm die Seife ab und wusch ihn ebenfalls von Kopf bis Fuß, wobei meine größte Sorgfalt seinem muskulösen Hintern galt. Ein so phänomenaler Hintern war mir nie zuvor begegnet.

Als wir das warme Wasser aufgebraucht hatten, trockneten wir uns gegenseitig ab.

Im Schlafzimmer blies ich die Kerzen aus, wir stiegen nackt ins Bett, ich legte meinen Kopf auf Archers Brust und zeichnete mit einem Zeigefinger kleine Kreise auf seinen Bauch.

Der Regen hatte merklich nachgelassen, und der Mond warf gerade so viel Licht durchs Fenster, dass ich sah, was Archer mir durch Gebärdensprache zu verstehen gab.

Du bist mein Ein und Alles, Bree.

Ich richtete mich auf und sah ihm ins Gesicht. Wie schaffte er es nur, gleichzeitig glücklich und todtraurig auszusehen?

»Das bist du für mich auch, Archer«, gab ich zurück. »Du bist die Welt für mich.«

Inzwischen fielen mir die Augen zu, und schläfrig fügte ich hinzu: »Und wenn in Zukunft ein Gewitter kommt, denke ich an dich – und zwar nur noch an dich.«

22

Bree

Im Lauf der nächsten Woche gingen Archer und ich derart ineinander auf, dass ich es kaum erwarten konnte, nach der Arbeit heimzueilen, schnell zu duschen, Phoebe einzupacken und so schnell es ging hinunter in die Briar Road zu fahren. Das Lächeln, mit dem Archer mich dort jeden Tag begrüßte, gab mir das Gefühl, geliebt und begehrt zu werden, und sobald ich ihn erblickte, warf ich mich freudestrahlend an seine Brust. Seine Arme waren mein Zuhause. Ich wollte nirgendwo anders sein. Denn nirgendwo anders fühlte ich mich derart sicher und geliebt.

Wir liebten uns so gut wie überall, brachten lange Nächte mit der eingehenden Erforschung unserer Körper zu und lernten im Lauf der Zeit, welche Form der Zärtlichkeit dem anderen besonders gut gefiel. Und wie es typisch war für Archer, wurde er bereits nach kurzer Zeit zu einem wahren Meister in der hohen Kunst der Liebe, weshalb ich nach jedem Zusammensein berauscht vor Glück und vollkommen ermattet war. Er machte mich mit seinen Händen, seiner Zunge und mit seiner höchst beeindruckenden Männlichkeit fast verrückt, ließ mich wie ein Kätzchen schnurren, wenn er mit seinen kurzen Fingernägeln über meine Kniekehlen fuhr, und entspannte mich, indem er mit seinen Fingern sanft mein Haar durchkämmte. Mein Körper war ein Instrument, das er perfekt beherrschte, und die Melodien, die er ihm entlockte, hallten in der Tiefe meiner Seele nach – und zwar nicht nur wegen des Vergnügens, das er mir bescherte, sondern auch, weil es ihm so wichtig war, mich derart gründlich zu erforschen, dass ihm nicht einmal die allerkleinste Kleinigkeit verborgen blieb.

Einmal brachte er mir, während ich das Essen kochte, eine Schale voll Kartoffelchips. Lächelnd griff ich zu und stellte fest, dass ich gar nicht nach meinen umgeklappten Lieblingschips zu suchen brauchte, weil sie allesamt gefaltet waren.

Verwundert sah ich erst die Schale und dann Archer an. »Diese Chips sind alle … umgeklappt«, erklärte ich und stellte fest, dass das wahrscheinlich ziemlich dämlich klang.

Magst du sie nicht so am liebsten?

Ich nickte, und mir wurde klar, dass er diverse Tüten aufgerissen haben musste, um die Chips herauszusuchen, die ich lieber als die anderen aß. Ich hatte keine Ahnung, ob ich lachen oder weinen sollte, weil ihm diese kleine Macke aufgefallen war. Doch so war er nun einmal. Wenn er dachte, dass er mir mit etwas Freude machen konnte, war ihm keine Anstrengung zu groß.

Ab und zu, wenn wir etwas auf seinem Grundstück unternahmen, konnte ich seinem verschleierten Blick deutlich ansehen, dass er gerade überlegte, was er in dem Augenblick am liebsten mit mir täte, und sofort wurde ich ganz heiß und feucht, und meine Nippel wurden hart wie Stein.

Entweder trug er mich dann in sein Bett oder, wenn wir uns nicht so lange beherrschen konnten, wir fielen, wo wir gerade waren, übereinander her – im hellen Sonnenschein auf einer Decke auf dem Rasen, in der Zwei-Personen-Hängematte oder auf dem schmalen Strand unten am See.

Einmal, mein Körper erschauderte noch immer unter dem Orgasmus, zu dem er mich gebracht hatte, flüsterte ich atemlos: »Davon habe ich geträumt, Archer. Von dir und mir – genau in diesem Augenblick.«

Seine Augen brannten sich in mich hinein, als er auf mich heruntersah, doch schließlich beugte er sich über mich und küsste mich so sanft, dass ich befürchtete, es bräche mir das Herz.

Eilig rollte ich mich über ihn, grinste dicht an seinem Mund und nahm sein breites Lächeln wahr. Doch dann hörten wir auf zu lachen, glücklich legte ich den Kopf auf seine Brust und nahm den Moment ganz tief in mich auf, dankbar für die Luft in meinen Lungen, für die warme Sonne, die mir auf den Rücken schien, und dafür, dass ich in den Armen dieses wunderschönen Mannes lag, dessen Hände Buchstaben auf meinen Körper malten. *Meine Bree … meine Bree …* Ein ums andere Mal.

Es wurde langsam etwas kühl, und lachend liefen wir zurück zum Haus, drehten zitternd die Dusche auf und wuschen den Sand von unseren Körpern ab.

Dann gingen wir ins Wohnzimmer, er machte Feuer im Kamin, und wir kuschelten ein wenig auf dem Sofa, bis ich mich zurücklehnte, um ihn anzusehen.

Immer wenn ich Archers sehr maskuline, verführerische und dabei ganz unbewusst vollkommene natürliche Gesten sah, stockte mir der Atem – wenn er sich auf eine ganz bestimmte Art mit seiner Hüfte gegen die Arbeitsplatte in der Küche lehnte oder in der Tür stand und sich mit den Händen am Rahmen über seinem Kopf festhielt, ohne dass ihm überhaupt bewusst gewesen wäre, wie unglaublich sexy diese Haltung war. Er war einfach er selbst, das machte es noch anziehender für mich. Ich würde ihm niemals verraten, dass ich diese kleinen Gesten derart reizvoll fand. Das war und würde mein Geheimnis bleiben, denn ich liebte es, dass diese Eindrücke mir ganz allein vorbehalten waren, und vor allem wollte ich vermeiden, dass er sein Verhalten vielleicht unbewusst veränderte. Ich war Archer Hale inzwischen hoffnungslos verfallen und wollte, dass er blieb, wie er war.

Ich fragte mich, was wohl aus ihm geworden wäre, wenn es diesen schlimmen Unfall nie gegeben und er seine Stimme nicht verloren hätte. Wäre er vielleicht der Quarterback in einer Footballmannschaft geworden? Hätte er das College besucht und danach eine eigene Firma aufgemacht? Ich hatte mal zu ihm gesagt, er würde alles, was er je in Angriff nahm, fantastisch machen, was er selbst jedoch nicht sah. Er bildete sich allen Ernstes ein, dass er nicht viel zu bieten hätte.

Er hatte mir noch immer nicht erzählt, was an dem Unfalltag geschehen war, und ich hatte ihn auch nicht noch mal danach gefragt. Denn obwohl es mich brennend interessierte, war es wahrscheinlich besser, abzuwarten, bis sich Archer sicher genug fühlte und von selbst über dieses Thema sprach.

Woran denkst du gerade? Er zog fragend eine Braue hoch.

An dich, erklärte ich ihm lächelnd. *Daran, dass ich täglich meinem Glücksstern dafür danke, dass ich hier bei dir gelandet bin …*

Er sah mich mit diesem süßen Lächeln an, das meinen Magen flattern ließ. *Ich auch.*

Doch plötzlich wandte er sich ab und runzelte die Stirn.

Ich legte meine Hand unter sein Kinn und drehte sein Gesicht wieder zu mir herum. *Was ist?*

Wirst du bleiben, Bree? Wirst du hier bei mir bleiben? Plötzlich sah er wie ein kleiner Junge aus, und mir wurde bewusst, dass er bisher von jedem Menschen irgendwann verlassen worden war.

Ich nickte nachdrücklich. *Ja,* erklärte ich, und nochmals: *Ja.*

Und das meinte ich auch so. Denn inzwischen war mein Leben hier … bei diesem Mann. Was auch immer das bedeutete – ich würde nirgendwo hingehen.

Er sah mir ins Gesicht, als wolle er sich vergewissern, dass ich völlig ehrlich war, nickte dann beruhigt mit dem Kopf, zog mich eng an seine Brust und hielt mich fest.

Von Liebe hatten wir bisher noch nicht gesprochen, doch in diesem Augenblick wurde mir klar, dass ich ihn liebte. Plötzlich lagen mir die drei Worte auf der Zunge, und ich musste meine Zähne aufeinanderbeißen, um sie nicht herauszuschreien. Denn ich wollte darauf warten, dass er diese Worte sprach. Wenn er so fühlte wie ich, wollte ich, dass er von alleine darauf kam, was für eine Empfindung das war. In seinem ganzen Leben hatte kaum ein Mensch ihm jemals Freundlichkeit geschenkt, ihn sanft berührt oder überhaupt beachtet, weshalb er von den jetzigen Geschehnissen wahrscheinlich völlig überwältigt war. Auch wenn wir nicht darüber sprachen, konnte ich ihm deutlich ansehen, dass er all seine Gedanken und Gefühle erst einmal sortieren musste, wenn er mit mir auf dem Sofa lag und las, wenn wir zusammen aßen oder er mit mir am Strand spazieren ging. Denn schließlich galt es, sechzehn Jahre der emotionalen Leere auszufüllen. Vielleicht hätten wir schon längst darüber reden sollen, vielleicht würde ihm das ja helfen, doch aus welchem Grund auch immer hatten wir das bisher nie getan. Und tief in meinem Inneren hoffte ich, dass meine Liebe reichen würde, um sein wundes Herz zu heilen.

Nach einem Augenblick ließ er mich los, und ich setzte mich auf und sah ihn an.

Ich muss dich um einen Gefallen bitten, setzte er mit einem leicht verlegenen Lächeln an.

Ich runzelte die Stirn und bedachte ihn mit einem argwöhnischen Blick. *Okay …?*

Bringst du mir das Autofahren bei?

Ob ich … na klar! Auf jeden Fall! Du willst Auto fahren?

Er nickte knapp. *Mein Onkel hatte einen Pick-up, der noch immer in der Stadt in einer Garage steht. Manchmal leiht sich irgendwer ihn aus und fährt dann damit durch die Gegend, was für mich in Ordnung ist, denn schließlich habe ich ihn selber bisher nie gebraucht. Ich wollte ihn schon längst verkaufen, aber irgendwie bin ich bisher noch nicht dazu gekommen, denn … ich wusste einfach nicht, wie man das macht. Aber vielleicht ist es ja gut, dass es den alten Pick-up noch gibt.*

Ich war so aufgeregt, am liebsten wäre ich auf seinem Sofa auf und ab gehüpft. Dies war das allererste Mal, dass Archer etwas unternehmen wollte, bei dem er sein Anwesen verlassen musste – von seinen seltenen Einkäufen im Supermarkt mal abgesehen.

In Ordnung. Wann?, fragte ich ihn. *Ich habe morgen frei.*

Dann also morgen, antwortete er und nahm mich lächelnd wieder in den Arm.

Und so kam es, dass er sich plötzlich hinter dem Steuer eines riesengroßen, klapprigen Pick-ups wiederfand, während ich versuchte, ihm die wichtigsten Verkehrsregeln und das richtige Schalten beizubringen.

Wir hatten extra eine große, freie Fläche außerhalb der Stadt für unsere Fahrstunde gewählt, weil uns dort sicher niemand in die Quere kam.

»Riechst du das? Das ist die Kupplung. Loslassen!«

Nach einer guten Stunde hatte er den Bogen raus, bis auf einige Fälle, bei denen die Kiste einen Satz nach vorne machte, weil Archer die Kupplung zu schnell kommen ließ, und ich auf meinem imaginären Pedal mit bremste.

Als ich wieder einmal laut loslachte, fing er an zu grinsen, lenkte seinen Blick auf meine nackten Beine, und als ich sie ordentlich übereinanderschlug, dabei jedoch den Rock ein wenig höher schob, riss er die Augen auf. Seine Pupillen wurden groß, die Lider schwer, und mir stockte der Atem. Dieser Blick verhieß mir wunderbare Wohltaten …

»Autofahren ist eine ernste Angelegenheit«, erklärte ich in strengem Ton, »weshalb bereits die kleinste Ablenkung nicht ungefährlich ist.« Doch während ich dies sagte, schob ich lächelnd eine Haarsträhne hinters Ohr.

Er zog amüsiert die Brauen hoch, sah dann aber wieder geradeaus. Der Wagen fuhr wieder an, und Archer schaltete problemlos in den zweiten Gang. Die Fläche war nicht groß genug, um schon den vierten Gang zu üben, weshalb er im Dritten blieb und eine Reihe großer Kreise fuhr.

Ich überkreuzte meine Beine in die andere Richtung, glitt mit einem Finger über meinen Schenkel bis hinauf zum Rocksaum und sah Archer wieder an, der wie gebannt von meinem Finger war. Schnell richtete er seinen Blick wieder nach vorne und zog die nächsten Kreise.

Ich lenkte ihn vom Fahren ab, aber das war hier auf dieser freien Fläche völlig ungefährlich.

Ich glitt mit meinem Finger weiter und schob meinen Rock so weit an meinem Bein herauf, bis mein getupfter Slip sichtbar wurde.

Ich blickte wieder Archer an, der begierig darauf wartete zu sehen, wie es weiterging. Ich hatte so etwas noch nie getan, doch mit Archer hatte ich den Mut, vollkommen neue Wege einzuschlagen und herumzuexperimentieren, um zu sehen, was mir gefiel. Er gab mir das Gefühl, dass ich sexy und verführerisch und völlig *sicher* war. So lebendig wie mit ihm hatte ich mich während meines ganzen bisherigen Lebens nicht gefühlt.

Er musste schlucken und sah eilig durch die Windschutzscheibe, wandte sich mir aber sofort wieder zu.

Ich schob meine Finger vorn in meinen Slip, lehnte meinen Kopf gegen den Sitz, schloss die Augen und stöhnte leise auf.

Ihm stockte der Atem, als ich meine Hüften kreisen ließ, meine Finger in die warme Nässe zwischen meinen Schenkeln eintauchte, sie auf meiner Klit verrieb und von einem heißen Glücksgefühl durchströmt wurde. Wieder stöhnte ich, und abermals machte der Pick-up einen Satz.

Ich streichelte mich selbst, fing vor Lust an zu keuchen, reckte mich begehrlich meiner eigenen Hand entgegen …

… und flog nach vorn, als Archer plötzlich, ohne wenigstens runterzuschalten, seinen Fuß vom Gas nahm und die Kiste ruckartig zum Stehen kam.

Ich riss die Augen auf und sah, dass er die Handbremse anzog, bevor er mich zurück in meinen Sitz drückte und sich so begierig über mich beugte, dass sich alles in mir zusammenzog. Dann küsste er mich zärtlich auf den Bauch, und ich vergrub die Finger tief in seinem weichen Haar und stieß ein lautes Stöhnen aus.

Er richtete sich eilig auf, zog sanft an meinem Slip, und ich reckte die Hüften, bis dieser über meinen Hintern und die

Beine glitt. Ich bebte vor Verlangen, und das Pochen zwischen meinen Beinen nahm noch zu.

Archer schob meine Schenkel auseinander, sah mich einen langen Augenblick an, beugte sich vor und atmete aus. Ich rang nach Luft, als er mit seiner Nase sanft über meine Klitoris fuhr und sein warmer Atem über die intimsten Stellen meines Körpers strich.

»Bitte«, stöhnte ich und fasste mit beiden Händen noch fester in sein Haar.

Archer hatte mich bereits auf vielfältige Art befriedigt, aber so bisher noch nie. Ich wartete mit angehaltenem Atem, und als die Spitze seiner Zunge meine Falten berührte und, wie sonst nur seine Finger, sanft um meine Klitoris kreiste, nahm das Pochen zwischen meinen Schenkeln tatsächlich noch zu, und meine Erregung kannte keine Grenzen mehr. Er bewegte seine warme, nasse Zunge immer schneller, blies mir keuchend seinen warmen Atem in den Schoß und packte meine Schenkel, damit ich auch weiter offen für ihn blieb.

Oh Gott, auf eine derart wunderbare Weise hatte mich noch nie ein Mann gequält. Ich glühte, vor meinen Augen tanzten helle Flecken, wie von Sinnen bäumte ich mich unter seinen Lippen auf und schrie mit lauter Stimme: »Archer, Archer, oh Gott. Ja.«

Als ich wieder zu mir kam, blies er mir lächelnd seinen warmen Atem auf den Bauch. Ebenfalls mit einem breiten Lächeln strich ich ihm über den Kopf.

Als plötzlich jemand laut ans Fenster klopfe und wir wie panisch auseinanderfuhren. Archer richtete sich auf und wischte sich mit seinem T-Shirt den Mund ab, und ich stellte die Füße wieder auf den Boden, zerrte meinen Slip über meinen Hintern und strich mein kurzes Röckchen über meinen Beinen glatt.

Die Fenster waren beschlagen – Gott sei Dank. Oder vielleicht auch nicht … Oh nein.

Verlegen sah ich Archer an, der nickend auf die Fensterkurbel wies. Zögernd machte ich das Fenster auf, und vor mir stand Travis, vollständig in Uniform, und funkelte uns zornig an.

In Archers Pick-up roch es eindeutig nach Sex. Errötend kniff ich meine Augen zu, schlug sie dann aber sofort wieder auf.

»Hallo, Travis.« Ich versuchte, ihn anzulächeln, verzog stattdessen aber nur schief das Gesicht.

»Bree.« Er schaute zwischen mir und Archer hin und her, warf einen vielsagenden Blick auf meinen Schoß und sah mir wieder ins Gesicht.

Seine strenge Miene gab mir das Gefühl, als wäre ich ein kleines Mädchen, das wegen irgendeiner Missetat zum Schulleiter beordert worden war.

»Ich wurde angerufen wegen eines Pick-ups, der hier angeblich liegen geblieben ist«, erklärte er. »Und da ich gerade in der Gegend war, bin ich vorbeigekommen, um zu sehen, ob ich helfen kann.«

Ich räusperte mich kurz. »Oh, hm, tja nun …« Ich blickte Archer an. Eine Hand am Steuer, saß er lässig und zufrieden da wie Kater Tom, nachdem er Mäuschen Jerry aufgefressen hatte, wobei ich in diesem Fall die Maus gewesen war.

Am liebsten hätte ich hysterisch aufgelacht, stattdessen aber sah ich Archer aus zusammengekniffenen Augen an und wandte mich, als ich sein selbstzufriedenes Grinsen sah, mit möglichst unschuldiger Miene wieder Travis zu. »Ich habe Archer eine Fahrstunde gegeben.«

Travis sah mich an. »Ach so. Ich hoffe nur, dass er die vorläufige Fahrerlaubnis dafür hat.«

Er zog die Brauen hoch. Er konnte sich denken, dass dem nicht so war.

»Wir sind hier auf einem freien, abgelegenen Platz. Wir fahren nicht auf der Straße oder so.«

»Das spielt keine Rolle. Trotzdem braucht er einen vorläufigen Führerschein.«

»Also bitte, Travis«, bat ich ihn mit ruhiger Stimme. »Er will doch nur Autofahren lernen.«

»Das kann er auch, aber er muss sich dabei an die Regeln der Gesellschaft halten so wie alle anderen auch.« Er blickte Archer an. »Glaubst du, dass du das hinbekommst?«

Auch ich sah Archer an. Statt selbstzufrieden sah er plötzlich zornig aus. Er biss die Zähne aufeinander, hob die Hände und signalisierte: *Du bist wirklich ein Arschloch, Travis.*

Ich stieß ein nervöses Lachen aus und wandte mich dann wieder Travis zu. »Er sagt: sicher, kein Problem.«

Während Archer sich auf seinem Sitz bewegte, fuhr ich eilig fort. »Also gut, wir fahren jetzt vielleicht am besten erst mal wieder heim. Danke für dein Verständnis, Travis. Vor der nächsten Fahrstunde besorgen wir auf jeden Fall den vorläufigen Führerschein. Zurück nach Pelion fahre ich, okay?« Ich blickte ihn mit einem, wie ich hoffte, netten Lächeln an, weil ich die ganze Sache furchtbar peinlich fand, auch wenn ich wegen der Geschichte mit dem Stripklub noch immer sauer auf ihn war.

Travis machte einen Schritt zurück, und eilig krabbelte ich über Archers Schoß. Ich spürte seine Hand auf meinem nackten Schenkel, während er auf die andere Seite rutschte, und als ich auf Archer herunterblickte, sah ich, dass er Travis dabei direkt in die Augen sah. Eilig ließ ich mich hinter das Steuer gleiten und ließ den Motor an.

Ich blickte aus dem Fenster, während ich den ersten Gang einlegte, und bemerkte Travis' immer noch bösen Blick. Auch Archer starrte ihn noch immer an, und mit einem verkniffenen Lächeln fuhr ich los.

Als wir wieder auf der Straße waren, sahen ich und Archer uns kurz an, blickten eilig wieder fort, und als ich kurz darauf erneut in seine Richtung blickte, sah ich, dass er sich vor lauter Lachen auf die Schenkel schlug. Dann hob er grinsend seine Hände und erklärte: *Autofahren ist echt toll.*

Ich schüttelte den Kopf. »Ach was …«

Dann boxte ich ihm locker auf den Arm und zog die Brauen hoch. »Ich mag es, wenn du fährst. Aber vielleicht fahren wir beim nächsten Mal an irgendeinem Ort, wo wir ein bisschen ungestörter sind.«

Wieder lachte er so sehr, dass ich die beiden Reihen strahlend weißer Zähne und die süßen, winzigen Vertiefungen in seinen Wangen sah.

Ich betrachtete sein herrliches Profil, als er zufrieden aus dem Fenster sah – zufrieden wegen dem, was zwischen uns geschehen war, und auch zufrieden, weil sein Vetter uns mehr oder weniger dabei erwischt hatte. Ich biss mir auf die Lippe und dachte über die beiden nach. Sicher hatte Archer bisher kaum je Grund gehabt, groß zu tun.

»Ich hoffe, dir ist klar, dass du dich nicht mit Travis messen musst. Ich hoffe, dir ist klar, dass ich mich für dich entschieden habe. *Nur* für dich.«

Mit ernster Miene nahm er meine Hand, bevor er wieder aus dem Fenster sah.

Ich drückte sie und hielt sie während der gesamten Fahrt zurück zu seinem Grundstück fest.

Am nächsten Morgen hatte ich im Imbiss alle Hände voll zu tun. Als es nach dem mittäglichen Ansturm endlich etwas ruhiger wurde, kamen meine beiden Freundinnen und nahmen wie gewöhnlich an der Theke Platz.

»Hallo, ihr zwei!«, begrüßte ich sie grinsend, und sie lächelten mich an.

»Na, wie stehen die Aktien?«, fragte Melanie.

»Heute war die Hölle los.« Ermattet ließ ich mich gegen den Tresen sinken. »Ich bin den ganzen Tag wie ein kopfloses Huhn herumgerannt.«

»Ja, um diese Jahreszeit ist immer mehr Betrieb, weil all die Leute, die den Sommer über auf der anderen Seeseite arbeiten, wieder zu Hause sind. Norm hat mal davon gesprochen, jemanden zu engagieren, der die Spätschicht übernimmt, und den Laden dann auch nachmittags und abends auf zu lassen, aber offenbar hat er es sich jetzt wieder anders überlegt, was man ihm nicht verdenken kann, denn mit den ganzen Plänen zur Veränderung der Stadt weiß schließlich im Moment niemand, wie es hier einmal weitergehen wird«. Sie zuckte mit den Achseln.

Ich runzelte die Stirn. »Mir war gar nicht bewusst, dass das solche Auswirkungen hat.«

Als Liza nickte, erinnerte ich mich an meine eigentliche Aufgabe. »Was kann ich für euch tun, Mädels?«

Sie bestellten beide Hamburger und Eistee, und als ich ihre Getränke holte, hörte ich das Glöckchen an der Eingangstür, Lizas leises »Wow …« und Melanies gequietschtes »Brat mir einer einen Storch …«.

Während ich in jedes Glas eine Zitronenscheibe warf, wurde es um mich herum gespenstisch still. Verwundert drehte ich mich um und sah, dass *Archer* durch die Tür getreten war.

Ich fing an zu grinsen, als ich ihn im Eingang stehen sah. Denn, Gott, er sah einfach fantastisch aus. Offensichtlich hatte er sich neue Kleider zugelegt: perfekt sitzende Jeans, die seine langen, muskulösen Beine betonten, einen schlichten, schwarzen Pulli und ein graues T-Shirt, dessen Ausschnitt etwas kleiner als der Ausschnitt des Pullovers war.

Er war frisch rasiert, und obwohl ich, während ich seine Haare abgesäbelt hatte, so heiß gewesen war, dass ich fast nichts mehr hatte sehen können, war auch die Frisur perfekt.

Mein Grinsen wurde noch ein wenig breiter. Er war tatsächlich *hier*.

»Wer ist denn *das?*«, erkundigte sich Mrs Kenfield, die an einem Tisch in seiner Nähe saß, was nicht einmal für eine alte Frau wie sie von beinahe tausend höflich war.

»Das ist Archer Hale, Grandma«, flüsterte ihre erwachsene Enkeltochter Chrissy laut zurück, bevor sie etwas leiser sagte: »Heiliges Kanonenrohr.«

»Der stumme Junge?«

Chrissy stöhnte, warf Archer einen entschuldigenden Blick zu und sah dann wieder die alte Dame an, doch Archer würdigte sie keines Blickes, weil er weiter unverwandt in meine Richtung sah.

Eilig stellte ich die beiden vollen Eisteegläser auf den Tresen, wischte mir die Hände an der Schürze ab, umrundete die Theke, sprang lachend in Archers Arme, und grinsend vergrub er sein Gesicht an meinem Hals und zog mich eng an seine Brust. Falls ich jemals einen Menschen hatte wissen lassen müssen, dass er willkommen war, dann jetzt in diesem Augenblick.

Glücklich schlang ich ihm die Arme um den Hals, und plötzlich wurde mir bewusst, dass Akte großen Muts nicht unbedingt gleich für jeden so einfach zu erkennen waren. Mir war klar, wie viel es ihn gekostet haben musste, hier im Imbiss zu erscheinen und auf diese Art und Weise darum zu bitten, akzeptiert zu werden, nachdem man ihm über Jahre hinweg das Gefühl gegeben hatte, dass er nirgendwo willkommen war. Mir schwoll das Herz vor Stolz, weil Archer seine Ängste überwunden hatte und an meinem Arbeitsplatz erschienen war.

Man hätte eine Nadel zu Boden fallen hören können. Aber das war mir egal. Lachend warf ich meinen Kopf zurück und sah ihm ins Gesicht. »Du bist hier.«

Archer nickte und sah mich mit einem sanften Lächeln an. Dann stellte er mich auf den Boden und erklärte: *Ich bin deinetwegen hier.*

Genau das hatte er auch an dem Tag gesagt, als ich ihm nach der Arbeit vor dem Norm's begegnet war.

»Und ich deinetwegen«, antwortete ich ihm lächelnd – weil ich inzwischen dort, wo Archer war, zu Hause war.

Wir sahen uns weiter tief in die Augen, und plötzlich fiel mir auf, dass immer noch niemand im Imbiss etwas sprach. Ich räusperte mich, sah mich um, und eilig wandten sich die

Leute lächelnd oder immer noch verwundert wieder ihrem Essen und ihren eigenen Gesprächen zu, wobei ich mir sicher war, was das Thema der Gespräche war.

Entschlossen nahm ich Archers Hand, zog ihn mit mir zum Tresen und kehrte zu meiner Arbeit zurück.

Inzwischen hatten Melanie und Liza sich von ihrem ersten Schock erholt und wandten sich ihm lächelnd zu.

»Hallo, ich bin Melanie. Wir sind uns bisher nie richtig vorgestellt worden.«

Mit einem etwas argwöhnischen Lächeln nahm er die ihm angebotene Hand.

»Archer«, sagte ich. »Das ist Melanies Schwester Liza.« Liza griff an Melanie vorbei und gab ihm ebenfalls die Hand.

Nickend wandte er sich abermals mir zu.

»Augenblick, okay? Ich muss mich schnell um ein paar andere Gäste kümmern, bin dann aber sofort wieder da.«

Ich hielt ihm eine Speisekarte hin, brachte ein paar volle Teller an die Tische und füllte einige Gläser auf. Als ich zurückkam, waren Melanies und Lizas Burger gerade fertig und ich stellte sie den beiden hin.

Dann wandte ich mich wieder Archer zu und fragte: *Hast du Hunger?*

Nein. Ich hebe meinen Appetit fürs Abendessen mit einem besonderen Mädchen auf. Ich nehme einfach … Er warf einen Blick auf den Getränkespender hinter mir.

Einen Kakao mit Strohhalm?, fragte ich und zog ironisch eine Braue hoch.

Kaffee, erklärte er und zwinkerte mir zu.

»Meine Güte, ist das sexy«, schwärmte Melanie. »Das ist, als ob ihr zwei vor allen Leuten irgendwelche Sauereien austauscht.«

Archer sah sie lächelnd an, und ich fing an zu grinsen. »Vielleicht solltet ihr einfach die Gebärdensprache lernen, denn dann wären wir schon zu viert.«

Melanie und Liza lachten, und ich schnappte mir die Kaffeekanne, schenkte Archer eine Tasse ein und sah ihm dabei zu, als er die Milch in seinen Kaffee gab.

In diesem Moment trat plötzlich Maggie neben mich und reichte ihm die Hand.

»Hallo«, grüßte sie ihn lächelnd. »Ich bin Maggie. Freut mich riesig, dass du endlich mal vorbeigekommen bist.«

Mit einem scheuen Lächeln nahm er ihre Hand, wandte sich dann aber an mich. *Bitte sag ihr, dass es schön ist, sie kennenzulernen.*

Ich kam der Bitte nach, und Maggie lächelte ihn an. »Ich kenne dich schon, seit du ein kleiner Junge warst, mein Schatz. Deine Mama hat dich damals immer mitgebracht.« Sie blickte in die Ferne, als würde sie die beiden wieder wie vor all den Jahren vor sich sehen. »Deine Mama war ein wirklich liebes, hübsches Ding. Und sie hat dich abgöttisch geliebt.« Seufzend kehrte sie wieder in die Gegenwart zurück und fügte lächelnd hinzu: »Nun, wie dem auch sei, ich freue mich unglaublich, dich nach all den Jahren endlich wieder hier zu sehen.«

Archer hörte lächelnd zu und schien ihre Worte geradezu in sich aufzusaugen. Als er nickte, meinte sie mit einem Seitenblick auf mich: »Also, Archer, dieses Mädchen hat inzwischen jede Menge Überstunden angesammelt. Deshalb hat die Kleine es verdient, dass sie zur Abwechslung mal früher Feierabend macht. Glaubst du, dir fällt was ein, wie du ihr den freien Nachmittag vertreiben kannst?«

»Himmel, Maggie, das klingt ziemlich zweideutig«, stieß Liza schnaubend aus.

Während Archer eilig seine Kaffeetasse an den Mund hob und versuchte, nicht zu lächeln, fingen wir drei Mädchen an zu lachen, worauf Maggie ihre Hände in die Hüften stemmte und in strengem Ton erklärte: »Es ist ja wohl nicht meine Schuld, wenn du dir wieder einmal irgendwelche schmutzigen Gedanken machst.«

Und noch während ihre Augen fröhlich blitzten, wandte

Archer sich an mich. *Sie ist ganz sicher nicht die Einzige, die schmutzige Gedanken hat.*

Er grinste, und ich biss mir eilig auf die Lippe, um nicht laut zu lachen.

»Seht ihr?«, meinte Melanie. »Ich wusste, dass ihr über irgendwelche Sauereien sprecht. Ich muss unbedingt auch die Gebärdensprache lernen.«

»Er hat mich nur gefragt, ob ich mit ihm picknicken gehen will.«

Liza feixte. »Klar, ein FKK-Picknick ist immer schön.«

Ich lachte, Archer grinste, und gespielt empört erklärte Maggie: »Ihr seid echt unmöglich«, stieß mich mit dem Ellenbogen an und meinte: »Los, nun hau schon ab.«

»Okay, okay, aber was ist mit den Salaten und den …«

»Kein Problem. Die machst du einfach morgen früh.«

»Na dann.« Ich blickte Archer an. »Auf geht's.«

Als er Geld für seinen Kaffee aus der Tasche ziehen wollte, legte Maggie ihre Hand auf seinen Arm. »Der geht aufs Haus.«

Archer sah mich fragend an, nickte ihr dann aber zum Zeichen des Danks zu.

»Nichts zu danken«, meinte sie und lächelte ihn freundlich an.

Ich ging um den Tresen herum, winkte Maggie, Melanie und Liza zum Abschied noch einmal zu und zog Archer lächelnd auf die Straße hinaus, wo Victoria Hale gerade mit einer Frau mit dunklem Haar ein anderes Geschäft verließ.

In dem Moment, in dem sie uns entdeckte, sank die Temperatur auf Pelions Hauptstraße um zwanzig Grad. Erschaudernd schlang ich einen Arm um Archers Taille, doch als er mich an sich zog und zärtlich auf die Schläfe küsste, waren sämtliche Gedanken an das Weib wie ausgelöscht.

Inzwischen war es abends schon recht kühl. Trotzdem gingen wir noch an den Strand, machten dort ein Lagerfeuer, setzten uns auf die von Archers Onkel Nate gebauten Gartenstühle, hüllten uns gemütlich in zwei Decken ein und machten eine Flasche Rotwein auf. Ich selber trank ein großes, Archer aber nur ein kleines Glas. Viele Dinge, die für mich natürlich waren, waren ihm noch völlig fremd.

Schweigend nippten wir an unserem Wein und sahen in die Flammen. Ich war glücklich und zufrieden, lehnte meinen Kopf gegen die Rücklehne des Stuhls und betrachtete Archers herrliches Profil, das vom Feuer erleuchtet wurde. In seiner goldenen, wunderbaren Pracht überstrahlte es sogar die hellen Flammen, und falls es je einen Sonnengott gegeben hatte, hatte der bestimmt genau so ausgesehen. Ich lächelte in mich hinein, weil ich von einem halben Glas Merlot bereits angetrunken war – vom Wein, von Archer, dieser Nacht, dem Schicksal, seinem Mut, dem Leben selbst.

Entschlossen stand ich auf, ließ meine Decke fallen, stellte mein Weinglas in den Sand, trat auf ihn zu und setzte mich auf seinen Schoß.

Er blickte lächelnd zu mir auf, und ich umfasste sein Gesicht und sah ihn an, bevor ich meinen Mund auf seine Lippen legte und das köstliche Gemisch aus Rotwein und Archer schmeckte, das mich aufstöhnen ließ. Sofort schob er mir seine Zunge in den Mund, und seufzend begann ich, auf seinem Schoß herumzurutschen. Als Reaktion auf meinen Seufzer tauchte er tief in mich ein, wie sein Schwanz es auch beim Sex tat, und feucht und heiß rieb ich mich in dem schmerzlichen Verlangen, ihn nicht nur in meinem Mund zu spüren, an seiner Härte.

Er lächelte an meinem Mund – er wusste ganz genau, wie es mir ging, und erfreute sich daran. Inzwischen war es leicht für mich, mich völlig an ihn zu verlieren – so aufmerksam wie er war, mit was für ehrfürchtigen Blicken er mich maß, dazu kam seine natürliche, vollkommen ungezwungene Sinnlichkeit. Archer war sich all dessen gar nicht bewusst. Aber allmählich lernte er dazu, und in gewisser Hinsicht vermisste ich den unsicheren Jungen, der nicht hatte glauben können, dass ich ihn begehrte, und dem ich erst hatte zeigen müssen, welche Formen der Berührung nicht nur erlaubt, sondern lustvoll und erfüllend für mich waren. Doch vor allem war ich glücklich über Archers neues Selbstbewusstsein und die Art, wie er die Herrschaft über meinen Körper übernahm, bis ich völlig erschöpft von meinem glühenden Verlangen war.

Nach ein paar Minuten machte ich mich keuchend von ihm los und küsste ihn noch einmal zärtlich auf den Mund. »Du machst mich innerhalb von wenigen Sekunden total heiß.«

Er sah mich fragend an. *Ist das was Schlimmes?*

Ich glitt mit meinem Daumen über seine Unterlippe, schüttelte den Kopf und antwortete leise: »Nein.«

Dann fiel mein Blick auf seine Narbe, die sich über der straff gespannten, goldenen Haut von Archers Hals erhob. Er erschauderte, als ich sie küsste, spannte sich dann an, und als ich mit der Zunge über die Erhebung glitt, sah er mich reglos an.

»Du bist wunderschön«, sprach ich an seinem Hals.

Er atmete erleichtert auf, lehnte langsam seinen Kopf zurück und legte seine Narbe völlig frei, um mir Zugang zu gewähren, was ein herrlicher Beweis seines Vertrauens war.

»Erzähl mir, was passiert ist«, bat ich leise, während ich mit meinen Lippen über die Verwerfung glitt.

»Erzähl mir alles – weil ich alles von dir wissen will.« Ich lehnte mich zurück und blickte zu ihm auf.

Er wirkte angespannt und nachdenklich, doch schließlich holte er tief Luft und hob, wenn auch zögernd, seine Hände. *Heute in dem Imbiss habe ich mich fast … normal gefühlt.* Nach einer kurzen Pause fuhr er fort. *Ich will heute Abend nicht dran denken, wie kaputt ich bin. Bitte, Bree. Ich will dich einfach in den Armen halten und dich dann mit reinnehmen und mir dir schlafen. Mir ist klar, dass du das sicher nicht verstehst, aber bitte. Lass mich einfach meine Freude an dir haben, ja?*

Ich konnte ihn sogar sehr gut verstehen, denn ich hatte diese Dinge selbst erlebt. Ich hatte selber nach dem Tod meines Dads mühsam um die Rückkehr in die Normalität gekämpft. Trotzdem hatte ich die Abfahrt von der Autobahn, die ich zuvor schon tausend Mal genommen hatte, ein ums andere Mal verpasst und hatte im Supermarkt vorm Obstregal gestanden, vor mich hin gestarrt und mich bemüht, irgendetwas zu empfinden – irgendetwas anderes als grenzenlosen Schmerz. Egal, wer mich darum gebeten hatte, egal, wie zugetan der Frager mir gewesen war, ich hatte nicht über diese Sache reden können, ehe ich nicht selbst dazu bereit gewesen war. Und nachdem Archer jahrelang mit seinem Schmerz allein gewesen war, erschien es mir nicht fair, ihn darum zu bitten, ihn mit mir zu teilen, ehe er sich dazu imstande fühlte, diesen Schritt zu gehen. Ich würde warten, ganz egal wie lange, bis er selber so weit war.

Lächelnd schob ich ihm die Haare aus der Stirn und küsste ihn. »Weißt du noch, wie du zu mir gesagt hast, ich hätte durchaus gekämpft, als dieser Junkie meinen Dad ermordet und mich angegriffen hat?«

Als er nickte, sahen seine Augen wie zwei dunkle Kreise aus.

»Nun, das hast du auch«, erklärte ich ihm ruhig. »Ich weiß nicht, was damals passiert ist, Archer, und ich hoffe, dass du es mir irgendwann erzählen wirst. Aber diese Narbe zeigt mir, dass du ebenfalls gekämpft hast.« Ich glitt mit der Fingerspitze über die zerstörte Haut an seinem Hals und spürte, dass er schluckte.

»Deshalb macht sie mich für dich noch schöner, als du ohnehin schon bist. Mein verwundeter Retter.«

Mit glitzernden Augen schob er mich von seinem Schoß, löschte das Feuer mit zwei Handvoll Sand und nahm mich in den Arm. Lachend klammerte ich mich an meinem Liebsten fest, und eilig trug er mich zurück zum Haus und in sein Bett.

23

Bree

Am nächsten Morgen ließ ich Archer allein in dem zerwühlten Bett zurück. Die Arme unter dem Kissen, eine dünne Decke über seinem straffen Hintern, lag er da, und als mein Blick auf seinen wunderschönen, muskulösen Rücken fiel, erwog ich flüchtig, ihn zu wecken, um das Spiel all dieser Muskeln nochmals zu genießen, doch wahrscheinlich musste Phoebe dringend einmal raus, und da ich in meinem Häuschen unbedingt mal wieder Ordnung schaffen und vor allem meine Wäsche waschen musste, wenn ich etwas Sauberes zum Anziehen haben wollte, sollte ich besser mal heimfahren. Ich küsste Archer zärtlich auf die Schulter, ohne dass er etwas davon mitbekam. Er war nach der anstrengenden Nacht total erledigt. Allein der Gedanke daran machte mich schon wieder ganz heiß, doch ich zwang mich zu gehen.

Zuhause angekommen ließ ich Phoebe raus, nahm dann eine lange, heiße Dusche, zog mich an, lud mein Handy auf und sah, dass Natalie mich zweimal angerufen hatte. Sie hatte mir auf die Mailbox gesprochen, dass der Polizeibeamte, der im Mord an meinem Dad ermittelt hatte, bereits mehrfach bei ihr angerufen und ihr aufgetragen hätte, mir zu sagen, dass er mich um einen Rückruf bat. Ich setzte mich aufs Bett und atmete tief durch. In den ersten Monaten, nachdem mein Dad ermordet worden war, hatte ich ihn regelmäßig angerufen, und er hatte jedes Mal erklärt, sie hätten nicht mal ansatzweise eine Spur. Nachdem ich dann zu meiner Reise aufgebrochen war, hatte ich es nicht noch mal versucht, weil ich angenommen hatte, dass es sinnlos wäre. Und jetzt gab es urplötzlich irgendwelche Neuigkeiten? Warum?

Zögernd wählte ich die Nummer, die ich schon so häufig angerufen hatte, dass ich sie nie mehr vergessen würde, und als ich Detective McIntyre meinen Namen nannte, fragte er mit warmer Stimme: »Hallo, Bree, wie geht's?«

»Inzwischen ganz gut, Detective. Es tut mir leid. Ich habe schon seit Wochen nicht mehr angerufen, und da ich inzwischen eine neue Handynummer habe …«

»Kein Problem. Ich bin nur froh, dass ich die Nummer Ihrer Freundin hatte, bei der Sie nach der Tat untergekommen waren.« Er sprach absichtlich nicht von Mord.

»Gibt es irgendwelche Neuigkeiten?«, kam ich sofort zur Sache.

»Die gibt's tatsächlich. Wir haben einen Verdächtigen in Ihrem Fall und hätten gern, dass Sie vorbeikommen, um sich hier eine Reihe Fotos anzusehen.«

»Oh.« Mein Herz fing an zu rasen, und der Kriminalbeamte räusperte sich kurz.

»Ich weiß, nach derart langer Zeit kommt das für Sie wahrscheinlich ziemlich überraschend, aber wir haben den Hinweis von einem kleinen Drogendealer, der sich selbst durch seine Aussage entlasten will.«

»Okay. Wann brauchen Sie mich dort?«

»So bald wie möglich. Wie schnell könnten Sie denn hier sein?«

»Oh…« Ich biss mir auf die Lippe. »In drei Tagen?«

»Wenn's nicht schneller geht, muss uns das eben reichen.«

Ich war wie betäubt. »Okay, Detective. Ich rufe Sie an, wenn ich in Cincinnati bin.«

Nach dem Gespräch saß ich noch lange auf dem Bett und starrte durch das Fenster auf den See. Ich hatte das Gefühl, als hätte ich die letzte Zeit in einer Seifenblase zugebracht, die durch dieses Telefongespräch zerborsten war. Ich konnte meine Empfindungen nicht richtig einordnen, weil ich natürlich glücklich über den möglichen Durchbruch bei den Ermittlungen zum Mord an meinem Vater war. Wenn jemand verhaftet würde, müsste ich mich endlich nicht mehr fragen, ob ich diesem Typen vielleicht irgendwann noch einmal ausgeliefert sein würde, und könnte mich endlich völlig sicher fühlen. Und meinem Dad würde die ihm zustehende Gerechtigkeit widerfahren.

Abermals griff ich nach meinem Handy, rief bei Natalie an und erzählte ihr die Neuigkeit.

Sie atmete tief durch. »Gott, Bree, ich wage nicht, zu viel zu erwarten, aber … trotzdem hoffe ich von ganzem Herzen, dass er es tatsächlich ist.«

»Ich weiß. Ich weiß. Ich auch.«

Sie schwieg einen Moment, doch schließlich meinte sie: »Hör zu, ich habe eine Idee. Wie wäre es, wenn ich den nächsten Flug in deine Richtung nähme, damit du die weite Fahrt nicht ganz alleine unternehmen musst?«

»Würdest du das wirklich tun?«

»Ja, natürlich. Meine Mom hat schon so viele Flugmeilen gesammelt, dass ich für das Ticket nicht mal was bezahlen muss.«

Ich lächelte. »Das wäre wunderbar. Dann können wir uns auf der Autofahrt erzählen, wie die letzten Wochen waren.«

Auch in ihrer Stimme lag ein Lächeln, als sie sagte: »Gut. Dann machen wir das so. Und du kannst einfach spontan Urlaub nehmen?«

»Ja, bestimmt. Mein Chef und meine Chefin sind echt nett, und wenn ich ihnen sage, warum ich …«

»Sie wissen doch wohl, dass du nur vorübergehend in Pelion bist?«

Ich ließ mich auf die Matratze fallen. »Nein, das habe ich bisher noch nicht erwähnt.« Ich legte meine Hand an meine Stirn. »Weil's nicht so ist. Ich habe beschlossen, dass ich dauerhaft hierbleiben will.«

Ich schloss meine Augen und wartete auf ihre Reaktion.

»Was? Du willst dort bleiben? Echt? Etwa wegen diesem Typen, von dem du gesprochen hast?« Sie klang verwirrt und überrascht.

»Hauptsächlich seinetwegen, ja. Ich … das alles ist ein bisschen kompliziert. Ich werde dir die Einzelheiten auf der Fahrt erzählen, okay?«

»Meinetwegen. Ich kann's kaum erwarten, dich endlich zu sehen. Ich schreibe dir, sobald ich einen Flug gebucht habe, okay?«

»In Ordnung. Tausend Dank. Ich hab dich lieb.«

»Ich dich auch, Süße. Bis dann.«

Wir legten auf, und ich blieb noch ein paar Minuten liegen, dankbar, dass mich meine beste Freundin auf der Fahrt begleiten und es mir auf diese Weise leichter machen würde, und erleichtert, weil ich plötzlich sicher wusste, dass ich nicht mehr in Ohio, sondern hier zu Hause war. Ich hatte Natalie erklärt, dass ich, sofort nachdem ich mir die Fotos angesehen hätte, wieder hierher in mein Häuschen fahren würde, um zu bleiben, und ich hatte erkannt, dass diese Entscheidung unumstößlich war.

Inzwischen war mein Leben hier. Bei Archer Hale. Und auch wenn ich keine Ahnung hatte, was genau das hieß, wusste ich, dass es so war.

Am nächsten Morgen bei der Arbeit sprach ich Maggie zögernd auf mein Telefongespräch mit dem Detective an. Ich hatte ihr bis dahin nichts von der Ermordung meines Dads erzählt, doch sie reagierte mitfühlend und verständnisvoll. Ich war schon seit einer Ewigkeit von keinem Menschen mehr bemuttert worden, und es tat mir gut, als sie mich tröstend in die Arme nahm.

Obwohl ich dankbar war, dass nach so langer Zeit tatsächlich ein Verdächtiger ermittelt worden war, würde die Rückkehr nach Ohio vermutlich trotzdem wieder das Gefühl von Hoffnungslosigkeit und Trauer in mir aufwühlen. Hier in

Pelion – bei Archer – fühlte ich mich sicher, und ich hatte ihm bisher noch nichts von dieser Angelegenheit erzählt. Gestern hatte ich mein Häuschen aufgeräumt, bevor ich schon um sieben vollkommen erschöpft ins Bett gefallen war. Ich hasste es, dass wir keine Möglichkeit hatten, uns auszutauschen, wenn wir nicht zusammen waren. Trotzdem tat es uns wahrscheinlich gut, wenn wir nicht pausenlos zusammen waren. Denn wir waren in den letzten Wochen praktisch unzertrennlich gewesen, und ein wenig Abstand war sicherlich durchaus gesund.

Kurz vor Ende meiner Schicht kam Travis durch die Tür spaziert. Er war in Uniform, trug eine Fliegersonnenbrille, und ich rollte mit den Augen, weil ich sogar auf die Entfernung sehen konnte, dass er selbst am allerbesten wusste, wie ausnehmend attraktiv er war.

»Travis«, sagte ich und wischte weiter unsere laminierten Speisekarten ab.

»Hi, Bree.« Sein Lächeln sah fast ehrlich aus.

»Was kann ich dir bringen?«

»Einen Kaffee.«

Nickend schenkte ich ihm eine Tasse ein, stellte sie ihm hin und wandte mich entschlossen wieder ab.

»Bist du mir noch böse?«, fragte er.

»Ich bin dir nicht böse, Travis. Aber ich bin auch nicht unbedingt beeindruckt von der Art, wie du mit Archer umgehst. Schließlich ist er dein Cousin.«

Er verzog verlegen das Gesicht. »Hör zu, Bree, ja natürlich ist er mein Cousin, und wir hatten jahrelang keinen Kontakt – was vor allem meine Schuld gewesen ist. Aber ich und Archer haben schon als Kinder miteinander konkurriert. Ich gebe zu, dass ich bei diesem Wettstreit in Bezug auf dich vielleicht etwas zu weit gegangen bin. Aber glaub mir, er ist auch kein Unschuldslamm.«

»Du konkurrierst mit ihm? Meine Güte, Travis.« Meine Stimme wurde etwas lauter, und als ich bemerkte, dass ein paar der Gäste überrascht in unsere Richtung sahen, setzte ich ein schmales Lächeln auf, wandte mich dann aber wieder Travis zu. »Glaubst du nicht, dass Archer es verdient hat, dass zur Abwechslung mal irgendwer auf seiner Seite ist? Glaubst du nicht, dass er anstelle eines Konkurrenten eher einen *Unterstützer* braucht? Hättest du nicht wenigstens versuchen können, auch nur einmal für ihn da zu sein?«

»Irgendwie klingt das für mich, als ob du selber dich vor allem aus Mitleid mit ihm triffst.«

Ich kniff die Augen zu und atmete tief durch, denn sonst hätte ich ihm sicher eine Kanne heißen Kaffees ins Gesicht gekippt. »Er braucht kein Mitleid, Travis. Denn er ist … er ist einfach unglaublich.« Ich sah Archer vor mir, wie er aussah, wenn er wirklich glücklich war – seine sanften, braunen Augen und das Lächeln, das sein herrliches Gesicht erstrahlen ließ.

»Er ist einfach unglaublich«, wiederholte ich und blickte, plötzlich leicht verlegen, vor mich auf den Tisch.

Travis schwieg, doch als er wieder etwas sagen wollte, klingelte erneut die Glocke an der Tür. Ich hob den Kopf und riss die Augen auf, denn dort stand Natalie mit unserem Kumpel Jordan, der, die Hände in den Hosentaschen, etwas unbehaglich in meine Richtung sah.

Ich ließ die Speisekarten fallen und stürzte auf die beiden zu. »Meine Güte! Was macht ihr denn hier?« Ich wartete noch immer auf die Nachricht von Natalie, mit welchem Flug sie kommen würde. Und jetzt war sie plötzlich da.

Natalie kam mir entgegen, und lachend fielen wir uns um den Hals.

»Überraschung!«, sagte sie und zog mich eng an ihre Brust. »Du hast mir fürchterlich gefehlt.«

»Du mir auch.« Dann legte sich mein Lächeln, als mein Blick auf Jordan fiel.

Er stand noch immer reglos in der Tür, und Natalie sah erst auf ihn und dann wieder auf mich. »Er hat mich auf Knien angefleht, ihn mitzunehmen, weil er dich persönlich um Verzeihung bitten will.«

Ich bedeutete ihm seufzend reinzukommen, und erleichtert kam er auf mich zu, zog mich an seine Brust und stieß mit rauer Stimme aus: »Ach, Bree, es tut mir wirklich leid.«

Jetzt umarmte ich ihn auch. Denn er hatte mir ebenfalls gefehlt. Er war einer meiner besten Freunde. Er, ich, Natalie und unsere Freundin Avery waren zusammen aufgewachsen, und schon in der Grundschule hatte kein Blatt Papier zwischen uns vier gepasst. Trotzdem hatte ich am Ende seinetwegen überstürzt gepackt und war aus Cincinnati abgehauen. Ich hatte ihn als Freund besucht, als ich nicht mehr gewusst hatte, wohin mit meiner Trauer und Verwirrung, aber statt mich einfach tröstend in den Arm zu nehmen, hatte er mich plötzlich voller Leidenschaft geküsst, erklärt, dass er mich lieben würde, und mich angefleht, ihm wenigstens die Chance zu geben, für mich da zu sein. Das war einfach zu viel für mich gewesen, denn das Letzte, was ich in dem Augenblick hatte gebrauchen können, war, dass irgendwer mich gegen meinen Willen zu irgendwelchen Zärtlichkeiten zwang.

Natalie schlang ihre Arme um uns beide. Dann machten wir uns leise lachend wieder voneinander los.

Ich sah mich um. Es waren nur noch eine Handvoll Gäste im Lokal, und Maggie räumte schon mit Norm die Küche auf.

»Kommt und setzt euch an den Tresen, bis ich mit der Arbeit fertig bin«, lud ich die beiden lächelnd ein.

Natalie nahm neben Travis Platz, der seinen Blick an ihr herunterwandern ließ, bevor er einen Schluck aus seiner Kaffeetasse nahm.

»Aber hallo.« Meine Freundin drehte sich auf ihrem Barhocker zu ihm herum, setzte ihr schönstes Lächeln auf und schob sich ihr langes, blondes Haar aus der Stirn.

Ich schnaubte, aber sie und Travis reagierten nicht darauf.

»Travis Hale.« Ebenfalls mit einem breiten Lächeln nahm er ihre Hand.

Ich schüttelte den Kopf und stellte ihm die beiden vor. Dann stand Travis auf und legte einen Fünfer auf den Tisch.

»Sag Maggie einen schönen Gruß von mir.« Er nickte mir kurz zu. »Noch viel Spaß bei uns in Pelion, Natalie und Jordan. Hat mich sehr gefreut.«

Er wandte sich zum Gehen, und Natalie betrachtete sein straffes Hinterteil, als er zu seinem Streifenwagen lief. »Kein Wunder, dass du bleiben willst.«

»Er ist ganz sicher nicht der Grund dafür«, klärte ich sie lachend auf.

Natalie warf einen Blick auf Jordan, der die Speisekarte intensiv zu studieren schien, und eilig wandte ich mich einem anderen Thema zu. Ich hatte schon seit einer Ewigkeit vermutet, dass Jordan für mich schwärmte, doch dass mehr dahintersteckte, hätte ich beim besten Willen nicht gedacht. Natürlich liebte ich ihn auch, doch nicht auf diese Art, und das würde ich auch nie. Ich hoffte nur, wir konnten irgendwann wieder die guten Freunde werden, die wir stets gewesen waren. Denn ich vermisste ihn.

»Habt ihr schon was gegessen?«, fragte ich. Die Küche war schon zu, doch Sandwiches oder etwas in der Richtung gab es dort sicher noch.

»Wir haben erst vor einer Stunde jede Menge Fast Food in uns reingestopft.« Natalie sah Jordan fragend an. »Sag also bitte nicht, dass du schon wieder Hunger hast.«

Er blickte auf. »Nee, ich wollte einfach sehen, was es hier alles gibt.« Immer noch etwas verlegen, legte er die Speisekarte fort, und ich nickte.

»Okay, dann sage ich jetzt Maggie, dass ich gehe, und hole mein Zeug.«

Eine Viertelstunde später waren wir auf dem Weg zu meinem kleinen Haus.

Ich quartierte Natalie in meinem Schlafzimmer ein, Jordan würde auf dem Sofa schlafen müssen. Wir duschten nacheinander, und dann saßen wir im Wohnzimmer zusammen, wo wir quatschten und Nat uns mit Anekdoten über ihren neuen Boss unterhielt, mit dem sie ein Verhältnis hatte. Auch

Jordan taute langsam auf, und ich war wirklich froh, dass sie gekommen waren.

»Wollen wir in die Stadt fahren und was essen?«, fragte ich. »Dann fahre ich schnell los und frage Archer, ob er uns begleiten will.«

»Warum rufst du ihn nicht einfach an?«, erkundigte sich Nat.

»Weil er nicht sprechen kann«, erklärte ich ihr ruhig.

»Wie bitte?« fragten sie und Jordan wie aus einem Mund.

Ich erzählte ihnen, wie mein Liebster aufgewachsen war, von seinem Onkel Nate und das Wenige, was ich von seinem Unfall wusste, auch wenn Archer selber nicht darüber sprach. Meine Freunde starrten mich mit großen Augen an.

»Verdammt«, entfuhr es Natalie.

»Ich weiß«, erklärte ich. »Ich kenne bisher selbst nur einen Teil dieser Geschichte, weiß aber, dass sie vollkommen irre ist. Aber wartet, bis ihr Archer kennenlernt. Er ist unglaublich süß und einfach … erstaunlich. Ich werde für euch übersetzen müssen, aber er beherrscht die Gebärdensprache fließend, also ist das kein Problem.«

»Wow«, stieß Jordan aus. »Und was will er mal aus seinem Leben machen, wenn er dieses Grundstück jahrelang fast nie verlassen hat und obendrein nicht sprechen kann?«

»Das weiß er selbst noch nicht genau.« Ich sah verlegen vor mich auf den Tisch und hatte plötzlich das Gefühl, als müsste ich ihn verteidigen. »Er wird es auf jeden Fall herausfinden – nur muss er eben vorher ein paar grundlegende Dinge für sich klären.«

Die beiden sahen mich an, und plötzlich leicht verlegen fuhr ich fort: »Wie dem auch sei, ich werde erst mal zu ihm rüberfahren und hoffe, dass er uns begleiten will.« Entschlossen stand ich auf, um meine Schuhe anzuziehen.

»In Ordnung«, meinte Natalie. »Kann man hier in Jeans und T-Shirt essen gehen, oder mache ich mich besser vorher chic?«

»Du kannst auf jeden Fall in Jeans und T-Shirt gehen«, klärte ich sie lachend auf.

»Glaubst du, dass wir Travis treffen werden?«, fragte sie mit hoffnungsvoller Stimme, und ich stieß ein lautes Stöhnen aus.

»O Leute, es gibt so viele Dinge, die ihr noch nicht wisst. Es dauert sicher eine halbe Ewigkeit, euch alles zu erzählen, aber erst mal fahre ich zu Archer. Ich bin gleich zurück, okay?«

»Okay!« Auch Natalie stand auf, und Jordan klappte seinen kleinen Koffer auf.

Trotzdem drehte er noch einmal kurz den Kopf und meinte ebenfalls: »Okay.«

Ich lief los, schwang mich in meinen Wagen und fuhr in die Briar Road.

24

Archer

Ich stand vor der Spüle in der Küche und hob gierig ein Glas Wasser an den Mund. Bevor das Wetter schlechter würde, war ich noch mal mit den Hunden kilometerweit am Seeufer entlanggejoggt.

Als ich nun überlegte, was ich heute machen sollte, war mir seltsam schwer ums Herz. So war es mir schon vor dem Lauf gegangen, aber meine Hoffnung, dass ich einen klaren Kopf bekäme, wenn ich mich bewegte, hatte sich eindeutig nicht erfüllt. Ich war noch immer ruhelos. Jedoch nicht körperlich, sondern geistig.

Am Morgen hatte es in meinem Bett nach Bree geduftet, und ich hatte glücklich und zufrieden meine Augen aufgeschlagen. Doch dann war mir klar geworden, dass sie heimgefahren war, und lustlos war ich aufgestanden und hatte mir überlegt, was ich mit meinem Tag anfangen könnte. Natürlich gab es zahlreiche Projekte auf dem Grundstück, die ich hätte weiterführen können, doch ich hatte keine rechte Lust dazu gehabt. Vor allem musste ich mir langsam überlegen, wie mein Leben weitergehen sollte, das von Bree vollkommen umgekrempelt worden war. Sie hatte mir die Welt geöffnet und mir gezeigt, was alles möglich war. Statt Freude aber rief diese Erkenntnis ein gewisses Unbehagen in mir wach, denn alle Möglichkeiten, die ich hatte, drehten sich um sie, was in höchstem Maß erschreckend für mich war.

Plötzlich hörte ich das Quietschen des Tors. Hatte Bree womöglich früher Feierabend als geplant?

Eilig trat ich vor die Tür und sah, dass der Besucher Travis war.

Ich blieb auf der Veranda stehen, als er den Weg entlangkam. Was zum Teufel wollte er von mir?

Er hob die Hände hoch und bat mich dadurch spöttisch, nicht auf ihn zu schießen, nahm dann einen Zettel aus der Tasche, faltete ihn auseinander und hielt ihn mir hin.

»Das ist der Antrag für den vorläufigen Führerschein«, setzte er an. »Dazu brauchst du noch deine Geburtsurkunde und einen Adressnachweis, eine Rechnung von den Wasserwerken oder so.«

Ich zog argwöhnisch die Brauen hoch. Was spielte Travis dieses Mal wohl für ein Spiel mit mir?

»Ich muss mich noch bei dir für die Geschichte in dem Stripklub entschuldigen«, erklärte er. »Das war furchtbar unreif und nicht wirklich cool. Ich bin echt froh, dass das mit dir und Bree trotzdem geklappt hat. Sie hat dich offensichtlich wirklich gern.«

Natürlich hatte sie mich gern und vielleicht mehr, doch woher wusste Travis das? Hatte Bree ihm das womöglich selbst erzählt? Ich hätte wirklich gern gewusst, ob sie mit ihm gesprochen hatte und ob er womöglich sogar wusste, welcher Art genau ihre Gefühle für mich waren. Doch selbst wenn ich hätte reden können, hätte ich ihn sicher nicht danach gefragt, denn wahrscheinlich hätte er mir wieder irgendeinen bösen Streich gespielt. Mit Bree konnte ich jedoch nicht über meine Gefühle sprechen. Mir war bewusst, dass Liebe etwas anderes war als Sex, woher also sollte ich wissen, ob sie mich auch liebte, wenn sie nie darüber sprach? Vielleicht sprach sie ja deshalb nicht davon, weil sie zwar gerne mit mir schlief, doch mehr auch nicht? Ich hatte keinen Plan, und da ich mit niemandem darüber sprechen konnte, drehten meine Gedanken sich immer nur im Kreis.

Am schlimmsten daran war, dass ich sie liebte. Leidenschaftlich und mit jeder Faser meines Herzens. Selbst mit den zerbrochenen Teilen, selbst oder vielleicht vor allem mit denen, die ich selbst als wertlos und als unwürdig empfand.

»Wie wäre es mit einem Waffenstillstand?«, schlug mir Travis vor. »Wie heißt es doch so schön? In der Liebe und im Krieg ist alles erlaubt, wobei in diesem Fall eindeutig du gewonnen hast, denn Bree gehört jetzt dir. Allerdings kannst du es mir sicher nicht verdenken, dass auch ich mein Glück bei ihr versuchen wollte, weil sie schließlich ein echt tolles Mädchen ist. Also, Frieden?«, fragte er und reichte mir die Hand. Ich sah sie reglos an. Ich traute Travis ungefähr so weit, wie ich ihn hätte werfen können, aber eine Fortsetzung des Krieges hätte weder ihm noch mir etwas genützt. Er hatte recht – ich hatte diesen Kampf gewonnen.

Bree gehörte mir. Und freiwillig würde ich sie ganz sicher niemals wieder hergeben. Obwohl ich ihm nie wirklich trauen würde, schlug ich, wenn auch widerstrebend, ein.

Travis schob die Daumen in den Gürtel seiner Uniform und sah mich an. »Ich nehme an, du weißt bereits, dass ihre Freunde hier in Pelion sind. Ihre Freude von daheim.«

Ich runzelte die Stirn, und er verzog gespielt verlegen das Gesicht. »Verdammt, hat sie dir etwa nichts davon erzählt?«

Er wandte sich kurz ab, sah mich dann aber wieder an. »Nun, ich nehme an, es ist nicht wirklich leicht für sie. Ich meine, sie ist hier und hat dich wirklich gern, doch irgendwann muss sie wieder zurück nach Hause, weil sie dort ihr wahres Leben hat. Keine beneidenswerte Situation.«

Zurück nach Hause? In ihr *wahres Leben*? Wovon zum Teufel redete er da?

Travis sah mich forschend an und fuhr sich seufzend mit der Hand durchs Haar. »Scheiße, Mann, du hast dir doch bestimmt nicht ernsthaft eingebildet, dass sie bis an ihr Lebensende hier in Pelion bleiben und in einem kleinen Imbiss jobben will? Dass sie vielleicht sogar zu dir in diese Hütte zieht und jede Menge Babys kriegt, die du niemals ernähren können wirst?«

Er lachte leise auf, doch plötzlich wurde seine Miene ernst, und er bedachte mich mit einem mitfühlenden Blick. »Oh, verdammt, genau das hattest du dir tatsächlich erhofft.«

Das Blut rauschte in meinen Ohren. Und obwohl ich bisher keine echten Zukunftspläne hatte, wurde ich bei dem Gedanken, dass sie mich verlassen könnte, schreckensstarr.

»Verflucht noch mal. Hör zu, Archer, als ich gesagt habe, dass du gewonnen hast, habe ich den Augenblick gemeint. Ein paar schöne Nächte, ein bisschen Fummeln in deinem Pick-up. Ich meine, schön für dich, das hast du echt verdient. Aber, Scheiße, fang jetzt bloß nicht an, dir auch noch andere Dinge vorzustellen. Vielleicht erzählt sie dir, dass sie dich nicht verlassen wird – und sicher meint sie das auch eine Zeit lang so. Aber eine junge Frau wie Bree, die auf dem College war, will irgendwann ein echtes Leben führen. Sie ist nur vorübergehend hier, weil sie Wunden hat, die verheilen müssen – und wenn's ihr wieder besser geht, tritt sie wieder den Heimweg an, was ich ihr nicht verdenken kann, weil du ihr langfristig schließlich nicht wirklich was zu bieten hast. Sie ist eine attraktive, junge Frau und wird problemlos einen anderen Typen finden, der ihr mehr zu bieten hat.« Er schüttelte den Kopf. »Was kannst du ihr schon geben, Archer? Sag schon, was?«

Ich sah ihn reglos an. Natürlich war ich schlau genug zu sehen, was dieses Arschloch vorhatte. Er spielte seine nächste Karte aus. Doch leider stimmte, was er sagte. Unglücklicherweise hatte er erneut das bessere Blatt. Er war gekommen, um mich mit der Wahrheit zu zerstören, um mir in Erinnerung zu rufen, dass ich minderwertig und ein Niemand war. Und vielleicht war es gar nicht so verkehrt, dass er das tat.

Ich wusste nicht, ob er Bree noch haben wollte. Wahrscheinlich nicht. Es ging ihm einfach darum, dass er mir nicht gönnte, was er selbst nicht bekommen hatte. Er musste unbedingt gewinnen, ganz egal, um welchen Preis. Ich sah es ihm an. Ich kannte diesen Blick. Ich hatte ihn schon einmal im Gesicht von einem anderen Mann gesehen. Und ich würde nie vergessen, was danach geschehen war.

Er atmete gespielt verlegen ein, räusperte sich leise und wies auf das Blatt in meiner Hand. »Wie dem auch sei, viel Glück mit deinem Führerschein. Du solltest schließlich nicht gezwungen sein, überallhin zu Fuß zu gehen. Pass auf dich auf, Archer.« Er nickte mir kurz zu, ließ mich dann stehen und ging zurück zum Tor.

Ich stand wie angewurzelt da und fühlte mich entsetzlich klein. Ich stellte mir mein Leben vor, wenn sie verschwunden wäre, und vor lauter Schmerz hätte ich fast aufgehört zu atmen.

25

Bree

Ich rief Archers Namen, als ich durch das Tor auf das Grundstück trat.

Keine Antwort.

Also ging ich bis zur Haustür, klopfte und rief abermals nach ihm.

Keine Reaktion.

Da die Tür nicht abgeschlossen war, ging ich ins Haus und sah mich um. Es war so sauber und so aufgeräumt wie immer, doch von Archer keine Spur. Er musste irgendwo auf seinem Grundstück sein, zu weit vom Haus entfernt, um mich zu hören. Oder war er vielleicht in der Stadt?

Ich schnappte mir ein Blatt Papier und einen Stift und schrieb ihm, meine Freunde wären da und ich würde ihm alles erklären, wenn wir uns sähen. Außerdem lud ich ihn ein, mit uns essen zu gehen.

Ich hoffte, dass er kommen würde, hoffte, der Besuch im Norm's hatte ihn selbstbewusst genug gemacht, um gleich noch einmal auszugehen, denn ich wollte, dass er meine Freunde kennenlernte. Ich wollte, dass er Teil aller Bereiche meines Lebens war.

Ich kehrte zurück zu meinem Häuschen, zog mich um, und schließlich fuhren Natalie, Jordan und ich nach Pelion in die Billardhalle, wo ich schon einmal mit Liza und mit Melanie gewesen war und wo es auch Pizza gab.

Wir bestellten eine große Pizza, spielten Darts und hatten unseren ersten Pitcher halb geleert, als ich mich umdrehte und sah, dass Archer durch die Tür getreten war. Grinsend ließ ich meinen Pfeil zu Boden fallen, rannte auf ihn zu, schlang ihm die Arme um den Hals und drückte meine Lippen fest auf seinen Mund.

Er atmete aus, als hätte er die Luft seit Stunden angehalten. Ich lehnte mich zurück und fand, dass er seltsam angespannt wirkte. Eilig trat ich einen Schritt zurück, damit er sprechen konnte, und fragte ihn leise. »Alles klar?«

Er nickte und entspannte sich. *Du hast mir nicht erzählt, dass deine Freunde kommen würden.*

Das habe ich selber erst erfahren, als ich gestern früh nach Hause gekommen bin. Und dann sind sie noch früher angekommen als geplant. Archer, es gibt einen Verdächtigen in unserem Fall. Ich habe gestern mit der Polizei in Cincinnati telefoniert. Ich soll mir ein paar Fotos ansehen. Vielleicht haben sie den Kerl, der meinen Dad ermordet hat, erwischt. Ich sah ihm ins Gesicht und wurde von Gefühlen überwältigt, denn bald würde ich vielleicht tatsächlich völlig ohne Angst wieder nach vorne sehen können.

Das ist fantastisch, Bree, erklärte er. *Das ist wirklich toll.*

Ich nickte zustimmend. *Ich muss für ein paar Tage heim. Natalie und Jordan werden mich begleiten, aber danach komme ich zurück.* Ich runzelte die Stirn und fragte mich, wie ich mich fühlen würde, wenn ich wieder in Ohio wäre. Ich sah Archer an und nahm wieder die Anspannung in seinen Zügen wahr.

Komm doch einfach mit, schlug ich ihm lächelnd vor.

Seine Miene wurde weich, aber zugleich wehrte er ab. *Lieber nicht, Bree … du hast deinen Freunden doch auf der Fahrt viel zu erzählen.*

»He, Bree, wir warten jetzt schon ewig! Du bist dran!«, rief Natalie.

Lächelnd nahm ich seine Hand. »Los, ich stelle dir die beiden vor.« Und leise fügte ich hinzu: »Sie werden vollkommen begeistert von dir sein.«

Archers Miene drückte leise Zweifel aus, doch schließlich setzte er ein Lächeln auf und folgte mir an unseren Tisch.

Ich stellte ihn den anderen vor, und die beiden Männer gaben sich die Hände, während Natalie den Kopf schräg legte und mich fragte: »Geben sie hier vielleicht irgendwelches Zeug ins Wasser, das die Typen heißer als normale Männer macht? Am besten ziehe ich schnellstmöglich ebenfalls hierher.«

Lachend schmiegte ich mich eng an meinen heißen Typen und sog seinen Geruch ein. Jordan wurde blass und wandte sich schnellstmöglich ab. Gott, ich hasste es, wie unbehaglich ihm inzwischen war, wenn er mich mit einem anderen Typen sah. Vielleicht sollten wir einmal darüber reden. Ich sah Archer an und merkte, dass ihm Jordans Reaktion genauso aufgefallen war, weil Archer niemals irgendetwas übersah. Er hatte mir gezeigt, was wir alles sehen und hören könnten, wenn wir etwas öfter mal die Klappe hielten und nicht beständig versuchten, hauptsächlich uns selbst zu hören.

Wir aßen unsere Pizza, spielten Darts und unterhielten uns. Archer lächelte, wenn Natalies Geschichten es geboten, doch mir fiel auf, dass seine Schweigsamkeit stärker als gewöhnlich war. Ich versuchte, ihn aus sich herauszulocken, doch ihm gingen offensichtlich irgendwelche Dinge durch den Kopf, von denen er mir nichts erzählen wollte.

Als Natalie ihm ein paar Fragen stellte, übersetzte ich für ihn. Er war nett und antwortete durchaus freundlich, aber trotzdem war er nicht wie sonst. Ich wusste nicht, warum, würde ihn aber erst später danach fragen können. Denn in einer Bar vor meinen Freunden wäre ihm das ganz bestimmt nicht recht.

Wir bestellten eine zweite Runde Bier, und als Archer sich entschuldigte, um die Toilette aufzusuchen, sah mich Jordan fragend an. »Kann ich dich kurz sprechen?«

Da ich selber mit ihm reden wollte, nickte ich. Er hatte Archer schon den ganzen Abend über böse Blicke zugeworfen, und inzwischen hatte ich die Nase voll.

Er zog mich in eine Ecke, wo uns Natalie nicht hören

konnte, atmete tief durch und sah mich an. »Hör zu, Bree, mein Verhalten in Ohio tut mir wirklich leid. Ich habe mich dort wie ein Arschloch aufgeführt. Ich wusste, dass du … angeschlagen warst und furchtbare Probleme hattest, und das habe ich dann schändlich ausgenutzt. Ich werde nicht behaupten, dass es nicht so war. Das hätte keinen Sinn, denn du warst schließlich selbst dabei.« Er raufte sich das dunkelblonde Haar, bis es durchaus süß zu Berge stand. »Ich weiß, für dich bin ich nicht mehr als ein ganz normaler Freund, und das genügt mir. Echt. Genau deswegen bin ich hier, und jetzt habe ich mich wieder wie ein Arschloch aufgeführt. Es ist für mich nicht leicht, dich mit einem anderen zu sehen … das war es nie. Aber ich arbeite an mir, weil mir deine Freundschaft und dein Glück wichtiger als alles andere sind. Das ist alles, was ich sagen wollte. Ich will einfach, dass du glücklich bist, und möchte dafür alles tun, was ich – als guter Kumpel – leisten kann. Wirst du mir noch mal verzeihen? Wirst du Brautjungfer auf meiner Hochzeit sein, falls ich jemals eine andere finde, die mir noch besser gefällt als du?«

Ich schluchzte leise auf und nickte nachdrücklich. »Ja, natürlich, Jordan. Ich verzeihe dir noch mal. Und du findest ganz bestimmt noch eine bessere Frau als mich. Denn ich bin ziemlich … anspruchsvoll und kann echt ätzend werden, wenn es nicht nach meinem Kopf geht.«

»Du lügst«, stellte er grinsend fest. »Aber trotzdem vielen Dank. Freunde?«

Nickend nahm ich die mir angebotene Hand, schlang ihm dann die Arme um den Hals und flüsterte ihm zu: »Ja, aber hör endlich auf, dem armen Archer böse Blicke zuzuwerfen. Wenn du dich zur Abwechslung einmal auf etwas anderes konzentrieren würdest, würdest du vielleicht bemerken, dass die üppige Blondine, die zwei Tische weiter sitzt, dich längst mit ihren Blicken ausgezogen hat.« Ich lehnte mich zurück und zwinkerte ihm zu.

Lachend blickte Jordan dorthin, wo das Mädchen saß,

wandte sich wieder mir zu, räusperte sich kurz, und seine Miene wurde wieder ernst.

»Was ist? Die ist doch wohl echt heiß.« Damit sie nicht merkte, dass sie Thema unserer Unterhaltung war, blickte ich absichtlich nicht noch einmal dorthin, wo sie saß.

»Auf jeden Fall«, gab Jordan zu. »Aber dein Freund guckt mich so böse an, als würde er mir liebend gern den Hals umdrehen.«

Ich wandte meinen Blick zurück zu unserem Tisch, wo Archer saß und schlecht gelaunt ein volles Bierglas an die Lippen hob.

»Ich werde mit ihm reden. Danke, Jor.«

Lächelnd kehrte ich an unseren Tisch zurück, schob mein Gesicht an Archers Ohr und küsste seinen Hals. »Hi.« Ich schlang ihm meine Arme um die Taille und nahm wieder mal die eisenharten Muskeln direkt unter seiner Haut wahr. Begierig sog ich seinen Duft in meine Lungen ein. Oh Gott, ich liebte den Geruch von Seife und von Mann, den er verströmte. Denn es war der herrliche Geruch von Seife und von *meinem* Mann.

Er blickte mich mit einem schiefen, etwas unsicheren Lächeln an und wandte sich dann eilig wieder ab.

»He«, wisperte ich. »Habe ich dir schon gesagt, wie froh ich bin, weil du gekommen bist?«, versuchte ich, ihn etwas aufzutauen. Wahrscheinlich war er etwas angespannt, weil Jordan bisher deutlich auf Distanz zu ihm geblieben war. Doch dies war nicht der rechte Augenblick, um ihm die ganze Sache zu erklären. Also würde ich mich Archer einfach mehr als meinen beiden Freunden widmen, bis er wieder ein Gefühl von Sicherheit bekam. Schließlich hatte er nichts zu befürchten – denn von Jordans Seite drohte ihm bestimmt keine Gefahr.

Plötzlich stand er auf, nahm meine Hand und lief entschlossen los. Ich musste fast rennen, um mit seinen großen Schritten mitzuhalten, als er durch den Flur in Richtung der Toiletten stapfte. Plötzlich blieb er wieder stehen und sah sich suchend um.

Ich lachte leise auf, denn offenbar war er auf einer wichtigen Mission. »Wo willst du hin, Archer?«

Ohne etwas zu erwidern, zog er mich bis durch das Dämmerlicht des Korridors zu einer kleinen Nische, presste mich gegen die Wand und küsste mich besitzergreifend auf den Mund. Ich schmiegte mich an seinen harten Leib und stieß ein leises Stöhnen aus. So hatte ich ihn bisher nie erlebt, und ich war mir nicht sicher, was genau in diesem Augenblick geschah. Ich war verwirrt, zugleich aber auch angeturnt von seiner unnachgiebigen Entschlossenheit, aber wahrscheinlich turnte dieser Mann mich einfach immer an.

Er umfasste eine meiner Brüste und rieb den Nippel durch den dünnen Stoff des T-Shirts hindurch. Ich rang nach Luft und vergrub die Hände tief in seinem Haar. Er löste sich von mir und blies mir einfach seinen heißen Atem auf die Lippen, bis ich meinem Kopf gegen die Wand lehnte und er sanft meinen Hals küsste.

»Archer, Archer«, stieß ich stöhnend aus.

Doch plötzlich zuckte ich zusammen, denn er saugte erst an meinem Hals und glitt dann mit den Zähnen über die gereizte Haut.

Der Schleier des Verlangens lüftete sich kurz, als ich seine herausfordernde Miene sah, und eilig hob ich eine Hand an meinen Hals. »Hast du mich gerade absichtlich … *markiert?*«

Er sah auf meinen Hals, und seine Augen glitzerten, als er entschlossen einen Schritt nach hinten machte und mich fragte: *Gibt es irgendeinen Mann in deinem Leben, der nichts von dir will? Ich und Travis und jetzt auch noch dieser Jordan – und wir sind wahrscheinlich nicht die Einzigen. Wie viele Männer gibt es noch?*

Seine Wangenmuskeln zuckten, und ich starrte ihn entgeistert an. »Ich … soll das ein Witz sein? Keinen einzigen. Aber … was spielt es denn überhaupt für eine Rolle, falls noch irgendwelche anderen Männer etwas von mir wollen? Ich habe dir doch deutlich zu verstehen gegeben, dass ich mich für dich entschieden habe. Also sind die anderen doch wohl vollkommen unwichtig.«

Ich konnte selber hören, wie verletzt ich klang, und ein Ausdruck der Verwirrung huschte über sein Gesicht. Doch sofort wurde seine Miene wieder hart, und er erklärte: *Nein, das sind sie nicht. Verdammt, das sind sie nicht.*

Abermals zuckten seine Wangenmuskeln, und ich riss entsetzt die Augen auf. Er hatte nie zuvor geflucht, und ich war völlig überrascht.

Er atmete tief durch, und ich sah in seinen Augen deutlich seine Verletzlichkeit – ob er es wollte oder nicht. *Ich kann ihnen nicht mal sagen, dass sie dich in Ruhe lassen sollen, Bree. Ich sitze da und muss mit ansehen, wie sie mit dir flirten, und kann nichts dagegen tun.*

Er kehrte mir den Rücken zu, und auch wenn ich es hasste, dass er derart zornig war, wünschte ich mir das Gefühl seines warmen Körpers auf meinem zurück. Es kam mir vor, als hätte jemand einen Eimer kaltes Wasser über mich gekippt. Er raufte sich die Haare und sah mich an mit einem Blick, der mehr sagte als tausend Worte. *Ich bin nicht mal ein echter Mann. Ich kann noch nicht mal um dich kämpfen.*

»Hör auf!«, sagte ich laut. »Du musst nicht um mich kämpfen, weil's da nichts zu kämpfen gibt. Ich gehöre dir. Ich gehöre dir schon längst.« Ich trat auf ihn zu, und als ich ihm die Arme um die Taille schlang, blieb er reglos stehen, erwiderte meine Umarmung aber nicht, und schließlich trat ich wieder einen Schritt zurück.

Es wird immer irgendeinen anderen Typen geben, sagte er.

Ich blickte zu ihm auf und atmete tief durch.

Genau in diesem Augenblick kam Jordan um die Ecke, blieb wie angewurzelt stehen, blickte blinzelnd in den Flur und rief: »Alles in Ordnung, Bree?«

Sofort spannte Archer sich wieder an, und als ich kurz die Augen schloss, machte er kehrt und ließ mich einfach stehen.

»Archer!«, rief ich, aber ohne sich noch einmal umzudrehen, marschierte er zurück nach vorne ins Lokal.

»Gott!« Ich schlug mir stöhnend vor die Stirn und lief auf Jordan zu.

»Sorry, Bree, ich habe euch nicht stören wollen. Ich wollte nur auf die Toilette und sah zufällig, wie ihr gestritten habt.«

Ich schüttelte den Kopf. »Das war kein Streit. Archer war nur … ach, ich weiß nicht … Ich muss ihm hinterher. Fahrt ihr mit heim?«

»Natalie bestimmt. Ich für meinen Teil komme sicher auch anders heim.«

Er blickte mich mit einem schiefen Grinsen an, und trotz der Sorgen, die ich mir wegen Archer machte, boxte ich ihm spielerisch gegen die Schulter und stellte zufrieden fest: »Das ist der Jordan, den ich kenne und seit Jahren liebe«, sagte ich. »Glaubst du, dass es keine Probleme gibt?«

Er lachte fröhlich auf. »Ich werde sicher mit ihr fertig, falls sie sich urplötzlich auf mich stürzt.«

Er zwinkerte mir zu, und lachend schlang ich ihm die Arme um den Hals. »Okay.«

»Nochmals, tut mir leid«, erklärte er, und sein Blick fiel auf meinen Hals. »Hübscher Knutschfleck. Mit so einem Ding am Hals habe ich dich zum letzten Mal gesehen, als wir in der neunten Klasse waren.«

»Ich glaube, damit wollte ein bestimmter Mann dir und allen anderen Männern klarmachen, dass ich schon vergeben bin«, klärte ich ihn seufzend auf.

»Tja, dann lauf am besten los und sag ihm, dass er sich die Mühe sparen kann. Wir Männer können uns manchmal wie echte Arschlöcher benehmen, wenn wir unsicher und hoffnungslos in eine Frau verschossen sind.«

»Was du nicht sagst.«

Er lachte leise auf und drückte mir den Arm. »Ihr versöhnt euch bestimmt gleich wieder. Wir sehen uns dann morgen früh.«

Nickend drückte auch ich ihm den Arm und ging wieder nach vorn zu Natalie.

»He«, erklärte sie. »Dein kleines Spielzeug ist gerade zornbebend an mir vorbeigestapft.«

Ich seufzte tief. »Er ist kein Spielzeug, Natalie. Ich verstehe wirklich nicht, was mit ihm los ist.«

Sie zog ihre Brauen hoch. »Falls du eine Expertenmeinung hören willst – er ist einfach verliebt und weiß nicht, wie er damit umgehen soll.«

»Glaubst du wirklich?«, fragte ich.

Sie nickte. »Allerdings. Die Zeichen sind eindeutig: wild zuckende Wangenmuskeln, todbringende Blicke, sobald sich ein anderer Mann auch nur in deine Nähe wagt, schlechte Laune, starke Stimmungsschwankungen, Markieren des Reviers«, fügte sie mit einem Blick auf meinen Knutschfleck an. »Und, wirst du ihn jetzt von seinem Leid erlösen?«

Ich stieß ein leises Lachen aus, das in ein dumpfes Stöhnen überging. »Ich hoffe es. Wollen wir gehen?«

Wir traten auf die Straße, und da Natalie angeboten hatte, nichts zu trinken und uns heimzufahren, drückte ich ihr meine Wagenschlüssel in die Hand.

Wir stiegen ein, und während sie den Motor anließ, sah sie mich noch einmal von der Seite an. »So, wie du ihn anguckst, ist mir übrigens vollkommen klar, dass er für dich kein Spielzeug ist. Und ich kann gut verstehen, was dir an ihm und dieser … Narbe derart gut gefällt.« Sie stöhnte leise auf. »Ich brauche sie nur anzusehen, und schon würde ich ihn gerne erst sanft in den Armen wiegen, und dann mit der Zunge über seinen durchtrainierten Körper gleiten, um herauszufinden, ob er nicht nur lecker aussieht, sondern auch so schmeckt.«

»Wow!« Ich lachte auf. »Vorsicht! Sonst fangen gleich meine Wangenmuskeln an zu zucken, und ich werfe dir zum ersten Mal in meinem Leben todbringende Blicke zu.«

Sie lachte ebenfalls, doch plötzlich fragte sie mit sanfter, nachdenklicher Stimme: »Ist das für dich eigentlich etwas Langfristiges? Ich meine, wie genau soll das funktionieren?«

Wieder stieß ich einen tiefen Seufzer aus. »Ich weiß es nicht. Das ist alles noch furchtbar neu für mich. Und ja, seine Situation ist schon speziell – es wird also bestimmt nicht leicht. Aber trotzdem will ich es versuchen. Das weiß ich genau. Es ist, als hätte in dem Augenblick, in dem ich ihn zum ersten Mal begegnet bin, mein Leben erst richtig angefangen. Als wäre dadurch, dass ich mich in ihn verliebt habe, jedes Puzzleteil an seinen Platz gerückt. Und so verwirrend das auch für mich ist, erscheint es mir tief in meinem Innern absolut sinnvoll.«

Nach kurzem Schweigen meinte Natalie: »Das klingt alles sehr poetisch, Süße, und ich glaube dir auch jedes Wort, nur ist das Leben nun mal leider kein Gedicht, was du selber besser als die meisten anderen Menschen weißt. Ich hoffe einfach, das du diese Sache möglichst realistisch siehst, okay?« Sie sah mich von der Seite an. »Er ist ziemlich kaputt, Schätzchen, und zwar nicht nur körperlich, weil er nicht sprechen kann. Ich meine, Gott, nach allem, was du mir erzählt hast, wurde seine Mutter jahrelang von seinem alten Herrn misshandelt. Er wurde von seinem eigenen Onkel angeschossen, musste mit ansehen, wie seine Eltern starben, und hat danach zwölf Jahre lang allein mit einem durchgeknallten Onkel isoliert auf einem Grundstück außerhalb der Stadt gelebt. Ganz zu schweigen davon, dass ihn sein zerstörter Kehlkopf über Jahre hinweg dazu gezwungen hat, immer nur in seinem eigenen Kopf zu leben, ohne jeglichen Kontakt zur Außenwelt, was ganz sicher irgendwelche Spuren bei ihm hinterlassen hat. Es ist ja wohl kein *Wunder*, wenn er deshalb ein bisschen kaputt ist.«

Ich lehnte ich auf meinem Sitz zurück und flüsterte erstickt: »Ich weiß. Und so wie du es formulierst, muss man vielleicht verrückt sein, um zu glauben, dass es jemals zwischen ihm und einem anderen Menschen funktionieren kann. Aber irgendwie bin ich der festen Überzeugung, dass es zwischen uns tatsächlich klappen kann, auch wenn ich dir dafür keinen Grund nennen kann, außer vielleicht den, dass er trotz der Dinge, die du gerade angesprochen hast, warmherzig und freundlich, mutig, klug und manchmal sogar witzig ist.« Ich lächelte versonnen vor mich hin. »Ich meine, überleg doch nur, wie stark man sein muss, um all diese Dinge durchzustehen, ohne völlig durchzudrehen, und sich dabei sogar noch all diese positiven Eigenschaften zu bewahren.«

»Das stimmt«, gab meine Freundin zu. »Aber trotzdem tun gestörte Menschen manchmal Dinge, die wir nicht verstehen können, weil sie niemandem vertrauen können und weil sie nicht glauben können, dass es jemand wirklich gut mit ihnen meint – von seinem irren Onkel vielleicht mal abgesehen. Ich habe einfach Angst, dass seine Panik immer größer wird, je ernster die Sache mit dir wird. Die Fragen, was er einmal aus sich machen oder wie er jemals Geld verdienen soll, sind Peanuts im Vergleich zu dem emotionalen Gepäck, das er bereits sein Leben lang mit sich herumschleppt.«

Ich biss mir auf die Lippe. »Ich selber trage ebenfalls ein ganz schönes Päckchen mit mir herum. Ich bin ebenfalls kaputt. Sind wir das nicht alle?«

»Nicht so, Schätzchen. Nicht in diesem Ausmaß.«

Ich sah sie lächelnd an. »Seit wann kennst du dich derart gut mit der menschlichen Psyche aus?«

»Ich bin eine alte Seele, Süße – aber das hast du schließlich schon immer gewusst.« Sie zwinkerte mir zu, und während ich noch grinste, hielten wir bereits vor meinem Haus.

Ich umarmte Nat, bevor ich ihr den Haustürschlüssel überließ. Dann stieg sie aus und winkte mir zum Abschied zu, während ich selbst hinter das Steuer meines Wagens rutschte. Die eine Meile bis zu Archers Haus konnte ich problemlos fahren. Ich war inzwischen wieder völlig nüchtern.

Dort angekommen trat ich durch das Tor, lief bis zu seinem Haus, und als ich klopfte, kam er sofort an die Tür.

Er trug nur seine Jeans und trocknete sein frisch gewaschenes Haar mit einem Handtuch ab. Wie wunderschön und wie erschreckend unsicher zugleich er aussah …

»Hallo.« Leise lachend trat ich ein und wandte mich ihm zu, als er die Haustür schloss.

Warum lachst du?, fragte er.

Ich schüttelte den Kopf und hob dann meine Hände an. *Ich wünschte, du könntest dich mit meinen Augen sehen. Ich wünschte, du könntest meine Gedanken lesen, um zu wissen, dass ich dich und keinen anderen will. Selbst wenn dreihundert Männer bei mir Schlange stehen würden – mir wäre das vollkommen egal, denn von diesen Männern wäre keiner du, wäre keiner Archer Hale.* Ich ließ kurz die Hände sinken, hob sie aber eilig wieder an. *Keiner dieser Männer wäre der Mann, den ich liebe.*

Wieder schüttelte ich kurz den Kopf und fuhr entschlossen fort. *Ich hatte erst von Liebe sprechen wollen, wenn du – vielleicht – ebenfalls dazu bereit bist, aber … ich kann einfach nicht mehr warten, weil es mir ständig auf dem Lippen und den Fingerspitzen liegt. Es ist okay, falls du mich nicht liebst oder dir nicht sicher bist. Aber ich bin mir inzwischen* völlig *sicher, und ich halte es nicht länger aus, dir nicht zu sagen, wie sehr ich dich liebe, denn das tue ich. Ich. Liebe. Dich. Ich liebe dich so sehr.*

Er stand wie angewurzelt da, während sich meine Hände überschlugen, aber bei den letzten Worten trat er derart eilig auf mich zu, dass mir der Atem stockte und ich meine Hände sinken ließ. Dann zog er mich so eng an seine Brust, dass mir ein quietschendes Geräusch entfuhr, das gleichzeitig ein Lachen und ein Schluchzen war.

Archer vergrub sein Gesicht an meinem Hals, ich schlang ihm die Arme um den Nacken, und als er seinen Griff verstärkte, sog ich seinen einzigartigen Geruch in meine Lungen ein.

Erst nach mehreren Minuten machte ich mich wieder von ihm los, nahm seine Hand, zog ihn in Richtung Sofa, und wir nahmen beide Platz.

Das in der Billardhalle tut mir leid. Darf ich es dir erklären?

Als er nickte, fuhr ich fort. *Jordan ist ein Freund, nicht mehr. Das war er immer schon. Wir sind zusammen aufgewachsen. Allerdings wusste ich schon seit einer ganzen Weile, dass er eine Schwäche für mich hat, habe ihm aber deutlich zu verstehen gegeben, dass ich selbst ihn nur als guten Freund betrachte und sonst nichts.* Nach einer kurzen Pause hob ich meine Hände wieder. *Nach dem Tod von meinem Vater hat er dieses Thema trotzdem noch mal aufgegriffen, deshalb bin ich abgehauen. Das war der berühmte Tropfen, der das Fass für mich zum Überlaufen gebracht hat.* Und mit einem leichten Lächeln fügte ich hinzu: *Wir sollten Jordan also vielleicht dankbar sein, weil ich im Grunde seinetwegen hier gelandet bin.*

Er lächelte ebenfalls und blickte auf seine eigenen Hände, die in seinem Schoß gefaltet waren, wandte sich dann aber wieder mir zu.

Wie dem auch sei, das war das, was du vorhin gesehen hast – Jordan musste sich mit dem Gedanken arrangieren, dass er für mich nie mehr sein wird als einfach nur ein guter Freund, und dazu hat er heute aus meiner Sicht den ersten Schritt getan. Das war alles.

Archer nickte, fuhr sich durchs Haar und sagte dann: *Es tut mir leid – manchmal überfordert mich das alles irgendwie. Und das macht mich wütend, denn dann fühle ich mich schwach und denke, dass ich deiner nicht würdig bin.*

Eilig nahm ich seine Hände, ließ sie aber sofort wieder los und meinte: *Nein. So darfst du dich nicht fühlen – bitte nicht. Himmel, sei doch nicht so furchtbar streng mit dir. Sieh dir lieber an, was du schon alles geschafft hast. Sieh dir an, was für ein wunderbarer Mensch du trotz der vielen schlimmen Dinge, die du schon erleben musstest, bist.*

Als ich meine Hand an seine Wange hob, schmiegte er sein Gesicht mit geschlossenen Augen hinein. »Habe ich im Übrigen bereits erwähnt, dass ich dich liebe?«, flüsterte ich rau. »Und dass ich nicht die Angewohnheit habe, mich in Menschen zu verlieben, die meiner nicht würdig sind?«

Er schlug die Augen wieder auf, bedachte mich mit einem beinah ehrfürchtigen Blick und hob die Hände an.

Ich liebe dich auch.

Er atmete vernehmlich aus. *Ich liebe dich so schrecklich.*

Er riss die Augen auf, als wäre er von seinen eigenen Worten überrascht. Er sah mich reglos an und fragte: *Reicht das, Bree?*

Lächelnd atmete ich auf und frohlockte innerlich, weil dieser attraktive, mutige, sensible Mann meine Gefühle zu erwidern schien. Dann sagte ich: *Das ist auf jeden Fall ein guter Anfang,* schüttelte den Kopf und fügte an: *Den Rest bekommen wir ganz sicher auch noch hin, meinst du nicht auch?* Ich nahm seine Hände in meine.

In seinem Gesicht spiegelte sich noch immer seine Verletzlichkeit, sein Blick drückte Zweifel aus, obwohl er nickte. Mein Herz wollte schier zerbrechen.

Was ist los, Archer?

Er zögerte, doch schließlich beugte er sich vor, umfasste mein Gesicht mit beiden Händen, gab mir einen sanften Kuss, lehnte seinen Kopf gegen meine Stirn und schloss unglücklich die Augen. Dann lehnte er sich leicht zurück und sagte: *Ich liebe dich so sehr, dass es wehtut.*

Tatsächlich sah ich ihm sein Elend überdeutlich an. Mit einem sanften Lächeln legte ich ihm abermals die Hand an die Wange, und wieder schloss er die Augen, ehe ich erklärte: *Liebe muss nicht wehtun.*

Er atmete tief durch. *Aber sie tut es nun einmal. Denn seit ich dich liebe, habe ich die ganze Zeit Angst, dass du mich irgendwann wieder verlassen wirst. Dann bin ich wieder ganz allein, doch diese Einsamkeit wird viel, viel schlimmer sein als früher, denn dann weiß ich, was mir fehlt. Ich kann …* Er holte zitternd Luft. *Ich will, dass meine Liebe stärker ist als meine Angst, dich zu verlieren, doch ich weiß nicht, wie das gehen soll. Zeig mir, wie das geht, Bree. Bitte zeig es mir. Lass nicht zu, dass meine Angst unsere Liebe kaputt macht.*

Er sah mich flehend an, während die Angst, von der er sprach, ihm ins Gesicht geschrieben stand.

Mein Herz zog sich zusammen. Oh mein Gott, Archer,

dachte ich. Wie sollte ich ihm zeigen, keine Angst davor zu haben, wieder einmal alles zu verlieren, was ihm wichtig war? Wie sollte ich ihn lehren, auf etwas zu vertrauen, für das es keine Garantien gab? Mit einem Mal sah dieser wunderschöne Mann, den ich von Herzen liebte, vollkommen gebrochen aus – einzig, weil auch er mich liebte, mit ganzem Herzen und ganzer Seele. Ich wünschte mir so sehnlich, dass er sich darüber freuen konnte – verstand aber gut, weshalb diese Gefühle schmerzlich für ihn waren.

Lieben heißt sich öffnen. Und dadurch kann man nun einmal auch verwundet werden. Ich will auch nicht noch mehr verlieren, als ich schon habe, aber ist es dieses Risiko nicht wert? Ist unsere Liebe es nicht wert, dass man ihr eine Chance gibt?

Er sah mich forschend an und nickte, wirkte aber nicht wirklich überzeugt.

Ich atmete tief ein.

Ich würde Archer beibringen, an uns zu glauben. Ich würde selbst so fest an unsere Liebe glauben, dass es für uns beide reichte, sollte er nicht in der Lage dazu sein.

Entschlossen schlang ich ihm die Arme um den Hals, kletterte auf seinen Schoß und zog ihn eng an meine Brust.

»Ich liebe dich, ich liebe dich, ich liebe dich«, erklärte ich und lächelte, denn schließlich war dies eigentlich ein glücklicher Moment.

Er lächelte zurück, schob seine Lippen dicht an meinen Mund, sagte tonlos: »Ich dich auch«, und hauchte mir auf diese Weise seine Liebe ein, die ich glücklich einsog. Nach einer Weile begann er sich unter mir zu bewegen, um mich auf seinem Schoß zurechtzurücken. Mein Herz schlug schneller, denn mein Körper reagierte wieder mal sofort auf seine Nähe, seinen köstlichen Geruch, seinen großen, muskulösen Körper und vor allem die Hitze seines Unterleibs, die ich an meinem spürte.

Ich schob eine Hand zwischen uns, massierte sanft die Schwellung unter seiner Jeans und stellte lächelnd fest: »Bist du denn immer hart?«

Er lachte lautlos, und die Traurigkeit und Anspannung der letzten Augenblicke fiel von uns ab. Ich lehnte mich zurück und sah das zärtliche Verlangen, das in seinen Augen lag, als er die Hände hob.

Das passiert mir immer, wenn du in der Nähe bist. Deshalb verziehe ich auch oft so das Gesicht.

Er zog eine Grimasse, und ich sah ihn forschend an. »Ich dachte, das wäre einfach Teil deiner reizenden Persönlichkeit.«

Das auch.

Ich lachte, und als ich den Druck auf seinen Ständer leicht verstärkte, schloss er die Augen.

Als er sie wieder öffnete, fragte er: *Fehlen dir beim Sex nicht die Geräusche, die ich vielleicht machen würde, wenn ich eine Stimme hätte?*

Ich schob eine Strähne seines Haars aus seiner Stirn, dachte kurz darüber nach und schüttelte den Kopf. *Darüber habe ich bisher nie nachgedacht. Aber … nein … weil ich die Dinge, die ich wissen muss, in deinem Gesicht und in deinen Augen lesen kann.* Ich glitt mit meinen Lippen über seinen Mund und lehnte mich erneut zurück. *Außerdem höre ich deinen Atem und kann spüren, wie du deine Finger fest in meinen Hintern vergräbst, kurz bevor du kommst. Es gibt unzählige Arten, dich zu lesen, Archer Hale. Und ich liebe jede einzelne davon.*

Seine Augen fingen an zu blitzen, und urplötzlich drückte er mich auf die Couch und schob sich über mich.

Die Zeit des Redens war vorbei. In meinem Magen flatterten die Schmetterlinge auf, und aus meiner Kehle drang ein dumpfes Stöhnen, während ich ihm die Kontrolle überließ und mich ihm gleichzeitig entgegenbog, weil das Pochen zwischen meinen Schenkeln kaum noch zu ertragen war. Archer hatte vor gerade mal zwei Wochen zum allerersten Mal Sex gehabt und immer nur mit mir, doch ich vertraute mich ihm bereitwilliger an als je zuvor in meinem Leben einem weitaus erfahreneren Menschen, was sicher daran lag, dass er einfach in allem, was er tat, ein Überflieger war.

Ich lächelte, und ohne mich zu fragen, was der Grund für dieses Lächeln war, verzog er ebenfalls den Mund. Dann schob ich die Zunge zwischen seine Lippen, und sein köstlicher Geschmack rief glühendes Verlangen in mir wach. Das Bier, das ich getrunken hatte, war längst abgebaut. Archer machte mich betrunkener als jeder Alkohol – vor Liebe und vor Lust und vor etwas, was ich nicht in Worte fassen konnte. Zwischen uns bestand eine ursprüngliche, innige Verbindung, die es bereits gegeben hatte, ehe wir geboren worden waren – weil sie in den Sternen festgeschrieben war.

Er presste seinen harten Schwanz gegen meinen Bauch, und keuchend riss ich meinen Mund von seinen Lippen los und warf den Kopf zurück.

»Archer, Archer. Es wird für mich niemals einen anderen geben.«

Meine Worte feuerten ihn an, und eilig schob er mir das T-Shirt bis zum Hals und machte meinen Büstenhalter auf. Kaum traf die kühle Luft auf meine Brüste, zog er einen meiner Nippel tief in seinen warmen Mund und sandte elektrische Schockwellen durch meinen Körper in Richtung meiner stark geschwollenen Klit. Wieder bog ich mich ihm entgegen, doch er ließ von mir ab und blickte mich aus halb geschlossenen Augen an.

Die feuchte Hitze zwischen meinen Schenkeln nahm noch zu, und mir klappte die Kinnlade herunter, als ich die Begierde und gleichzeitig die grenzenlose Liebe in seinen warmen, bernsteinfarbenen Augen sah. Eine solche Mischung hatte ich noch nie gesehen, und während mein gesamtes Blut gen Süden pulsierte, starrte ich ihn reglos an. Mein Herz und mein gesamter Körper standen derart unter Strom, dass ich es fast nicht mehr ertrug.

Da stand er plötzlich auf, bedeutete mir knapp, die Arme über meinen Kopf zu heben, streifte mir das T-Shirt komplett ab, knöpfte meine Jeans auf, zog mir die Schuhe und danach die Hose aus, warf sie achtlos auf den Boden, richtete sich keuchend wieder auf, stand mit ausgebeulter Jeans und wunderschöner, nackter Brust vor seiner Couch und sah auf mich herab.

Ich riss bei seinem Anblick die Augen auf, und meine Klit pulsierte inzwischen so heftig, dass ich eine Hand zwischen meine Beine und dort stöhnend einen Finger in meine feuchte, warme Öffnung schob. Archers Augen wurden groß, als er die Bewegung meiner Hand verfolgte, und plötzlich drehte er mich um, sodass ich bäuchlings auf dem Sofa lag. Ich rang nach Luft und blickte über meine Schulter, während er aus seiner Hose stieg und sich dann so dicht über meinen Rücken beugte, dass die Hitze seines Körpers sich auf meinen übertrug, ohne dass ich seine Haut spürte.

Wieder sah ich über meine Schulter, und noch immer hatte er denselben, durchdringenden Blick. Ein Nebel der Begierde wogte um mein Hirn, doch ich erkannte, dass ich zwar den zärtlichen und sanften Archer liebte, es aber genauso gerne hatte, wenn er die Kontrolle übernahm. Wo auch immer diese Seite in ihm herkam, sie gefiel mir – und ich wollte mehr davon.

»Bitte«, flehte ich mit atemloser Stimme, und sein Blick klärte sich, als erwache er aus einer Trance.

Er nahm sich selber in die Hand und rieb sein steifes Glied sanft zwischen meinen Pobacken, bis ich mich keuchend auf den Sofakissen wand. Dann schob er sich ganz sanft und vorsichtig in mich hinein, und ich stöhnte vor Erleichterung.

Da ich meine Beine unter ihm nicht spreizen konnte, war ich viel zu eng für seinen prallen Schwanz, und er hielt in der Bewegung inne, bis mein Körper sich daran gewöhnt hatte, und bewegte sich dann langsam auf und ab.

Ich vergrub die Arme unter einem Kissen, drehte mein Gesicht zur Seite, und er küsste mich und saugte in genau demselben Takt an meiner Zunge, in dem er mit seinem Schwanz durch meine Nässe glitt.

Dann unterbrach er unseren Kuss, richtete sich wieder auf, und im großen Fenster gegenüber seinem Sofa sah ich unser Spiegelbild. Gott sei Dank konnte auf dem abgelegenen, eingezäunten Grundstück niemand durch das Fenster schauen, und so betrachtete ich uns unbesorgt und war von diesem Anblick und den Gefühlen, die damit einhergingen, wie hypnotisiert. Archer stützte sich mit seinen Knien links und rechts von meinen Beinen auf dem Sofa ab. Ein Fuß stand noch auf dem Boden, während er mich wie ein Tier von hinten nahm. Er liebte mich auf eine ursprüngliche Art, und ich fand es einfach herrlich, wie er seinen großen, harten Schwanz tief in mich hineinrammte und sich meine Klit bei jedem seiner Stöße am rauen Sofabezug rieb. Es war, als nähme er mich in Besitz, als würden unsere Leiber vollkommen verschmelzen, und da ich mich immer noch nicht rühren konnte, musste ich das nehmen, was mir Archer gab, und mich ihm mit Leib und Seele anvertrauen. Und das tat ich. Ich gab mich ihm ganz und gar hin.

Ich drehte mein Gesicht, um ins Kissen zu beißen, denn ich wollte noch nicht kommen. Ich wollte, dass es immer weiter ginge. Ich wollte, dass mich Archer immer weiter kraftvoll nahm.

Er liebt mich, sang mein Herz. Und ich liebe ihn genauso, und gehöre ihm mit Haut und Haar. Alles andere ist egal. Es wird alles werden. Davon war ich in diesem Augenblick mit jeder Faser meines Wesens überzeugt.

Dann bewegte er sich plötzlich schneller, schob sich keuchend noch tiefer in mich hinein, als wollte er mich bestrafen. Und es gefiel mir so gut, so gut.

Ich konnte meinen Orgasmus nicht länger zurückhalten. Er explodierte in meinem Innersten und wanderte mit süßer Langsamkeit durch meine Muskeln, meinen Bauch, bis zu meinen Füßen. Ich schrie in das Kissen hinein und vergrub mein Gesicht darin, während mein Körper vor Lust bebte.

Nun wurden Archers Bewegungen noch schneller, sein

Atem ging lauter, und ich erbebte noch einmal beim Gedanken, dass er gleich kommen würde.

Er stieß noch drei Mal zu, stützte sich mit beiden Händen auf dem Sofa ab und füllte mich bis in den letzten Winkel aus, bevor ich seine Hitze tief in meinem Innern spürte und er mit einem lautlosen Stöhnen neben mir niedersank.

Wir lagen völlig reglos da, bis unser Herzschlag sich beruhigt hatte, und als Archer mit seinen Lippen einen Weg von meinem Nacken bis zu einem meiner Schulterblätter küsste, rief die Wärme seines Mundes ein Gefühl der Ruhe in mir wach. Seufzend machte ich die Augen zu, er schnupperte an meiner Haut und formte mit den Lippen dicht an meinem Leib: *Ich liebe dich, ich liebe dich, ich liebe dich.*

Zum Schlafen gingen wir ins Bett, doch als ich irgendwann erwachte, war ich allein. Ich setzte mich verschlafen auf, doch er war nirgendwo zu sehen. Also stand ich auf, schlang das Bettlaken um meinen nackten Körper und trat in den Flur hinaus.

Nach kurzem Suchen fand ich ihn im Wohnzimmer, wo er in seiner Jeans in einem Sessel saß. Mit seiner goldenen Haut, die warm im Licht des Mondes leuchtete, mit den auf den Knien abgestützten Ellenbogen und der Hand, die sein Genick massierte, sah er wunderschön und zugleich gebrochen aus.

Eilig kniete ich mich vor ihn hin und blickte zu ihm auf. »Was ist?«

Er lächelte mich mit der gleichen süßen Unsicherheit an wie nach seiner Rasur, strich mir zärtlich eine Strähne aus der Stirn und fragte: *Willst du Kinder, Bree?*

Ich runzelte die Stirn und lachte leise auf. »Eines Tages ja. Warum?«

Nur so. Das hatte ich mir schon gedacht.

Ich war verwirrt. »Willst du keine Kinder, Archer? Ich …«

Er schüttelte den Kopf. *Darum geht es nicht. Es ist nur … wie sollte ich jemals eine Familie ernähren? Das bekäme ich doch niemals hin. Ich habe kaum genug für mich allein. Ich habe noch ein bisschen*

Geld von der Lebensversicherung meiner Eltern, doch der größte Teil ging damals für meine Behandlung drauf. Als mein Onkel Nate noch lebte, haben wir von seiner Invalidenrente gelebt, außerdem hat er für eine kleine Rente auf Lebenszeit für mich gesorgt. Damit und mit dem Geld von meinen Eltern komme ich über die Runden … aber mehr auch nicht. Er blickte wieder aus dem Fenster, und ich seufzte leise auf.

»Du würdest auf alle Fälle einen Job finden, Archer. Schließlich haben viele Menschen mit Behinderungen einen Job. Sie …«

Willst du wissen, wie es war, als ich zum ersten Mal alleine in die Stadt gegangen bin?, fiel Archer mir ins Wort.

Ich sah ihn an und nickte knapp. Urplötzlich war ich furchtbar traurig, ohne dass ich hätte sagen können, was der Grund für diese Trauer war.

Bevor mein Onkel vor vier Jahren starb, hat er seine Beerdigung noch selbst organisiert. Der Bestatter hat ihn abgeholt, ihn eingeäschert und nach einer Woche seine Urne hergebracht. Danach habe ich sechs Monate nicht einen Menschen gesehen. Mein Onkel hatte wegen seiner Paranoia Lebensmittelvorräte im Keller angelegt, die haben so lange gereicht. Damals ließ ich mir die Haare wachsen, hörte auf, mich zu rasieren … Ich wusste nicht einmal genau, warum, aber wahrscheinlich wollte ich mich auf die Weise vor den anderen verstecken, wenn ich irgendwann gezwungen sein würde, vor die Tür zu gehen. Verrückt, nicht wahr? Er suchte wieder meinen Blick, und ich schüttelte den Kopf.

»Oh nein, das kann ich sehr gut nachvollziehen.«

Er sah mich an und fuhr dann fort.

Ich hielt den Atem an. Zum allerersten Mal erzählte er von sich, ohne dass ich darum gebeten hatte.

Als ich zum ersten Mal wieder nach Pelion musste, um dort einkaufen zu gehen, habe ich zwei Stunden für den Weg von meiner Haustür bis zum Tor gebraucht. Zwei Stunden, Bree.

In meinen Augen stiegen Tränen auf, und um ihm das Gefühl zu geben, dass er nicht allein war, hielt ich mich an seinen Oberschenkeln fest. »Oh Archer. Das war sicher furchtbar hart, aber trotzdem hast du es geschafft.«

Er nickte. *Ja, das habe ich. Die Leute haben mich schief angesehen und über mich getuschelt. Also habe ich mir schnell ein Brot und ein Glas Erdnussbutter aus dem erstbesten Regal geschnappt und eine Woche lang davon gelebt, bis ich wieder genug Mut gesammelt hatte, um noch einmal in den Supermarkt zu gehen.*

Ich konnte deutlich sehen, wie schmerzlich das für ihn gewesen war.

Ich hatte dieses Grundstück seit meinem siebten Lebensjahr nicht verlassen, Bree. Er sah an mir vorbei und hing seinen Erinnerungen nach, doch schließlich fuhr er fort. *Irgendwann wurde es besser. Ich ignorierte die anderen, und genauso machten sie es andersherum auch. Wahrscheinlich war ich für sie einfach wie ein Teil der Landschaft oder so. Falls mich jemand ansprach, sah ich einfach weg, und irgendwann ging es mir ganz gut damit.* Er fuhr sich mit der Hand durchs Haar und verzog unglücklich das Gesicht. *Natürlich war ich einsam, schrecklich einsam. Doch ich lenkte mich mit irgendwelchen Arbeiten hier auf dem Grundstück ab, sodass ich abends meistens hundemüde war …*

In meinen Augen sammelten sich neue Tränen, denn inzwischen war mir klar, wie ungeheuer tapfer es von ihm gewesen war, überhaupt je in die Stadt zu gehen.

»Und dann bist du mit Travis ausgegangen und hast mich im Norm's besucht. Das war unglaublich mutig von dir.«

Er seufzte. *Ja, okay. Aber vorher habe ich mich jahrelang nicht vor die Tür gewagt. Ich habe* vier Jahre *gebraucht, um diesen weiteren Schritt zu tun – der mir nicht einmal gefallen hat.*

»Weil Travis die falsche Person dafür war. Er ist einfach eine falsche Schlange und hat dich ins offene Messer laufen lassen. Aber der Besuch im Norm's war doch in Ordnung, oder nicht?«

Er sah mich zärtlich an und legte kurz die Hand an mein Gesicht. *Es ist immer gut, wenn ich mit dir zusammen bin.*

Zärtlich schmiegte ich mich an ihn.

»Und das wirst du in Zukunft immer sein.« Ich blinzelte die Tränen fort, sah zu ihm auf, und er bedachte mich mit einem warmen Blick.

Das ist eine ziemliche Belastung, Bree. Das Gefühl zu haben, dass man einen Menschen nie verlassen darf, damit sein Leben nicht jeden Halt verliert. Vielleicht werde ich ja irgendwann zu einer fürchterlichen Last für dich, nur weil du mich einmal geliebt hast.

»Nein.« Ich schüttelte den Kopf, mein Herz aber schlug dumpf in meiner Brust, weil ich die Ängste, die er hatte, gut verstand. Obwohl ich anderer Meinung war und ihn bestimmt niemals würde verlassen wollen, sah ich ein, dass seine Sorge alles andere als unbegründet war.

Archer drehte meinen Kopf ein wenig auf die Seite, blickte auf den dunkelroten Fleck an meinem Hals, zuckte leicht zusammen und hob seine Hände wieder an. *Ich weiß nicht, was ich machen soll, weil ich dir einfach nichts bieten kann. Du hast etwas viel Besseres verdient, aber schon der Gedanke, dich gehen zu lassen, tut mir furchtbar weh.*

Er stieß einen Seufzer aus und sah mich an. *Es gibt noch so furchtbar viele Dinge, die ich lernen muss, und so viel, was gegen unsere Beziehung spricht.*

Archer raufte sich das Haar und verzog schmerzlich das Gesicht. *Von all dem Nachdenken platzt mir inzwischen fast der Kopf.*

»Dann denk am besten einfach erst mal nicht mehr nach«, bat ich ihn sanft. »Am besten gehen wir Schritt für Schritt vor und überlegen ganz in Ruhe, wie es laufen soll, okay? Du bist im Augenblick nur deshalb derart überwältigt, weil du sämtliche Probleme, die sich uns vielleicht irgendwann mal stellen, jetzt schon lösen willst. Am besten gehen wir die Sache möglichst langsam an.«

Er sah mich an, doch schließlich nickte er.

Erleichtert stand ich auf, setzte mich auf seinen Schoß, umarmte ihn und schmiegte mein Gesicht an seinen Hals. So blieben wir ein paar Minuten sitzen, bis er schließlich aufstand und mich zurück ins Bett trug.

Während ich in seinen Armen einschlief, kam mir die Erkenntnis, dass ich angenommen hatte, dass es unsere Beziehung stärken würde, wenn wir uns unsere Liebe gestanden, doch für Archer hatte es den Einsatz sogar noch erhöht.

26

Bree

Da ich bereits früh am nächsten Morgen in den Imbiss musste, standen wir beizeiten auf. An der Tür gab Archer mir noch einen Abschiedskuss. Er sah dabei verschlafen und so sexy aus, dass ich etwas länger vor dem Haus verweilte und mit meinem Mund begehrlich über seine Lippen strich. Doch schließlich machte ich mich widerstrebend von ihm los, denn auf dem Weg zur Arbeit musste ich noch kurz nach Hause, um zu duschen und mir meine Arbeitskleidung anzuziehen. Ich hoffte nur, dass Natalie den Hund schon rausgelassen und gefüttert hatte, weil ich wirklich langsam knapp dran war.

Natalie und Jordan holen mich direkt nach der Arbeit ab. Aber sobald ich wieder zurück aus Ohio bin, sehen wir uns, okay?

Er nickte, seine Miene wurde ernst.

He, witzelte ich, *nutz die Zeit und hol ein bisschen Schlaf nach, ja? Freu dich, dass du eine ganze Woche lang nicht meine unstillbaren sexuellen Gelüste befriedigen musst.*

Mit einem schiefen Grinsen meinte er: *Ich liebe deine sexuellen Gelüste. Also komm so schnell es geht zu mir zurück.*

Ich lachte leise auf. *Das mache ich. Ich liebe dich, Archer.*

Und ich liebe dich. Wieder einmal sah er mich mit seinem süßen Lächeln an, doch bevor ich ihm erneut die Arme um den Nacken schlingen konnte, gab mir Archer einen spielerischen Klaps. *Geh.*

Leise lachend lief ich los, winkte ihm und warf ihm eine Kusshand zu, bevor ich auf die Straße trat. Er stand, die Hände in den Taschen seiner Jeans, vor seinem Haus und sah mir lächelnd hinterher.

Gott, er fehlte mir schon jetzt.

Im Imbiss herrschte Hochbetrieb, wofür ich dankbar war. So verging die Zeit wie im Flug, und ich bekam keine Gelegenheit, darüber nachzudenken, dass mir Archer schrecklich fehlen würde – und im Grunde nicht nur er, sondern die ganze Stadt.

Obwohl ich erst seit kurzer Zeit in Pelion lebte, war ich dort bereits daheim. Selbstverständlich fehlten mir meine Freunde aus Ohio, doch mein Lebensmittelpunkt war inzwischen hier.

Um drei holten Natalie und Jordan mich ab, ich zog mich schnell auf der Toilette um, sagte Maggie und Norm Auf Wiedersehen, nahm dann auf der Rückbank meines Wagens neben Phoebes Hundekörbchen Platz, und es ging los.

Jor chauffierte uns. Um nicht an den Kloß in meinem Hals zu denken, als wir Pelion verließen, fragte ich die beiden: »Und, wie habt ihr zwei den Tag verbracht?«

»Wir waren am See spazieren«, erzählte Natalie. »Aber nur kurz, denn es war schweinekalt. Dann sind wir auf die andere Seeseite gefahren, haben dort zu Mittag gegessen und uns ein paar Geschäfte angesehen. Das war wirklich schön. Ich kann verstehen, weshalb es dir hier so gut gefällt.«

Ich nickte zustimmend. »Der Sommer hier war großartig, wie wohl der Herbst …«

Plötzlich piepte mein Handy, und ich runzelte die Stirn. Wer konnte das wohl sein? Wahrscheinlich Avery. Mit den einzigen anderen Leuten, die mir manchmal Handynachrichten schickten, saß ich schließlich hier im Wagen. Doch die Nummer auf dem Bildschirm war mir fremd. Ich runzelte erneut die Stirn und rief die Nachricht auf.

Ist es noch zu früh, um dich zu vermissen? A.

Ich riss überrascht die Augen auf und atmete geräuschvoll ein. *Archer?* Wie in aller Welt war das möglich?

Ich wandte mich an Natalie, die vorne neben Jordan saß. »Archer hat mir eine Nachricht geschickt! Wie kann das sein?«

Als meine Freundin einfach grinste, klappte mir die Kinnlade herunter. »Oh mein Gott! Du hast ihm vor der Abfahrt noch ein Handy vorbeigebracht!«

Kopfschüttelnd wies sie auf Jordan, der mit einem schiefen Grinsen in den Spiegel sah.

»Du?« In meinen Augen stiegen Tränen auf.

»Also bitte. Werd jetzt bloß nicht rührselig. Schließlich ist es nur ein Handy. Und wie hättet ihr wohl sonst kommunizieren sollen, während du in Ohio bist? Es überrascht mich, dass du da nicht selber draufgekommen bist.«

Ich stieß ein ersticktes Lachen aus und schüttelte den Kopf. »Du … ich …« Schniefend wandte ich mich abermals an Natalie, die wie ich selber unter Tränen lachte und sich mit den Händen über ihre nassen Wangen fuhr.

»Ist er nicht einfach toll?«

Nickend wischte ich mir ebenfalls die Tränen fort, sah in den Rückspiegel und stellte fest, dass sich auch Jordan mit der Hand über die Augen wischte.

»Ich habe was im Auge. Hört bloß auf zu heulen, ja? Ihr seid echt peinlich. Und schreib ihm vor allem erst mal zurück. Er wartet sicher schon darauf, dass endlich eine Antwort von dir kommt.«

Ich riss die Augen auf. »Wie hat er reagiert, als du mit einem Handy kamst?«

Achselzuckend sah Jor mich im Spiegel an. »Er hat mich angeguckt, als würde er sich fragen, ob ich ihn vielleicht verarschen will. Also habe ich ihm nur gezeigt, wie diese Dinger funktionieren, und bin dann wieder abgehauen.«

»Oh, Jordan Scott, ich liebe dich.« Ich beugte mich nach vorn und gab ihm einen sanften Wangenkuss.

»Ich weiß«, stellte er grinsend fest. »Aber vor allem war ich einfach in Spendierlaune, denn meine Nacht mit der Blondine war echt heiß.«

Lachend und gleichzeitig schniefend holte ich mein Handy noch einmal hervor.

Ich denke nicht, denn ich habe dich schon vermisst, bevor ich losgefahren bin. Wir sind seit einer guten Viertelstunde unterwegs. Was machst du gerade?

Nach einer Minute kam die Antwort.

Lesen. Es hat gerade angefangen zu regnen. Hoffentlich lasst ihr das schlechte Wetter hinter euch.

Ich glaube ja. Vor uns ist der Himmel blau. Wünschte, ich könnte mit dir auf dem Sofa kuscheln. Was liest du denn?

Wünschte auch, du wärst jetzt hier bei mir. Aber was du tust, ist wichtig. Lese Edith Whartons Schlittenfahrt noch mal. Kennst du das?

Nein. Ist das Buch gut?

Ja. Oder vielleicht auch nicht. Ist zwar wirklich gut geschrieben, aber furchtbar deprimierend.

Lol. Und warum liest du es sogar ein zweites Mal, wenn es so deprimierend ist? Worum geht es denn?

Was heißt lol?

Ich lächelte, und plötzlich wurde mir bewusst, dass Archer bisher nie Handynachrichten geschrieben hatte und deshalb schwerlich wissen konnte, was das hieß.

»Laughing out loud«. Das ist Chat-Sprache.

Oh, okay. Ich weiß nicht genau, warum ich heute dieses Buch aus dem Regal genommen habe. Mein Onkel mochte es. Es geht um einen unglücklichen Mann in einer Ehe ohne Liebe, der sich in die Cousine seiner Frau verliebt. Die beiden versuchen, sich zusammen umzubringen, sind am Ende aber nur gelähmt und immer noch todunglücklich.

Oh Gott. Das ist ja grauenhaft! Leg dieses deprimierende Buch sofort wieder weg, Archer!

Lol.

Ich lachte wirklich laut, als ich die Antwort las.

»Ruhe dahinten«, brummte Natalie mit geschlossenen Augen, drehte sich dann aber lächelnd zu mir um.

Wieder piepte mein Handy, als die nächste Nachricht meines Liebsten kam.

Nein, eigentlich geht es darin um Einsamkeit und einen Mann, der bisher niemals glücklich war, dann aber von einer jungen Frau das Glück gezeigt bekommt. Ich glaube, damit kann ich durchaus etwas anfangen.

Mein Herz zog sich zusammen, und ich musste schlucken.

Ich liebe dich, Archer.

Und ich liebe dich, Bree.

Fahren gerade an eine Tankstelle. Schreib dir später noch mal.

Okay.

Nach dem Tankstopp schrieb ich Archer sofort wieder.

Was steht auf deiner Glücksliste?

Was ist denn das?

Einfach eine kurze Liste, auf der ein paar ganz einfache Dinge stehen, die dich glücklich machen.

Mein Handy blieb ein paar Minuten stumm, bevor die Antwort kam.

Der Geruch der Erde, nachdem es geregnet hat. Das Gefühl, bevor man einschläft. Das kleine Muttermal auf der Innenseite deines rechten Oberschenkels. Und was steht auf deiner Glücksliste?

Lächelnd lehnte ich mich in meinem Sitz zurück.

Sommerabende, wenn sich plötzlich ein Strahl goldenen Sonnenlichts durch die Wolken schiebt. Zu wissen, dass du mir gehörst.

Immer.

Mit einem verträumten Lächeln lehnte ich mich abermals zurück, und nach zwei Minuten drang erneut das leise Piepen meines Handys an mein Ohr.

Wann, glaubst du, kommt ihr in Ohio an?

Wahrscheinlich gegen acht. Ich bin als Nächste mit Fahren dran, also sollte ich vielleicht versuchen, mich noch ein bisschen auszuruhen. Ich werde mich auch weiter regelmäßig melden, damit du immer weißt, was gerade passiert, ja?

Okay. Sag Jordan bitte danke für das Telefon. Ich werde es natürlich bezahlen. Als er damit kam, habe ich nicht daran gedacht.

Das wird er bestimmt nicht annehmen. Aber ich richte es ihm trotzdem aus. Ich liebe dich.

Ich liebe dich auch.

Habe zwei Stunden geschlafen und von dir geträumt. Dann haben wir zum Abendessen angehalten. Die nächsten Stunden fahre jetzt ich.

Was hast du denn geträumt?

Ich lachte fröhlich auf.

Es war ein wirklich schöner Traum. :) Erinnerst du dich an den Nachmittag am Strand?

Den werde ich wahrscheinlich nie vergessen. Denn ich habe danach eine Woche lang Sand von Stellen abgewaschen, wo bis dahin niemals Sand gewesen ist.

Lol. Aber das war es wert, nicht wahr? Vermisse dich.

Das war's auf jeden Fall. Vermisse dich auch. Ich bin gerade in der Stadt, um ein paar Sachen einzukaufen, und jetzt lauf ich den Bürgersteig hinab und schreib dir. Ich glaube, Mrs Grady hätte beinah einen Herzinfarkt bekommen, als sie mich dabei gesehen hat. Als sie einmal im Supermarkt an mir vorbeigegangen ist, hat sie was von Unabomber junior vor sich hin gemurmelt. Ich bin extra in die Bibliothek gegangen, um herauszufinden, was sie damit meint, und da wurde mir klar, dass das bestimmt kein Kompliment war.

Ich stöhnte, denn ich wusste nicht, ob das zum Lachen oder Weinen war. Manche Menschen waren einfach alles andere als einfühlsam. Ich stellte ihn mir vor, wie er als Teenager all seinen Mut hatte zusammennehmen müssen, um den ersten Schritt in eine Welt hinaus zu tun, in der er als kleines Kind zum letzten Mal gewesen war. Und dann hatten die Leute ihn auf diese Art empfangen. Ich zuckte zusammen, während in mir jede Faser meines Körpers danach schrie, ihn vor solchen Dingen zu beschützen, die doch leider schon längst geschehen waren. Damals hatte ich ihn noch lange nicht gekannt, aber die Tatsache, dass ich nicht für ihn da gewesen war, rief Traurigkeit und Schuldgefühle in mir wach. Das war zwar nicht rational, dafür aber ein Zeichen meiner Liebe.

Ich hätte dein Manifest auf jeden Fall gelesen, Archer Hale. Jedes Wort. Es wäre sicher wunderbar gewesen.

Lol, oder in meinem Fall eher »los« (wie »Laughing out silently«).

:D Soll das ein Witz sein? :D

Natürlich. Was für Dinge stehen auf deiner Lustig-Liste?

Ich fing an zu grinsen, und nach kurzem Lesen tippte ich:

Wenn ich sehe, wie die Welpen wie Enten durch die Gegend watscheln, weil sie so dicke Bäuche haben. Wenn ich andere Leute lachen höre (weil das ansteckt). Wenn jemandem ein amüsanter Ausrutscher passiert. Und was steht auf deiner Lustig-Liste?

Mr Bivens schief sitzendes Haarteil. Das Gesicht von einem Hund, wenn er aus dem offenen Fenster eines fahrenden Autos guckt. Leute, die beim Lachen schnauben.

Ich lache gerade schnaubend auf dem Weg ins Restaurant. :D Schreibe morgen wieder. Ich liebe dich.

In Ordnung. Gute Nacht. Ich liebe dich auch.

»Meine Güte, Bree, du sollst keine Romane schreiben. Wenn du so weitermachst, sind deine Finger viel zu müde, um noch irgendwas Vernünftiges zu machen, wenn du Archer wiedersiehst.« Natalie rollte mit ihren Augen.

Ich grinste. »Es macht mir einfach Spaß. Ich habe das Gefühl, als würde ich ihn dadurch noch viel besser kennenlernen.«

Sie schlang einen Arm um meine Schulter, zog mich an sich, und wir traten lächelnd durch die Tür des Restaurants.

Guten Morgen. Na, schon wach? In einer guten Stunde sind wir da. Den Rest des Wegs fährt Nat.

Ja, ich bin schon wach. Geh gerade mit den Hunden am Strand spazieren. Hawk hat gerade einen toten Fisch gefressen, also kommt er heute garantiert nicht mehr ins Haus.

Ich richtete mich lachend auf und drehte meinen Kopf nach links und rechts. Von den paar Stunden Schlaf im Sitzen tat mir alles weh. Natalie saß auf dem Fahrersitz, nippte an ihrem Kaffee von McDonald's, und Jordan schnarchte leise auf der Rückbank vor sich hin.

Iiih! Hawk! Was steht auf deiner Ekelliste?

Lange, gebogene Fingernägel. Krebse. Champignons. Was steht auf deiner?

Was? Magst du wirklich keine Champignons? Wenn ich zurück bin, mach ich dir mal ein Champignongericht, von dem du hin und weg sein wirst.

Nein, danke.

Lachend tippte ich:

Zigarettenatem. Maden. Tankstellen-WCs.

Bin sofort wieder da. Muss nur kurz duschen.

Lol.

Ich lachte, und nach kurzem Überlegen fügte ich hinzu:

Danke, das habe ich gebraucht. Ich bin ziemlich aufgeregt.

Du kriegst das hin, versprochen. Es wird alles gut. Du schaffst das.

Ich lächelte.

Könntest du mir wohl einen Gefallen tun? Wenn ich dich anrufe, bevor ich auf die Wache gehe und das Handy dann angeschaltet in meine Tasche stecke, würdest du dann einfach … bei mir sein?

Ja, natürlich. Klar. Und ich verspreche dir, ich sage keinen Ton.

Wieder lachte ich.

Scherzkeks. Ich liebe dich, Archer.

Und ich liebe dich, Bree.

Ich saß auf dem Revier und sah mir eine Reihe Fotos an, während mir der Polizeibeamte gegenübersaß.

Dann fiel mein Blick auf das Gesicht, das ich niemals vergessen würde, und ich hörte wieder, wie ich von ihm angeschrien worden war. *Hinlegen*, hatte der Kerl gebrüllt. Ich kniff die Augen zu und atmete tief durch. Es tat mir gut, dass Archer in der Leitung war, dicht an meinem Körper, als würde er neben mir sitzen, mich im Arm halten und mir zuflüstern: *Du schaffst es. Du bist mutig. Du bekommst das hin.* Und plötzlich war die Stimme meines stummen Freundes kraftvoller und lauter als die Stimme dieses Kerls. Er war alles, was noch von Bedeutung war.

»Der hier«, sagte ich und tippte auf das Bild. Ich zitterte dabei nicht mal.

»Sind Sie sicher?«, fragte der Detective.

»Zu hundertzehn Prozent«, erklärte ich ihm ruhig. »Dieser Mann hat meinen Vater umgebracht.«

Nickend sammelte der Polizist die Bilder wieder ein. »Vielen Dank, Ms Prescott.«

»Werden Sie ihn jetzt verhaften?«

»Ja. Wir werden uns bei Ihnen melden, wenn er festgenommen ist.«

Ich nickte. »Vielen Dank, Detective. Vielen Dank.«

Wir füllten noch verschiedene Formulare aus, und eine gute Viertelstunde später stand ich wieder auf den Eingangsstufen des Reviers. Ich zog mein Handy aus der Tasche. »Hast du alles mitbekommen, Archer? Ich habe ihn erkannt! Ich habe diesen Typen eindeutig erkannt! Ich habe auf das Bild geschaut und wusste, dass er es ist. Oh mein Gott, ich zittere wie Espenlaub.« Ich lachte leise auf. »Danke, dass du für mich da warst. Mir hat das total geholfen. Und jetzt lege ich auf, damit du eine Nachricht schicken kannst. Vielen, vielen Dank. Gott, ich liebe dich.«

Eine Sekunde später tauchte seine Nachricht auf dem Display auf.

Das hast du wirklich gut gemacht. Sehr, sehr gut. Das war sicherlich nicht einfach. Ich würde dich jetzt gerne in den Armen halten.

Ja, mir geht's genauso, Archer. Das wäre wirklich schön. Puuuhhh. Jetzt kann ich aufatmen. Oh Gott, ich muss heulen. Aber es sind Freudentränen, auch wenn ich noch immer nicht ganz glauben kann, dass meinem Dad nach all der Zeit endlich Gerechtigkeit erfährt.

Darüber bin ich wirklich froh.

Oh Gott, ich auch. Was machst du gerade? Lass uns über etwas anderes reden, bis ich mich beruhigt habe, okay?

Ich jogge gerade.

Ich lachte unter Tränen.

Du kannst schreiben, während du joggst?

Inzwischen habe ich den Bogen raus, was das Schreiben angeht.

Du alter Angeber. Weswegen überrascht mich das nur nicht?

Weswegen sollte es? Wenn mich die Technik nun mal liebt …

Überwältigt von meinen Gefühlen schwankte ich noch immer zwischen Weinen und Lachen hin und her.

Danke, dass du bei mir warst. Das hat einen Riesenunterschied für mich gemacht und mir Mut gegeben.

Nein, du warst schon mutig, lange bevor du mir überhaupt zum ersten Mal begegnet bist. Was steht auf deiner Beruhigungsliste?

Ich holte tief Luft und dachte an die Dinge, die beruhigend oder tröstlich für mich waren.

Das Geräusch von Wellen, wenn sie sanft gegens Ufer schlagen. Heißer Tee. Und du?

Flanellbettzeug. Die Sterne. Du.

He, Natalie hält gerade an. Wir sind jetzt beim Haus von meinem Dad, damit ich dort noch ein paar Sachen holen kann. Ich melde mich danach. Danke. Danke. Ich liebe dich.

Und ich liebe dich.

Überraschung! Bin schon auf dem Heimweg.

Was? Warum denn das?

Vermisse dich. Muss dringend nach Hause.

Ist das hier dein Zuhause, Bree?

Ja, Archer, ich bin dort zu Hause, wo du bist.

Hast du heute Morgen ausgeschlafen?
Du solltest nicht fahren, wenn du müde bist.

Es geht mir gut. Ich werde jede Menge Kaffeepausen machen.

Fahr ja vorsichtig und komm zu mir zurück. Ich vermisse dich so sehr, als würde ein Teil von mir fehlen.

Ich dich auch, Archer. Mein Archer. Ich komme zu dir zurück. Bis bald. Ich liebe dich.

Ich liebe dich auch. Für immer.

Schreib mir nicht, während du fährst, aber lass mich während deiner nächsten Pause bitte wissen, wo du bist.

Bree? Ich habe schon seit zwei Stunden nichts mehr von dir gehört …

Bree, du machst mir Angst. Ist alles okay?

Bitte … Bree … ich drehe langsam durch.
Bitte schreib mir. Bitte schreib mir. Bitte schreib mir.

27

Archer – sieben Jahre alt, Mai

»Archer!«, rief meine Mama, wobei ihre Stimme etwas ängstlich klang. »Wo hast du dich versteckt, Baby?«

Ich kniete unter dem mit einer langen Tischdecke geschmückten Tisch im Esszimmer und drückte meine Action-Spielfiguren an die Brust.

Ich zögerte, doch als mich meine Mama noch mal rief und noch besorgter klang, krabbelte ich aus meinem Versteck und ging zu ihr. Ich fand es schlimm, wenn meine Mama ängstlich klang, aber ich hatte selber Angst, denn mir war klar, dass irgendetwas nicht in Ordnung war.

Meine Mama hatte fast den ganzen Morgen lang im Flüsterton mit jemandem am Telefon gesprochen, und vor einer halben Stunde war sie nach oben gegangen und hatte die Koffer von dem großen Schrank im Schlafzimmer gezerrt.

Ich hatte keine Ahnung, was passieren würde, deshalb hatte ich mich erst einmal versteckt.

Doch egal was auch geschehen würde, war der Grund wahrscheinlich der, dass mein Daddy gestern Abend wieder mal nach dem Parfüm einer anderen Frau gerochen hatte und auf meine Mama losgegangen war, als sie gesagt hatte, er sollte sich sein kalt gewordenes Essen selber warm machen, wenn er schon zu spät zum Abendbrot kam.

Ich hatte das Gefühl, als hätte meine Mama endgültig genug. Und ich vermutete, dass der Mensch, den sie deswegen angerufen hatte, Onkel Connor war.

Mama atmete erleichtert auf, als sie mich sah. »Archer,

Liebling.« Sie umfasste mein Gesicht mit ihren Händen und ging vor mir in die Hocke, bis wir zwei auf Augenhöhe waren. »Du hast mir einen Riesenschrecken eingejagt.«

»Tut mir leid, Mama.«

Ihre Miene wurde weich, und lächelnd strich sie mir die Haare aus der Stirn. »Schon gut. Du musst mir gleich einen Gefallen tun. Es ist wirklich wichtig. Kannst du einfach zuhören und machen, was ich dir sage, ohne dass du irgendwelche Fragen stellst?«

Ich nickte stumm.

»Gut.« Doch plötzlich wurde ihre Miene wieder ernst, und sie sah mich ängstlich an. »Wir werden von hier weggehen, Archer – du und ich und dein ... Onkel Connor. Ich weiß, dass das für dich bestimmt verwirrend ist und dass du Fragen wegen deines Daddys hast, aber ...«

»Nein«, erklärte ich und richtete mich kerzengerade auf. »Ich will hier weg. Ich will nicht mehr bei Daddy sein.«

Mama presste ihre Lippen aufeinander, sah mich an und strich mir sanft über das Haar. »Ich war dir bisher keine gute Mama«, sagte sie und schüttelte den Kopf.

»Natürlich bist du eine gute Mama«, widersprach ich ihr. »Du bist die beste Mama, die es gibt. Aber ich will bei Onkel Connor leben. Daddy soll dich nicht mehr schlagen und zum Weinen bringen.«

Leise schniefend wischte sie sich eine Träne fort und nickte knapp. »Wir werden glücklich sein. Wir beide, du und ich, wir werden endlich glücklich sein, versprochen.«

»Gut.« Ich sah ihr weiter ins Gesicht und dachte wieder mal, wie hübsch sie war, vor allem wenn sie lächelte wie jetzt. »Okay.«

In diesem Augenblick ging unsere Haustür auf, und Onkel Connor kam herein. Er wirkte angespannt und blickte Mama fragend an. »Seid ihr bereit?«

»Die Koffer stehen da vorn.« Sie wies mit dem Kopf in Richtung der Gepäckstücke im Flur.

»Bist du okay?« Er sah sie forschend an.

»Wenn wir erst einmal von hier verschwunden sind, auf jeden Fall. Bring uns von hier fort«, bat sie erstickt.

Onkel Connor machte ein Gesicht, als hätte man ihm wehgetan, doch schließlich setzte er ein Lächeln auf und wandte sich an mich. »Bist du bereit, Sportsfreund?«

Ich nickte kurz und folgte ihm und meiner Mama durch die Tür. Sie beide blickten sich suchend um, als Onkel Connor unsere Koffer in den Kofferraum seines Wagens lud, aber es war niemand in der Nähe, und nachdem wir eingestiegen waren, sahen sie erleichtert aus.

Als wir Pelion verließen, ergriff Onkel Connor Mamas Hand, und sie sah ihn mit einem scheuen Lächeln an.

»Ich, du und unser Junge«, sagte Onkel Connor sanft. »Jetzt gibt es nur noch uns.«

»Nur noch uns drei«, flüsterte sie, und wieder wurde ihre Miene ganz weich.

Dann drehte sie sich zu mir um, und nach einer kurzen Pause meinte sie: »Ich habe deine Legosteine und ein paar von deinen Büchern eingepackt, mein Schatz.«

Ich nickte einfach stumm. Ich fragte nicht, wohin wir fuhren. Denn jeder andere Ort als Pelion war mir recht.

Lächelnd lehnte meine Mama den Kopf gegen den Sitz, und mit jeder Meile, die wir fuhren, entspannte sie sich mehr.

Onkel Connor blickte sie an. »Du solltest dich anschnallen, Lys.«

»Das ist das erste Mal seit Jahren, dass ich nicht gegen meinen Willen irgendwo angebunden bin«, stellte sie mit einem leisen Lachen fest. »Aber in Ordnung, Sicherheit geht vor.« Sie zwinkerte ihm zu, und ich fing an zu grinsen. Denn ich liebte es, wenn ihre Augen glänzten und sie scherzte oder sich auf eine liebevolle Weise über andere lustig machte – nicht böse, sondern einfach nett und freundlich.

Meine Mama griff nach ihrem Gurt, doch plötzlich machte unser Wagen einen Satz, geriet ins Schlingern und mit einem

»Oh, verdammt!« lenkte Onkel Connor gegen, und wir drehten uns wie wild im Kreis.

Ich hörte das Kreischen meiner Mama, das Knirschen von Metall, das Splittern von Glas und meine eigenen lauten Schreie, bis der Wagen endlich irgendwie zum Stehen kam.

Von vorne hörte ich ein lautes Stöhnen, dann sagte Onkel Connor meinen Namen und erklärte mir, es würde alles gut. Er löste seinen Gurt und trat die Fahrertür des Wagens auf.

All das konnte ich nur hören, denn meine Augen waren wie zugeklebt.

Ich hörte, dass die hintere Autotür geöffnet wurde, und mit einem Mal lag Onkel Connors warme Hand auf meinem Arm. »Es wird alles gut, Archer. Ich habe deinen Gurt gelöst. Krabbel zu mir rüber. Los, das kriegst du hin.«

Endlich zwang ich meine Augen wieder auf, sah meinem Onkel ins Gesicht, packte seine ausgestreckte Hand, und er zog mich in den warmen Frühlingssonnenschein hinaus.

Wieder sprach mein Onkel Connor, wobei seine Stimme aber ziemlich seltsam klang. »Du musst mit mir kommen, Archer, aber wenn ich es dir sage, musst du dich wegdrehen und so stehen bleiben, ja?«

»Okay.« Vor Panik und Verwirrung brach ich in Tränen aus.

Er packte meine Hand und führte mich ein Stück die menschenleere Landstraße hinab. Dabei drehte er sich immer wieder nach dem anderen Wagen, mit dem wir anscheinend zusammengestoßen waren, um, doch als ich selber einmal kurz nach hinten blickte, sah ich, dass dort niemand ausgestiegen war. Waren die anderen Leute etwa tot? Was war überhaupt passiert?

»Bleib hier stehen und dreh dich ja nicht um, mein Sohn«, stieß Onkel Connor mit erstickter Stimme aus.

Ich tat wie mir geheißen, ließ den Kopf jedoch nach hinten fallen und schaute mir den klaren, blauen Himmel an. Wie konnte unter einem so strahlend blauen, wolkenlosen Himmel etwas derart Furchtbares geschehen sein?

Plötzlich hörte ich ein lautes Schreien, und obwohl ich wusste, dass ich es nicht durfte, drehte ich mich automatisch danach um.

Mein Onkel Connor kniete auf der Straße, hatte schluchzend seinen Kopf zurückgeworfen und wiegte verzweifelt den leblosen Körper meiner Mama im Arm. Mir wurde schlecht, meine Knie knickten ein, und ich übergab mich ins Gras.

Keuchend rappelte ich mich wieder auf, stolperte rückwärts über meine eigenen Füße und entdeckte *ihn*.

Ein Gewehr in seinen Händen, kam mein Daddy auf uns zu. Schwankend näherte er sich uns und sah uns aus hasserfüllten Augen an. Er war wieder mal betrunken, doch ich hatte keine Angst. Denn was sollte er uns jetzt noch antun können?

Wie betäubt lief ich auf meinen Onkel Connor zu. Er legte meine tote Mama sanft am Rand der Straße ab, stand auf, und als er meinen Daddy sah, schob er mich eilig hinter sich.

»Bleib, wo du bist, Marcus!«

Ein paar Meter vor uns blieb mein Daddy stehen und funkelte uns zornig an. Mit seinen blutunterlaufenen Augen und der Waffe, die er wild in seinen Händen schwenkte, sah er wie ein Monster aus, was passte, schließlich war er auch eines.

Onkel Connor hielt mich fest, damit ich auch ja hinter seinem breiten Rücken stehen blieb.

»Verdammt, leg das Gewehr weg, Marcus«, brüllte Onkel Connor meinen Daddy an. »Hast du nicht schon genügend Schaden angerichtet? Alyssa …« Er heulte auf wie ein verwundetes Tier und seine Knie gaben etwas nach, doch sofort richtete er sich wieder zu seiner ganzen Größe auf.

»Dachtest du im Ernst, dass du einfach mit meiner Frau und meinem Kind von hier verschwinden kannst?«, fuhr ihn das Monster an.

»Sie war nie wirklich deine Frau, du kranker Hurensohn. Alyssa …« Wieder machte er das schreckliche Geräusch und sprach den Satz nicht zu Ende. »Und Archer ist *mein* Sohn, Marcus. *Mein* Junge. Das weißt du genauso gut wie ich.«

Ich hatte das Gefühl, als hätte man mir einen Schlag versetzt, und stieß ein leises Quietschen aus, als Onkel Connor mich noch enger an sich zog.

Ich war sein Sohn? Ich versuchte zu verstehen, was das hieß. Ich war also nicht der Sohn dieses Monsters? Ich hatte einen Dad, der einer von den Guten war?

Ich lugte vorsichtig an ihm vorbei, und das Monster funkelte uns böse an.

»Ich wusste schon immer, dass Alyssa eine Schlampe war. Und der Junge ist dir wie aus dem Gesicht geschnitten, das kann selbst ein Blinder sehen.« Man konnte ihn kaum verstehen, wie auch sonst, wenn er etwas getrunken hatte.

Connor ballte seine Fäuste und bewegte kaum den Kiefer, als er sprach. »Unsere Mutter würde sich die Augen aus dem Kopf heulen, wenn sie sehen könnte, was für ein krankes Stück Scheiße aus dir geworden ist.«

»Ach, leck mich doch am Arsch«, fuhr ihn das Monster wütend an. Inzwischen schwankte er noch stärker, und das hasserfüllte Blitzen seiner Augen nahm noch zu. »Ich weiß im Übrigen von *deiner* Frau, dass du mit *meiner* Frau verduften wolltest. Sie ist zu mir gekommen und hat mir gesagt, dass ich mich beeilen soll, um mir zurückzuholen, was mir gehört. Und genau das werde ich jetzt tun. Auch wenn das jetzt nur noch zur Hälfte möglich ist«, fügte er mit einem Seitenblick auf meine Mama, die am Straßenrand lag, hinzu.

Ich war außer mir vor Zorn. Onkel Connor war mein Daddy. Und Onkel Connor hatte mich und meine Mama vor dem Monster retten wollen – und wie immer hatte das Monster absichtlich alles kaputt gemacht.

Ich stürzte auf das Monster zu und hörte Onkel Connor »Archer!« schreien, als hinge sein eigenes Leben davon ab.

Eilig rannte er mir hinterher, das Monster legte seine Waffe an, und ich schrie auf. Dabei klang mein Schrei eher wie ein Gurgeln, weil etwas Scharfes, Heißes tief in meine Kehle eingedrungen war. Ich brach zusammen, griff nach meinem Hals, und als ich meine Hände wieder sinken ließ, waren sie voller Blut.

Ich hörte einen neuerlichen lauten Schrei, versank in Dunkelheit, und als ich wieder zu mir kam, wiegte Onkel Connor, nein, Moment, mein Dad, *mein echter Daddy*, mich in seinen Armen, während gleichzeitig ein Strom von Tränen über seine Wangen rann.

Mein Blick fiel auf das Monster, das jetzt kniete, wo es eben noch gestanden hatte. Eben oder vielleicht auch vor Stunden. Denn ich hatte das Gefühl zu träumen, und als ginge alles viel, viel langsamer als sonst.

»Mein Kind, mein Kind, mein liebes, liebes Kind«, schluchzte mein echter Daddy ein ums andere Mal.

Damit meinte er mich. *Ich war sein Kind.*

Ein heißes Glücksgefühl stieg in mir auf. Denn ich hatte einen Dad, der froh darüber war, dass er mein Daddy war.

»Das ist alles *seine* Schuld«, fuhr ihn das Monster an. »Wenn er nicht gewesen wäre, hätte Alyssa dir wahrscheinlich keine Träne nachgeweint. Ohne ihn würde sie jetzt nicht mit gebrochenem Genick am Straßenrand liegen!«

Er klang völlig irre, aber trotzdem trafen seine Worte mich ins Mark. Ich wollte, dass irgendwer sagte, dass das nicht stimmte. Aber vielleicht war ja wirklich alles meine Schuld. Onkel Connor, mein *echter Daddy*, sagte nichts, presste einfach irgendwas auf meinen Hals und sah mir dabei panisch ins Gesicht.

Verträumt sah ich zu meinem echten Daddy auf, doch plötzlich wurde seine Miene völlig ausdruckslos, und ängstlich registrierte ich, dass er die Hand in Richtung seines Gürtels schob. War das nicht die Stelle, wo er seine Waffe trug? Nicht nur, wenn er im Dienst war, sondern immer, ganz egal, wann ich ihn sah? Ich hatte ihn bereits des Öfteren gefragt, ob ich sie mir mal aus der Nähe ansehen dürfte, doch er hatte immer Nein gesagt und mir erklärt, ich wäre dafür noch nicht alt genug. Aber später würde er mich mit zum Schießen nehmen und mir zeigen, wie man sicher mit einer Waffe umging.

Jetzt zog er seine Hand hervor, und als er mit der Waffe auf das Monster zielte, folgten meine Augen der Bewegung. Ich konnte deutlich sehen, wann es merkte, was geschah, denn im selben Augenblick riss es die eigene Waffe wieder hoch. Ich hörte zwei Schüsse knallen, und als mein echter Daddy über mir zusammenbrach, wollte ich schreien, brachte aber vor Erschöpfung, Kälte und Benommenheit nicht einen Ton heraus. Wieder sah ich auf das Monster, das in einer Blutlache am Boden lag.

Ich wurde vom Gewicht des Körpers meines echten Daddys regelrecht erdrückt. Doch wie konnte das sein? Denn schließlich beugten er und meine Mama sich gemeinsam über mich und sahen dabei unendlich friedlich aus.

Nehmt mich mit!, schrie ich in meinem Kopf. Doch meine Eltern sahen sich nur an, und meine Mama antwortete mir mit einem traurigen, doch sanften Lächeln: *Noch nicht. Noch nicht, mein lieber Schatz.*

Und dann waren sie fort.

In den zehn Minuten, die mein ganzes bisheriges Leben völlig umgekrempelt hatten, waren wir ganz allein am Unfallort gewesen, aber plötzlich hörte ich in einiger Entfernung Bremsen quietschen, und dann rannte jemand auf mich zu.

Die Luft wurde von einem lauten Schrei erfüllt.

»Du!«, kreischte eine Frauenstimme, die eindeutig die von meiner Tante Tori war. »Oh Gott. Oh Gott! Das alles ist nur *deine* Schuld!«

Ich zwängte mühsam meine Augen auf.

Sie deutete auf mich und blitzte mich aus hasserfüllten Augen an.

»Du bist schuld!«, schrie Tante Tori ein ums andere Mal, bis irgendwann die Welt um mich herum versank und der blaue Himmel hinter einer schwarzen Wand verschwand.

28

Bree

Noch vor Sonnenaufgang öffnete ich Archers Tor, ließ Phoebe aus dem Hundekorb und lief eilig zum Haus.

Da die Tür nicht abgeschlossen war und ich ihn nicht wecken wollte, schlich ich mich auf Zehenspitzen in den Flur, blieb dann aber wie angewurzelt stehen und rang erstickt nach Luft.

Sein Wohnzimmer war vollkommen zerstört. Die Bücher lagen auf dem Fußboden verstreut, die Möbel und die Lampen waren umgekippt, und selbst die Bilder hingen nicht mehr an den Wänden, sondern waren mit solcher Wucht durch den Raum geworfen worden, dass die Rahmen und die Glasscheiben geborsten waren. Das Blut gefror mir in den Adern.

Gott, oh Gott, oh Gott. Was war hier nur passiert?

Mir wurde übel, und mit gummiweichen Beinen ging ich weiter bis zum Schlafzimmer und sah, dass Archer vollständig bekleidet auf dem Bett lag und die Decke anzustarren schien.

Eilig lief ich auf ihn zu. Er zitterte, und seine Haut war feucht.

»Archer? Archer, Liebling, was ist los?«

Er drehte seinen Kopf, sah aber geradewegs durch mich hindurch.

Ich brach in Tränen aus. »Archer, was ist passiert? Du machst mir Angst. Was ist denn mir dir los? Brauchst du einen Arzt? Oh Gott, bitte sprich mit mir.«

Sein Blick wurde ein wenig klarer, und dann setzte er sich plötzlich auf und packte mich. Er glitt mit seinen Händen über mein Haar, mein Gesicht und meine Schultern, blickte einen Augenblick völlig klar, verzog dann aber wieder schmerzlich das Gesicht und zog mich derart fest an seine Brust, dass mir ein leiser Schrei entfuhr. Er hielt mich fest umklammert, zitterte aber so stark, als träfe ihn im nächsten Augenblick der Schlag.

Oh Gott, anscheinend hatte er gedacht, mir wäre was passiert.

»Oh, Archer, es tut mir unendlich leid. Mein Handy ist kaputt. Es tut mir leid. Ich habe es in eine Pfütze fallen lassen, als ich aus einem McDonald's kam. Es tut mir leid«, weinte ich an seiner Brust und klammerte mich an ihm fest. »Oh, Archer, Schatz, es tut mir furchtbar leid. Ich wusste deine Nummer nicht auswendig … was wirklich dämlich war. Ich hätte sie mir irgendwo notieren sollen. Es tut mir leid, aber mir geht's gut, Archer. Mir geht's gut. Es tut mir wirklich schrecklich leid.«

Wir hielten uns eine gefühlte Ewigkeit im Arm, bis sein Zittern und sein Atem sich beruhigten, er sich von mir löste und mir in die Augen sah.

Noch immer wirkte er gequält, und zärtlich strich ich ihm die Haare aus der Stirn. »Ich bin zurück, Archer. Ich bin zurück.«

Traurig hob er seine Hände vor die Brust. *Ich hatte fast vergessen, was für ein Gefühl das ist,* erklärte er, und plötzlich sah er wie ein kleiner Junge und total verloren aus. Mir brach das Herz, denn der Mann, den ich liebte, war vor lauter Panik, dass er mich verloren hatte, völlig durchgedreht.

Oh, Archer.

Ich unterdrückte ein Schluchzen. Denn das Letzte, was er jetzt brauchte, war, dass ich auch noch zusammenbrach.

»*Was* für ein Gefühl?«, flüsterte ich.

Vollkommen allein zu sein.

»Das bist du nicht, Liebster. Ich bin ja hier und gehe nirgendwo mehr hin. Ich bin jetzt hier bei dir.«

Er sah mich an, und endlich setzte er ein, wenn auch unglückliches Lächeln auf. *Das ist die Last, von der ich gesprochen habe, Bree. Das ist die Last, die auf dir liegt, wenn du mich liebst.*

»Es ist keine Last, dich zu lieben. Dich zu lieben ist mir eine Ehre und vor allem eine unendliche Freude, Archer.« Ich benutzte meine Stimme, um mit ihm zu sprechen, und ließ meine Hände weiter warm auf seinen Oberschenkeln ruhen, weil diese Berührung für uns beide wichtig war. »Du könntest mich nicht davon abbringen, dich zu lieben, selbst wenn du es versuchen würdest, denn ich habe keine andere Wahl. Es ist ganz einfach so.«

Er schüttelte den Kopf, und wieder sah er unendlich verloren aus. »*Wenn du nicht zurückgekommen wärst, hätte ich hier auf dem Bett gelegen, bis ich irgendwann gestorben wäre. Ich hätte meinen Körper mit reiner Willenskraft dazu gebracht zu sterben, denn mein Leben hätte ohne dich keinen Sinn mehr gehabt.*«

Jetzt schüttelte ich meinerseits den Kopf. »Oh nein, das hättest du ganz sicher nicht. Vielleicht fühlt es sich so an, aber trotzdem hättest du das nicht getan. Von irgendwoher hättest du die Kraft genommen, um mit deinem Leben fortzufahren, davon bin ich überzeugt. Aber das brauchst du jetzt ja gar nicht, denn ich bin ja hier.«

Er schüttelte erneut den Kopf. *Nein. Ich hätte wirklich einfach hier gelegen und wäre zu Staub zerfallen. Zu was für einem Menschen macht mich das für dich? Wirke ich etwa stark auf dich? Bin ich tatsächlich die Art von Mann, mit der du dein Leben teilen willst?*

Er sah mich flehend an, doch was genau wollte er von mir hören? Dass man ihn unmöglich lieben konnte? Dass er nicht genügend Kraft besaß, um liebenswert zu sein? Dass es mir unmöglich war, ihm das Maß an Sicherheit zu bieten, das für seinen Seelenfrieden nötig war?

Er zog mich eng an seine Brust, und nach ein paar Minuten legten wir uns aufs Bett, ich streifte mir die Schuhe ab und zog die Decke über uns. Ich hörte seinen ruhigen Atem dicht an meinem Ohr, und nach ein paar Minuten schloss ich die

Augen. Eng umschlungen und mit ruhigem, gleichmäßigem Herzschlag schliefen wir gemeinsam ein, und erst als die Mittagssonne durch den Spalt zwischen dem Vorhang und dem Fensterrahmen fiel, wurde ich davon geweckt, dass er mich auszog, sanft mit seinen Händen über meinen nackten Körper streichelte und mich mit geschlossenen Augen küsste, so, als bräuchte er die ständige Berührung, um zu begreifen, dass ich tatsächlich zurückgekommen war.

Ich schlang ihm meine Beine um die Hüften, und der Ausdruck der Erleichterung, der über seine Züge huschte, brach mir fast das Herz. Kraftvoll schob er sich in mich hinein, und ich ließ den Kopf zurück aufs Kissen fallen und seufzte wohlig auf.

Mit jedem seiner Stöße steigerte er meine Lust, bis ich seinen Namen keuchte und erschaudernd kam. Archer rammte sich noch zweimal ruckartig in mich hinein, vergrub sein Gesicht an meinem Hals und sog meinen Geruch in seine Lungen ein.

Ich glitt mit meinen Händen über seinen Rücken, flüsterte Liebesschwüre in sein Ohr, und nach ein paar Minuten rollte er sich auf die Seite, zog mich wieder an seine Brust und schlief praktisch auf der Stelle wieder ein.

Ich lag im warmen Dämmerlicht des Raums, lauschte seinen gleichmäßigen Atemzügen, und obwohl ich dringend mal auf die Toilette gemusst hätte und sein Sperma zwischen meinen Schenkeln klebte, rührte ich mich nicht vom Fleck. Denn ich wusste instinktiv, dass Archer mich dort brauchte, wo ich gerade lag.

Ich wickelte meine Beine um die seinen, schmiegte mein Gesicht an seine glatte Brust, atmete an seiner warmen Haut, und irgendwann fielen auch mir die Augen wieder zu.

Als ich abermals erwachte, sah ich, dass ein warmes, goldenes Licht durch den Vorhangspalt fiel. Hatten wir etwa den ganzen Tag verschlafen?

Ich richtete mich auf und streckte mich, wobei meine Muskeln gegen die Bewegung protestierten, denn ich hatte mich in Archers eiserner Umklammerung stundenlang nicht bewegt.

Ich blickte auf, als er, ein Handtuch um die Hüften, aus dem Badezimmer kam und sich mit einem zweiten seine Haare trocken rieb, die inzwischen wieder leicht gewachsen waren und sich in Stirn und Nacken lockten, was mir durchaus gut gefiel.

»Hallo«, krächzte ich und zog mir lächelnd die Bettdecke bis unters Kinn.

Mit einem scheuen Lächeln setzte er sich auf den Rand des Betts, legte das Handtuch neben sich und sah mich an.

Das von heute Morgen tut mir leid. Ich war einfach völlig außer mir vor Angst und hatte keine Ahnung, was ich machen sollte, Bree. Ich kam mir wieder vollkommen allein und hilflos vor. Er spitzte nachdenklich die Lippen und fuhr fort. *Ich bin einfach total … ausgeflippt. Ich kann mich nicht mal mehr daran erinnern, wie ich das im Wohnzimmer angestellt habe.*

Ich hielt seine Hände fest und schüttelte den Kopf. *Weißt du noch, wie panisch ich in diesem Netz geworden bin?* Ich wies nickend Richtung Wald. *Ich verstehe dich also sehr gut. Manchmal ist die Angst ganz einfach stärker als man selbst. Ich weiß das. Und ich bin der letzte Mensch auf Erden, den du deshalb um Verzeihung bitten musst. Du hast mir bei der Sache mit dem Netz geholfen, und jetzt helfe ich dir. So laufen diese Dinge nun einmal, okay?*

Er nickte ernst. *Das Problem ist einfach, dass ich das Gefühl habe, als würde es dir immer besser und mir selber immer schlechter gehen.*

Die Herausforderung nehme ich mit Freuden an. Ich zog die Brauen hoch und sah ihn in der Hoffnung, ihm ein Lächeln zu entlocken, grinsend an.

Was anscheinend funktionierte, denn er atmete erleichtert auf und nickte knapp. *Möchtest du was essen?*

Unbedingt.

Sein Lächeln sah immer noch ein wenig traurig aus. Ich

blickte ihn an, beugte mich vor, schlang ihm die Arme um den Hals und flüsterte: »Ich liebe dich.«

Sein Körper spannte sich bei diesen Worten an, doch dann zog er mich eng an seine Brust und wir blieben einige Minuten reglos sitzen, bis ich ihm erklärte: »Ich muss dringend duschen. Ich bin vollkommen verdreckt und total klebrig.«

Zum ersten Mal seit meiner Rückkehr lachte er. Er hob mich hoch, stellte mich auf meine Füße, stand dann selber auf und rückte sorgfältig das Handtuch, das er trug, zurecht. *Das liegt an den schmutzigen Dingen, die wir beide immer tun.*

Woran wohl sonst? Ich zwinkerte ihm zum, als ich an ihm vorbei in Richtung Badezimmer ging.

»Du kannst mich gerne später wieder schmutzig machen. Aber erst mal mache ich mich sauber, während du mir etwas kochst.«

Zu Befehl, Ma'am, antwortete er und blickte mich mit einem scheuen Lächeln an.

Ich lächelte zurück, lief über den Flur ins Bad, schob die Tür hinter mir zu, blieb einen Augenblick dahinter stehen und fragte mich, weshalb ich immer noch derart in Sorge um ihn war.

29

Bree

Als ich am nächsten Tag wieder zur Arbeit ging, zog Maggie mich so fest an ihren ausladenden Busen, dass ich nur noch mit Mühe Luft bekam. Norm sagte einfach »Bree«, bedachte mich aber mit einem seltenen Lächeln, während er den nächsten Pfannkuchen auf einen Teller gleiten ließ. Das Lächeln und die Umarmung riefen eine warme Freude in mir hervor, weil sie beide mir zeigten, dass ich heimgekommen war.

Fröhlich plauderte ich, als ich durch den Imbiss lief und das Essen an die Tische brachte und Bestellungen entgegennahm, mit den mir inzwischen wohlbekannten Gästen. Doch ich dachte auch an Archer und daran, welche Schwierigkeiten er dabei hatte, sich auf einen anderen Menschen einzulassen. Mir war schon vor der Fahrt nach Cincinnati klar gewesen, dass er Mühe damit hatte, doch das Ausmaß hatte mir erst der vergangene Tag bewusst gemacht. Ich liebte ihn und würde alles tun, damit er sicher wusste, dass ich ihn nie mehr verlassen wollte. Doch ich konnte auch verstehen, dass Archer sich als Schwächling fühlte, weil ich wusste, dass er abhängig von meiner Liebe war.

Gestern hatten wir sein Wohnzimmer zusammen aufgeräumt, und immer wenn er meinem Blick begegnet war, hatte er sich beinah schüchtern abgewandt. Ich hatte *Die Schlittenfahrt* von Edith Wharton vom Boden aufgehoben, aufgeschlagen, meine Hand dramatisch auf die Brust gelegt und mit übertrieben schmerzerfüllter Stimme daraus rezitiert: »Ich möchte dich berühren, möchte dich umsorgen und dich hegen, möchte für dich da sein, wenn du krank und wenn du einsam bist.« Dann hatte ich die Hand von meiner Brust genommen, den Roman neben die anderen ins Regal gestellt und Archer angesehen. *Das ist* wirklich *wunderschön.*

Lächelnd hatte er erklärt: *Wahrscheinlich braucht es diese Schönheit, damit es am Schluss so tragisch wird.*

Doch eilig hatte er sich wieder abgewandt, als brächte meine Nähe ihn plötzlich in Verlegenheit. Ich hatte den ganzen restlichen Abend versucht, ihn aus der Reserve zu locken, indem ich mich vollkommen normal verhalten hatte, doch er war auf keinen meiner Scherze eingegangen und war selbst dann noch etwas reserviert gewesen, als ich ihm am Abend einen Abschiedskuss gegeben und Phoebe eingesammelt hatte, um zu Hause meine Tasche auszupacken und meine Arbeitskleidung herauszusuchen.

Wahrscheinlich brauchte Archer einfach noch ein bisschen Zeit, um sich von seinem Schrecken zu erholen.

Und tatsächlich war er ein paar Tage später wieder fast der Alte, auch wenn ich die intensive Art, auf die er plötzlich mit mir schlief, etwas verwirrend fand. Es kam mir beinah vor, als wollte er mit mir verschmelzen, wenn er in mir war. In seiner Leidenschaft war er fast rau, was mich nicht störte, weil mir jede Art der körperlichen Nähe zwischen uns gefiel. Nur konnte ich mir die Veränderung einfach nicht genau erklären und sehnte mich danach, dass er sich endlich öffnete und mir erzählte, was ihm auf der Seele lag.

Als ich danach fragte, zuckte er nur mit den Schultern, lächelte und sagte, er versuche nur, das nachzuholen, was ihm während meiner Zeit in meiner alten Heimatstadt entgangen war, was ich ihm nicht wirklich glaubte, doch wie immer würde Archer erst darüber sprechen, wenn für ihn der rechte Augenblick gekommen war. Ich wusste, dass ich mit Druck bei ihm nicht weiterkam und einfach abwarten und hoffen musste, dass er mir genug vertraute, um mir seine Empfindungen früher oder später zu enthüllen. Und bevor er mir seine

Gefühle offenbaren könnte, musste er sich erst mal selbst darüber klar werden, was er genau empfand.

Vier Tage nach meiner Rückkehr aus Ohio klopfte ich bei Anne.

Sie öffnete die Tür im Morgenmantel und rief: »Oh, Sie sind's, Bree. Kommen Sie doch herein. Entschuldigen Sie bitte meinen Aufzug. Ich bin bereits die ganze Woche furchtbar müde, deshalb lungere ich heute einfach nur herum. Ich kann Ihnen sagen, Altwerden ist kein Spaß.«

Grinsend trat ich in ihr einladendes Haus, aus dem mir der bekannte tröstliche Eukalyptusduft entgegenschlug.

»Sie und alt?« Ich schüttelte den Kopf. »Wohl kaum.«

Sie zwinkerte mir lachend zu. »Sie sind eine gute Schwindlerin, aber ich fühle mich im Augenblick sogar uralt. Vielleicht kriege ich ja eine Grippe oder so.« Sie bot mir einen Sitzplatz an, und ich drückte ihr eine kleine Kuchenschachtel in die Hand. »Ich habe Ihnen einen Apfelkuchen mitgebracht. Ich habe wieder mit dem Backen angefangen, und es macht mir Riesenspaß.«

»Oh! Wie lecker. Und dass Sie inzwischen wieder backen … wunderbar.« Lächelnd nahm sie mir den Kuchen ab. »Den esse ich nachher zu meinem Tee. Apropos Tee – kann ich Ihnen eine Tasse anbieten?«

Ich schüttelte den Kopf und setzte mich. »Vielen Dank, aber ich kann nicht lange bleiben, weil ich mich mit Archer treffe und wir dann zu irgendwelchen Höhlen fahren, die es hier in der Gegend gibt.«

Nickend stellte Anne die Kuchenschachtel auf den Tisch und nahm auf dem Sofa Platz. »Die Pelion Caverns werden Ihnen sicherlich gefallen. Ich war dort häufiger mit Bill. Dort gibt es ein paar wunderschöne Wasserfälle.«

»Klingt wirklich toll.«

»Das ist es. Und auch die Fahrt dorthin wird sicher wunderbar, jetzt, da die Bäume schon bunt werden.«

Ich lächelte. »Es wird bestimmt ein schöner Tag. Und den brauchen wir auch dringend.«

Meine Freundin schwieg einen Moment, doch schließlich fragte sie: »Hat Archer übrigens erwähnt, dass ich ihn besucht habe, als Sie in Ohio waren?«

Ich war vollkommen überrascht. »Sie haben ihn besucht?«

Sie nickte kurz. »Der Junge ging mir einfach nicht mehr aus dem Kopf, nachdem Sie von mir wissen wollten, wie das mit seinem Vater und mit seinen Onkeln war. Ich hätte schon vor Jahren hingehen sollen.« Sie schüttelte den Kopf und seufzte leise auf. »Ich habe ein paar Blaubeermuffins mitgenommen – aus den letzten Beeren, die ich noch eingefroren hatte. Aber wie dem auch sei«, winkte sie ab und fuhr fort. »Anfangs hat er etwas misstrauisch gewirkt, was ich ihm nicht verdenken konnte, aber schließlich ist er aufgetaut und hat mich sogar hereingebeten. Das fand ich wirklich reizend. Ich hätte nie gedacht, dass er ein derart schönes Grundstück hat. Das habe ich ihm auch gesagt, und das hat ihn anscheinend ziemlich stolz gemacht.«

Am liebsten wäre ich in Tränen ausgebrochen, doch ich nickte nur und sagte: »Und das hat er alles selbst gemacht.«

»Er ist anscheinend wirklich fleißig und vor allem ausnehmend geschickt.« Sie sah mich forschend an und meinte dann: »Ich habe ihm ein paar Dinge über seine Mutter erzählt, an die ich mich noch erinnern konnte. Das hat ihm offenbar gefallen.«

Ich legte meinen Kopf ein wenig schräg und sah sie fragend an, denn ich wollte mehr wissen.

»Am schönsten aber fand er es, als ich von Ihnen sprach – das war ihm deutlich anzusehen.« Sie blickte mich mit einem sanften Lächeln an. »Sein Gesicht … oh, Bree – ich habe ihm seine Gefühle so derart deutlich angesehen.« Der Ausdruck ihrer Augen wurde warm. »Genau so hat mein Bill mich manchmal angeschaut.«

Jetzt lächelten wir beide, und mein Herz schlug einen Purzelbaum.

»Er liebt Sie, Bree.«

Ich blickte auf meine Hände und nickte. »Ich weiß. Und ich liebe ihn auch.« Ich biss mir auf die Lippen. »Nur ist das für Archer leider ziemlich kompliziert.«

Traurig lächelnd meinte sie: »Nachdem ich weiß, was für ein Leben er bisher geführt hat, schätze ich, dass er es als in höchstem Maß riskant empfindet, Ihnen seine Liebe zu schenken.«

Jetzt brachen sich die Tränen Bahn. Ich erzählte ihr, was vorgefallen war, als ich aus Cincinnati heimgekommen war, und sie hörte traurig zu.

»Was soll ich nur machen, Anne?«

»Ich nehme an, am besten …« Plötzlich brach sie ab, riss überrascht die Augen auf und griff sich an die Brust.

»Anne!« Ich stürzte auf sie zu. »Oh mein Gott, Anne.«

Sie rang erstickt nach Luft, und eilig zerrte ich mein Handy aus der Tasche meines Sweatshirts, rief den Notruf, nannte Annes Adresse, sagte, dass sie offensichtlich gerade einen Herzinfarkt bekommen habe, und die junge Frau am anderen Leitungsende antwortete, der Krankenwagen sei unterwegs.

Dann kehrte ich zu Anne zurück und sagte ihr immer wieder, Hilfe sei unterwegs. Sie umklammerte noch immer ihre Brust, doch ihre Augen waren klar, und ich nahm an, dass sie verstand.

Oh Gott!, schoss es mir durch den Kopf. *Was, wenn ich nicht da gewesen wäre?*

Zehn Minuten später hielt der Krankenwagen mit quietschenden Reifen in der Einfahrt. Ein dichter Tränenstrom rann über mein Gesicht, als der Notarzt eilig vor das Sofa trat. Ich atmete so tief wie möglich aus und ein, um meinen eigenen Herzschlag zu beruhigen, und blickte einen von den Sanitätern an, die mit einer Trage durch die Tür gekommen waren. »Wird sie wieder gesund?«

Inzwischen wurde Anne mit Sauerstoff versorgt und hatte wieder etwas Farbe im Gesicht.

»Sieht gut aus«, meinte er. »Sie ist bei Bewusstsein, und wir sind noch rechtzeitig gekommen.«

»Okay.« Nickend schlang ich mir die Arme um den Bauch. »Sie hat keine Verwandten hier. Am besten komme ich also mit ins Krankenhaus.«

»Sie dürfen gern im Krankenwagen mitfahren, wenn Sie wollen.«

»Oh! Okay. Ja, bitte, wenn das geht.« Ich folgte ihnen vor das Haus und schloss hinter mir ab.

Als ich zum Krankenwagen ging, sah ich Archer, der mit entsetztem Blick auf mich zugelaufen kam. Mein Herz sank mir in die Hose. Oh Gott, er war den ganzen Weg hierhergerannt, offenbar hatte er den Krankenwagen selbst auf seinem Grundstück noch gehört.

Eilig lief ich ihm entgegen, und als er mich sah, blieb er urplötzlich stehen, ballte seine Fäuste, riss die Augen auf und sah mich reglos an.

Die letzten Meter joggte ich und rief: »Archer! Anne hatte einen Herzinfarkt. Ihr geht es schon wieder etwas besser, aber ich fahre trotzdem mit ins Krankenhaus. Mach dir keine Sorgen, es ist alles gut. Mir geht es gut.«

Er legte sich die Hände auf den Kopf, knirschte mit den Zähnen, und ich konnte sehen, wie er mit sich rang. Er lief einmal im Kreis, wandte sich mir wieder zu, nickte einmal kurz, und obwohl in seinen Augen immer noch die Panik blitzte, war der Rest seines Gesichts urplötzlich völlig ausdruckslos.

»Ich werde sofort zu dir kommen, wenn ich weiß, dass sie wieder in Ordnung kommen wird«, erklärte ich, warf einen Blick zurück und sah, dass Anne auf ihrer Trage bereits eingeladen worden war. Rückwärts lief ich auf den Krankenwagen zu. »Ich komme dann sofort mit einem Taxi.«

Archer nickte, aber seine Miene blieb auch weiter starr. Und dann drehte er sich wortlos um und ließ mich einfach stehen.

Ich zögerte nur einen Augenblick, bevor ich zum Krankenwagen lief und eilig hineinsprang.

Ich blieb so lange in der Klinik, bis ich sicher wusste, dass mit Anne alles in Ordnung war. Der Arzt erklärte mir schließlich, dass ihr Zustand stabil sei. Er hatte ihr auch gesagt, dass ich im Krankenwagen mitgefahren sei, und inzwischen eine Schwester angerufen, deren Nummer Anne ihnen gegeben hatte, kurz nachdem sie eingeliefert worden war. Er sagte, dass die Schwester morgen früh nach Pelion komme, und erleichtert brach ich schließlich auf.

Um Archer jedoch machte ich mir weiter Sorgen, denn obwohl ich ihm sofort nach meiner Ankunft in der Klinik und dann noch ein zweites Mal nach dem Arztgespräch geschrieben hatte, hatte er bisher nicht geantwortet. Deshalb musste ich so schnell wie möglich nach ihm sehen.

Auf der halbstündigen Taxifahrt kaute ich unruhig auf meiner Lippe. Ich hatte Archer zwar versprochen, direkt zu ihm zu kommen, musste aber vorher noch kurz heim, um Phoebe abzuholen, die bereits den ganzen Vormittag allein gewesen war. Archer hatte sich inzwischen doch bestimmt beruhigt. Denn trotz seiner anfänglichen Panik wusste er jetzt ja, dass mir nichts geschehen war. Warum also antwortete er mir nicht?

Ich bezahlte den Taxifahrer, stieg eilig aus, rannte ins Haus und rief nach Phoebe, deren Krallen auf dem Hartholzboden klickten, als sie angelaufen kam.

Ein paar Minuten später hielt ich vor dem Tor zu Archers Grundstück und trat ein. Ich trug Phoebe bis zum Haus, klopfte leise an die Tür, bevor ich eintrat, und setzte Phoebe im Flur ab. Es nieselte leicht, und eine graue Wolkenwand verdunkelte den Tag.

Auch im Haus war alles dunkel, und ich brauchte einen Augenblick, bis ich ihn in der Ecke seines Wohnzimmers in einem Sessel sitzen sah. Als ich ihn dann plötzlich entdeckte, griff ich mir erschrocken an die Brust und stieß ein leises Lachen aus.

Sein Gesicht war düster, und mit einem Seufzer kniete ich mich vor ihn hin und legte den Kopf in seinen Schoß.

Als er sich nicht bewegte, sah ich fragend zu ihm auf.

Wie geht es Anne?, erkundigte er sich, und eilig hob ich meine Hände.

Sie wird wieder gesund. Morgen früh kommt ihre Schwester. Wieder stieß ich einen Seufzer aus. *Es tut mir leid, dass du so einen Schreck bekommen hast. Ich wollte dich vorhin ganz sicher nicht so allein stehen lassen, doch genauso wenig wollte ich, dass Anne alleine in die Klinik muss.*

Verstehe, meinte er, behielt aber auch weiter seine ausdrucklose Miene bei.

Ich biss mir auf die Lippe, nickte aber mit dem Kopf. *Bist du okay? Woran denkst du gerade?*

Er saß so lange reglos da, dass ich schon befürchtete, dass er nicht mehr mit mir sprechen wollte, aber plötzlich hob er seine Hände und erklärte: *An den Tag.*

Ich war verwirrt. *An welchen Tag?*

An den, an dem auf mich geschossen wurde. An dem Mittag kam mein Onkel, um mit mir und meiner Mom aus Pelion zu verschwinden.

Ich starrte ihn verwundert an, wartete dann aber schweigend darauf, dass er weitersprach.

Mein Dad war an dem Nachmittag in einer Bar … und hätte dort eigentlich noch eine ganze Weile bleiben sollen. Er sah an mir vorbei, blickte mir aber schließlich wieder ins Gesicht.

Er war nicht immer so, wie er am Ende war. Anfangs konnte er durchaus charmant und witzig sein, aber dann fing er zu trinken an und von da an ging's bergab. Wenn er betrunken war, ging er auf meine Mutter los und hielt ihr lauter Dinge vor, die er in Wahrheit selber tat. Wie dem auch sei, meine Mom hat von Anfang an nur einen Mann geliebt: meinen Onkel Connor. Das war nicht nur mir und meinem Dad klar, sondern der ganzen Stadt. Und wenn ich ehrlich bin, habe auch ich ihn immer mehr geliebt.

Wieder unterbrach er sich und sah an mir vorbei. Doch schließlich fuhr er fort.

Deshalb war ich überglücklich, als er kam, um uns zu holen, und mir sagte, dass ich sein Sohn und nicht der von Marcus war.

Seine Miene war auch weiter völlig ausdruckslos, als hätte er sich in sein tiefstes Inneres zurückgezogen, wo er unerreichbar für mich war.

Mein Onkel hat auf mich geschossen, Bree. Nicht Connor, sondern Marcus Hale. Ich weiß nicht, ob aus Absicht, oder ob die Waffe einfach losgegangen ist, als ich wütend auf ihn zugelaufen bin. Aber er hat auf mich geschossen und mir dadurch das hier angetan. Er hob die Hand an seinen Hals und zog die Konturen seiner Narbe nach. Dann wies er mit der anderen Hand auf sich. *Und auch den ganzen Rest.*

»Oh, Archer«, stieß ich heiser aus. Mein Herz zog sich zusammen, als er wie betäubt auf mich heruntersah.

»Was ist mit den anderen passiert? Mit deiner Mom?«

Ich blickte blinzelnd zu ihm auf und schluckte den dicken Kloß in meinem Hals herunter, der mir fast den Atem nahm.

Marcus hatte unseren Wagen absichtlich gerammt, um uns von der Straße zu drängen. Wir sind ins Schleudern geraten, und dabei hat sich meine Mom das Genick gebrochen. Er kniff die Augen zu, schlug sie dann wieder auf und fuhr entschlossen fort. *Und nachdem Marcus auf mich geschossen hatte, haben er und Connor sich am Rand der Straße praktisch duelliert.*

Wieder brach er ab, und seine Augen sahen aus wie bernsteinfarbene Seen voller unvergossener Tränen. *Sie haben sich gegenseitig erschossen, Bree. Sie haben sich gegenseitig unter einem strahlend blauen Frühlingshimmel einfach so am Rand der Straße umgebracht.*

Vor Entsetzen wurde ich ganz schwach.

Dann tauchte plötzlich Tori auf, und ich erinnere mich vage, dass direkt danach auch noch ein anderer Wagen kam. Dann bin ich irgendwann im Krankenhaus wieder aufgewacht.

Mühsam unterdrückte ich das Schluchzen, das in meiner

Kehle aufgestiegen war. Ich schüttelte den Kopf, weil Archers jahrelange Höllenqualen einfach unfassbar für mich waren. *Und all die Jahre hast du ganz allein damit gelebt. Oh, Archer.* Um nicht doch noch laut zu schluchzen, holte ich so tief wie möglich Luft.

Er sah auf mich herunter, und ich sah den Schmerz in seinen Augen flackern, aber sofort wurde seine Miene wieder völlig ausdruckslos.

Ich rutschte möglichst dicht an ihn heran, klammerte mich an seinem T-Shirt fest, legte meinen Kopf an seinen Bauch, und während Tränen über meine Wangen strömten, flüsterte ich ein ums andere Mal: »Das tut mir furchtbar leid.« Denn mir fiel einfach keine andere Antwort auf das Grauen, das auf einem kleinen Kind gelastet hatte, ein.

Doch endlich wusste ich, wie tief sein Schmerz, wie groß das Trauma und wie schwer die Last, die er mit sich herumtrug, waren, und warum Victoria Hale ihn derart hasste, dass sie ihn nicht nur die Stimme, sondern obendrein auch jegliches Vertrauen in andere Menschen, seine Selbstachtung und seine Identität hatte rauben wollen. Archer war die Verkörperung der bitteren Gewissheit, dass eine andere Frau die große Liebe ihres Ehemanns und Mutter seines erstgeborenen Sohns gewesen war, eines Sohnes, der ihr alles nehmen konnte, was ihr wichtig war.

Ich hielt Archer weiter fest, doch schließlich lehnte ich mich zurück und sah ihn an. *Dann gehört das Land, auf dem die Stadt steht, dir. Denn du bist Connors erstgeborener Sohn.*

Er nickte, doch ich sah ihm an, dass das für ihn nicht weiter von Interesse war.

Willst du deine Ansprüche nicht geltend machen, Archer?, fragte ich und wischte mir die Tränen fort.

Er sah auf mich herab. *Was sollte ich denn damit? Schließlich bist du die Einzige, mit der ich überhaupt kommunizieren kann. Wie sollte ich da jemals eine ganze Stadt leiten und verwalten? Die Leute würden mich doch nie und nimmer ernst nehmen.*

Ich schüttelte den Kopf. *Oh doch, das würden sie. Weil du alles, was du anpackst, einfach fantastisch machst – und damit sicherlich auch das.*

Das will ich aber nicht. Ein Ausdruck unendlicher Qual huschte über sein Gesicht. *Soll ruhig Travis alles haben. Diese Sachen interessieren mich nicht. Denn abgesehen davon, dass ich heillos überfordert wäre, hätte ich das alles nicht im Mindesten verdient, denn schließlich war das alles meine Schuld. Es war alleine meine Schuld, dass sie damals alle gestorben sind.*

Ich fuhr zurück und holte zischend Luft.

Deine Schuld? Du warst damals ein kleines Kind. Wie hätte also irgendetwas deine Schuld sein sollen?

Sein Gesicht war unergründlich, als er abermals auf mich heruntersah. *Meine bloße Existenz war der Grund dafür, dass drei Menschen gestorben sind.*

Heftig widersprach ich. *Ihre eigenen Entscheidungen haben dazu geführt, dass sie gestorben sind. Du warst damals sieben Jahre alt und konntest nichts dafür. Sorry, aber du wirst mich niemals davon überzeugen, dass du auch nur die geringste Schuld an den Dingen hattest, die an dem Tag zwischen vier erwachsenen Menschen vorgefallen sind.* Zur Betonung meiner Worte schüttelte ich möglichst nachdrücklich den Kopf.

Mehrere Minuten starrte Archer eine Stelle hinter meinem Rücken an, und ich wartete geduldig ab.

Früher dachte ich, auf mir läge ein Fluch. Er lächelte verbittert, zog eine Grimasse und fuhr sich mit der Hand übers Gesicht. *Weil es einfach keine andere Erklärung für den ganzen Scheiß in meinem Leben gab. Doch dann wurde mir klar, dass das kein Fluch, sondern eine Bestrafung war.*

Ich schüttelte erneut den Kopf. *So laufen diese Dinge nicht.* Er sah mir ins Gesicht, und ich atmete tief durch. *Ich habe auch einmal gedacht, dass mich das Schicksal strafen will. Aber wenn wir immer nur bekämen, was wir tatsächlich verdienen, dann hätte es mein Dad ja verdient gehabt, dass er in seinem eigenen Geschäft erschossen wird, und ich weiß ganz genau, dass das nicht stimmt.*

Was war es noch mal für ein Gefühl für mich gewesen, als ich mir wie Archer eingeredet hatte, entweder verflucht oder bestraft worden zu sein?

Menschen widerfahren nicht nur schlimme Dinge, weil sie es verdienen. Menschen widerfahren schlimme Dinge, weil so was zum Leben ganz einfach … dazugehört. Und egal, wer wir auch sind, wir müssen die Dinge nehmen, wie sie kommen, auch wenn sie manchmal echt ätzend sind, und uns stets bemühen, trotzdem weiter geradeaus zu gehen, zu lieben und zu hoffen und daran zu glauben, dass die Reise, die wir machen, irgendeinen Sinn verfolgt. Ich drückte seine Hände, ließ sie wieder los und fügte an: *Und zu glauben, dass aus jedem Knacks, den wir bekommen, Licht nach außen strahlt.*

Archer sah mich mehrere Sekunden an, bevor er seine Hände hob. *Ich weiß nicht, ob ich dazu in der Lage bin. Ich gebe mir wirklich alle Mühe, aber trotzdem weiß ich nicht, ob es mir je gelingen wird.*

Das wird es, erklärte ich ihm nachdrücklich. *Das wird es.*

Er raufte sich das kurze Haar. *In meinem Kopf schwirrt alles durcheinander. Ich verstehe all das einfach nicht – meine Vergangenheit, mein Leben, das, was ich für dich empfinde.*

Eine Reihe widerstreitender Gefühle malten sich auf seinen Zügen ab, und schließlich hob ich meine Hände wieder in die Luft.

Ich erinnere mich nur noch undeutlich an meine Mom. Ich schüttelte nachdenklich den Kopf. *Ich war noch sehr jung, als sie an Krebs gestorben ist.* Ich leckte mir über die Lippen und fuhr fort. *Aber ich weiß noch, dass sie immer gestickt hat – lauter kleine Bilder.*

Archer blickte wechselweise mein Gesicht und meine Hände an.

Und einmal nahm ich eins von ihren Bildern in die Hand. Es sah ganz furchtbar aus – vollkommen durcheinander, voller Knoten und verschieden langer loser Fäden, die herunterhingen. Ich konnte kaum erkennen, was es darstellen sollte. Ich sah Archer ins Gesicht und drückte seine Hand, bevor ich weitersprach. *Doch dann kam meine Mom ins Zimmer, nahm das Stückchen Stoff aus meiner Hand, drehte es um – und zeigte mir ein wahres Meisterwerk.* Lächelnd atmete ich auf. *Sie mochte Vögel und hatte ein Nest voll Jungvögel gestickt, auf dessen Rand die Vogelmutter saß.* Ich legte eine kurze Pause ein und dachte nach.

Manchmal denke ich an dieses kleine Stück Stoff, wenn das Leben wieder einmal ganz durcheinander und schwer zu verstehen ist. Dann mache ich die Augen zu und sage mir, dass ich vielleicht im Augenblick mal wieder nur die Knoten und die Fäden sehen kann, die aus einem anderen Blickwinkel ein Meisterwerk ergeben. Ich bemühe mich, daran zu glauben, dass etwas Hässliches auch eine schöne, reizvolle Seite haben kann, und dass der Zeitpunkt kommen wird, an dem ich erkenne, welche das ist. Du hast mir geholfen, das Bild meines Lebens zu entdecken, Archer. Also lass jetzt bitte mich dir helfen, auch dein eigenes Bild zu sehen.

Schweigend zog er mich auf seinen Schoß, nahm mich zärtlich in den Arm und vergrub sein Gesicht an meinem Hals.

Nach mehreren Minuten flüsterte ich ihm ins Ohr: »Ich bin hundemüde. Mir ist klar, dass es noch früh ist, Archer, aber bitte lass uns schlafen gehen. Und nimm mich, wenn wir schlafen, in den Arm.«

Wir gingen in sein Schlafzimmer, zogen uns langsam aus und kletterten ins Bett. Er zog mich eng an seine Brust und hielt mich fest im Arm, versuchte aber nicht, mit mir zu schlafen. Es schien ihm besser zu gehen, doch er wirkte noch immer distanziert und in sich verloren.

»Danke, dass du mir deine Geschichte erzählt hast«, flüsterte ich in der Dunkelheit, und mit einem Nicken nahm er mich noch fester in den Arm.

30

Bree

Am nächsten Tag fand Pelions Polizei- und Feuerwehrparade statt. Die Hauptstraße des Städtchens war von Zuschauern gesäumt, die fröhlich Fähnchen schwenkten, während Löschfahrzeuge, Streifenwagen sowie eine Reihe anderer Gefährte im Schritttempo an ihnen vorüberfuhren.

Durchs Schaufenster des Norm's verfolgte ich mit trübem Blick das fröhliche Geschehen. Ich selbst war todunglücklich und hundemüde.

Ich hatte letzte Nacht praktisch kein Auge zugemacht, denn Archer hatte sich unruhig auf der Matratze hin und her gewälzt. Als ich morgens von ihm hatte wissen wollen, ob er nicht hatte schlafen können, hatte er nur kurz genickt, und während des Frühstücks hatte er gedankenverloren vor sich hin gestarrt. Er war noch immer ganz in sich verloren, aber als ich schließlich aufgestanden war, um Phoebe zu meinem Häuschen zu fahren und dort meine Arbeitskleidung zu holen, hatte er mich eng an seine Brust gepresst.

Flehend hatte ich ihn angesehen und gesagt: »Archer, Baby, sprich mit mir.«

Doch er hatte nur den Kopf geschüttelt, mich mit einem unglücklichen Lächeln angeblickt und mir erklärt, nach meiner Arbeit sei für Gespräche noch genügend Zeit.

Und jetzt stand ich am Fenster und machte mir Sorgen, weil er plötzlich derart auf Distanz zu mir gegangen war. Der Imbiss war fast leer, weil die ganze Stadt bei der Parade war, und ich hing ungestört meinen Gedanken nach.

Ich betrachtete die altmodischen Streifenwagen, die unter dem Applaus der Zuschauer an mir vorüberfuhren, und ein Gefühl der Bitterkeit stieg in mir auf.

Archer sollte hier sein. Als Hauptgast bei dem Dinner, das zu Ehren seines Vaters ausgerichtet wurde. Aber er war noch nicht einmal dazu eingeladen worden.

Was hatte Pelion nur für ein Problem? Victoria Hale, die böse Hexe – sie war das Problem.

Wie hielt sie es nur mit sich selber aus? Aus welchem Grund hatte sie unzählige Leben ruiniert? War es ihr dabei um Geld gegangen? Ansehen? Einfluss? Stolz? Oder einfach darum, als Gewinnerin aus diesem jahrelangen Streit hervorzugehen?

Und jetzt kroch die gesamte Stadt aus Angst vor Repressalien vor dem Weibsbild auf den Knien.

Während ich dort stand und daran dachte, was an jenem schicksalhaften Tag vor sechzehn Jahren geschehen war, drehte sich mir der Magen um. Der Gedanke daran, wie ein Kind von sieben Jahren die Geschehnisse empfunden haben musste, war einfach unerträglich. Am liebsten hätte ich die Zeit zurückgedreht, den kleinen Jungen tröstend in den Arm genommen und das alles ungeschehen gemacht. Und dass ich das nicht konnte, tat mir in der Seele weh.

Plötzlich riss das Klingeln meines Handys mich aus meinen Überlegungen. Eilig zerrte ich es aus der Tasche meiner Arbeitskluft und sah, dass es ein Anruf aus Ohio war. Ich trat hinter den Tresen, an dem ein paar Gäste saßen, zog mich an den Pausentisch zurück und nahm den Anruf an.

»Hallo?«

»Hallo, Bree, hier spricht Detective McIntyre. Ich rufe an, weil es ein paar Neuigkeiten gibt.«

Ich blickte Richtung Tresen, sah, dass niemand etwas wollte, und wandte meinen Gästen kurz den Rücken zu.

Auch als die Eingangstür geöffnet wurde, blieb ich einfach stehen. Maggie würde sich um unsere neuen Gäste kümmern, bis ich so weit war.

»Sie haben Neuigkeiten?«

»Ja. Wir haben jemanden verhaftet.«

Ich holte zischend Luft. »Jemanden verhaftet?«

»Ja. Sein Name ist Jeffrey Perkins. Er war der Mann, den Sie identifiziert haben. Wir haben ihn zum Verhör aufs Revier geladen, und seine Fingerabdrücke stimmen mit denen vom Tatort überein. Allerdings hat er umgehend einen Anwalt kontaktiert und bisher kein Wort gesagt. Sein Vater ist einer der größten Unternehmer unserer Stadt.«

Ich biss mir auf die Lippe. »Jeffrey Perkins?«, fragte ich. »Der Sohn von Louis Perkins, stimmt's?« Ich kniff die Augen zu. Louis Perkins war der größte Versicherer in Cincinnati.

Nach einer kurzen Pause meinte der Detective: »Ja.«

Ich war wie betäubt. »Weshalb sollte jemand wie Jeffrey Perkins einen kleinen Feinkostladen überfallen?«

»Ich wünschte, ich wüsste es«, antwortete McIntyre. »Ich nehme an, dass es dabei um Drogen ging.«

»Hm.« Jeffrey hatte einen wilden Blick gehabt und wie Espenlaub gezittert. Ein reicher Junge, der Drogen nahm? Ich schüttelte den Kopf und zwang meine Gedanken in die Gegenwart zurück.

»Und wie geht es jetzt weiter?«

»Nun, er wurde gegen Kaution wieder auf freien Fuß gesetzt. Bis zur Anklageerhebung werden ein paar Monate vergehen. Das heißt, wir warten erst mal ab.«

»Gegen Kaution auf freien Fuß gesetzt. Also geht das Warten weiter.« Ich stieß einen Seufzer aus.

»Ich weiß, das ist nicht leicht für Sie. Aber, Bree, wir haben hieb- und stichfeste Beweise, und nachdem Sie ihn identifizieren konnten, stehen unsere Chancen wirklich gut.«

Ich atmete tief durch. »Vielen Dank, Detective. Bitte halten Sie mich weiter auf dem Laufenden.«

»Auf jeden Fall. Schönen Tag noch.«

»Ihnen auch. Auf Wiederhören, Detective.«

Noch immer stand ich mit dem Rücken zum Lokal. Das

waren gute Nachrichten, ich sollte mich freuen und erleichtert sein statt auch weiter so bedrückt. Ich knabberte an meinem Daumennagel und versuchte, den emotionalen Wirrwarr, der in meinem Innern herrschte, zu verstehen.

Schließlich holte ich tief Luft, drehte mich wieder um und sah, dass Travis und Victoria Hale gleich rechts von mir am Ende des Tresens saßen und zu mir herübersahen, Victoria mit bitterbösem, kaltem Blick und Travis leicht verwirrt.

Ich drehte mich sofort wieder um.

»Maggie! Ich mache eine kurze Pause, ich fühle mich nicht gut.«

Sie bedachte mich mit einem besorgten Blick, meinte aber: »Alles klar, Schätzchen«, und eilig stürzte ich ins Hinterzimmer, wo ich blieb, bis Travis und das Weib wieder verschwunden waren.

Wenig später wischte ich einen der Fenstertische ab, als ich Archer auf der anderen Straßenseite erblickte. Mein Herz fing an zu rasen.

»Maggie! Ich bin sofort wieder da!«

»Oh, okay«, rief sie verwirrt von ihrem Platz am Pausentisch, wo sie in einer Zeitschrift las. Wahrscheinlich fand sie, dass ich heute ziemlich seltsam war.

Eilig lief ich durch die Tür und rief nach ihm. Er stand am Straßenrand und sah mit angespannter Miene auf den Streifenwagen, der in diesem Augenblick an ihm vorüberfuhr. Stellte er vielleicht dieselben Überlegungen an wie ich?

Gerade als ich die Straße überqueren wollte, packte jemand meinen Arm. Ich blieb stehen und sah, dass Travis neben mich getreten war. Ein Stückchen weiter stand Victoria, gab vor, mich nicht zu sehen, und nahm mit stolz gerecktem Kopf und einem falschen Lächeln die Parade ab. Ich blickte wieder zur Straße und sah, dass Archer auf uns zugelaufen kam.

»Ich muss gehen, Travis«, sagte ich und zog an meinem Arm.

»Moment noch«, meinte er und hielt mich weiter fest. »Ich

habe zufällig dein Telefongespräch mit angehört. Ich mache mir Sorgen, und ich möchte, dass du …«

»Lass mich los, Travis.« Mein Herz fing an zu rasen, denn es hatte Archer sicher gerade noch gefehlt, mich hier mit Travis und Victoria stehen zu sehen.

»Bree, ich weiß, du kannst mich nicht sonderlich leiden, aber falls ich dir auf irgendeine Weise helfen kann …«

»Lass mich los, Travis!«, schrie ich und riss erneut an meinem Arm.

Mit einem Mal wurde es still um uns herum, und die Leute lenkten ihre Blicke vom Geschehen auf der Straße auf uns zwei.

Bevor ich mich losreißen konnte, flog eine Faust an mir vorbei, traf Travis mitten im Gesicht, und wie in Zeitlupe spritzte das Blut vor meinen Augen durch die Luft. Travis krachte auf den Bürgersteig, und gleichzeitig mit mir holten auch Tori Hale und eine Reihe anderer Leute hörbar Luft.

Ich sah über meine Schulter. Dort stand Archer, starrte mich aus großen Augen an und öffnete und schloss seine erhobene Faust.

Ich blickte zwischen ihm und Travis hin und her. Der rappelte sich gerade wieder auf und starrte Archer böse an. »Du elendiger Hurensohn!«, fuhr er ihn zähneknirschend an.

»Travis!«, kreischte Tori alarmiert.

Ich bemühte mich, die Streithähne zurückzuhalten, doch es war bereits zu spät. Travis stürzte sich an mir vorbei auf Archer, und erschrocken stolperten die Leute, die in unserer Nähe standen, rückwärts und hielten sich, um nicht auf die Straße vor einen der Wagen zu stürzen, gegenseitig fest.

Archer landete noch einen zweiten Treffer, ehe Travis ihn krachend zu Boden warf. Ich konnte sehen, wie die Luft aus seiner Lunge wich und wie er mit den Zähnen knirschte, als Travis' Faust auf seinen Kiefer traf.

Ich fing an zu schluchzen, denn die Angst breitete sich wie ein Buschfeuer in meinem Innern aus.

»Aufhören! Hört auf!«, schrie ich.

Travis hob die Hand, um Archer seine Faust erneut in das Gesicht zu rammen.

Gott, er würde ihn vor aller Augen hier in Grund und Boden prügeln – vor mir. Das Blut rauschte in meinen Ohren, und mein Puls fing an zu rasen.

»Aufhören!«, stieß ich schluchzend aus. »Ihr seid doch *Brüder*! Hört gefälligst auf!«

Die Zeit blieb stehen.

Travis' geballt Faust gefror mitten in der Luft, Archer starrte mich aus großen Augen an, und Tori holte zischend Luft.

»Ihr seid Brüder«, wiederholte ich und brach in Tränen aus. »Bitte tut das nicht. Heute geht's um euren Vater. Er würde das nicht wollen. Bitte. Bitte schlagt euch nicht.«

Travis stieß Archer noch einmal vor die Brust, stand dann jedoch widerstrebend auf. Auch Archer rappelte sich auf, massierte sich den Kiefer und sah sich unter den Gaffern um. In seinen bernsteinfarbenen Augen blitzten abwechselnd Verwirrung, Zorn und Furcht.

Zwei andere bernsteinbraune Augen suchten meinen Blick, als Travis Archer zur Seite schob. »Wir sind Cousins und keine Brüder«, meinte er und sah mich an, als wäre ich vollkommen durchgedreht.

Ich schüttelte den Kopf und blickte Archer an, der vor sich auf den Boden sah.

»Es tut mir leid, Archer«, erklärte ich. »Das ist mir einfach rausgerutscht. Es tut mir leid. Ich wünschte mir, ich könnte es zurücknehmen.«

»Was zum Teufel hat das alles zu bedeuten?«, fragte Travis mich verwirrt.

»Lass uns gehen, Travis«, kreischte Tori Hale. »Er ist ein Tier«, stieß sie mit einem hasserfüllten Blick auf Archer aus. »Die beiden sind total verrückt. Diesen Unsinn höre ich mir ganz bestimmt nicht länger an.« Sie zog an Travis' Arm, doch er schüttelte sie ohne Mühe ab, blickte ihr forschend ins Gesicht, und plötzlich schien er zu verstehen.

»So was lässt sich mühelos durch einen Bluttest klären«, stellte er mit ruhiger Stimme fest. Dabei sah er weiter seine Mutter an, und erbleichend wandte sie sich ab.

»Oh Gott«, entfuhr es ihm. »Dann ist es also wahr. Und du hast es die ganze Zeit gewusst.«

»Ich weiß überhaupt nichts«, fuhr ihn Tori an, wobei sich ihre Stimme überschlug.

»Ich habe es mir gleich gedacht«, ertönt eine Stimme aus der Menge. Ich drehte meinen Kopf und sah, dass Mandy Wright in unsere Richtung kam. »Schon als du mich zum ersten Mal aus diesen Augen angesehen hast, als du noch in den Armen deiner Mom gelegen hast. Denn du hast Connor Hales Augen, das heißt die Augen deines Dads geerbt.« Sie blickte Archer an, und ich schloss die Augen, als mir ein neuerlicher Tränenstrom über die Wangen rann.

Oh Gott.

»Es reicht!«, schrie Tori. »Wenn ihr nicht gehen wollt, dann gehe eben ich. Ihr redet hier von meinem Ehemann! Und dass ihr die Erinnerung an ihn ausgerechnet hier und jetzt beschmutzt – ihr solltet euch was schämen.« Sie streckte eine ihrer rot lackierten Krallen nach uns aus, bedachte uns mit einem letzten kalten Blick, machte auf dem Absatz kehrt und stapfte bebend vor Zorn davon.

Ich sah kurz Travis und dann sofort wieder Archer an. Er blickte erst auf mich, dann auf Travis und auf Mandy und dann auf die Menge, die uns immer noch umgab. Ein Ausdruck der Panik huschte über sein Gesicht, und mir wurde bewusst, dass die Leute tuschelten und dabei unverhohlen in seine Richtung sahen. Mein Herz zog sich zusammen, und entschlossen trat ich auf ihn zu, doch er machte einen Schritt zurück, bevor er seinen Blick erneut über die anderen Leute wandern ließ.

»Archer«, sagte ich und streckte einen meiner Arme nach ihm aus, doch genau wie einen Augenblick vorher Tori drehte er sich um und ging einfach davon.

Gesenkten Hauptes blieb ich stehen.

»Bree?«, fragte Travis, und ich funkelte ihn zornig an.

»Nicht jetzt«, fuhr ich ihm über den Mund, machte auf dem Absatz kehrt und hastete zurück ins Norm's.

Im Eingang nahm mich Maggie in Empfang.

»Lauf ihm nach, Schätzchen«, bat sie mich ruhig. Offensichtlich hatte sie, genau wie alle anderen, mitbekommen, was geschehen war.

Ich schüttelte den Kopf. »Er braucht jetzt erst mal Zeit für sich.«

»In Ordnung«, meinte Maggie. »Dann fahr einfach heim. Heute ist hier sowieso nichts mehr los.«

Ich nickte. »Danke, Maggie.«

»Nichts zu danken, Schatz.«

»Ich gehe vielleicht besser hinten raus. Mein Wagen steht sowieso da, die Hauptstraße war heute Morgen bereits abgesperrt.«

Sie bedachte mich mit einem mitfühlenden Blick. »Falls du irgendetwas brauchst, ruf einfach an«, bat sie, und ich sah sie mit einem unglücklichen Lächeln an.

»Das mache ich.«

Wie in Trance fuhr ich zurück zu meinem kleinen Haus, schleppte mich ins Wohnzimmer und warf mich auf die Couch. Als Phoebe zu mir auf das Sofa hüpfte und mir das Gesicht ableckte, brach ich abermals in Tränen aus. In den letzten Tagen war einfach alles schiefgelaufen.

Archer kam mir vor wie eine tickende Zeitbombe, die jeden Moment explodieren könnte, und obwohl ich ihm so gerne helfen würde, wusste ich nicht wie. Ich fühlte mich hilflos und unfähig.

Ich wischte mir die Tränen fort, blieb aber noch eine Zeit lang sitzen und dachte verzweifelt über eine Lösung nach.

Vielleicht sollten wir aus dieser Stadt verschwinden – einfach unsere Sachen in den Wagen stopfen und dann unser Glück an einem anderen Ort versuchen. Aber hatte nicht genau diese Idee auch Connor Hale damals gehabt? Und es war nichts Gutes dabei rausgekommen.

Außerdem würde Archer sich dann sicherlich erbärmlich fühlen. Schließlich kam er sich schon jetzt unzulänglich vor. Wie würde es ihm dann erst gehen, wenn ich selber mir woanders eine neue Arbeit suchen würde und er den ganzen Tag in unserer Wohnung sitzen müsste, ohne irgendwas zu tun? Hier hatte er zumindest noch sein Grundstück und sein Haus, seine zahlreichen Projekte, seine Hunde und den See …

Doch was waren ihm diese Dinge jetzt noch wert? Schuldbewusst verzog ich das Gesicht. Er hatte eine Ewigkeit gebraucht, bis er zum ersten Mal erhobenen Hauptes in die Stadt gegangen war, und jetzt zog er sich sicher abermals vor aller Welt zurück – weil die Leute wieder angefangen hatten, über ihn zu tuscheln, und ihm das Gefühl gaben, ein Fremdling und nichts wert zu sein.

Nach ein paar Minuten stand ich müde auf, ließ Phoebe vor die Tür und ging ins Bad. Doch auch beim Duschen dachte ich darüber nach, was vorhin in der Stadt geschehen war.

Ich musste zu ihm fahren und ihn um Verzeihung bitten. Denn ich hatte nicht das Recht gehabt, das Geheimnis zu enthüllen, das von ihm seit vielen Jahren sorgsam gehütet worden war. Doch es war einfach so aus mir herausgeplatzt. Und jetzt war er derjenige, der mit den Konsequenzen leben musste, falls es denn welche gab.

Ich zog mir warme Kleidung an, die nicht gegen die Kälte half, die in meinem Innern herrschte, föhnte mir die Haare, legte mich aufs Bett, und wieder stieg die Traurigkeit in meinem Innern auf. Ich war erschöpft und konnte nichts Gutes an meiner derzeitigen Lage sehen, als dass ich Archer liebte – Archer, den ich so verletzt hatte.

Aber vielleicht sah ich ja auch nur so schwarz, weil ich total erledigt war. Vielleicht ruhte ich mich besser erst mal etwas aus …

Gefühlte fünf Minuten später schlug ich meine Augen wieder auf und blickte auf die Uhr. Oh Gott, ich hatte zwei Stunden geschlafen. Eilig setzte ich mich auf und schob mir die Haare aus der Stirn.

Ich musste unbedingt zu Archer. Wahrscheinlich fragte er sich längst, warum ich ihm nicht gefolgt war. Und auch wenn er mich einfach hatte stehen lassen, hatte er inzwischen doch bestimmt genügend Zeit gehabt, um über alles nachzudenken und zu sehen, dass man mit Ehrlichkeit immer am besten fuhr. Hoffentlich ging es ihm wieder besser.

Bitte, Archer, sei mir nicht mehr böse, dachte ich, als ich in meinen Wagen stieg.

Ein paar Minuten später trat ich durch sein Tor und lief zu seinem Haus. Ich klopfte kurz, trat ein, und Totenstille nahm mich in Empfang. Das Dämmerlicht, das durch die Fenster fiel, erhellte die Dunkelheit nur spärlich.

»Archer⸮«, rief ich laut. Ich hatte ein ungutes Gefühl.

»Archer⸮« Nichts.

In diesem Augenblick sah ich den Briefumschlag, der auf dem Tisch lag und auf dem mein Name stand. Mit zitternden Fingern machte ich ihn auf und zog ein Blatt daraus hervor.

Bree,

mach dir bitte keine Vorwürfe. Das, was heute auf der Parade geschehen ist, war nicht deine, sondern ganz allein meine Schuld.

Ich kann hier nicht mehr bleiben, Bree. Ich nehme den Pick-up von meinem Onkel. Ich weiß noch nicht, wohin ich fahren werde, aber ich muss einfach erst mal weg von hier. Ich muss mir über ein paar Dinge klar werden und rausfinden, was ich vielleicht einmal aus meinem Leben machen kann. Bereits der Gedanke macht mir Angst, aber hier zu bleiben – und die Dinge, die ich fühle, zu empfinden – macht mir noch mehr Angst. Ich weiß, das ist nicht einfach zu verstehen. Ich verstehe es ja selber kaum.

Ich dachte zweimal, dass ich dich verloren hätte, und bereits die Möglichkeit hat mich fast umgebracht. Weißt du, was ich getan habe, als ich den Krankenwagen hörte, der zu deinem Haus gefahren ist? Ich habe mich auf meinen Rasen übergeben, und dann bin ich einfach losgerannt. Ich hatte Todesangst. Und es ist einfach so, dass es so was immer wieder geben wird – ich höre einen Krankenwagen, oder du kommst etwas später von der Arbeit heim, oder ein anderer Mann baggert dich an oder … es gibt unzählige Möglichkeiten, die mir sicher bisher noch nicht mal eingefallen sind. Es wird immer irgendetwas geben, wodurch ich dich auf die eine oder andere Art verlieren könnte, selbst wenn die Gefahr nur winzig ist oder wenn sie nur in meinem eigenen Kopf besteht. Und das würde uns langfristig zerstören. Denn ich würde anfangen, dir wehzutun, weil du mir nicht helfen könntest – weil du mir niemals die Sicherheit vermitteln könntest, die ich bräuchte, um beruhigt zu sein. Und am Ende würdest du mich hassen, weil ich es nicht schaffe, einen Teil der Last zu tragen, die du für uns beide schultern musst. Aber das darf nicht passieren.

Ich habe dich gebeten, zu verhindern, dass ich unser Glück zerstöre, doch ich glaube, dass ich gar nicht anders kann.

Letzte Nacht, nachdem du eingeschlafen warst, habe ich die ganze Zeit über die Geschichte von den Stickbildern von deiner Mom nachgedacht. Sie geht mir einfach nicht mehr aus dem Kopf, und ich will daran glauben, dass etwas Hässliches, dass Chaos und Schmerz – all die Dinge, die mich zu dem Mann gemacht haben, der ich inzwischen bin – auch eine andere Seite haben kann, dass daraus Schönheit erwachsen kann. Ich will unbedingt diese andere Seite *sehen. Aber dafür muss ich selbst das Bild umdrehen. Ich muss selber diese Schritte gehen. Ich muss selbst verstehen, wie alles zusammenpasst, inwiefern all das einen Sinn ergibt – wie mein eigenes Bild aussieht.*

Ich werde nicht so egoistisch sein, darum zu bitten, dass du auf mich wartest. Aber bitte hass mich nicht. Ich will dir niemals wehtun, doch ich bin einfach nicht gut für dich. Im Augenblick bin ich für keinen Menschen gut, und ich muss einfach herausfinden, ob sich das auf Dauer vielleicht doch ändern lässt.

Bitte versteh mich und verzeih mir, Bree.

Ich liebe dich.

Archer

Meine Hände zitterten wie verrückt, und ein dichter Strom von Tränen lief über mein Gesicht. Flatternd fiel der Brief zu Boden, und laut schluchzend warf ich eine Hand vor meinen Mund.

Auf dem Tisch lagen ein Schlüsselbund, sein Handy und die Quittung der Hundepension, in die Kitty und die Welpen bis zu seiner Rückkehr umgezogen waren.

Schluchzend ließ ich mich aufs Sofa fallen – auf das Sofa, auf dem er mich sanft im Arm gehalten hatte, nachdem ich in dem verfluchten Netz gelandet war, und auf dem wir uns zum ersten Mal geküsst hatten. Ich schluchzte in die Kissen und wünschte mir von ganzem Herzen, dass ich seine Schritte hören würde, weil er doch noch mal zurückgekommen war.

Ich vermisste ihn mit jeder Faser meines Körpers, doch nur mein Schluchzen hallte durch das totenstille Haus.

31

Bree

Die Zeit verging, doch auch nach Wochen lastete mein Herz bleischwer in meiner Brust, und ich war permanent den Tränen nah. Es kam mir vor, als befände ich mich unter Wasser – ich betrachtete die Welt um mich herum und fragte mich, weshalb ich alles nur verschwommen sah und nichts und niemand wirklich greifbar für mich war.

Ich vermisste ihn und hatte unbändige Angst. Wo verbrachte Archer seine Nächte? Wie verständigte er sich mit anderen Menschen, wenn es nötig war? Hatte er vielleicht genauso große Angst wie ich?

Ich versuchte, meine Sorge zu verdrängen, weil er unter anderem ihretwegen fortgegangen war. Er fühlte sich nicht wie ein Mann, weil er ohne meine Hilfe in der Welt verloren war. Das hatte er zwar nicht gesagt, doch mir war klar, dass es so war. Er wollte nicht, dass ich die Mutterrolle bei ihm übernahm, sondern sehnte sich nach einer gleichwertigen Partnerschaft, in der auch er mich schützen und mir helfen konnte, wenn ich schwach und hilflos war. Das konnte ich verstehen. Aber trotzdem brach es mir das Herz, dass die Lösung des Problems für ihn darin bestanden hatte, von hier fortzugehen.

Würde er wohl jemals zurückkehren? Und würde er mich wohl noch lieben, falls er irgendwann wieder nach Pelion kam?

Ich hatte keine Ahnung. Doch ich würde warten, notfalls bis ans Ende aller Zeit. Ich hatte ihm gesagt, dass ich ihn niemals verlassen würde, und das würde ich auch nicht. Ich würde hier sein, wenn er wiederkam.

Ich ging auf die Arbeit, besuchte Anne, der es inzwischen wieder deutlich besser ging, unternahm Spaziergänge am See, sah auf Archers Grundstück nach dem Rechten und vermisste ihn. Meine Tage zogen sich auf diese Weise endlos in die Länge, und reihten sich einer dem anderen gleich nahtlos aneinander.

Eine Zeit lang hatten sich die Leute in der Stadt die Mäuler über die Geschehnisse zerrissen, und nach allem, was ich mitbekommen hatte, waren sie nicht wirklich überrascht davon, dass Archer ebenfalls Connors Sohn war. Jetzt spekulierten sie darüber, ob er seinen rechtmäßigen Anspruch auf sein Erbe geltend machen würde, falls er je wieder nach Hause käme. Doch all das war mir vollkommen egal. Ich wollte nur Archer wiederhaben und sonst nichts.

Zu meiner Überraschung hatte ich seit der Parade nichts mehr von Victoria Hale gehört. Vielleicht hätte ich mir deshalb Sorgen machen sollen – denn sie wirkte nicht wie eine Frau, die eine Niederlage einfach klaglos akzeptierte –, doch in meinem Schmerz fand ich ganz einfach nicht die Kraft, um der Sache weiter nachzugehen. Vielleicht glaubte sie ja einfach, dass ihr Archer nicht gefährlich werden konnte. Und womöglich hatte sie damit ja recht, was ebenfalls sehr schmerzlich für mich war.

Travis hatte mich nach der Parade mehrmals angesprochen, doch ich hatte ihn mit ein paar dürren Worten abgespeist. Ich hasste ihn zwar nicht, doch er hatte sich bis heute so viele Möglichkeiten entgehen lassen, um Archer beizustehen. Ich würde ihn wahrscheinlich niemals respektieren können, denn er hatte seinen eigenen Bruder, dem er hätte helfen sollen, stets nur schlechtgemacht und hinters Licht geführt.

Es wurde Herbst, und es wurde Winter. Die mit buntem Laub geschmückten Bäume wurden kahl, und es wurde derart eisig, dass sogar der See zufror.

Eines Tages im November, nachdem Archer schon zwei Monate verschwunden war, räumte ich hinter dem Tresen auf, als Maggie vor mich trat.

»Wirst du an Thanksgiving nach Ohio fahren, Schatz?«

Ich richtete mich auf und schüttelte den Kopf. »Nein. Ich bleibe hier.«

Sie sah mich traurig an. »Falls er zurückkommt, während du zu Hause bist, rufe ich dich sofort an.«

Ich schüttelte erneut den Kopf. »Ich muss hier sein, falls er kommt.«

»Na gut, Schätzchen, na gut. Aber dann komm an Thanksgiving wenigstens zu uns. Unsere Tochter ist mit ihrem Mann und ihren Kindern bei uns zu Besuch, und Anne und ihre Schwester kommen auch. Dann machen wir es uns so richtig schön.«

Ich lächelte sie an. »In Ordnung, Maggie. Gern.«

»Gut.« Sie erwiderte mein Lächeln, sah aber noch immer traurig aus.

Später an diesem Tag, als der letzte Gast gegangen war, saßen Norm und ich am Pausentisch, und er schob sich ein Stückchen von meinem Kürbiskuchen in den Mund.

»Einen so leckeren Kürbiskuchen habe ich noch nie gegessen«, meinte er. Da ich wusste, dass das seine Art war, mir zu zeigen, dass ich ihm ans Herz gewachsen war, brach ich in Tränen aus.

»Ich mag dich auch so sehr«, erklärte ich ihm schluchzend.

Stirnrunzelnd erhob er sich von seinem Platz. »Himmel!«, knurrte er und rief nach seiner Frau. »Maggie! Ich glaube, Bree braucht dich.«

Vielleicht war ich ja wirklich etwas zu emotional.

Der November ging in den Dezember über, und in Pelion fiel der erste Schnee. Unter seiner weißen Decke kam mir die Stadt verwunschen und so altertümlich wie die Dörfer auf den Ölgemälden irgendwelcher Maler aus dem 19. Jahrhundert vor.

Am 2. Dezember hatte Archer Geburtstag. Ich nahm mir frei, setzte mich in seinem Haus vor den Kamin und las *Die*

Schlittenfahrt. Wahrscheinlich hätte ich ein anderes Buch aussuchen sollen, das nicht ganz so deprimierend war, doch das war sein Tag, und ich wollte ihm möglichst nahe sein.

»Alles Gute zum Geburtstag, Archer«, flüsterte ich am Abend, schloss die Augen und wünschte mir: *Komm bitte bald zurück.*

Vielleicht eine Woche später saß ich am Samstag mit Phoebe, einer Decke und einem Buch auf meiner eigenen Couch, als es plötzlich leise an der Haustür klopfte. Eilig sprang ich auf, spähte aus dem Fenster, und das Bild des regennassen Archer, der einmal vor meiner Tür aufgetaucht war, schoss mir durch den Kopf. Doch es war Melanie, die in einer dicken, braunen Jacke, mit einem leuchtend pinkfarbenen Schal um den Hals und mit einer Mütze auf dem Kopf auf der Veranda stand. Mein Herz zog sich enttäuscht zusammen. Ich hatte Melanie sehr gern, doch während eines kurzen Augenblickes hatte ich auf jemand anderen gehofft. Trotzdem lief ich in den Flur und ließ sie ein.

»Hi.« Sie lächelte mich an.

»Komm schnell rein«, bat ich, weil mich der kalte Wind, der durch die offene Haustür blies, erschaudern ließ.

Sie trat in den Flur und schob die Tür hinter sich zu. »Heute wird die Weihnachtsbeleuchtung in Pelion angestellt. Los, zieh dich an.«

»Melanie …« Ich seufzte, doch sie schüttelte den Kopf.

»Oh nein. Du kommst auf alle Fälle mit. Sonst wird aus dir noch irgendwann die Katzenfrau von Pelion.«

»Die Katzenfrau von Pelion?« Ich musste gegen meinen Willen lachen.

»Hm…« Traurig verzog sie ihr hübsches Gesicht. »Er ist jetzt schon seit über zwei Monaten fort. Und ich weiß, dass er dir fehlt – das weiß ich echt. Aber trotzdem lasse ich nicht zu, dass du nur noch zu Hause sitzt und dich nach ihm sehnst. Denn das ist einfach nicht gesund.« Ihre Stimme wurde noch sanfter. »Er hat sich entschieden, wegzugehen, Süße, wofür es sicher Gründe gab. Aber trotzdem hast du noch ein Leben. Und du hast hier auch noch andere Freunde. Er fehlt dir – klar. Aber hör deshalb um Himmels willen nicht auf zu leben.«

Lautlos kullerte die erste Träne über meine Wange, und mit einem leisen Schniefen wischte ich sie fort. Ich nickte, doch dann kullerte die zweite Träne. Da nahm sie mich in den Arm.

Als sie schließlich wieder einen Schritt zurücktrat, sagte sie: »Es ist kalt. Am besten ziehst du dich so dick wie möglich an. Aber nimm bitte irgendwas, auf dem noch keine Katzenhaare sind.«

Mit einem leisen Lachen wischte ich die letzte Träne fort. »Okay«, erklärte ich, ging los und zog mich an.

Auf dem Weg nach Pelion funkelten überall die Weihnachtslichter, und zum ersten Mal, seit Archer mich verlassen hatte, freute ich mich, als ich mich in der kleinen Stadt umsah, die ich inzwischen so sehr liebte, und über den Anblick all der Leute, die mir in der Zwischenzeit ans Herz gewachsen waren.

Wir trafen Liza im Gedränge vor dem Rathaus, und die Schwestern unterhielten mich mit den Geschichten ihrer jüngsten Dates. Dabei musste ich mehr lächeln, als die letzten Wochen zusammengenommen. Als der große Tannenbaum, der auf dem Marktplatz stand, unter dem Applaus der Menge urplötzlich in hellem Licht erstrahlte, hakten sie sich bei mir ein.

Ich sog die kalte Winterluft in meine Lungen ein, sah zum sternenübersäten Himmel auf und bat Archer in Gedanken: *Bitte komm zu mir zurück.*

Plötzlich breitete sich ein Gefühl des Friedens in mir aus, und lächelnd zog ich meine Freundinnen enger an mich heran.

Auch Weihnachten blieb ich in Pelion.

Obwohl Natalie mich angebettelt hatte, wenigstens über die Feiertage bei ihr in Ohio vorbeizukommen, verbrachte ich auch dieses Fest bei Norm und Maggie. Obwohl es mir inzwischen besser ging und ich wieder am Leben teilnahm, musste ich vor Ort sein, damit mich Archer fand, wenn er nach Hause kam.

Wie es ihm jetzt wohl gerade ging? Ich stand an meinem Fenster, blickte durch den rieselnden Schnee auf den zugefrorenen See und fragte mich, ob er im Warmen saß, genügend Geld hatte, ob Nathans alter Pick-up noch lief und ob er mich genauso vermisste wie ich ihn. »Bitte komm zu mir zurück«, flüsterte ich zum x-ten Mal, seit er zu seiner Reise aufgebrochen war.

An Silvester schloss der Imbiss schon um zwölf. Melanie und Liza hatten mich zu einer großen Party eingeladen, auf der anderen Seeseite im Haus von irgendeinem Freund. Ich hatte zugesagt, doch als ich jetzt mein kleines Schwarzes anzog, das ich extra für den Anlass in Mandys Boutique erstanden hatte, hätte ich es mir am liebsten noch mal anders überlegt. Ich war einfach nicht in Feierlaune, doch ich wusste, dass Melanie und Liza das nicht akzeptieren würden, und mit einem Seufzer steckte ich mir meine Haare locker hoch. Dann schminkte ich mich sorgfältig und fühlte mich zum ersten Mal seit Wochen wieder hübsch – auch ohne Archers erregten, bewundernden Gesichtsausdruck, der mir stets das Gefühl gegeben hatte, wunderschön und so begehrenswert wie keine andere Frau zu sein. Ich kniff die Augen zu, schluckte den Kloß in meinem Hals herunter und atmete tief durch.

Die Schwestern holten mich um acht zu Hause ab, und eine halbe Stunde später hielten wir vor einem herrschaftlichen Haus. Ich riss die Augen auf, als ich die lange Auffahrt sah. »Ihr habt mir nicht erzählt, dass wir bei einem Filmstar eingeladen sind.«

»Hübsch, nicht wahr? Gage Buchanans Dad gehört die Ferienanlage, die in der Nähe liegt. Wenn Gage will, kann er ein echtes Arschloch sein, aber er schmeißt einfach legendäre Partys, und normalerweise sind wir eingeladen, weil wir Freundinnen von seiner Schwester Lexi sind.«

Ich betrachtete das wunderschöne Haus, das hell erleuchtet

war, und all die anderen Wagen, die schon vorgefahren waren. Als wir hielten, öffnete ein rot befrackter Page uns die Autotür, und Melanie drückte ihm lässig ihren Wagenschlüssel in die Hand.

Wir liefen an einem großen Brunnen vorbei, und am Eingang nahm ein Butler uns mit einer höflichen Verbeugung in Empfang. Betont lässig gingen wir weiter zur Garderobe und gaben dort leise kichernd unsere Mäntel ab.

Das Innere des Hauses war atemberaubend. Rechts der Eingangshalle führte eine breit geschwungene Treppe in den ersten Stock, und die klassischen und sicher teuren Möbel, die die riesengroßen Räume füllten, wurden von zahlreichen, glitzernden Kristalllüstern in ein warmes Licht getaucht. Alles wirkte prachtvoll, aber irgendwie ein paar Nummern zu groß. Wie Alice im Wunderland ging ich den breiten Flur mit seinen riesigen Porträts und den unzähligen Flügeltüren, durch die man auf verschiedene Balkone kam, hinab und blickte mich weiter um, während meine Freundinnen sich fröhlich miteinander unterhielten.

Das Haus war herrlich dekoriert mit goldenen und schwarzen Luftschlangen, mit Luftballons und Tischen voller Tröten und Konfetti, das herumgeworfen werden konnte, wenn das neue Jahr begann. Die Menschen unterhielten sich und lachten, ohne dass der Funke auf mich übersprang. Ich war nervös und mir war heiß, als müsste ich genau in diesem Augenblich woanders sein, ohne dass ich hätten sagen können, wo oder warum. Langsam drehte ich mich einmal um mich selbst und sah mich suchend um …

Als wir in den Ballsaal kamen, bot uns eine Kellnerin Champagner an. Wir nahmen alle drei ein Glas, und wieder blickte ich mich um.

»Bree? Erde an Bree. Wo steckst du gerade?«, fragte Liza lachend, und ich wandte mich ihr lächelnd wieder zu.

»Tut mir leid, aber ich bin noch immer völlig überwältigt von dem Haus.«

»Trink trotzdem endlich mal aus, damit wir tanzen gehen können.«

»Ja, okay!« Ich lachte und versuchte, das seltsame Gefühl abzuschütteln.

Wir tranken unseren Champagner, gingen auf die Tanzfläche, und als wir tanzten, lachten, und der Alkohol, den ich getrunken hatte, in mein Blut gelangte, schaffte ich es endlich, in die Gegenwart zurückzukehren.

Als ein Schmusesong begann, verließen wir die Tanzfläche, und plötzlich meinte Melanie: »Da drüben stehen Chris und Stephen.«

Als die beiden jungen Männer, die ein wenig abseits standen und sich lachend unterhielten, sie und Liza gut gelaunt zu sich herüberwinkten, legte ich die Hand auf ihren Arm. »Geht ruhig rüber, ich brauche sowieso erst mal etwas frische Luft.«

Melanie runzelte die Stirn. »Bist du sicher? Komm doch einfach mit.«

Ich schüttelte den Kopf. »Nein, wirklich, kein Problem. Das passt so für mich.«

Sie zögerte, doch schließlich meinte sie: »In Ordnung, aber wenn du länger wegbleibst, werden wir dich suchen. Und wenn wir dich finden, wie du irgendwo in einem leeren Zimmer sitzt und die Familienkatze streichelst, gibt es was auf den Deckel.«

»Ich bin gleich wieder da. Versprochen«, verischerte ich ihr lachend.

Ich betrat einen der größeren Balkons, der mir auf dem Weg zum Ballsaal aufgefallen war, und atmete tief durch. Es war kalt, aber nicht eisig, und da mir beim Tanzen warm geworden war, begrüßte ich die kühle Luft auf meiner Haut.

Ich spazierte langsam über den Balkon, schaute mich um und kam mir wie in einem Märchen vor. Funkelnde Lichterketten hingen in den großen, immergrünen Bäumen, die in Terrakottatöpfen rund ums Haus zwischen den hübschen, einladenden Bänken standen, die bestimmt beliebte Rückzugsorte für verliebte Paare waren. Ich beugte mich ein wenig über das Geländer, blickte auf die Gäste, die sich gut gelaunt auf der Terrasse unterhielten, richtete mich wieder auf, holte tief Luft und schaute mir den Sternenhimmel an.

Plötzlich hatte ich das seltsame Gefühl, als würde jemand mich beobachten. Suchend blickte ich mich um und fühlte mich wieder so eigenartig wie vorhin im Haus.

Ich schüttelte den Kopf und zwang mich in die Gegenwart zurück.

Lachend trat ein Paar auf den Balkon. Der Mann packte die Frau, und sie setzte sich spielerisch zur Wehr, zog ihn dann aber zu sich heran und gab ihm einen Kuss.

Eilig wandte ich mich ab, denn die Vertrautheit dieser beiden Menschen tat mir in der Seele weh.

Bitte, Archer, komm zu mir zurück, bitte, flehte ich ihn in Gedanken an.

Ich ließ die zwei allein und ging zurück ins Haus. Im Flur blieb ich kurz stehen und holte noch einmal tief Luft, bevor ich wieder Richtung Ballsaal ging.

Plötzlich legte sich eine Hand auf meinen Arm. Mit angehaltenem Atem drehte ich mich langsam um. Ein großer, attraktiver Mann mit rabenschwarzem Haar sah mich aus leuchtend blauen Augen an. »Lust zu tanzen?«, fragte er und reichte mir die Hand, als gäbe es als Antwort nur ein Ja.

»Hm, okay.« Ein wenig zögernd folgte ich ihm in den Saal, und auf der Tanzfläche zog er mich eng an seine Brust.

»Wie heißt du?«, fragte er mit seidig weicher Stimme dicht an meinem Ohr.

Ich lehnte mich ein Stück zurück und sah ihm ins Gesicht. »Bree Prescott.«

»Angenehm, Bree Prescott. Ich bin Gage Buchanan.«

Wieder lehnte ich mich leicht zurück. »Oh, dann sind Sie der Gastgeber. Danke für die Einladung. Ich bin eine Freundin von Liza und Melanie Scholl. Sie haben ein wirklich wunderschönes Haus.«

Er bewegte sich vollkommen mühelos im Rhythmus der Musik, und obwohl ich eigentlich zwei linke Füße hatte, fiel mir das Tanzen in seinen Armen überraschend leicht.

»Und warum kennen wir beide uns noch nicht? Eine so schöne Frau wie du ist doch wahrscheinlich Stadtgespräch. Wenn ich dich vorher schon einmal getroffen hätte, wärst du das auf jeden Fall.« Er zwinkerte mir lächelnd zu.

Lachend lehnte ich mich abermals zurück. »Ich lebe in Pelion«, erklärte ich. »Vielleicht …«

Bevor ich meinen Satz beenden konnte, brachen plötzlich sämtliche Gespräche ab, und man hörte praktisch nur noch die Musik. Wir blieben stehen und sahen uns verwundert um.

Und plötzlich sah ich ihn.

Er stand am Rand der Tanzfläche und blickte mich aus seinen wunderbaren whiskeyfarbenen Augen an.

Ich rang nach Luft, warf mir die Hände vor den Mund, und ein Gefühl reinen, ungetrübten Glücks breitete sich in jeder Faser meines Körpers aus.

Er wirkte wie ein Gott, wie er dort stand. Größer, breiter, selbstbewusster als zuvor, doch noch immer mit demselben wunderschönen, sanften Blick.

Ich stand wie angewurzelt da und starrte ihn mit großen Augen an. Sein dunkles Haar fiel lockig auf den Kragen seines Hemds, das er mit einem Schlips unter einem eleganten, schwarzen Anzug trug. Er war tatsächlich noch stärker und noch muskulöser und noch schöner als zuvor. Mit wild klopfendem Herzen sog ich seinen Anblick in mich auf.

Undeutlich nahm ich wahr, dass uns die Blicke aller folgten, als ich einen Schritt in seine Richtung machte und er seinerseits den ersten Schritt in meine Richtung tat. Wir zogen uns magnetisch an und konnten nichts dagegen tun.

Eine ältere Dame in der Menge murmelte verträumt: »Er ist wirklich das genaue Ebenbild von Connor Hale, nicht wahr?«

Die Leute auf der Tanzfläche traten zur Seite, um ihm Platz zu machen. Die Lichter funkelten um mich herum, und die

Musik schwoll an, als Archer auf mich zukam und auf irgendetwas rechts von mir sah.

Ich spürte eine Hand auf meinem Arm, und als ich meinen Blick von Archer losriss, beugte Gage, den ich total vergessen hatte, sich mit einem leichten Lächeln zu mir herüber und flüsterte mir zu: »Mir wird plötzlich klar, dass du bereits vergeben bist. Hat mich gefreut, Bree Prescott.«

Ich atmete erleichtert auf und lächelte zurück. »Mich auch.« Denn er war offensichtlich deutlich netter, als von Melanie und Liza angedeutet worden war.

Er nickte Archer zu, verschwand dann einfach in der Menge, und ich blickte wieder zu meinem Liebsten.

Mehrere Augenblicke lang starrten wir uns einfach reglos an, doch schließlich hob ich meine Hände an, signalisierte: *Du bist hier,* und brach in Freudentränen aus.

Er atmete erleichtert auf, bedachte mich mit einem liebevollen Blick und hob seinerseits die Hände. *Ich bin deinetwegen hier.*

Dann setzte er das schönste Lächeln auf, das ich in meinem ganzen Leben je gesehen hatte, und ich warf mich ihm laut schluchzend in die Arme, vergrub das Gesicht an seinem Hals und klammerte mich wie eine Ertrinkende an dem Mann, den ich liebte, fest.

32

Archer

Ich zog sie eng an meine Brust, sog ihren wunderbaren Duft in meine Lungen ein und atmete wie befreit auf, weil ich sie endlich wieder in den Armen hielt. Meine Bree. Sie hatte mir derart gefehlt, dass ich in den ersten Wochen Angst gehabt hatte, zu sterben, weil sie nicht in meiner Nähe war.

Doch ich hatte überlebt. Und jetzt gab es so viele Dinge, die ich ihr erzählen, die ich mit ihr teilen müsste, dass ich Wochen brauchen würde, bis ich damit fertig war.

Ich lehnte mich zurück und sah in ihre leuchtend grünen Augen mit den goldenen Sprenkeln, die immer besonders glänzten, wenn ein feuchter Tränenschleier über ihnen lag. Sie war einfach betörend schön. Und ich hoffte bei Gott, dass sie sich in den vergangenen Monaten nicht von mir entfernt hatte.

Ich kann nicht wirklich tanzen, sagte ich.

Sie blickte mich mit einem schiefen Lächeln an. *Ich bin auch eine eher schlechte Tänzerin.*

Trotzdem zog ich sie an meine Brust, und wir wiegten uns im Rhythmus der Musik. Irgendwie ging das schon.

Sie erschauderte, als ich mit einer Hand über ihren nackten Rücken glitt, die Finger meiner anderen Hand mit den ihren sanft verwob und ihr in die Augen sah. Sie musste schlucken und öffnete dabei leicht den Mund.

Ich nahm sie noch fester in die Arme, und als ich sie eng an meinen Körper presste, wogte ein Gefühl von heißer Freude in mir auf.

Als das Lied vorbei war, trat sie einen Schritt zurück und fragte: *Ist es wirklich wahr?*

Ich lächelte sie an. *Keine Ahnung. Doch, bestimmt. Auch wenn es sich anfühlt wie ein Traum.*

Sie lachte leise auf, senkte den Kopf, sah mich dann aber sofort wieder an. *Woher hast du überhaupt gewusst, dass ich auf dieser Party bin?*

Ich war bei dir zu Hause, antwortete ich. *Anne hat mich gesehen und mir gesagt, wo ich dich finde.*

Sachte legte sie die Hand an meine Wange, so, als wollte sie sich vergewissern, dass ich wirklich vor ihr stand. Mit geschlossenen Augen schmiegte ich mich sanft gegen ihre warmen Finger.

Schließlich zog sie ihre Hand zurück und fragte mich: *Wo hast du überhaupt die ganze Zeit gesteckt, Archer? Was hast du …*

Ich unterbrach sie kurzerhand, indem ich ihre Hände nahm. Sie blinzelte verwirrt, und eilig ließ ich von ihr ab und hob meine Hände wieder an. *Es gibt so viele Dinge, die ich dir erzählen, so vieles, über das ich mit dir reden muss.*

Liebst du mich noch? In ihren Augen glänzten Tränen. So verletzlich hatte ich sie nie zuvor erlebt, und auf ihrem Gesicht stand alles geschrieben, was sie in diesem Augenblick empfand.

Ich werde niemals aufhören, dich zu lieben, Bree. Ich hoffte inständig, dass sie in meinem Augen sah, dass diese Antwort aus der Tiefe meiner Seele kam.

Sie blickte mich ein paar Sekunden an, senkte erneut den Kopf, starrte auf meine Brust und sagte: *Du hast mich verlassen.*

Ja, aber das musste ich.

Sie sah mir forschend ins Gesicht und hob dann wieder ihre Hände an. *Bring mich nach Hause, Archer. Bring mich heim.*

Das musste sie nicht zweimal sagen. Eilig nahm ich ihre Hand und zog sie durch die Menschenmenge, die ich vollkommen vergessen hatte, bis vors Haus.

Als wir in die kühle Nachtluft traten, blieb sie plötzlich stehen. »Moment noch, Melanie und Liza …«

Haben mich gesehen. Sie werden also wissen, dass du mit mir heimgefahren bist.

Sie nickte, und der Page brachte meinen Pick-up, der zwischen all den BMWs und Audis völlig deplatziert wirkte. Doch das war mir egal, denn ich hielt meine Liebste an der Hand und würde sie nie wieder loslassen.

Grinsend ließ ich den Motor an. Es gab eine Fehlzündung, und ein paar Leute, die in unserer Nähe standen, schrien erschrocken auf und stoben auseinander, wobei eine teure Nerzstola zu Boden fiel. Ich winkte ihnen zu, verzog entschuldigend mein Gesicht, und dann fuhren wir los.

Ich warf einen Blick auf Bree. Sie biss sich auf die Lippe, um nicht laut loszulachen, drehte kurz den Kopf zu mir herum, und eilig sahen wir beide wieder geradeaus. Doch nach ein paar Sekunden schaute sie mich wieder an, warf den Kopf zurück und brach in lautes Gelächter aus. Ich riss die Augen auf, doch schließlich war es auch um mich geschehen, und ich fiel in ihr Lachen ein, während ich gleichzeitig versuchte, mich aufs Fahren zu konzentrieren.

Doch plötzlich war Brees Heiterkeit wie weggewischt, und sie brach in hemmungsloses Schluchzen aus. Auch mein Lachen erstarb, und ich fragte mich nervös, was in aller Welt mit einem Mal geschehen war.

Ich legte meine Hand auf ihren Oberschenkel, doch sie schob sie fort und schluchzte nur noch mehr. Ich brach in Panik aus. Ich hatte keine Ahnung, was ich machen sollte.

»Du warst fast ein Vierteljahr verschwunden, Archer. Fast ein Vierteljahr!«, stieß sie mit erstickter Stimme aus. »Du hast mir nicht geschrieben. Du hast dein Telefon zu Hause liegen lassen, und ich wusste nicht mal, ob du überhaupt noch lebst. Ich wusste nicht, ob du es warm hast. Ich wusste nicht, ob du dich verständlich machen konntest, wenn es nötig war.« Sie schluchzte.

Ich sah sie an und lenkte meinen Pick-up entschlossen an den Straßenrand.

Bevor ich etwas sagen konnte, hatte sie bereits die Tür aufgerissen, sie stieg entschlossen aus und lief in ihrem kurzen, schwarzen Kleid davon. Was zum Teufel tat sie da? Auch ich stieg aus und lief ihr eilig hinterher. Schwankend stapfte sie in ihren hochhackigen Schuhen über den Kies. Dank des Vollmonds konnte ich sie deutlich vor mir sehen. Als ich sie erreichte, ergriff ich ihren Arm, und sie wirbelte wütend zu mir herum und blitzte mich aus tränennassen Augen an.

Lauf nicht vor mir weg, bat ich. *Ich kann schließlich nicht mal nach dir rufen. Bitte, lauf nicht vor mir weg.*

»Du bist doch vor *mir* weggelaufen!«, antwortete sie. »Und jeder Tag, den du verschwunden warst, war wie ein kleiner Tod für mich! Du hast mir nicht einmal Bescheid gesagt, ob alles okay ist. Warum?«

Ihre Stimme brach, und mein Herz zog sich zusammen. *Ich konnte mich nicht bei dir melden, Bree. Wenn ich dir geschrieben oder sonst auf eine Weise mit dir Kontakt aufgenommen hätte, hätte ich es nicht ausgehalten, nicht bei dir zu sein. Doch ich musste diese Reise machen, Bree. Ich hatte keine andere Wahl. Du gibst mir Sicherheit, aber ich musste diesen Weg gehen, ohne dass du mir dabei den Rücken stärkst.*

Ein paar Minuten stand sie einfach schweigend da und blickte meine Hände an. Wir beide zitterten vor Kälte und bliesen beim Atmen weiße Wölkchen in die Luft.

Mit einem Mal verstand ich, was geschehen war. Bree hatte ihre Gefühle über Monate zurückgehalten, doch durch meine Rückkehr hatte ich den Damm niedergerissen. Und ich wusste aus Erfahrung, wie es war, wenn sich die Gefühle machtvoll Bahn brachen und man ihnen hilflos ausgeliefert war. Genau aus diesem Grund war ich verschwunden. Doch jetzt war ich wieder da. Jetzt musste ich der Starke sein. Und endlich war ich dazu in der Lage.

Komm wieder mit zum Pick-up. Bitte. Lass mich dich ins Warme bringen, und dann reden wir.

»Gab es während deiner Reise andere Frauen?«

Ich schüttelte den Kopf, sah auf meine Füße, lenkte meinen Blick dann aber umgehend zurück auf ihr Gesicht. Ich beugte mich ein wenig vor und sprach mit meinen Händen dicht an ihrem Körper, während ich ihr in die Augen sah. *Es gab für mich immer nur dich. Und. So. Wird. Es. Auch. In. Zukunft. Immer. Sein.*

Sie schloss ihre Augen, und frische Tränen strömten über ihr Gesicht. Doch dann schlug sie die Augen wieder auf, und wir standen schweigend da und schauten unseren aufsteigenden weißen Atemwölkchen hinterher, bis sie nicht mehr zu sehen waren.

Schließlich schüttelte sie nachdenklich den Kopf. »Ich dachte, du wärst vielleicht zu dem Schluss gekommen, dass du in Pelion einsam warst.« Sie stieß einen abgrundtiefen Seufzer aus. »Dass du dich in jede junge Frau verliebt hättest, die an dem Tag plötzlich auf deinem Grundstück gestanden hätte. Dass es das war, was du auf deiner Reise rausgefunden hast.«

Sie blickte vor sich auf den Boden, und ich umfasste ihr Kinn und zwang sie sanft, mir wieder ins Gesicht zu schauen. *Da gab es nichts herauszufinden. Denn ich* weiß, *dass ich mein Herz verloren habe, an dem Tag, als du durch mein Tor getreten bist. Aber nicht, weil du irgendein Mädchen, sondern weil du* du *gewesen bist. Ich habe mein Herz an* dich *verloren, Bree. Und falls es dich interessiert – ich will es nie wieder zurück.*

Wieder schloss sie die Augen, sah mich dann aber wieder an und atmete erleichtert auf.

»Was hast du die ganze Zeit getrieben?«, fragte sie mich schließlich leise, während sie die nackten Arme um sich schlang.

Bitte lass mich dich ins Warme bringen, wiederholte ich und reichte ihr die Hand. Ohne noch etwas zu sagen, nahm sie sie, und wir kehrten zurück zu meinem Pick-up. Ich half ihr einzusteigen, ging um den Wagen herum, schwang mich auf den Fahrersitz und wandte mich ihr zu.

Einen Augenblick lang sah ich an ihr vorbei durchs Fenster

in die Dunkelheit hinaus und dachte an die vielen Dinge, die ich in den letzten Monaten getrieben hatte, ehe ich ihr schließlich eine Antwort gab.

Ich war in Restaurants, Cafés … und sogar im Kino, fing ich lächelnd an und blinzelnd lenkte sie den Blick auf mein Gesicht.

»Wirklich?«, fragte sie mich leise, und ich nickte stolz.

Sie sah mich forschend an, bevor sie von mir wissen wollte: »Und welchen Film hast du dir angesehen?«

Thor buchstabierte ich.

Ihr leises Lachen war Musik in meinen Ohren. »Und, hat er dir gefallen?«

Unbedingt. Ich habe ihn mir sogar zweimal angesehen und Popcorn an der Theke im Foyer gekauft, obwohl hinter mir eine Riesenschlange war.

»Und wie hast du das gemacht?« Sie starrte mich mit großen Augen an.

Ich habe drauf gezeigt und mit den Händen rumgefuchtelt, bis der Junge wusste, was ich wollte. Er war wirklich nett. Nach einer kurzen Pause fügte ich hinzu: *Nach vielleicht einem Monat ist mir klar geworden, dass die Leute ganz unterschiedlich reagieren, wenn sie meine Narbe sehen und begreifen, warum ich gestikuliere. Manche Leute sind dann etwas unbeholfen, andere verlegen, manche nett und hilfsbereit und wieder andere ungeduldig und gereizt.* Bree lauschte mir gespannt, und ihre Miene wurde weich. *Mir wurde klar, dass ihre Reaktion mehr mit ihnen selber zu tun hat als mit mir. Mehr damit, was sie für Menschen sind, als damit, dass ich nicht sprechen kann. Diese Erkenntnis traf mich wie ein Blitzschlag, Bree.*

Abermals stiegen in ihren Augen Tränen auf, und zärtlich legte sie die Hand auf meinen Oberschenkel. »So war es auch bei meinem Dad. Und was hast du sonst noch alles angestellt?«

Ich habe mir einen Job gesucht. Ich musste einfach lächeln, als ich ihre überraschte Miene sah. *Jawohl, ich war in einer kleinen Stadt im Staat New York und sah eine Anzeige, mit der sie Typen zum Entladen irgendwelcher Lkw auf dem Flugplatz suchten. Also habe ich in einem Brief erklärt, dass ich nicht sprechen, aber hören und hart arbeiten kann. Ich habe diesen Brief persönlich abgegeben, und sie haben mich vom Fleck weg engagiert.*

Ich grinste, als ich daran dachte, welchen grenzenlosen Stolz ich in dem Augenblick empfunden hatte, und fuhr fort: *Die Arbeit war stinklangweilig, aber ich hatte dort einen Kollegen, Luis, der die ganze Zeit geredet hat. Er hat mir während der Arbeit seine ganze Lebensgeschichte erzählt. Wie er aus Mexiko gekommen ist, ohne Englisch zu sprechen, und wie schwer es ihm noch immer fällt, für seine Familie zu sorgen, aber dass sie glücklich sind, weil sie sich haben. Er hat pausenlos geredet, und ich hatte das Gefühl, als hätte ihm bis dahin niemand jemals wirklich zugehört.* Lächelnd dachte ich an meinen ersten echten Freund abgesehen von Bree zurück.

Er hat mich zum Weihnachtsessen zu sich eingeladen, und seine kleine Tochter hatte extra Guten Tag *in Gebärdensprache einstudiert.* Mit einem neuerlichen Lächeln erinnerte ich mich an Claudia. *Ich habe ihr noch ein paar andere Zeichen beigebracht, und als sie das Zeichen für Liebe wissen wollte, habe ich ihr deinen Namen buchstabiert.*

Bree lachte unter Tränen auf. »Und jetzt läuft sie durch die Gegend und wenn sie jemanden mag, sagt sie ›Ich bree dich‹?«, fragte sie und blickte mich mit einem sanften Lächeln an.

Ich nickte. *Ja, genau.* Dann blickte ich ihr ins Gesicht. *Was völlig logisch ist, weil jeder Mensch aus meiner Sicht eine bestimmte Vorstellung von Liebe hat und ein individuelles Wort, das diese Vorstellung für ihn zusammenfasst. Und mein Wort für Liebe ist nun einmal »Bree«.*

Wir sahen uns reglos an, und ich sog ihre Schönheit und das grenzenlose Mitgefühl, das sie verströmte, in mich auf. Mir war auch schon vorher klar gewesen, dass sie die Verkörperung von Liebe für mich war, in welchem Ausmaß aber wurde mir erst jetzt bewusst.

»Und wie bist du zu dem Schluss gekommen, dass es Zeit ist heimzukehren?«

Ich dachte kurz über die Frage nach. *Vor ein paar Tagen war ich in einem kleinen Café, und direkt gegenüber saß ein alter Mann allein an einem Tisch. Er sah furchtbar traurig und entsetzlich einsam aus. Ich war natürlich ebenfalls allein, aber plötzlich kam mir der Gedanke, dass es Menschen gibt, die in ihrem ganzen Leben keinen Menschen je so lieben wie ich dich und niemals so geliebt werden wie ich von dir. Natürlich besteht auch weiter die Gefahr, dass ich dich vielleicht irgendwann einmal verliere. Dieses Risiko kann niemand ganz ausschalten. Aber in dem Moment ist mir klar geworden, dass ich mir das unglaubliche Privileg, dich überhaupt jemals mein Eigen zu nennen, nicht entgehen lassen darf und will.*

Wieder schimmerten in ihren Augen Tränen, und mit leiser Stimme fragte sie. »Und was, wenn ich nicht hier gewesen wäre, als du heimgekommen bist?«

Dann hätte ich nach dir gesucht und um dich gekämpft. Aber verstehst du nicht, dass ich erst einmal um mich selber kämpfen musste, damit ich das Gefühl habe, deiner Liebe wert zu sein?

Sie starrte mich aus feuchten Augen an. »Seit wann bist du so klug?« Sie stieß ein atemloses Lachen und danach ein leises Schniefen aus.

Das war ich schon immer. Ich musste nur noch die Welt ein bisschen kennenlernen. Und Thor.

Sie lachte wieder leise auf und sah mich grinsend an. *Soll das ein Witz sein?*

Grinsend registrierte ich, dass sie endlich wieder mit den Händen sprach. *Oh nein. Ich würde niemals Witze machen über Thor.*

Sie lachte, aber schließlich wurde ihre Miene wieder ernst.

Genau wie meine, als ich fragte: *Weshalb bist du hiergeblieben, Bree?*

Sie blickte kurz auf ihre Hände, die in ihrem Schoß gefaltet waren, doch schließlich meinte sie: *Ich hatte einfach keine andere Wahl. Du bist die Liebe meines Lebens.* Sie sah mir ins Gesicht, und ihre Schönheit raubte mir erneut den Atem, als sie mich bat: *Bring mich nach Hause, ja?*

Unter dem lauten Jubel meines Herzens ließ ich abermals den Motor an, und in angenehmer Stille fuhren wir den Rest des Weges bis zu meinem Haus. Kurz bevor wir es erreichten, nahm Bree meine Hand und ließ sie nicht mehr los, bis ich vor dem Haus hielt. Wir stiegen aus, gingen hinein, und überrascht stellte ich fest: *Du hast hier ja sogar Staub gewischt.*

Sie sah sich um, als wäre ihr das vollkommen entfallen, aber schließlich nickte sie.

Warum?

Sie dachte kurz darüber nach. *Weil ich dadurch das Gefühl bekommen habe, dass du schon bald wieder nach Hause kommst.*

Mein Herz zog sich zusammen. *Es tut mir leid.*

Sie blickte flehend zu mir auf. *Verlass mich bitte nicht noch mal.*

Kopfschüttelnd trat ich auf sie zu. *Nie wieder,* sagte ich und nahm sie in den Arm. Dann küsste ich sie sanft und stöhnte lautlos, als ich meine Zunge zwischen ihre Lippen schob. Ein Schauder fuhr durch meinen Körper, als der Geschmack von Pfirsichen und Bree in meinem Mund explodierte, und sofort wurde ich hart und drängte mich gegen ihren Unterleib.

Als sie leise seufzte, wurde ich – so unmöglich das schien – noch härter. Schließlich war ich schon seit einer Ewigkeit nicht mehr mit ihr vereint gewesen.

Sie löste sich von meinem Mund und stellte fest: »Du hast mir fürchterlich gefehlt, Archer.«

Ich ließ sie für einen Augenblick los und gab zurück: *Und du mir noch viel mehr.*

Als ich meinen Mund erneut auf ihre Lippen legen wollte, fuhr sie mit den Fingern durch mein Haar. »Das ist ganz schön gewachsen. Vielleicht sollte ich es bald mal wieder schneiden.« Und mit einem breiten Grinsen fügte sie hinzu: »Hoffentlich wirfst du mich dann nicht wieder raus, wenn ich versuche, dich sexuell zu belästigen.«

Grinsend hob ich meine Hände an. *Eher nicht. Aber jetzt werde ich erst mal aufhören zu reden, weil ich meine Hände anders benutzen will, okay¿*

Sie riss die Augen auf und hauchte: »Okay.«

Entschlossen zog ich sie an meine Brust, trug sie den kurzen Weg ins Schlafzimmer bis neben mein Bett. Dort streifte ich meine Schuhe ab, löste die Krawatte und zog mir das Hemd über den Kopf, als sie aus ihren High Heels stieg und mir den Rücken zuwandte, damit ich an den Reißverschluss des kurzen Kleides kam. Ich zog ihn langsam auf und legte zentimeterweise ihre nackte Haut unter dem Stoff des Kleides frei. Ihre Bräune war verschwunden, und die Haut sah heller und noch weicher als im Sommer aus. Wie wunderschön sie war! Und sie gehörte mir, nur mir allein. Doch so befriedigend dieses Bewusstsein für mich war, mein schmerzliches Verlangen, endlich in sie einzudringen, wurde durch diesen Gedanken nur noch verstärkt.

Sie wandte sich mir wieder zu, ließ das Kleid an sich heruntergleiten, und als sie mich unter ihren dichten Wimpern hervor ansah und mein Blick auf ihre rosig zarten Lippen fiel, hielt ich es beinah nicht mehr aus.

Eilig zog ich mir die Socken aus, richtete mich wieder auf, öffnete den Gürtel und den Reißverschluss von meiner Hose, ließ sie fallen und trat sie achtlos fort.

Bree blickte auf meinen steifen Schwanz, leckte sich unbewusst die Lippen und sah mir dann wieder ins Gesicht. Ihre Augen glänzten, doch ihr Blick war leicht verhangen, als ich ihren trägerlosen Büstenhalter öffnete und zu den anderen Kleidungsstücken auf den Boden fallen ließ.

Als ich ihre perfekten Brüste mit den bereits harten, pinkfarbenen Nippeln sah, spürte ich den ersten Tropfen Feuchtigkeit auf meiner Eichel und wies mit dem Kopf in Richtung Bett.

Sie setzte sich auf die Matratze, lehnte sich zurück, und ich schob mich begierig über ihren nackten Leib. Die Wärme ihrer Haut liebkoste mich, und ich erschauderte, als mir ihr Blick verriet, dass ich geliebt wurde von dieser wunderschönen Frau, die mir ihre Arme um den Rücken schlang und mich so um die Erforschung ihres Körpers bat.

Bisher hatte mein Kopf beim Sex immer verzweifelt ausgerufen: *Du bist mein!,* inzwischen aber brauchte er nicht mehr zu schreien, weil es eine tröstliche Gewissheit für mich war. Sie war mein und würde es für alle Zeiten sein.

Ich neigte meinen Kopf, nahm einen ihrer Nippel in den Mund, und stöhnend reckte sie sich meinem harten Glied entgegen, als ich zärtlich meine Zunge kreisen ließ. Oh Gott, das fühlte sich fantastisch an. Ihr köstlicher Geschmack, das herrliche Gefühl ihrer heißen, seidig weichen Haut und das Wissen, dass ich in die feuchte Enge ihres Zaubergartens eingeladen war. Doch damit ließ ich mir noch ein wenig Zeit, denn dieser wunderbare Augenblick sollte nicht so schnell vorübergehen.

Mehrere Minuten saugte und leckte ich an ihren Nippeln, während sie mit ihren Fingern sanft durch mein Haar fuhr und mein wild pochender Schwanz sich hart gegen ihren Bauch drückte und dort keine Erlösung fand.

Sie bog den Rücken durch und stieß ein dumpfes Stöhnen aus. »Archer, oh Gott, bitte.«

Ich schob eine Hand zwischen ihre Beine und ertastete die warme Feuchtigkeit, die mir verriet, dass sie bereit war für den letzten Schritt. Ich tauchte einen Finger in ihre Feuchtigkeit und begann dann, sanft damit ihre Klitoris zu umkreisen. Keuchend warf sie ihren Kopf auf der Matratze hin und her.

»Oh Gott, Archer. Bitte, ich will nicht alleine kommen, sondern erst, wenn du ganz in mir bist. Bitte.«

Eilig schob ich mich an ihr herauf, um sie zu küssen, und sofort begannen unsere Zungen ihren köstlichen Tanz in der dunklen Feuchtigkeit der Höhle ihres Munds. Ich wusste, ich würde nie genug von ihrem Mund bekommen – oder von ihr.

Sachte führte ich die Spitze meines steifen Schwanzes an ihre Öffnung, schob mich kraftvoll möglichst tief in sie hinein und schloss die Augen, als sie sich um mich herum zusammenzog.

Ich blieb völlig reglos auf ihr liegen, bis sie sich mir stumm entgegenbog, und als ich mich in der Nässe auf und ab bewegte, war die enge Reibung beinahe mehr, als ich ertrug.

Erst bewegte ich mich langsam, denn ich wollte diesen Augenblick des Glückes, endlich wieder in ihr zu sein, so weit wie möglich in die Länge ziehen, aber schließlich drängte mich mein Körper, die Geschwindigkeit zu erhöhen.

Bree stöhnte: »Ja«, schloss die Augen und warf den Kopf zurück.

Du bist für immer mein, mein, mein, jubelte ich in Gedanken, während ich mich in ihr auf und ab bewegte und ihre verzückte Miene, ihr Haar, das auf dem weißen Kissen ausgebreitet war, und ihre kleinen, weißen Brüste, die im Rhythmus meiner Stöße wippten, betrachtete.

Sie sah wie eine Göttin oder wie ein Engel aus, und als sie vor Lust leise wimmerte, schob ich den Arm unter ihr rechtes Knie, legte ihr Bein auf meine Schulter und drang noch etwas tiefer in sie ein, worauf sie zu meiner großen Freude stöhnend ihre Fingernägel tief in meinem Hinterteil vergrub.

Dann bekam sie plötzlich rote Wangen – was, wie ich inzwischen wusste, zeigte, dass sie jeden Moment kommen würde –, schlug die Augen wieder auf, zog mit ihren Fingern die Konturen meines straff gespannten rechten Bizeps nach, bekam einen verhangenen Blick und spannte sich noch fester als bisher um meinen harten Schwanz. Dann fing sie an zu zucken, bog sich mir laut stöhnend entgegen, ein zufriedenes Lächeln huschte über ihre wunderschönen Züge, und mit einem leisen Seufzen ließ sie sich ermattet in die Kissen fallen.

Sie blickte aus verträumten Augen zu mir auf und flüsterte: »Ich liebe dich.«

Meine Lippen formten lautlos: »Ich liebe dich auch«. Dann schloss ich die Augen, richtete mich erschaudernd auf, sodass ich zwischen ihren Beinen kniete, schob meine Hände unter sie, hob ihren Hintern an und stieß noch tiefer mit harten schnelle Stößen in sie hinein. Mit jedem meiner Stöße nahm mein Verlangen nach Erlösung zu.

»Oh Gott!« Laut keuchend kam sie abermals und starrte mich aus kugelrunden Augen an. Am liebsten hätte ich laut gelacht, als ich ihre überraschte Miene sah, inzwischen aber waren meine Eier und mein Schwanz so hart, der Orgasmus so nah, dass ich mühsam um Beherrschung rang. Ich stieß noch einmal zu, und plötzlich explodierte meine Welt in unzähligen hellen Punkten, und die Luft um mich herum begann zu flimmern, als ich mich wild zuckend tief in ihrem Inneren entlud.

Als ich wieder zu mir kam, sah sie mich immer noch verwundert an. Doch wahrscheinlich hatte ich einen ganz ähnlichen Gesichtsausdruck.

Langsam zog ich mich aus ihr zurück, nahm meinen nur noch halb steifen Schwanz in meine Hand und verrieb damit mein Sperma, das aus ihr herauslief, auf ihren Schamlippen und ihrer Klit.

Das tat ich einfach instinktiv. Ich war noch immer wie gebannt von unserer Vereinigung, und es machte mich glücklich, den Beweis meines Vergnügens überall auf ihrem Leib zu sehen – mich erfüllte dabei ein Gefühl zärtlichen Besitzerstolzes, das ich liebte.

Ich sah ihr wieder ins Gesicht. Mit ihren halb gesenkten Lidern und dem kleinen Lächeln, das den halb offenen Mund umspielte, sah sie schläfrig und zufrieden aus.

Ich nahm die Hand von meinem Schwanz. *Ich liebe dich.*

Lächelnd zog sie mich auf sich herab und streichelte mit ihren Fingern über meinen Rücken, bis ich befürchtete einzuschlafen, während ich noch auf ihr lag. Eilig küsste ich sie auf den Mund, stand auf und zog sie mit ins Bad, wo wir gemeinsam duschten und uns gegenseitig wuschen, was in diesem Fall nichts Sexuelles hatte, sondern einfach liebevoll und zärtlich war.

Wir trockneten uns gegenseitig ab, kehrten nackt ins Schlafzimmer zurück und zogen im Bett die Decke über uns. Ich nahm sie in den Arm und war zufriedener und glücklicher als je zuvor.

Schließlich drehte ich sie zu mir herum und hob die Hände. *Eines Tages,* sagte ich, *wenn wir alt und grau sind, werde ich dich ansehen, wenn du so an meiner Seite liegst, und wissen, dass es für mich niemals eine andere als dich gegeben hat. Und das, Bree Prescott, wird die größte Freude meines Lebens sein.*

Sie lächelte, und als ihr diesmal Freudentränen in die Augen stiegen, zog ich sie erneut an meine Brust, hielt sie dort fest und atmete den Duft ihres warmen Körpers ein.

Etwas später wurde ich kurz wach und hörte in der Ferne die Geräusche eines Feuerwerks.

In diesem Augenblick begann nicht nur ein neues Jahr, sondern fing mein wahres Leben an.

Meine wunderschöne Bree seufzte im Schlaf. Ich nahm sie noch ein wenig fester in den Arm und schloss glücklich wieder meine Augen.

Ich war zu Hause.

33

Bree

In den nächsten beiden Tagen verließen wir nur zweimal das Haus – zum Glück hatte ich frei. Einmal gingen wir in den Supermarkt und holten auf dem Rückweg Phoebe aus meinem Häuschen ab, und abends fuhren wir auf die andere Seite des Sees und aßen dort in einem Restaurant. Ich musste einfach grinsen und ihm zuzwinkern, als er stolz ein Glas Wein für mich und eine Cola für sich selbst bestellte. Es war herrlich mitanzusehen, wie souverän er plötzlich war. Ich war dankbar für das Privileg, als Erste zu erleben, welche Souveränität und welches Selbstbewusstsein er mit einem Mal besaß. Sein wunderschönes Lächeln und sein lockerer Charme verursachten bei mir weiche Knie, und ich konnte sehen, dass auch die Kellnerin, die uns bediente, ihm verfallen war. Sie warf einen mitfühlenden Blick auf seine Narbe und scharwenzelte danach die ganze Zeit um ihn herum, woran ich jedoch keinen Anstoß nahm. Es gefiel mir im Gegenteil ausnehmend gut, dass sie so hingerissen von ihm war. Wie hätte ich ihr das wohl auch verdenken sollen? Wie Natalie gesagt hatte, verspürten Frauen unweigerlich den Wunsch, ihn zärtlich in den Arm zu nehmen und danach genüsslich abzulecken. Doch das durfte niemand außer mir. Was hatte ich doch für ein Riesenglück gehabt!

Wir sprachen ausführlich darüber, was er während seiner Reise alles gemacht hatte, über all die Menschen, denen er begegnet war, über seine Unterkünfte und die Einsamkeit, die zwar genauso groß wie vorher, aber trotzdem irgendwie erträglicher gewesen war. Denn endlich hatte er sich selbst entdeckt und festgestellt, dass er viel fähiger und selbstständiger war, als er angenommen hatte.

Ich brauche endlich einen Führerschein, stellte er fest.

Spöttisch zog ich eine meiner Brauen hoch. »Du setzt dich doch bereits seit Monaten problemlos über das Gesetz hinweg.«

Er sah mich lächelnd an. *Falls Travis mich erwischt, sperrt er mich sicher ein und wirft den Schlüssel weg.*

Dann hob er beide Brauen an und bedachte mich mit einem argwöhnischen Blick. *Hast du Travis übrigens noch mal gesehen? Hat er versucht, mit dir zu reden?*

»Sogar mehrmals, aber ich bin ihm immer ausgewichen und war ziemlich kurz angebunden, bis er es am Ende aufgegeben hat. Und von Victoria habe ich seit der Parade nichts mehr gehört.«

Er sah mich an und nickte dann. *Du musstest diesen ganzen Mist allein durchstehen. Das tut mir leid. Aber Tori hasst mich, nicht dich. Ich dachte, dass es in der Hinsicht vielleicht leichter für dich ist, wenn ich nicht mehr in der Nähe bin.*

Er wandte sich kurz ab, schaute mich dann aber wieder an. *Ich werde mit Travis und mit meiner Tante reden. Hast du vielleicht Lust, mich zu begleiten und für mich zu dolmetschen?*

Ich blinzelte. »Natürlich, Archer, aber was genau willst du den beiden sagen?«

Ich habe vor, mein Erbe anzutreten, Bree … denn im Grunde gehört Pelion mir. Er sah mich reglos an.

Mir klappte die Kinnlade herunter, und ich fragte leise: »Bist du dazu tatsächlich bereit?«

Ich weiß es nicht, erklärte er und wiegte nachdenklich den Kopf. *Möglicherweise nicht … aber ich habe das Gefühl, dass ich die Kraft dazu habe. Ich habe das Gefühl, dass es Leute hier in Pelion gibt, die mir dabei helfen würden … Maggie und ihr Mann, Mandy, Anne und ein paar andere. Mit ihnen kann ich es schaffen. Ihretwegen sollte ich es daher wenigstens versuchen.*

Er schob sich den nächsten Bissen in den Mund und fuhr dann fort. *Meine Eltern haben vieles falsch gemacht – bis zuletzt. Aber sie waren anständige, liebevolle Menschen, anders als mein Onkel Marcus, der ein schlechter Mensch gewesen ist. Auch Travis hat aus meiner Sicht einen fragwürdigen Charakter, und am allerschlimmsten von dem ganzen Haufen ist Victoria. Sie haben es ganz einfach nicht verdient, als Sieger dazustehen. Vielleicht habe ich es auch nicht verdient, das Erbe meines Vaters anzutreten, aber möglicherweise ja doch. Und deshalb will ich es auf jeden Fall versuchen.*

Erfüllt von heißem Stolz drückte ich seine Hand. »Egal, was du auch tust, ich unterstütze dich dabei. Ich werde alles tun, was nötig ist.«

Er lächelte mich an, und wir aßen schweigend weiter, bis mir plötzlich einfiel, dass er ja noch gar nicht wusste, dass ich während der Parade von der Polizei in Cincinnati angerufen worden war. Ich erzählte ihm davon, und er bedachte mich mit einem sorgenvollen Blick.

Gegen Kaution auf freiem Fuß? Könnte das gefährlich für dich sein?

Ich schüttelte den Kopf. »Nein, nein, ich glaube nicht. Er hat keine Ahnung, wo ich bin, und vor allem lassen seine Anwälte und auch die Polizei ihn nicht mehr aus den Augen. Es ist nur irgendwie … frustrierend, dass sich diese Sache derart in die Länge zieht. Ich will einfach, dass es vorbei ist, aber wenn es zum Prozess kommt, muss ich sicher noch einmal dorthin zurück.«

Archer drückte meine Hand, ließ sie dann wieder los und sah mich an. *Ich werde mit dir nach Ohio fahren. Sie werden ihn verurteilen, und dann ist es endgültig vorbei. Und bis es so weit ist, bist du hier bei mir in Sicherheit.*

Mir wurde warm ums Herz, und lächelnd meinte ich: »Ich will nirgendwo anders sein.«

Ich auch nicht.

Nach dem Essen fuhren wir zurück zu Archers Haus und verbrachten dort den Rest der Nacht und fast den ganzen nächsten Tag im Bett, um einander wiederzuentdecken und uns an der Gegenwart des anderen zu erfreuen. Wir waren erfüllt von einem grenzenlosen Glücksgefühl. Die Zukunft wirkte hell und hoffnungsvoll, und für einen Moment war unser Leben rundherum perfekt.

Am nächsten Tag stand ich früh auf, löste mich aus Archers Arm und gab ihm einen sanften Abschiedskuss. Ich dachte, dass er schlief, doch plötzlich schlang er seinen Arm um mich, zog mich zurück an seine Brust, und als ich lachte, sah er mich mit einem schiefen Grinsen an. Mein Herz schlug einen Salto, als ich sein verschlafenes, geradezu absurd verführerisches Lächeln sah, aber entschlossen machte ich mich von ihm los. »Bleib, wo du bist. Ich bin so schnell es geht zurück.«

Er lachte lautlos, öffnete ein Auge, nickte zustimmend, und lachend stand ich auf und wandte mich zum Gehen, denn wenn ich noch geblieben wäre, hätte ich an diesem Tag wahrscheinlich einfach blaugemacht.

Trotzdem drehte ich mich in der Tür noch einmal zu ihm um, und lächelnd hob er seine Hände vor die Brust. *Du machst mich unendlich glücklich, Bree.*

Ich blieb stehen, legte meinen Kopf zur Seite und erwiderte sein Lächeln. Denn aus irgendeinem Grund war dies ein ganz besonderer Moment für mich. Etwas sagte mir, dass ich dort stehen bleiben sollte, um ihn zu genießen, deshalb lehnte ich den Kopf gegen den Türrahmen und sog seinen wunderbaren Anblick in mich auf.

»Ich werde dich glücklich machen, Archer Hale.«

Dann drehte ich mich grinsend um und ging.

Ich würde kaum Gelegenheit haben, ihn zu vermissen, denn er würde vor dem mittäglichen Ansturm in den Imbiss kommen, um ein frühes Mittagessen mit mir einzunehmen. Also würde ich ihn bald schon wiedersehen.

An dem Morgen herrschte Hochbetrieb im Norm's, und die Zeit verging wie im Flug.

Um kurz vor elf servierte ich das letzte unserer Spezial-Frühstücke, fing an, die Tische abzuräumen, und rief Richtung Küche: »Wie kamen übrigens die Red Velvet Cupcakes an, Norm?«

Ich hatte an Silvester noch eine Ladung vorbereitet, ehe ich in meinen zweitägigen Kurzurlaub gegangen war. Gott, es kam mir vor, als wäre seitdem eine Ewigkeit vergangen. Als ich an dem Tag das Norm's verlassen hatte, hatte mich die Sehnsucht nach meinem verschollenen Liebsten beinah umgebracht, und heute war ich geradewegs aus seinem Bett hierherspaziert – aus dem Bett meines starken, wunderschönen, stummen Mannes, an den ich nur zu denken brauchte, um vor Stolz und Freude fast zu vergehen.

»Anscheinend konnte man sie essen. Vielleicht solltest du noch mal 'ne Fuhre backen«, brummte Norm.

Ich grinste. Denn das hieß, dass sie der Hit gewesen waren und er sich freuen würde, wenn er sie seinen Gästen häufiger servieren könnte. Inzwischen wusste ich, dass es in der Liebe häufig darum ging, die Sprache des jeweils anderen zu lernen, weil man sich nur dann wirklich verstand.

»Wollen wir eine Tasse Kaffee trinken?«, schlug mir Maggie vor, als ich zwei Ketchupflaschen in die Mitte eines Tisches schob. »Wahrscheinlich bräuchtest du drei Stunden, um mir alles zu erzählen, aber ich begnüge mich auch erst mal mit der Kurzversion.« Sie lachte, und ich lächelte sie an.

»Archer kommt in einer Viertelstunde her. Wie wäre es mit einem etwas längeren Bericht gleich nach dem Mittagessen?«

»Na gut. Man muss nehmen, was man kriegen kann.«

Ich lachte über ihr gespielt beleidigtes Gesicht, denn ihr Strahlen am Morgen und die Freudentränen, die sie gleichzeitig vergossen hatte, hatten mir gezeigt, wie sehr sich Maggie freute, dass ich wieder glücklich und Archer wohlbehalten heimgekommen war.

Ein paar Minuten später klingelte das Glöckchen über unserer Eingangstür, und der Mann, von dem wir gerade erst gesprochen hatten, trat lächelnd ein. Ich dachte an den Tag zurück, als er zum ersten Mal den Mut gefunden hatte, mich im Imbiss zu besuchen, und verglich den Mann von damals mit dem Menschen, der er heute war. Seine Miene wurde noch genauso wie damals sanft, als er mich erblickte, aber gleichzeitig drückten seine Haltung und sein Blick das sichere Bewusstsein aus, dass er hier willkommen war.

Ich genoss noch kurz den wunderbaren Anblick, den er bot, stürzte dann durch das Lokal und warf mich ihm freudestrahlend an die Brust. Als ich lachte, schwenkte er mich gut gelaunt im Kreis, stellte mich dann wieder ab und blickte scheu dorthin, wo Maggie saß.

Sie winkte ab. »Tut einfach, als wäre ich nicht da. Es macht mich total glücklich, euch wieder vereint zu sehen. Willkommen zu Hause, Archer.«

Lächelnd nickte er ihr zu und hob den Kopf, als Norm aus seiner Küche kam. »Warum lasst ihr nicht den Zirkus sein und setzt euch an den Tisch da hinten? Da seid ihr vollkommen ungestört.« Norm blickte Archer an, und seine Miene wurde weich. »Du siehst gut aus, Archer.«

Lächelnd reichte Archer ihm die Hand, wandte sich abermals an mich, und grinsend fragte ich ihn: »Sollen wir?«

Wir setzten uns an einen Tisch am rückwärtigen Ende des Imbisses, und Maggie rief uns zu: »Was kann ich euch beiden bringen?«

»Schon gut, Maggie«, rief ich zurück. »Ich nehme gleich selbst unsere Bestellung auf.«

»In Ordnung.« Lächelnd setzte sie sich wieder an den Pausentisch.

Ich griff über den Tisch nach Archers Hand, als wieder jemand das Lokal betrat.

Ich hob den Kopf, blickte mich um, und das Blut gefror mir in den Adern, meine Haut fing an zu kribbeln und aus meiner Kehle drang ein leiser Schrei.

Er hatte mich tatsächlich ausfindig gemacht.

Nein. Oh Gott. Oh Gott, oh Gott, oh Gott. In meinen Ohren schrillten laute Glocken, und ich wurde schreckensstarr.

Sein wilder Blick fiel fast sofort auf mich, und ein Ausdruck blanken Hasses legte sich auf sein Gesicht.

Das ist nicht wahr. Das ist nicht wahr. Mir kam mein Frühstück hoch, doch eilig schluckte ich und schrie erneut leise auf.

Archer folgte meinem Blick, und als er den Mann entdeckte, sprang er auf. Auch ich stand auf, doch meine Knie zitterten so sehr, dass ich mich nur mit Mühe auf den Beinen halten konnte.

Der Mann schien Archer gar nicht wahrzunehmen, denn er hielt den Blick auch weiterhin auf mich gelenkt.

»Du verdammte Hexe hast mein Leben ruiniert« stieß er hinter zusammengebissenen Zähnen hervor. »Weißt du, wer ich bin? Mein Vater wollte mir sein Unternehmen überschreiben, aber dann hast du mich plötzlich bei den Bullen angeschwärzt. Glaubst du etwa, wenn ich alles verliere, kommst du ungeschoren davon?«

Das Blut rauschte so laut in meinen Ohren, dass ich seine Worte kaum verstand.

Seine Augen glitzerten genauso unnatürlich wie beim letzten Mal. Er hatte irgendwas genommen. Oder wenn er nichts genommen hatte, war er einfach vollkommen verrückt.

Bitte, bitte, Maggie, ruf die Polizei. Oh Gott, oh Gott, wie kann das sein?

Dann ging alles furchtbar schnell. Etwas blitzte in der Hand des Mannes, und der Raum um mich herum drehte sich um die eigene Achse, als ich merkte, dass es eine Waffe war. Er hob sie hoch und zielte damit direkt auf mein Herz. Noch während das Mündungsfeuer blitzte, machte Archer einen Satz, stieß mich um und warf sich über mich. Dann hörte ich einen zweiten Schuss, das Knistern eines Funkgeräts und Travis, der »Ich brauche schnellstmöglich Verstärkung« schrie.

Ich krabbelte ein Stückchen rückwärts, sah den Schützen reglos auf dem Boden liegen und bemerkte, dass auch Archer sich nicht bewegte. Mit einem erstickten Schluchzen streckte ich die Arme nach ihm aus. Er lag, das Gesicht zum Boden, auf der Seite, und als ich ihn auf den Rücken drehte, starrte ich entgeistert auf die blutgetränkte Vorderseite seines Hemds.

Mir entfuhr ein schmerzerfüllter Schrei.

Oh nein. Oh Gott. Nein, nein, nein. Bitte nicht. Bitte nicht.

Meine eigenen Schluchzer mischten sich mit all dem Lärm, der plötzlich im Imbiss ausgebrochen war – dem Geräusch von Schritten, Maggies leisem Weinen, Norms rauer Stimme und dem Scharren von Stühlen auf dem Boden.

Doch ich starrte immer weiter Archer an, zog seinen Kopf in meinen Schoß, wiegte ihn im Arm, glitt mit den Händen über sein Gesicht und flüsterte ihm immer wieder zu: »Halt durch, Baby, halt durch. Ich liebe dich, Archer, ich liebe dich. Wag es ja nicht, mich schon wieder zu verlassen.«

»Bree«, hörte ich Travis' leise Stimme, als der Krankenwagen näher kam. »Lass mich dir helfen aufzustehen, Bree.«

»Nein!« Ich nahm Archer noch fester in die Arme. »Nein! Nein!« Ich wiegte ihn weiter hin und her, presste mein Gesicht an seine raue Wange und schob meinen Mund neben sein Ohr. »Wag es nicht, mich noch einmal zu verlassen. Ich brauche dich. Also verlass mich ja nicht noch einmal.«

Aber er konnte mich nicht hören. Er war bereits in einer anderen Welt.

34

Du schenktest mir die Stille.
Nie zuvor habe ich ein schöneres Geräusch gehört,
Weil ich in dieser Stille dir begegnet bin.
Und jetzt hast du sie dir zurückgeholt.
Und kein Geräusch der Welt ist laut genug,
Dass mein gebrochenes Herz es hören kann.
Ich blicke zu den Sternen auf und flüstere immer wieder:
Bitte,
Bitte, bitte,
Komm zu mir zurück.

35

Bree

Ganz Pelion fand sich ein, um Archer Hale die Ehre zu erweisen.

Jung und Alt kam zusammen, um jenem Mann ihre Achtung zum Ausdruck zu bringen, der Zeit seines Lebens stiller Teil ihres Gemeinwesens gewesen war. Inzwischen wussten alle, wie verletzt und isoliert er jahrelang gewesen war. Das, vor allem aber auch seine Herzensgüte und der Mut, den er bewiesen hatte, veranlasste sämtliche Geschäfte, an diesem Tag zu schließen. Und selbst die Menschen, die normalerweise eher zurückgezogen lebten, kamen in den großen Saal, um einen Mann zu ehren, der zuvor von ihnen überhaupt nicht wahrgenommen worden war; einen kleinen, stummen Stern, der bisher stets am Rand gefunkelt hatte, doch mit einem Mal so hell erstrahlte, dass die ganze Stadt gebannt von seinem Glanz zum ersten Mal genauer hinsah und erkannte, dass ihr kleines Sternbild ohne seinen Beitrag unvollständig war.

Ich hörte immer wieder, dass die Leute sich aufgrund von unserer Geschichte bessern wollten, dass sie denen, die im Schatten standen, zukünftig die Hände reichen, Menschen, die allein waren, ihre Freundschaft anbieten und genauer hinsehen wollten, um nie wieder blind für fremden Schmerz zu sein.

Es war ein kalter Februartag, und als ich untergehakt von Maggie und Norm den Saal betrat, nickten mir die Menschen lächelnd zu.

Ich lächelte zurück. Inzwischen war ich ebenfalls ein Teil dieser Gemeinschaft, dieses kleinen Sternbilds.

Draußen hatte Regen eingesetzt, und ich hörte aus der Ferne dumpfes Donnergrollen. Doch ich hatte keine Angst. *Bei Gewitter denke ich nur noch an dich,* hatte ich ihm erklärt, und genau so war es auch.

Archer hatte mich schon mal verlassen, und ich hatte ihn jede Sekunde jenes langen Vierteljahrs vermisst.

Dieses Mal war er drei Wochen fort gewesen, ehe er zurückgekommen war. Die Ärzte hatten mir nicht sagen können, ob er aus dem Koma je wieder erwachen würde, und falls ja wann. Doch wie während seiner ersten Reise hatte ich gewartet und allabendlich gefleht: *Komm zu mir zurück, komm zu mir zurück, komm zu mir zurück.*

Und an einem regnerischen Abend im Januar, als der Donner grollte und die Blitze vor dem Fenster seines Krankenzimmers zuckten, hatte er die Augen aufgeschlagen und mich angesehen. Das wilde Klopfen meines Herzens hatte den Gewitterdonner übertönt, und ich war von dem Stuhl an seinem Bett gesprungen und hatte geschluchzt: »Du bist zurück.«

Eilig hatte ich mich über ihn gebeugt, seine Hände abgeküsst, und meine Tränen hatten seine Finger, seine Knöchel und die Handrücken benetzt. Ich liebte seine wunderschönen Hände, die mich wissen ließen, was er dachte und empfand. Ich liebte sie genauso wie den ganzen Mann.

Die Tränen waren mir weiter über das Gesicht geströmt, und schließlich hatte er sich von mir losgemacht und mir mit noch etwas steifen Fingern zu verstehen gegeben: *Ich bin deinetwegen wieder da.*

Mit einem erstickten Lachen hatte ich den Kopf auf seine Brust gelegt und mich an ihm festgeklammert, als die Krankenschwestern eilig in den Raum gekommen waren.

Und jetzt stand die ganze Stadt parat, als Archer, wegen seines bandagierten Oberkörpers etwas steif, doch hocherhobenen Hauptes Richtung Podium ging.

Ich blickte mich noch einmal um.

Im Hintergrund stand Travis Hale in Uniform, da er direkt

vom Dienst hierhergekommen war. Wir nickten uns kurz zu, und er lächelte mich an. Ich war mir immer noch nicht sicher, was ich von ihm halten sollte, doch mit seinem heldenhaften Einsatz an jenem grauenhaften Tag im Imbiss hatte er sich auf jeden Fall meinen Respekt verdient.

Inzwischen wussten wir, dass Jeffrey Perkins heroinsüchtig gewesen und von seiner eigenen Familie verstoßen worden war. Deshalb hatte er unseren Laden überfallen, als er kein Geld für den nächsten Schuss gehabt hatte.

In der Hoffnung, seine eigene Haut zu retten, hatte ihn dann irgendwann sein Dealer bei der Polizei von Cincinnati angeschwärzt. Angeblich war Jeffrey an dem Abend nach dem Überfall mit blutbespritzten Kleidern bei ihm aufgetaucht und hatte irgendwas davon gebrabbelt, dass der Überfall auf einen Feinkostladen schiefgegangen war. Und gerade als sein Vater sich mit ihm hatte versöhnen und er ganz von vorn hatte beginnen wollen, hatte ich ihn auf den Fotos identifiziert.

Nach seiner Verhaftung hatte ihn der alte Perkins abermals enterbt, und er war aus der Entzugsklinik abgehauen.

Gefunden hatte Jeffrey mich durch Tori Hale. Es war Travis, der darauf gekommen war. Er war ein guter Polizist mit sicheren Instinkten, und er hatte sie als das erkannt, was sie wahrscheinlich immer schon gewesen war: ein rachsüchtiges Weib, das in ihrem Hass und ihrer grenzenlosen Bitterkeit im wahrsten Sinn des Wortes über Leichen ging, um nicht zu verlieren, worauf sie nach ihrer Meinung einen rechtmäßigen Anspruch hatte: Geld, Respekt, gesellschaftliches Ansehen und das Land, auf dem die Stadt gegründet worden war. Und da sie genau wie Travis mitbekommen hatte, wie ich mit Detective McIntyre sprach, hatte er nur eins und eins zusammenzählen müssen, um zu wissen, weshalb dieser elendige Junkie plötzlich auf der Bildfläche erschienen war. Wir hatten ihren Hass auf mich eindeutig unterschätzt. Aber schließlich hatte ich all das zerstört, was von ihr durch jahrelange Täuschung geschaffen worden war.

Travis hatte sie zur Rede gestellt, und als sie alles abgestritten hatte, hatte er mit offiziellen Ermittlungen gedroht, falls sie nicht freiwillig ihre Sachen packte und die Stadt für alle Zeit verließ. Zwar hätten die Beweise wohl kaum für eine Anklage ausgereicht, doch hier in Pelion gab es für Tori nichts mehr als Verachtung, deshalb hatte sie sich aus dem Staub gemacht.

Und nachdem mit Tori die Verwalterin des haleschen Treuhandfonds verschwunden war, würde Archer jetzt sein Erbe bereits ein Jahr vor seinem fünfundzwanzigsten Geburtstag antreten.

Travis sah mit seinen eingefallenen, unrasierten Wangen aus, als hätte er in den vergangenen Wochen kaum ein Auge zugemacht. Von klein auf hatte ihm Victoria beigebracht, andere zu manipulieren, doch im Grunde seines Herzens hatte er wahrscheinlich keinem Menschen jemals wirklich schaden wollen – im Gegensatz zu ihr. Es hatte ihm das Herz gebrochen, seine Mutter zu durchschauen und zu erkennen, wozu sie in der Lage war. Mit unglücklicher Miene hatte er mich in der Klinik aufgesucht und mir mit monotoner Stimme offenbart, was er herausgefunden hatte, um mich dann wieder meinem Kummer zu überlassen, während ich darauf gewartet hatte, dass mein Liebster wieder zu sich kam.

Stille senkte sich über den Saal, als Archer zu der kurzen Treppe lief.

Norm bedeutete ihm mit den Händen: *Mach sie fertig,* und nickte mit ernster Miene. Überrascht sah Archer ihn an und nickte zurück.

Während ich ein Schluchzen unterdrückte, hob die Bibliothekarin Mrs Aherne, bei der er im Verlauf der letzten Jahre Hunderte von Büchern über unzählige Themen, von der Maurerarbeit bis zur Gebärdensprache, ausgeliehen hatte, ohne dass die beiden je ein Wort gewechselt hätten, ebenfalls die Hände und signalisierte ihm: *Wir stehen alle hinter dir.* In ihren Augen glänzten Tränen, und ich sah ihr deutlich an, dass sie sich wünschte, schon viel eher auf ihn zugegangen zu sein.

Danke, meinte er und lächelte sie freundlich an.

Dann trat er auf das Podium neben seinen Dolmetscher, der ihm bei Anlässen wie diesem helfen würde, wenn er vor ganz Pelion sprechen musste.

Er bewegte seine Hände und der andere den Mund. Ich aber blickte weiter stolz auf Archer, der mit flüssigen und selbstbewussten Gesten sprach.

Danke, dass ihr alle hergekommen seid. Er legte eine Pause ein und sah sich um. *Meiner Familie gehört seit langer, langer Zeit das Land, auf dem diese Stadt gegründet worden ist. Ich habe die Absicht, dieses Land genauso zu verwalten, wie es bisher stets von einem Hale verwaltet worden ist – in dem Wissen und der Überzeugung, dass die Menschen, die hier leben, wichtig sind und dass jeder Einzelne von ihnen über alles mitbestimmen können muss, was hier in Pelion geschieht oder geschehen soll.* Wieder blickte er sich um. *Denn Pelion ist nicht das Land, auf dem die Stadt errichtet wurde, sondern die Gemeinschaft all der Menschen, die hier zu Hause sind und leben und lieben und arbeiten.* Nach einer neuerlichen kurzen Pause fuhr er fort. *Ich bin zuversichtlich, dass ich mich als umgänglicher Grundherr erweisen werde, denn statt stets nur selbst zu sprechen, höre ich am liebsten zu.*

Als die Leute leise lachten, sah er scheu zu Boden, hob dann aber sofort seine Hände wieder an. *Heute Abend wird es eine Abstimmung über den Entwicklungsplan für Pelion geben, und ich weiß, dass es den meisten hier im Saal vor allem darum geht. Aber falls in Zukunft irgendjemand sonstige Sorgen oder Vorschläge bezüglich dieses oder anderer Themen hat, wird meine Tür ihm immer offen stehen.*

Die Menschen lächelten, nickten ihm und einander zustimmend zu.

Schließlich setzte Archer wieder zum Reden an, und erneut senkte sich vollkommene Stille über den bis auf den letzten Platz gefüllten Raum. Er sah in meine Richtung. Ich lächelte ermutigend, doch er wandte sich an mich, bevor er weitersprach: *Ich bin deinetwegen hier – weil du mich nicht nur mit den Augen, sondern auch oder vor allem mit dem Herzen gesehen hast, weil du wissen wolltest, was ich zu sagen hatte, und weil stimmt, was du behauptet hast:* Jeder *braucht Freunde.* Lachend wischte ich mir eine Träne fort, und er bedachte mich mit einem liebevollen Blick. *Ich bin deinetwegen hier und werde es auch immer deinetwegen sein.* Ich atmete tief durch und ließ den Tränen freien Lauf.

Er schenkte mir ein sanftes Lächeln und wandte sich abermals der Menge zu.

Danke nochmals, dass ihr heute alle hier seid und mich unterstützen wollt. Ich freue mich darauf, euch alle noch viel besser kennenzulernen, schloss er seine kurze Rede ab.

Im hinteren Teil des Saals fing jemand an zu klatschen, andere fielen ein, und schließlich spendete ganz Pelion Archer tosenden Applaus. Als er wieder scheu zu Boden blickte, vergoss ich noch ein paar letzte Tränen, sah ihn aber gleichzeitig mit einem breiten Grinsen an.

Schließlich erhoben ein paar Leute sich klatschend, die anderen folgten ihrem Beispiel, und am Ende stand der ganze Saal.

Lächelnd sah sich Archer um, suchte meinen Blick und gab mir mit den Händen zu verstehen: *Ich bree dich.*

Und ich archere dich. Oh Gott, ich archere dich so sehr.

Dann schüttelte er dem Dolmetscher die Hand, stieg vom Podest, und Maggie drückte mir die Hand, als ich an ihr vorbei nach vorne ging. Ich lief zielstrebig auf ihn zu, und trotz seiner Verbände nahm er mich in seine Arme, schwenkte mich im Kreis, lachte stumm und sah mich liebevoll aus seinen warmen, bernsteinfarbenen Augen an.

Und ich war mir sicher: Unsere geheime Sprache der Liebe war die schönste Sprache der Welt.

Epilog

Archer – Fünf Jahre später

Ich sah, dass Bree gemütlich in der Hängematte lag und einen ihrer Füße leicht über den Rasen schleifen ließ, während sie sachte in der Sommersonne schaukelte. Sie wickelte mit einem ihrer schlanken Finger eine goldbraune Locke auf und schlug mit ihrer anderen Hand die nächste Seite des auf ihrem dicken Bauch liegenden Taschenbuches auf.

Bei Brees Anblick, der Frau, die mich und unsere Kinder mehr liebte als alles andere auf der Welt, wogte männlicher Besitzerstolz in mir auf.

Connor und Charlie, unsere dreijährigen Zwillingssöhne, tollten gut gelaunt im Gras. Sie drehten sich so lange um sich selbst, bis ihnen völlig schwindlig war und sie laut kichernd vornüberfielen. Doch so waren Jungen nun einmal.

Sie trugen die Namen unserer Väter, die ihr Leben für uns hingegeben hatten, als wir in Gefahr gewesen waren. Nun, da ich selber Vater war, konnte ich das gut nachvollziehen.

Bree legte ihr Buch auf ihrem Bauch ab und lächelte verträumt, als sie mich näher kommen sah. *Du bist zurück.*

Ebenfalls ein Lächeln um den Mund hockte ich mich neben sie und hob die Hände an. *Es ging viel schneller als gedacht.*

Ich hatte erfolgreich mit der Bank über den Kauf eines Stücks Land verhandelt, das genau an unsere Stadt angrenzte.

Die Leute hatten gegen die von Tori Hale geplante Umwandlung des Städtchens in eine Ferienanlage gestimmt. Sie hatten nichts dagegen, Pelion etwas zu vergrößern und vielleicht noch ein paar zusätzliche Läden oder Unternehmen anzulocken, aber eben nicht auf die von ihr geplante Art. Als ich jedoch vorgeschlagen hatte, eine paar kleinere Pensionen zu eröffnen, die eher rustikal und so gemütlich wie der Rest des Städtchens werden sollten, hatten beinah alle Einwohner mit Ja gestimmt.

Für die vierte der geplanten Pensionen brauchten wir das Grundstück, das ich an diesem Vormittag erstanden hatte.

Unser Städtchen blühte auf, die Geschäfte gingen gut, und nach der ersten Abstimmung zugunsten meines Plans hatte ich festgestellt, dass ich ein ziemlich guter Unternehmer war.

Wer hätte das gedacht¿ hatte ich Bree verblüfft gefragt, und sie hatte mich lächelnd angesehen.

»Ich.«

Was nicht gelogen war. Sie hatte mir von Anfang an gesagt, dass meine Stimme von Bedeutung sei, und ihre Liebe hatte mir den Mut verliehen, zu glauben, dass dem vielleicht tatsächlich so war. Manchmal reicht es also, wenn ein Mensch bereit ist, auf ein Herz zu hören, für das bisher alle anderen taub gewesen sind.

Ich pflückte eine Pusteblume und hielt sie ihr lächelnd hin.

Sie legte ihren Kopf ein wenig schräg, bedachte mich mit einem liebevollen Blick und meinte leise: »Meine Wünsche haben sich bereits alle erfüllt. Deswegen wünsche ich jetzt ihnen was.« Sie lenkte ihren Blick auf unsere Jungs, atmete sachte aus, und die Schirmchen stiegen in den hellen Sommerhimmel auf.

Ich sah ihr wieder ins Gesicht, legte meine Hand auf ihren Bauch und spürte, dass das Baby sich bewegte.

Es ist bestimmt noch mal ein Junge, stellte sie mit einem Lächeln fest.

Wahrscheinlich. Denn wir Hales bekommen irgendwie nichts anderes hin. Ist das für dich in Ordnung¿, fragte ich sie grinsend, und ihr Lächeln wurde sanft.

Absolut, erklärte sie, fügte dann aber einschränkend hinzu: *Meinetwegen kann's auch eine Ziege werden, so lange es bei einer bleibt.* Lachend sah sie auf die beiden kleinen Burschen, die noch immer auf dem Rasen tollten, und die seit ihrer Geburt fast ständig in Bewegung waren – die kleinen Unruhestifter.

Ich lachte stumm, und als ich dreimal in die Hände klatschte, wirbelten sie gut gelaunt zu mir herum. Sie kreischten: »Daddy, Daddy!«, formten gleichzeitig das Wort mit ihren kleinen Händen, kamen auf mich zugerannt, und als ich tat, als hätten sie mich umgeworfen, wärmte mir ihr glockenhelles Lachen abermals das Herz.

Ich richtete mich wieder auf, stellte meine Söhne vor mir auf das Gras und sah sie fragend an. *Welcher von euch beiden Männern will mir gleich beim Bauen helfen?*

Ich! Ich! signalisierten sie beide.

Da bin ich aber froh. Denn schließlich haben wir noch jede Menge Arbeit, wenn der Anbau fertig werden soll, bevor euer kleiner Bruder oder eure kleine Schwester kommt. Ich streckte meine Hand aus, und mit ernsten Mienen legten meine Söhne ihre kleinen Hände darauf.

Dann zog ich meine Hand zurück, sagte: *Brüder bis zum Ende,* und mit feierlichen Gesten wiederholten sie den Schwur.

So ist's recht, erklärte ich. *Denn einen wichtigeren Bund gibt es nicht.*

Die Beziehung zwischen mir und meinem eigenen Bruder hatte sich gebessert, seit ich Grundherr und er Polizeichef war, aber obwohl ich wusste, dass er seine Neffen liebte, standen wir uns immer noch nicht wirklich nah.

Meine Jungen nickten und sahen mich aus ihren bernsteinfarbenen Augen an. Die beiden waren mir als ihrem Vater wie aus dem Gesicht geschnitten – das konnte nicht einmal ich übersehen.

»Okay, ihr beiden, lauft schon mal ins Haus. Ich werde euer Mittagessen machen, während euer Dad das Werkzeug holt.« Bree setzte sich in ihrer Hängematte auf und ließ sich lachend wieder fallen, weil das Gewicht ihres Bauchs sie gegen ihren Willen wieder nach hinten zog.

Eilig nahm ich ihre Hand, zog sie an meine Brust, küsste ihre Lippen und verliebte mich erneut in sie, so wie es mir noch immer täglich tausendmal geschah.

Vor vier Jahren, abends, in der nur von warmem Kerzenlicht erhellten Kirche, als Bree mir an Norms Arm entgegengeschritten war, hatte ich mir in der Tiefe meines Herzens geschworen, dass es niemals eine andere für mich geben würde. Und noch heute, trotz des Wahnsinns und des Lärms des Alltags, trotz des anstrengenden Jobs, den ich inzwischen hatte, und des gut laufenden Partyservice, den sie in der Zwischenzeit gegründet hatte, zog ich sie allabendlich kurz vor dem Einschlafen an meine Brust und flüsterte ihr lautlos ins Ohr: *Für mich gibt es nur dich, nur dich allein.*

Und dann hüllte sie mich stumm in ihre Liebe ein, gab mir Halt und Kraft und machte mir auf diese Weise deutlich, dass Taten von viel größerer Bedeutung sind als Worte es je sein können.

Danksagungen

Wieder einmal von ganzem Herzen danken möchte ich den beiden Korrekturkanonen Angela Smith und Larissa Kahle. Ich danke euch dafür, dass ihr für Klarheit in meiner Sprache und die richtige Schreibweise der Wörter sorgt. Vor allem aber bin ich froh, dass zwei Menschen meine Arbeit redigieren, die mich so gut verstehen, wie ihr es tut, denn niemand weiß so gut wie ihr, wo etwas von mir selbst in die Geschichte eingeflossen ist und was ich sagen will. Das ist ein unermessliches Geschenk, weil es meine Figuren stärker und die Story klarer macht und das, was ich erzählen möchte, deutlicher rüberbringt.

Dazu habe ich das große Glück, dass es eine Gruppe von Betaleserinnen gab, die nicht nur hart, sondern auch sorgfältig und der Geschichte eng verbunden waren und mich mit guten Tipps und wertvollen Kommentaren angefeuert haben, wenn es nötig war: Elena Eckmeyer, Cat Bracht, Kim Parr und Nikki Larazo – vielen, vielen Dank!

Ich danke auch meinem Ehemann, der obendrein mein bester Freund, meine Muse und mit einem riesengroßen Herz gesegnet ist. Ich werde dich ewig lieben, auch weil du mich während des Schreibens unterstützt und ein ums andere Mal das Haus auf Vordermann gebracht hast, während ich in meiner Schreibhöhle verschwunden war – vor allem aber, weil du alles möglich machst.